# ATÉ PARECE QUE É AMOR

MEGAN MURPHY

# ATÉ PARECE QUE É AMOR

Tradução
Laura Folgueira

HARLEQUIN
Rio de Janeiro, 2025

Título original: Fake It Like You Mean It



| | |
|---|---|
| Produção editorial | Cristhiane Ruiz |
| Copidesque | João Rodrigues |
| Revisão | Rachel Rimas e Thais Entriel |
| Design de capa | Stephanie Singleton |
| Adaptação de capa | Osmane Garcia |
| Diagramação | Abreu's System |

Dados Internacionais de Catalogação na Publicação (CIP)
(Câmara Brasileira do Livro, SP, Brasil)

Murphy, Megan
Até parece que é amor / Megan Murphy; tradução Laura Folgueira.
– Rio de Janeiro: Harlequin, 2025.

Título original: Fake it like you mean it.
ISBN 978-65-5970-560-3

1. Romance canadense I. Título.

25-288580 CDD-C813

Índice para catálogo sistemático:
1. Romances : Literatura canadense em inglês C813
Bibliotecária responsável: Eliete Marques da Silva – CRB-8/9380



Rua da Quitanda, 86, sala 601A – Centro
Rio de Janeiro/RJ – CEP 20091-005
Tel.: (21) 3175-1030
www.harpercollins.com.br

*Para Michelle — escrevi Adam para Elle, mas também para você.*
*Um amor tão grande que não caiba nas páginas é o que você merece.*
*Fiz o meu melhor.*

*E para Ethan, sempre — você está em cada história que escrevo.*
*Todas as minhas melhores frases vêm de você, são para você ou são sobre você.*

# NOTA DA AUTORA

Este livro é uma ode às pessoas e aos lugares que me levaram a ser, direta ou indiretamente, a pessoa que ainda estou me tornando. Ele explora o fenômeno segundo o qual, mesmo que não tenhamos uma recordação específica de algum local, alguma situação ou alguém, os sentimentos suscitados podem ser duradouros e verdadeiros. A história de Elle e Lovie foi inspirada, em grande parte, na batalha do meu avô contra o Alzheimer e na decisão da minha família sobre a melhor forma de cuidar dele.

Embora a AngelCare seja fictícia, a Alzheimer's Association é uma instituição real e desempenha o trabalho importante e transformador mencionado por Elle no livro — um trabalho capaz de mudar vidas. Se esta história ressoar em você de alguma forma, se as lutas de Elle, Adam e Lovie lhe forem familiares, encorajo você a explorar os recursos oferecidos pela instituição.

Com muito amor,
Megan

# CAPÍTULO UM

As ruivas se divertem mais... e eu falo isso com propriedade. Já tive todos os tons de cabelo possíveis. Loiro-platinado com *mega hair*, mechas cor-de-rosa, uma fase roxa na faculdade com uma tinta lavável que não valeu o que paguei à menina do fim do corredor para tingir.

Atualmente, meu cabelo tem o mesmo tom de vermelho do rosto da mulher à minha frente, a condutora do trem número cinco da linha verde. O metrô de Chicago é sobrecarregado e sub-higienizado; os funcionários que o mantêm trabalham demais e ganham de menos.

Mas esta mulher? Esta mulher é uma *raridade*. Se não fosse pelo crachá escapando do bolso do uniforme, eu não teria como saber o nome dela, mas, numa entrevista de apenas quarenta minutos, conheci toda a história de vida de Rita. Ela trabalha no ramo há dez anos, tendo começado como zeladora depois que o namorado irresponsável a abandonou quando ela ficou grávida. A faculdade de engenharia noturna, a maternidade solo e uma determinação inabalável a trouxeram até aqui, diante de mim.

O ar-condicionado na cabine da condutora está desregulado, mas o brilho no rosto dela é de orgulho. Já o brilho no *meu* é suor. Eu seco a testa, enquanto meu microfone de podcast ameaça escorregar da minha mão.

— Quanto tempo leva para consertar? — pergunto. — Deve ser um perigo para a saúde.

As bochechas dela ficam muito mais rosadas, e Rita baixa a cabeça. *Interessante*.

— Pode levar um ou dois meses. Mas não tem por que incomodar a equipe de manutenção com uma coisinha dessas.

O rubor agora sobe pelo pescoço dela.

Quando uma pessoa faz esse trabalho há tanto tempo quanto eu... quando ama o trabalho tanto quanto eu... aprende exatamente onde as oportunidades estão e corre atrás delas. É por isso que não consigo desencanar do rubor de Rita.

— Você não se dá bem com alguém de lá?

— Todo mundo é ótimo. — Ela se remexe no assento, os olhos verdes encontrando os meus. Ela gira os polegares, as unhas criando um vórtex de esmalte vermelho. — É que eles são tão ocupados. Acho que Isaac tem coisas mais importantes pra fazer do que consertar o ar-condicionado da minha cabine.

— E Isaac é o técnico de manutenção?

Ela pisca.

— Ah, merda. Não era para eu citar nomes, né?

Aceno com a mão, dispensando a preocupação dela. A brisa leve que o gesto provoca é uma delícia na minha pele suada, mas ignoro. Os túneis do metrô passam correndo diante da única janela e, do vagão principal, vem a música alta demais de um passageiro. Tudo isso pode ser consertado mais tarde na pós-produção, mas não dá para ignorar o ar velho e abafado, mesmo com esse cheiro de inseticida e, um tanto aleatório, de salgadinho de cebola. Passo a respirar pela boca.

— O podcast *Elle na L* é completamente anônimo — confirmo —, mas fique à vontade para falar sem restrições. Eu vou cortar nomes, lugares identificáveis ou características marcantes. O que você quiser, de verdade.

Ela para de remexer os dedos.

— Merda! — exclama. — Eu disse "merda" agora há pouco. E aí disse de novo.

— Não se preocupa. — Um sorriso se forma em meu rosto. — Vou manter todos os palavrões.

Os olhos dela se enrugam com um sorrisinho, mas logo em seguida ela o reprime. Inclino a cabeça, tentando encorajá-la a se soltar. *Estou tão perto.*

— Isaac é o supervisor de manutenção — conta ela, soltando o ar. — Ele, hum… ele é muito legal comigo.

Ela não termina, deixando que eu preencha as lacunas.

— Você gosta dele.

— A fase de "gostar" passou há uns quatro anos. — Ela suspira, enfim repousando as mãos no colo. — Agora eu estou apaixonada por ele.

A adoração no rosto dela é contagiante, e me entrego ao frio que se espalha pela minha barriga.

— O que você mais gosta nele?

Até aqui, conduzi nossa conversa, mas agora Rita toma as rédeas. Meus convidados do podcast sempre contam a própria história, para o bem ou para o mal.

Seus relatos nem sempre são tão alegres.

Rita me conta sobre o desprezo que ela e Isaac compartilhavam pelas opções de lanches da sala de descanso. Sobre a gentileza dele e as vezes em que pagou o almoço dela, quando Rita esqueceu a carteira ou não conseguia justificar a despesa. Sobre as conversas apressadas deles na esquina, comendo cachorro-quente com chilli já frio no fim do almoço porque os dois estão ocupados demais rindo e conversando para darem uma única mordida. Sobre o Natal anterior, em que ele comprou um trem em miniatura para o filho dela, exatamente como o que ela dirige, incluindo o número de série pintado na lateral.

Se Isaac também não estiver apaixonado por ela, eu lambo o chão do metrô.

— Então, ele é confiável — resumo, colocando a conversa de volta nos trilhos. Sem trocadilho, claro.

Aquele mesmo sorriso suave ilumina os olhos dela.

— A pessoa mais confiável que já conheci.

— E você não achou que ele fosse dar uma mãozinha com a questão do ar? Ou, aliás, dar uma mãozinha para *você*?

— É assim que você fala com os mais velhos? — Ela dá uma risadinha. — Quem te criou?

Uma onda de nostalgia me atinge bem no peito; quem me criou foi minha *avó*. Dou uma piscadinha.

— Com quem você acha que eu aprendi? Então. O Isaac. Você tem o telefone dele?

Ela semicerra os olhos.

— Sim... por quê?

— Liga para ele. Agora. Conta o que você sente.

Ela dá um solavanco para a frente.

— Não posso! Ele está trabalhando!

— Você também está. *Eu* também estou.

Ela mexe num fio solto na costura da calça.

— Não sei...

Coloco a mão na bolsa e tiro uma latinha de bala de hortelã, estendendo para ela.

— Mesmo que você não confesse seus sentimentos — digo —, ainda precisa ligar para falar do ar. Tenho quase certeza de que minha coxa derreteu e grudou no plástico.

Resmungando, ela puxa o celular do bolso e rapidamente encontra o número dele.

Depois de dois segundos, ela pega uma bala.

— Está tocan...

Uma voz grave corta o comentário dela. Ela engole em seco, aí tosse. Lá se vai o hálito fresquinho e mentolado.

— Oie — diz ele.

Dá para *escutar* o sorriso dele. E Rita não acha que os sentimentos são recíprocos?

— O ar da minha cabine estragou de novo.

Escuto-o dizer, o som abafado:

— E você vai até as oito hoje.

*Ele conhece seus horários*, digo, apenas mexendo a boca e arqueando as sobrancelhas. Ela me silencia com um aceno da mão, mas o rubor em suas bochechas está virando algo permanente. Estou rindo que nem boba por causa de um completo desconhecido.

— Chego já — continua Isaac. — Posso fazer essa próxima volta com você enquanto conserto. Se me quiser como companhia.

Seguro o microfone mais perto da boca, murmurando:

— Para todo mundo que está em casa, os votos do casório estão se escrevendo sozinhos.

Ela está imóvel, com os olhos grudados nos meus. Dou um joinha e um aceno tão entusiasmado que meu pescoço dói.

— Você... hum. — Rita esfrega a costura da calça com o polegar. — Quer sair para jantar qualquer hora? Comigo. Se eu achar uma babá.

Meu coração fica entalado na garganta. Respiro fundo.

Bom, o mais fundo possível num metrô de Chicago. Além dos salgadinhos de cebola e do inseticida, agora está com cheiro de xixi.

— Sim — responde Isaac imediatamente, em alto e bom som. — Mas eu aceito jantar mesmo num dia em que você não conseguir achar uma babá. O Henry é ótimo.

Depois de prometer a Isaac que mais tarde eles podem conversar melhor sobre o jantar, ela desliga, meio sem jeito, e não consigo me segurar: dou um abraço nela, com suor e salgadinho de cebola e tudo o mais.

Quando me afasto, ela pressiona as mãos nas bochechas cor de cereja.

— Nosso tempo deve estar acabando.

— Obrigada por conversar comigo hoje. — Emprego na voz cada grama de sinceridade que consigo. — E, para meus ouvintes, onde quer que estejam no mundo, vocês são amados. Vocês são estimados. Vocês são importantes. Até a próxima, este é o *Elle na L*. Pegue o trem comigo.

Depois de guardar meu equipamento e arrancar de Rita uma promessa de me mandar um convite para o casamento, saio do vagão de condutor. Um homem bonito de meia-idade carregando uma maleta de ferramentas passa por mim. Eu apostaria meu último centavo que o nome dele é Isaac.

Estou com a cabeça no café da esquina enquanto subo as escadas para o sol de início de outono. Quando abro a porta do estabelecimento, meu celular toca na bolsa.

Esbarro numa caixinha de fio dental, na lata de balas de hortelã e num par de brincos de pena (*achei vocês*) antes de conseguir pescar o celular.

*Angie da AngelCare* aparece na tela. Angie é uma enfermeira sênior da empresa que contratei para cuidar da minha avó Lovie, que tem

Alzheimer, e é responsável por ela. Em geral, a mulher não liga com *boas* notícias. Ao redor, trabalhadores e turistas passam num borrão, mas meus pés estão grudados na calçada e meu coração, preso na garganta.

Alguém dá um encontrão em meu ombro, e desvio para o lado, conseguindo atender a ligação antes de o telefone parar de tocar.

— Alô?

— Elle — diz Angie. — Como você está? Não está trabalhando, né?

— Parei agora. — Eu me apoio na parede do café, tomando o cuidado de não tocar nos pontos questionáveis do gesso que podem ser cocô de pássaro mas também fluido corporal. — O que foi?

A pausa dela é pesada, significativa.

— Quando você acha que consegue vir para casa? — O tom gentil dela desliza para algo mais hesitante. — A Lovie não anda muito bem nos últimos dias.

Meu coração vira pedra dentro do peito, despencando e pousando na sola das minhas botas.

— Defina *não anda muito bem.*

Quanto mais Angie fica em silêncio, mais meus pulmões queimam e mais meus sapatos viram chumbo.

— Ela chamou um dos nossos enfermeiros de Bobby — conta Angie. — Achamos que está passando para o próximo estágio.

Meu avô Bobby morreu há três anos, pouco antes do diagnóstico de Alzheimer de Lovie. Ela está nos estágios iniciais desde que caiu dos degraus da entrada de casa e fez uma tomografia computadorizada porque não conseguia nem lembrar aonde estava indo.

— Já falamos de como a melhor coisa para ela é o cuidado constante — Angie me lembra.

Embora em grande parte eu lide com Angie num contexto profissional, a vida tem um jeito de preencher as rachaduras ao longo de anos de convivência casual e conversas regadas a café. É fácil para ela assumir um papel materno comigo, considerando que tem três filhos que exigem vigilância constante.

— Não tem problema — digo, embora pareça um problema enorme. É difícil respirar. Financeiramente, deve ficar tudo bem. Estou economizando para isso já faz um tempo. — Se você me mandar uma lista de lugares que a AngelCare recomenda, eu posso...

— Nenhum deles vai aceitar o convênio dela.

Franzo as sobrancelhas.

— Achei que o Medicare cobrisse tudo.

— O Medicare cobre. Mas a Lovie não tem Medicare. Por algum motivo, ela ainda está no convênio do seu avô, que não cobre cuidados paliativos para cônjuges.

— Não posso pagar do meu próprio bolso? Quanto seria? Mil dólares por mês, talvez dois? Isso eu consigo.

Ela pigarreia.

— Por *semana*. — Pigarreia de novo. — No mínimo.

Estremeço. Eu... não poupei tanto assim.

— Além do mais — continua Angie —, o risco é muito grande. Eles precisam de seguro válido e legal para considerá-la. E, mesmo assim, tem lista de espera.

— Posso colocá-la no meu plano?

Eu pago uma bolada em convênio particular. Melhor usar para alguma coisa, né?

— Se você disser que ela é sua dependente, sim, mas também vai demorar.

Como aconteceu com Rita no trem, escuto o que ela não está dizendo quase tão alto quanto o que está falando: não *temos* tempo.

Fico encarando a vitrine de doces pela janela do café, e logo a fome míngua.

— Vai demorar algumas semanas? — chuto.

Os ruídos atordoantes do metrô me seguiram até a rua, um zumbido que não consigo tirar dos ouvidos.

Angie faz um ruído hesitante.

— Alguns *meses*? — Minha grosseria não é intencional.

— Não é ideal. — Angie é um anjo de verdade e ignora minha atitude. — Se você começar agora, seja colocando-a no Medicare, seja adicionando-a como sua dependente, acho que alguns meses dá para levar. Com sorte, até o Natal.

— Estou a caminho — digo, antes de perceber o que isso quer dizer. Meus pés se movem por vontade própria. — Acho que tem um trem que sai à uma. Vai ser corrido, mas vou dar um jeito.

Assinto para mim mesma. Consigo dar um jeito nisso.

— Elle — fala Angie, agora com mais urgência. — Não precisa mesmo correr. Eu já marquei…

— Não, não. Chego assim que puder.

E desligo.

# CAPÍTULO DOIS

Desabo no meu assento do trem parado na Union Station algumas horas mais tarde, após o que provavelmente vai entrar para a história como o Dia Mais Irritante da Minha Vida.

Mais cedo, quando desliguei com Angie (tá, beleza, desliguei *na cara* de Angie), corri para casa e fiz às pressas uma mala com roupas, equipamentos do podcast e qualquer outra coisa que imaginasse poder precisar nos meses seguintes.

Quando cheguei à estação, tinha exatos três minutos para comprar uma passagem e chegar à plataforma do outro lado do saguão. Eu posso ou não ter torcido o tornozelo tentando o impossível. Quando perdi o trem, comprei um café de consolação no quiosque, que derrubei na blusa toda.

Coloco o fone nas orelhas e prendo a respiração enquanto o trem se afasta da estação. Comigo a bordo, estou cem por cento esperando que quebre no meio do nada.

Com os sons familiares da minha playlist Queens tomando meus ouvidos, me acomodo para o trajeto de duas horas até minha cidade natal. Não Queen, a banda. Queens, *rainhas* em inglês. Alanis e Janis, Whitney e Britney, Taylor e Adele e Beyoncé. Sabe. Rainhas.

E aí meu fone de ouvido fica sem bateria e sou forçada a ficar assistindo a plantações de milho e lavouras passarem zunindo no escuro.

Apesar de ser uma cidade grande segundo a maioria dos padrões — incluindo a honrosa conquista de ter não um, mas *dois* Walmarts —, Elkhart, em Indiana, sempre pareceu pequena aos meus olhos. Lovie nunca conseguia fazer compras sem encontrar pelo menos um conhecido.

Desde que saí de lá, há mais de dez anos, a cidade cresceu. Num mapa, meio que lembra um floco de neve: o centro denso com restaurantes, casas lineares estreitas e parques. O eixo norte se estende e encosta em Michigan; o sul leva a uma prisão, um campo de golfe e um seminário. As prioridades do Meio-Oeste dos Estados Unidos, não é mesmo?

Tem gente que vai embora de casa e nunca mais volta, mas acho que nunca serei assim. Já viajei para muitos lugares. Nova York para fazer faculdade. Viagens de carro para Myrtle Beach, Filadélfia e Cataratas do Niágara. Para Aruba, reservada com o cartão de crédito dos meus avós depois de receber o resultado de uma prova em uma péssima hora, no meio de uma deprê de segunda-feira e da TPM. Mas nunca me senti tão em casa em nenhum lugar quanto me sinto aqui.

Exceto em Chicago. Lá também me sinto em casa.

Nesse sentido tenho sorte. Há quem jamais se sinta pertencente a algum lugar. Eu pertenço a dois. E aceitaria qualquer um deles no momento. Nunca desejei tanto uma cama na vida.

Estou convencida de que o único motivo de encontrar minha bagagem e conseguir um carro de aplicativo a esta hora é que, quando desço do trem no familiar solo de Elkhart, o relógio já virou para um dia novinho em folha.

Depois de uma viagem tão longa, dou ainda mais valor à casa de Lovie quando finalmente — *finalmente* — a vejo.

A casa de dois quartos estilo Cape Cod está como sempre foi: pitoresca, colorida e meio perdida no tempo. A tinta vinílica azul-marinho reluz preto a esta hora da noite e, embora eu não consiga enxergar as persianas, sei que ainda estão pintadas num bordô berrante. A moldura atrás delas é rosa-chiclete. Escolhi a cor quando tinha 7 anos, e desde então Lovie nunca mudou.

Fazendo o mínimo de barulho possível, entro e tranco o ferrolho antes de tirar os sapatos com a ponta dos pés. É uma das regras pessoais de Lovie: tirar os sapatos na porta.

— Você entra em banheiros públicos com esses sapatos — dizia ela sempre que eu questionava a regra. — Não vai trazer a sujeira de outras pessoas para meu carpete novinho.

O carpete deixou de ser novinho há quinze anos. Por outro lado, talvez seja por obrigar os convidados a andar descalços que ela o mantém bonito.

Fazendo uma paradinha no banheiro para jogar água morna no rosto e colocar o pijama, me olho no espelho, o rosa das paredes e dos azulejos deixando minhas olheiras e fadiga bem mais aparentes. Pode muito bem ser que este tenha sido o dia mais longo da minha vida.

Andando pelo corredor, ponho a cabeça no quarto para espiar o corpo adormecido de Lovie. Ela está tão frágil ali no escuro, com um andador e uma bengala ao lado da mesa de cabeceira. Meus olhos param no urinol pendurado na beira da mesinha do outro lado. É uma verdade mais difícil de engolir.

Depois que me acalmo, parto para o segundo quarto, que é meu desde que me entendo por gente. Minha bagagem vai para o chão. Dá para esperar amanhecer para desfazer as malas.

Quase me esqueço de ajustar o alarme. Lovie provavelmente acorda às seis ou sete, então vai ser mais uma soneca dos justos do que uma noite bem-dormida de verdade, mas tudo bem. Por uma noite, pelo menos. Por Lovie.

Acho.

Em três passos chego até a cama e, a cada um, o sono puxa mais e mais meu corpo, deixando meus membros pesados de fadiga.

Caio no colchão.

Ou cairia, se não tivesse um montinho suspeito de forma humana bem no espaço que meu corpo deveria ocupar.

É mais ou menos nessa hora que começo a gritar.

# CAPÍTULO TRÊS

Estou morta.

Alguém invadiu a casa de Lovie e tem um fetiche bizarro de dormir em quartos de hóspedes antes de saquear velhinhas. Tenho quase certeza de que teve um episódio de *Criminal Minds* com essa trama.

— Para de gritar — sibila o provável assassino.

Ah, meu Deus. E se eu acordar Lovie e ela vier correndo para o meio desse caos todo? Se eu não sei o que diabo está acontecendo, com certeza uma paciente de 81 anos com Alzheimer é que não vai saber.

Quando meu grito morre, meus joelhos buscam apoio e batem em algo macio. Ouço um *uuf* pesado, seguido de um gemido abafado.

Acho que acabei de dar uma joelhada no saco de um assassino.

Opa…

Por mais rápido que tenha sido o contato, ele acaba mais rápido ainda. No escuro total, ouço um guincho violento da cama, um "caralho" murmurado e um baque alto subsequente.

O invasor caiu da cama. Minha hora é agora.

Atravesso o colchão correndo, acendo o abajur e dou de cara com…

*Ah.*

Está bem, me escuta. Sei que não dá para julgar um livro pela capa, mas esse homem com certeza não tem cara de invasor. A não ser que estejamos falando de Ted Bundy.

O homem diante de mim parece ser do tipo que me destroçaria de um jeito bem *diferente*. Ele me faria gritar, faria a cama ranger… meio como estávamos uns segundos antes. Um tremor atravessa meu corpo como um raio, e cruzo os braços na frente dos mamilos enrijecidos, pensando que eu deveria ter me forçado a dormir de sutiã uma vez na vida.

Tem algo quase familiar nele. Por um segundo, me pergunto se sou eu que tenho problemas de memória, porque de jeito nenhum eu teria esquecido esse homem por vontade própria.

À luz do abajur, amarelada pela cúpula empoeirada, os olhos dele são escuros como a noite, duas orbes reluzentes de ônix emolduradas por sobrancelhas grossas. As sombras em torno dos contornos do rosto e da boca me mostram vestígios de uma barba por fazer. Essa mesma boca está apertada numa linha tensa.

A postura dele é um reflexo do rosto, ângulos rígidos, inflexíveis. Ele fica de pé e, quando cruza os braços, não sei dizer se é porque seus mamilos também estão duros ou porque está irritado.

Com o olhar, percorro o restante do corpo dele, vestido com uma camiseta branca que parece macia e calça de pijama xadrez. Paro nos braços musculosos e nas coxas torneadas antes de completar a avaliação minuciosa.

*Entra o barulho de disco riscado.*

Meia. O psicopata está de meia. Na cama.

Franzo a testa ao encontrar de novo seus olhos de ônix.

— Que diabo você está usando?

Talvez (sem sombra de dúvida) não seja a hora, considerando que tem um completo desconhecido no meu quarto, mas mesmo assim é uma pergunta importante.

Ele se apoia na minha cômoda, cruzando os tornozelos para combinar com os braços. Esse homem inteiro está irritado. Linda e frustrantemente irritado.

— Se chama pijama — diz ele, a voz grave e rouca. — A maioria das pessoas usa um para dormir.

Engraçadinho.

— Estou falando das meias. Você dorme com isso?

Ele me analisa com dureza, desconfortável, assim como acabei de fazer com ele. Uma sobrancelha escura se arqueia.

— E você dorme com isso? — devolve ele, olhando meu short de dormir de dálmata.

Sob o escrutínio dele, a peça não parece comprida o suficiente para se classificar como short. Puxo a camiseta larga para baixo.

— Eu sinto calor à noite.

Espera aí. Por que estou me explicando para esse cara? Esse desconhecido que se infiltrou na casa da *minha* Lovie e estava dormindo na *minha* cama e usando *meus* travesseiros perfeitamente fofinhos. Estendo a mão para o celular, que caiu durante nosso embate.

— Vou chamar a polícia.

— Não — diz ele, e seu tom insistente faz meu polegar pausar acima da tela.

— Você é um estranho. Você pode ser um... cara mau!

*Isso aí, arrasou, vamos continuar falando que nem no jardim de infância. Excelente a tática de intimidação que adotamos esta noite.*

O homem suspira como se já estivesse de saco cheio das minhas palhaçadas. Eu com certeza já estou das dele. Sério, a *ousadia*. Ele levanta as mãos para me mostrar que estão vazias e anda devagar na minha direção. Ainda assim, estou encostada na parede quando ele pega a carteira na mesa de cabeceira e a joga para mim.

Enquanto abro, ele diz:

— Adam Wheeler. Enfermeiro domiciliar. Eu trabalho para a AngelCare.

As engrenagens da minha cabeça, que tinham começado a se desligar para dormir, voltam a funcionar.

— A Angie não falou nada a respeito disso.

Talvez tivesse falado se eu tivesse lhe dado a chance. Hoje eu estava com o pé no acelerador, sem freio.

Balanço a cabeça, sem querer sair do rumo. A carteira de Adam é fina, puída nos cantos, e só contém três coisas: carteira de motorista, cartão de crédito e algum tipo de credencial. Todos têm o mesmo nome.

A foto da carteira é uma versão mais jovem e menos ranzinza do homem parado ao lado da minha cama. Ele deve ter manchado meus lençóis todinhos com essa masculinidade tóxica. Aposto que tem cheiro de pinha e... aff, bar, ou algo assim.

Tá, então ele é quem diz ser. Ainda não explica o que está fazendo aqui agora. À uma e treze da manhã (quero morrer, sério).

— Sua vez — diz ele, estendendo a mão na minha direção.

— Elle. Neta irritada da dona desta casa.

Coloco a carteira dele de volta na mesa de cabeceira e o olho com expectativa. Tomara que esteja satisfeito, porque é tudo o que ele vai receber.

Ele não está satisfeito. Só continua com a mão estendida.

Levo um segundo para entender o que quer.

— Você quer que eu *te mostre minha identidade*?

Por mais gato que ele seja, esse comportamento anula tudo. Sempre que ele abre a boca, a arrogância o deixa pior.

Ele abre um sorriso convencido.

— Como é que eu vou saber que *você* não é... do que foi mesmo que me chamou? Um "*cara mau*"?

É bem provável que eu fosse capaz de tirar esse sorrisinho de merda da cara dele se me inclinasse um pouco.

— Ah, é, porque todos os criminosos usam short de bolinha.

A risada dele parece um latido grave, quase um rosnado. Vibra pelo meu corpo, mesmo do outro lado do quarto.

— *Não* dá pra chamar isso de short.

Mexo de novo na barra do meu short, resistindo à vontade de puxar. Se eu fizer isso mais uma vez, vai descer deslizando pela minha bunda.

Adam gesticula de novo com a mão.

— Pode passar para cá.

— Se eu te mostrar minha identidade, posso ir dormir?

— Vou pensar no seu caso.

Mais cedo, enfiei a bolsa dentro da minha mala de lona para ter menos coisa para carregar no trem, e agora me arrependo dessa decisão. Não sou muito de corar, não como a Rita do trem ou minha melhor amiga, Liss, mas, ao me agachar para vasculhar a mala e me levantar com a carteira um minuto depois, todo o sangue do meu corpo foi realocado para o rosto.

— Você deixou uma coisinha cair — comenta ele, e por algum motivo parece ainda mais soberbo do que alguns segundos antes.

No chão, aos meus pés, está meu vibrador azul cintilante.

Tento pegar do chão, mas acabo me enrolando, e o vibrador parece cair da minha mão em câmera lenta, pousando em cima do botão e ganhando vida.

Agora eu entendo. Em algum ponto da noite anterior, devo ter saído sonâmbula, passado por baixo de umas cinco escadas, girando um guarda-chuva aberto dentro do meu apartamento. O guarda-chuva bateu num espelho, ou em treze, e usei toda a minha cota de azar pelo resto da eternidade. Ou então este é o pesadelo mais realista que já tive.

Como não tem mais espaço livre no meu rosto para vergonha, o rubor desce pelo pescoço. Me abaixo para pegar o item ofensivo (que, só para deixar registrado, nunca foi sacana comigo *desse* jeito) e vejo de relance minha camiseta larga demais. Ela se abre de um jeito que me diz que Adam provavelmente conseguiu um showzinho erótico gratuito. E, sim, estou corada até os mamilos.

Meus dedos não estão funcionando, não acham o botão para desligar o brinquedo. Adam me observa sem falar nada. É ao mesmo tempo desconcertante e enfurecedor. Ele podia ter fingido não ver meus pertences. Teria sido a coisa mais bacana a se fazer.

Estou começando a achar que Adam Wheeler não é um cara bacana.

Desisto e tiro a pilha, porque a porcaria não para de vibrar, e jogo dentro da bolsa. Fecho com zíper, só por garantia. Adam continua esperando, a mão estendida e disfarçando um sorriso. Coloco a identidade na mão dele com o máximo de força que consigo.

Ele analisa o documento com uma linguagem corporal completamente relaxada.

— Como é seu nome completo?

A indignação retesa minha coluna, e preciso relaxar a mandíbula para responder.

— Carolyn Michelle Monroe.

— Quando você faz aniversário?

— Você não pode estar falando sério. Devolve aqui.

Tento pegar de volta, mas ele levanta a mão acima da cabeça.

— Nananinanão — diz, e estala a língua. — Aniversário?

— Que coisa ridícula.

Estendo a mão para tentar pegar mesmo assim, e meu corpo se pressiona em linhas duras mesmo entre duas camadas de tecido.

Agora, minha orelha está perto do pescoço dele, e é por isso que o ouço engolir em seco.

— Aqui — diz ele, baixando o documento antes de nosso corpo se encostar ainda mais.

Quase o agradeço. Seria idiota, considerando que nesse meio-tempo eu podia ter chamado a polícia para vir atrás dele umas cinco vezes. Ainda não tenho certeza de por que não fiz isso.

Adam não está mais sorrindo. Seu olhar para mim não é brincalhão, nem provocador, nem insinuante como era o sorriso. É mais profundo, introspectivo. Vulnerável, quase.

— Continuo sem entender o que você está fazendo aqui agora — digo, cruzando os braços como se sentisse frio, mesmo com o suor ameaçando irromper em meu couro cabeludo.

Tinha esquecido como as velhinhas deixam a casa pelando. Deve estar uns trinta graus aqui dentro. E, apesar disso, ele está de meia, o que só confirma ainda mais minha teoria de que é um psicopata.

Ele suspira e se senta na beira da cama.

— Melhor você ficar confortável.

Nesse ritmo, nunca vou dormir. Olho para a cama com um ar intrigado, não porque não quero me sentar (para ser sincera, parece bem agradável), mas porque não entendo. Adam assumiu o comando do quarto e eu só… deixei. Não é uma situação em que me encontre com frequência. Nunca, na verdade. As coisas em geral acontecem de acordo com o plano. *Meu* plano. E, quando não é assim, crio um novo plano logo que possível.

Talvez sejam os olhos dele que fazem com que eu me aproxime da cama. Agora que minha visão se ajustou à iluminação do cômodo, vejo que os olhos dele não são pretos de verdade, mas de um azul bem, bem escuro. O lago Michigan no auge do verão, e tão convidativos quanto.

Uma vez que estou empoleirada no canto do colchão, ele baixa o queixo num gesto que meu cérebro privado de sono classifica como um assentir.

— Como eu disse — começa ele —, trabalho para a AngelCare. Nós fornecemos serviços a domicílio para pacientes idosos que…

— Eu conheço a empresa. — Eu *contratei* a empresa. — Mas vamos pular para a parte em que você está aqui no meio da noite, dormindo na minha cama.

Semicerro os olhos, mas é um gesto próximo demais de dormir, e não posso fazer isso agora. Forço-os a se abrirem de novo. Já sinto a dor de cabeça de amanhã.

— A Lovie passou de um check-in diário para a observação vinte e quarto horas, sete dias por semana — explica ele, mudando de posição sob meu olhar. Talvez eu devesse usar mais vezes essa coisa de semicerrar e arregalar os olhos. É a primeira coisa que fiz que o afetou. — A Angie queria que alguém começasse assim que desse, e esse alguém acabou sendo eu. Não tem muito mais que isso para explicar.

Suspirando, meio que dou de ombros, uma pequena concessão.

— Tá. Mas a coisa da cama?

— Obviamente, se eu soubesse que você estava para chegar, teria dormido no sofá. — Os olhos dele brilham mais. — Mas a Lovie insistiu que eu ficasse com este quarto. Disse que a neta nunca vinha para ficar, que mora lá em *Chicago*. — Ele me analisa por um segundo que se estende. — Obviamente é você.

Como espadas afiadas e certeiras, dor e arrependimento me atravessam.

Umedeço os lábios e puxo um fio solto no cobertor para evitar olhar para ele, temendo um olhar de desaprovação.

— Ah.

Não tenho muita noção de quem Adam é, mas a ideia de que pense que sou uma garota urbana toda cheia de "não me toques" que detesta a cidade natal e só veio para casa porque não tinha nada melhor para fazer se parece demais com culpa.

É tudo demais. Meus olhos se enchem de lágrimas, e a ardência que toma conta deles é uma clara indicação de que passei muito tempo acordada. Só choro quando estou brava e quando não consigo evitar de jeito nenhum. Na maioria das vezes, prefiro não fazer isso.

— Eu não quis te chatear — diz ele, se inclinando para a frente, com os cotovelos nos joelhos.

Ergo o olhar a tempo de ver a boca dele se curvar para baixo, o lábio inferior entre os dentes. Ou, vai ver, minhas lágrimas estejam distorcendo as coisas, como acontece numa casa de espelhos.

— Desculpa.

— Você não me chateou — respondo, rápido demais para ser verdade. — Eu nem te conheço.

Se ele nota a mentira, não demonstra. Apenas inclina levemente o queixo em sinal de concordância, mas o vinco entre as sobrancelhas continua lá enquanto eu pisco para afastar a umidade dos olhos. Pelo menos encontrei *algo* nele para admirar.

Fico de pé, desesperada para me afastar o máximo possível desta situação.

— Podemos resolver o resto de manhã? O dia hoje teve cem anos, e eu queria muito ir dormir agora.

Por um segundo, ele só me observa, com aquela expressão indecifrável embaralhando seu olhar. Resisto à vontade de fazer um gesto de *anda logo*. Ou algo igualmente idiota, tipo tocá-lo.

— Imagino — diz ele, arrastando a palavra e se endireitando.

— Então... — falo. Ele continua imóvel. — Será que dá pra você... — Faço questão de olhar para o colchão. Quando ele não se mexe, gesticulo com as mãos antes de elas caírem e baterem nas minhas coxas expostas. — Posso ficar com a cama?

— Por hoje, achado não é roubado, pode ser? — diz ele, arqueando uma sobrancelha. — E podemos "resolver o resto de manhã".

— Vai se foder — murmuro, esticando a mão para o travesseiro atrás dele e o puxando.

A colcha veio em seguida. Ele pode ficar com a cama, mas ninguém disse nada sobre a *roupa* de cama.

Por pouco não bato a porta ao sair, e é preciso um comedimento adicional para não pisar duro pelo corredor até a sala.

Este sofá deve ser dos anos 1970. É um malva desbotado, cheio de bolinhas nos pontos mais desgastados do tecido, que são os apoios de braços e encostos. Não consigo discerni-las no escuro, mas sei que tem flores fúcsia bordadas por ele todo. Antigamente, nós passávamos os dedos por elas juntas, Lovie e eu, quando as tempestades nos deixavam sem eletricidade.

— Adam Wheeler, que idiota do caralho — resmungo.

Como estou afobada, demoro um minuto inteiro para estender a colcha. E o travesseiro não é tão fofo quanto lembro.

Continuo sem conectar o celular na tomada. Com certeza vai estar sem bateria de manhã, mas estou sem bateria agora e não me importo. Só quero dormir.

Junto dos cheiros familiares de gengibre, canela e lavanda, tem algo novo que me embala no sono. Lembra minha infância, dias de verão passados em parques até a pele estar pegajosa de suor e protetor solar.

A sensação do sol na pele. O cheiro é igualzinho.

# CAPÍTULO QUATRO

Durmo que nem pedra. Na infância (e na adolescência, para ser sincera), havia muitas manhãs em que Lovie ou o vovô Bobby precisavam me chacoalhar para acordar. *Com força*. Liss acha que não é nada saudável, mas eu acho ótimo. Nunca fui acordada por vizinhos do andar de cima transando às três da madrugada ou por uma colega de quarto que acorda cedo batendo panelas e frigideiras.

Na verdade, eu geralmente sou a colega de quarto que acorda cedo. Como durmo bem, não me importo de levantar com o nascer do sol.

A menos que tenha ficado acordada até tarde na noite anterior, brigando e lutando na cama com homens irritantes que dormem de meia e me obrigam a ficar no sofá. Aí, eu durmo até… *nove e meia*? Não pode ser.

Pisco ao checar o relógio na parede, mas os ponteiros não mudam.

— Merda — murmuro, me levantando de supetão.

No fim das contas, eu devia ter carregado o celular.

Será que Lovie já comeu? Não sinto cheiro de nada queimado (o que é bom, porque aconteceu mais de uma vez de eu dormir durante um alarme de incêndio). E se ela costuma se sentar no sofá pela manhã e eu estraguei a rotina dela? A consistência é um dos fatores mais importantes para os pacientes com Alzheimer, e eu estar em casa já vai dar uma abalada nas coisas. Ainda mais depois que ela disse ao sr. Rabugento de Meias que eu nunca visitava.

Ouço ruídos baixos vindo do outro lado do hall de entrada.

A cozinha é uma mistureba de cores e estampas, o estilo eclético de Lovie se chocando violentamente com a praticidade do vovô Bobby. As janelas acima da pia e atrás da mesa têm cortinas verdes e rosa, sempre abertas. A luz ofuscante do sol da manhã reflete nos armários de carvalho e me leva a estreitar os olhos, então levo um segundo para reparar no restante dos detalhes.

O piso de vinil xadrez bege e marrom, já foi tão usado ao longo da vida que o padrão está gasto em frente ao fogão e à pia. Do outro lado fica a geladeira, tão pequena que vejo cada centímetro empoeirado da parte superior. Os outros eletrodomésticos menores que dividem o balcão em forma de U também são marrons. A ilha, com um espaço embaixo que não serve para nada, está livre e limpa, com exceção de uma tigela de frutas no canto. Que também estão, perpetuamente, marrons.

Adam se vira do fogão para mim. Ele tirou o pijama e vestiu o uniforme de enfermeiro, um conjunto azul-claro. Lembra um agasalho que eu usava no ensino médio. Era de veludo azul com uma borboleta de strass do lado esquerdo do peito. Liss tinha um rosa com um coração, e nós trocávamos de casaco todas as manhãs para que as outras garotas soubessem que éramos As Fodonas.

— Bom dia — diz ele, com uma voz que não está rouca de sono como a minha.

Sinceramente, como ele ousa estar menos do que um morto-vivo?

— Cadê a Lovie? — pergunto. — Ela já comeu?

Com outro bocejo, sou forçada a ir até o armário. Tiro minha caneca favorita lá do fundo, uma roxa de plástico em formato de borboleta que uso desde que alcancei idade para me darem copos sem tampa. Quando comecei a tomar café no ensino médio, Lovie sempre se certificava de que ela estivesse lavada e pronta para uso.

Agora, limpo a poeira do interior. Quanto tempo faz que não a uso?

Adam inclina a cabeça ao ver meu utensílio questionável.

— Está acordada, no banheiro. Ela demora um pouco.

— Você devia ter me acordado. Eu podia ter ajudado.

Ele solta uma risada que se vai tão rápido quanto veio.

— Eu tentei, só que você estava completamente apagada. Mas me certifiquei de que estava respirando. Por um minuto, fiquei na dúvida.

— O quê? Você verificou meu pulso?

Só de pensar nos dedos dele em meu pescoço, sinto um arrepio.

As sobrancelhas escuras de Adam se franzem e a boca se contrai.

— Eu não faria isso se não fosse necessário. — O desgosto dele fica evidente.

Passo por ele para chegar à única chance que tenho de sobreviver a esta manhã: cafeína. Segurando a caneca, olho para a antiga cafeteira com hesitação. Não é uma Breville, com certeza. De qualquer modo, me sirvo uma caneca morna.

— Pode ficar tranquilo. — Reviro os olhos. — Vamos resolver isso de uma vez: você nunca mais vai precisar me tocar, já que foi tão traumatizante assim.

Adam bufa baixinho em desdém, e os pelos da minha nuca se eriçam como se reagissem ao arranhar de unhas num quadro-negro.

— Bem, eu ia sugerir que a gente começasse do zero, mas acho que não vai rolar.

Se eu não estivesse segurando a caneca, estaria cerrando minha mão em punho. Ainda assim, acho que o plástico chega a ranger. Eu me viro para ele, muito calma, e abro um sorriso tão falso e doce que meus dentes doem.

— Oi! — Minha voz sai carregada de sarcasmo e uma pitada de "vai se foder". — Meu nome é Elle Monroe. A Lovie é minha avó. — É o que eu digo. *Ela me criou* é o que eu não digo. — Contratei a AngelCare por conta do diagnóstico de Alzheimer dela. É a empresa para a qual você trabalha. — Não custa nada lembrar quem está no comando aqui. Estendo a mão. — É um prazer te conhecer.

Adam se endireita, acrescentando mais alguns centímetros ao corpo já enorme dele, e aperta minha mão. Seus dedos estão mais quentes do que minha caneca.

— Adam Wheeler. A Lovie é minha paciente. Você contratou a AngelCare por conta do diagnóstico de Alzheimer dela. É a empresa para a qual trabalho. É um prazer te conhecer também.

Reviro os olhos, me soltando do cumprimento.

— Tá bom. Beleza.

— Você é muito parecida com ela — murmura ele. — Sua avó. Desculpa por não ter acreditado em você ontem à noite.

Desta vez, para variar, ele parece sincero.

Dou de ombros, levando a caneca à boca. Sem a cafeína percorrendo minha corrente sanguínea, isso é o mais educada que consigo ser.

— Então, sinto muito pelos seus testículos. Acho.

— Meus... — Ele tosse, e um tom de rosa ilumina suas maçãs do rosto. Ou talvez seja por causa das cortinas. — Bom, obrigado. Acho.

Tomo outro gole.

— Sabe, por um segundo achei que você talvez fosse se desculpar por ter sido tão grosseiro ontem à noite.

Adam fica boquiaberto.

— *Eu*, grosseiro? Você se *jogou* em cima de mim...

Bufando, dou um passo em direção a ele.

— Porque a cama era *minha*.

Ele passa a mão no cabelo, bagunçando alguns fios perto da testa.

— Quem é que aparece em algum lugar no meio da madrugada?

— Eu perdi o trem!

Coloco o café no balcão com tanta força que parte dele respinga na minha mão. E talvez nas meias dele.

Que bom.

— E *aí* você me atacou com brinquedos sexuais... — continua ele, o volume da voz aumentando assim como a veia latejante em seu pescoço, de onde pontos vermelhos sobem até o maxilar.

— Escapou da minha bolsa!

— E me fez mostrar a identidade...

Dou mais um passo. Se fôssemos animais, veados, touros ou, sei lá, leões, nossa testa estaria pressionada uma contra a outra em confronto. Eu poderia contar os cílios dele. Se quisesse.

— Você fez a mesma coisa.

— Você que começou!

Ele também chega mais perto. A essa altura a cor cobre quase todo o rosto dele, espalhando-se pela barba por fazer e iluminando os cantos de suas expressões que ficaram escondidos na noite passada. Até alcançar seus olhos.

Com a luz natural, eles estão mais brilhantes do que antes. Mais... cor de pavão.

Até que combina. Porque ele é um grande babaca.

*Grande* é a palavra-chave. Na noite anterior, não notei a força total de seu corpo. Com um metro e setenta e oito de altura, estou acostumada a olhar para as pessoas de cima ou ficar no mesmo nível de visão delas. Com Adam, porém, meu olhar se inclina *para cima*. É só mais outra coisa nele que me irrita, em especial se eu considerar a tensão no meu pescoço por ter dormido no sofá.

— Você... — Adam enche os pulmões, levando vários segundos extras para prender a respiração antes de soltá-la numa rajada forte. Estamos tão perto que ele assopra alguns dos meus cabelinhos nascentes. Uma carranca transforma o rosto dele em mais sombras escuras, e o rubor remanescente lhe dá uma aparência avermelhada. Quando volta a falar, sua voz está mais baixa: — Você é a mulher mais irritante que já conheci.

— Pois azar o seu. — Eu lhe lanço meu olhar mais feio. — Vou encarar isso como um elogio.

Outro músculo da mandíbula dele se retesa, como se Adam estivesse prestes a dizer mais alguma coisa desagradável. Mas então uma porta é aberta no corredor, e seu rosto na mesma hora se suaviza, adotando uma expressão calma e profissional.

— A Lovie está vindo.

Pelo jeito, já era a ideia de começar do zero.

# CAPÍTULO CINCO

Sorrio ao ver minha avó se aproximando. Ela não sorri de volta, e vai arrastando os pés até seu lugar na mesa.

É a primeira vez que a vejo desde a noite anterior, e nem conta muito porque ela estava dormindo. Se eu estivesse à procura de marcadores de fadiga no rosto dela, não encontraria.

Não é só o fato de que as pessoas envelhecem… tudo nelas também fica cansado. A pele dela está flácida, em especial em torno da boca e do queixo, e é tão fina que, se ela espirrasse com força demais, rasgaria. Tenho os olhos dela, cor de chocolate amargo, e tão intensos quanto. O cabelo está curtinho e todo branco, e os fios cacheiam em torno das orelhas, mas antes era de um tom de ruivo parecido com o meu atual. No meu aniversário de 16 anos, ela tingiu as pontinhas de azul para combinar com as minhas.

Contorno a ilha e a abraço. Apertaria com mais força se ela não parecesse tão frágil.

— Oi, Lovie. Que saudade.

Ela se afasta primeiro, agarrando a cadeira.

— Oi, querida.

— Dormiu bem? — pergunto. Ansiosa. Esperançosa. Alegre.

— Sim, estou bem — responde Lovie, relaxada, gesticulando para Adam, que está colocando a comida no prato. Ela não me olha nos olhos. — Este jovem me fez um café da manhã maravilhoso.

Seguro uma risada de desdém. Não consigo imaginar Adam fazendo nada que seja *maravilhoso*.

— Bom. Vamos comer, então.

Alguns minutos depois, Adam e minha avó estão sentados à mesa redonda de carvalho, com um café da manhã completo em cada um dos pratos.

— Tem creme para o café? — pergunto.

Vou precisar de algo para ajudar a descer este piche preto, e, depois da noite anterior, não tomar café não é uma opção.

— Na porta — informa Lovie.

Eu me abaixo, examinando o conteúdo da geladeira. Tem todos os condimentos conhecidos pela humanidade, algumas embalagens antigas de manteiga que não contêm manteiga desde 1987, creme de leite sem lactose e o que sobrou dos ovos. Nenhum creme de café.

Olho por cima do ombro, confusa.

— Onde você disse que estava?

Adam me encara. Dá para *sentir* que está se segurando para não olhar para minha bunda.

— Ela está falando do creme de leite fresco. Que venceu quatro meses atrás e agora está no lixo.

O tom dele é displicente, despreocupado.

Uma onda quente de irritação me domina.

— Você não podia ter dito algo antes de eu passar os últimos dois minutos abaixada procurando?

Pego o creme de leite sem lactose e fecho a porta com o quadril.

— Não entendi.

Ele arregala os olhos, a imagem da inocência, mas eles escurecem um ou dois tons enquanto Adam arranca um pedaço de pão torrado com os dentes.

Eu também sei jogar esse jogo.

— Se você queria olhar pra minha bunda, Adam, era só pedir. — Eu me viro de costas para ele poder ver melhor e olho para trás, apreciando a cena. — É uma bunda linda, não acha? Eu faço agachamento.

Ele se engasga com a torrada, tosse até se recuperar e olha de relance para ver se Lovie está incomodada com o que falei.

Não está.

Depois que coloco creme de leite na caneca de borboleta, contorno a ilha e passo atrás de Adam para tomar meu lugar e meu prato. Se, de repente, esbarro no ombro dele, bom... acontece.

E, se por acaso ele volta a se engasgar com a torrada... que bom que sabe fazer a manobra de Heimlich, acho.

À minha frente, de costas para a cozinha, Lovie põe uma mecha de cabelo atrás da orelha. Hoje em dia alguns bobes e uma escova por semana já são o suficiente para deixar o cabelo dela arrumado, e sei que recentemente Angie mesma começou a fazer isso em casa, em vez de levá-la ao salão. Por todas as vezes que minha avó lavou meu cabelo, cortou chiclete dele, me ajudou a arrumá-lo para o baile, vai ser gostoso retribuir o favor.

Dando um golinho no café, espio o prato dela. Tem duas fatias de bacon e ovo mexido, tudo intocado.

— Você não está com fome?

Lovie não é de corar de vergonha, então só levanta a mão e faz um aceno para dispensar minha preocupação.

— Comam vocês. Eu estou bem.

— Quer que eu faça uma vitamina?

— Não. — Agora, tem um toque de firmeza nas palavras dela.

Estou com tanta fome que qualquer resposta que eu der vai acabar soando mal-educada, por isso escolho ficar quieta e, em vez de falar, pego o garfo.

Nós três (Lovie, vovô Bobby e eu) fazíamos quase todas as refeições nesta mesa arranhada da cozinha. Tem uma mancha de esmalte convenientemente coberta pelo paninho de crochê no centro, que levanto com o polegar só para confirmar que continua ali. Isso faz o desconforto em meus ossos se aquietar enquanto observo minha avó, torcendo para que ela me reconheça. Para que seus olhos se iluminem.

Por mais teimosa que Lovie seja, nunca vai admitir que não me reconhece, ou que não reconhece qualquer pessoa, aliás. Se encontrasse um desconhecido no mercado, sairia com um convite para a festa de aniversário do neto dele. E *compareceria*.

— Se você continuar me olhando — diz Lovie —, sua comida vai esfriar.

Como se ela não tivesse acabado de ignorar meu comentário sobre a mesmíssima coisa.

Comportamento típico de mãe.

Caramba, Lovie *é* minha mãe. Lovie é mãe de *todo mundo*. É o tipo de pessoa que ela é. Distribuía picolé para a criançada do bairro, dava cookies para os funcionários do correio no Natal e escrevia bilhetes de agradecimento para meus professores no último dia de aula. Ela me abraçou na minha primeira dor de cotovelo e segurou meu cabelo na minha primeira ressaca.

Para apaziguá-la, dou uma mordida no bacon.

— O que você quer fazer hoje?

— Jardinagem — responde ela, apenas.

Faço uma careta. Estamos em outubro.

— Não sei se isso vai…

— Parece ótimo — interrompe Adam, e queria que tivesse uma faca de manteiga na mesa para que eu pudesse esfaqueá-lo. — Eu levo os remédios da senhora daqui a meia hora, tá?

— É melhor dar os remédios agora. Ela não vai lembrar mais tarde — falo, entre dentes.

No início do diagnóstico, ela sempre esquecia se os comprimidos não estivessem bem ao lado do suco de laranja.

Adam me encara com desprezo, o que faz seus olhos voltarem a parecer pretos, como estavam na noite anterior.

— Eu vou lembrar. Eles caem melhor no estômago se ela já tiver feito um pouco da digestão da comida.

Eu até concordaria com isso, se Lovie tivesse se dado ao trabalho de pegar o garfo nos últimos dez minutos.

Ele toma o café com uma enorme tranquilidade, como se estivéssemos em qualquer outro lugar, falando de qualquer outra coisa.

— Enfim, não vou te incomodar com o nome dos medicamentos.

As palavras dele são ferinas, frias. Como se tentasse me lembrar de algo que eu já saberia se estivesse prestando atenção.

— Ah, por favor, incomode. — Abandono a comida, descansando os cotovelos na mesa e apoiando o queixo na mão. — Ela ainda está tomando o inibidor de colinesterase duas vezes por dia?

Agora é a vez de Adam ranger os dentes, e ele se mexe na cadeira, me encarando com um olhar mais sério.

— São três vezes — corrige. — E um regulador de glutamato.

Ele levanta a sobrancelha esquerda, me desafiando.

Assinto, *muito* de saco cheio desta conversa.

— Para problemas cognitivos. E uma dose baixa de antipsicótico para raiva e agressão.

De soslaio, vejo os olhos de Lovie irem de lá para cá entre nós, mera espectadora nesta conversa que lhe diz total respeito.

Adam engole em seco e concorda com um único aceno breve.

— Mas nenhum desses é TMD. Eles não são o tipo de droga divertida que você e seus amigos da cidade tomam em festivais. Uma TMD é...

— Uma terapia modificadora da doença. E sei disso porque fui eu que aprovei o tratamento, para começo de conversa.

Nem a pau vou deixar esse homem chegar aqui e agir como se conhecesse minha avó melhor do que eu.

Lovie fica me encarando, os olhos assimilando, entre todas as coisas, meu cabelo. Dou um sorriso forçado antes de tentar me concentrar na comida, embora meu embate verbal com Adam tenha roubado o que sobrava do meu apetite.

Quando Lovie não faz o mesmo com a própria refeição, levanto a cabeça de novo.

Ela divide o olhar entre mim e Adam mais rápido do que antes, mal mexendo a cabeça. Uma ruga profunda se acomoda entre suas sobrancelhas finas, a boca se articulando sem emitir som.

Por mais que tenha me sentido ignorada por ela nesta manhã, agora seu olhar me deixa inquieta.

— Tem alguma coisa errada?

Lovie sorri, o amarelo ceroso de seus dentes manchados de café aparecendo entre os lábios rachados.

— Acabei de me lembrar de onde conheço vocês dois.

Terminei de comer, pelo jeito. Não tem mais espaço no meu estômago, com toda a decepção.

Lovie não se lembrou de mim.

Não se *lembra* de mim. De me criar, me levar às apresentações de dança ou para tirar o aparelho. Eu sabia que esse dia se aproximava, mas ler sobre ele on-line e ouvir de vários médicos não ajuda em nada a aliviar a dor quando ele chega. Desde o começo era uma possibilidade (uma inevitabilidade) e, mesmo assim, continua sendo um golpe direto no coração. E saber que não é culpa dela não torna mais fácil engolir. Talvez seja até mais difícil. De repente é isso o que está entalado na minha garganta.

— E de onde é? — pergunta Adam, o polegar dançando na borda do prato.

Desde que eu tinha 12 anos esse prato está lascado. Tentei lavar a louça para surpreender Lovie, mas não me dei conta de que a porcelana era tão pesada. Lasquei na bancada e escondi a peça quebrada num vaso de flor lá fora, convencida de que ela nunca saberia.

Ela sabia.

Ela sempre sabia.

Lovie solta uma risadinha debochada, como se a resposta devesse ser óbvia. Como se fôssemos nós os doidos.

— Vocês são a Lovie e o Bobby, claro.

# CAPÍTULO SEIS

Espera aí.

Nós somos *o quê*?

É tão inacreditável, tão bizarro, tão errado que não consigo evitar cuspir:

— É o quê?

— Lovie e Bobby Monroe. — Lovie olha para a gente, séria, e então assente, determinada. — Vocês sabem quem são.

Engulo em seco.

— Na verdade, você…

— Está completamente certa — interrompe Adam. *De novo.* Ele endurece o olhar, mandando uma mensagem. — Claro.

Lovie lhe dá um sorriso arrogante e volta a atenção para a comida.

Eu, por outro lado, não só perdi o apetite, como também qualquer entendimento que já tive.

— Espera, não, não é…

Algo pesado atinge minha canela embaixo da mesa, e reprimo a vontade de gritar. Adam quer que eu entre na brincadeira, mas não posso fazer isso sem saber que brincadeira é essa.

— Posso dar uma palavrinha com você? — murmura Adam, empurrando a cadeira com tanta força que eu não ficaria surpresa de encontrar arranhões no linóleo. Lovie derrama o suco pelas bordas do copo. — *Em particular.*

Cerro o maxilar. Isso vai ser ótimo. Ou muito, muito ruim.

— Não façam nada que eu não faria — diz Lovie, e dá para ouvir seu sorriso na voz.

O conselho dela de nada serve... não tem muita coisa que ela não faria.

Adam entra na pequena lavanderia ao lado da cozinha, enfiada atrás do vão entre a geladeira e o fogão, e puxa a cordinha para acender a luz. Tem uma porta de cada lado, sendo que a outra dá para o corredor na frente do quarto de Lovie. Quando era pequena, eu corria pela casa num loop anti-horário infinito: corredores, cozinha, lavanderia, corredores. Mal cabia uma criança ali; não tem como caberem dois adultos e duas máquinas.

Com calma, fecho a porta e me viro para ele.

— Pode me dizer o que foi aquilo?

Adam não recua, o que é um ponto a seu favor. Talvez não tenha medo de mim (deveria ter). Ou talvez já esteja encostado na outra porta.

Dando um passo à frente e me endireitando para ficar com minha altura total, cutuco o peito dele.

— Dá um jeito.

A raiva ilumina suas sombras, estende e tensiona seu maxilar, mas Adam não fala nada.

Aperto os olhos e dou mais um cutucão no peitoral dele.

— Dá. Um. Jeito.

Cada palavra sai acompanhada de mais um cutucão.

Ele revira os olhos, tira minha mão do peito dele e a baixa para a lateral do meu corpo.

— Quanto você sabe sobre Alzheimer?

— Ela é minha avó. Eu sei tudo o que dá pra saber.

— Tá, beleza — rosna ele, tentando manter a voz baixa. — Mas e o dia a dia? Você não tem estado aqui, Elle.

Isso soa mais ofensivo do que ele gostaria.

— O que quer dizer com *isso*?

Está escaldante dentro do armário, e também bastante silencioso, logo, sempre que ele se mexe, escuto o tecido roçando em sua pele.

— As conexões entre as partes diferentes do cérebro dela estão morrendo. A parte que armazena informações sobre espaço e tempo é separada da parte que memoriza a rotina.

— O creme do café — chuto. — Foi por isso que ela achou que ainda tinha. Porque teve ao longo dos últimos quarenta anos.

Mais uma vez, ele ignora o que falei, só segue com seja lá qual argumento está tentando provar.

— E a parte em que ela reconhece rostos está desconectada da parte que se lembra de familiares.

Apoio o quadril na máquina de lavar e massageio as têmporas.

— Vai direto ao xis da questão. Por que não podemos simplesmente falar que ela está errada?

Adam suspira, mudando a posição dos pés.

— Corrigir pacientes de Alzheimer pode prejudicar mais do que ajudar. Ela pode ter um surto, ficar catatônica ou reverter a um comportamento infantil. Algumas das piores crises que já testemunhei foram de pessoas na casa dos 90 anos. Não tem antipsicótico que anule o que eles podem fazer quando ficam perdidos. Você estaria dizendo que ela está errada. Avariada. Que tudo em que ela acredita é mentira.

— Não gosto disso.

Ele emite um som que poderia ter sido uma risada caso a situação fosse outra. Faz os pelos dos meus braços se arrepiarem.

— Pode acreditar, nem eu. Mas, por enquanto, vamos só entrar na dela. Redirecionar sempre que possível. Concordar com o que diz até ela mudar para outra coisa.

Meu coração despenca.

— Mesmo que pense que eu sou ela? Que nós somos...

Não existe uma circunstância em que eu aceite terminar essa frase, então deixo-a pairando no ar.

— Não vai adiantar dizer que ela está errada, porque o cérebro dela simplesmente não tem as conexões para acreditar nessa informação. Brigar só vai deixar todos nós frustrados. E, na manhã seguinte, é bem provável que ela não se lembre de nada. Por enquanto, minha opinião profissional é que é melhor deixarmos Lovie acreditar na fantasia.

Por mais que eu odeie essa ideia, talvez ele tenha razão. Olho para ele por entre os dedos que cobrem meu rosto.

— Só por hoje?

Adam umedece o lábio superior e dá um minúsculo passo na minha direção. A maçaneta devia estar enfiada nas costas dele. Ele assente ligeiramente.

— Só por hoje. Metade do dia vai ser passado com ela cavando o jardim e a outra metade, vendo TV.

Quanto mais pondero acerca da sugestão bizarra dele, mais vejo seus motivos, por mais que deteste admitir isso. Se o que Adam está falando é verdade, se corrigir a suposição falsa dela realmente for tão prejudicial, não quero piorar a situação. Afinal, foi Lovie quem me ensinou a guardar rancor, e se nós duas perdermos as estribeiras…

Bom.

Quando acontecia, o vovô Bobby saía para jogar golfe.

Será que fingir vai fazer tanto mal assim? Eu sempre quis ser igualzinha à Lovie quando crescesse; fico lisonjeada de ela agora me considerar digna dessa semelhança. Talvez seja a forma subconsciente de ela me fazer alcançar isso. Seu esquecimento não dói tanto quando penso por esse ponto de vista.

Só me resta torcer para Adam ter razão… para que, com uma boa noite de sono, ela deixe essa ideia absurda para lá. Quem nunca contou com isso para tentar esquecer um dia ruim e começar o seguinte com o pé direito? Caramba, quem sabe eu tenho sorte e na hora do almoço Lovie já tenha esquecido. Na hora do jantar, no máximo.

E... bom... pelo menos Adam vai ficar tão infeliz quanto eu. Já vale de algo.

— Tá, pode ser — digo, esticando a mão para a maçaneta às minhas costas.

Que cai no chão com um baque quando a seguro.

— Droga — fala Adam, bem no meu ouvido, ao inspecionar a fonte do barulho.

Tento enfiar o mindinho no buraco deixado pela maçaneta, mas é pequeno demais.

— Deixa eu tentar — diz ele, bufando e movendo o corpo grande ao lado do meu, o que efetivamente me empurra para sair do caminho.

— Tenha *modos* — resmungo.

Espio por cima do ombro de Adam enquanto ele enfia um dedo no buraco da porta. Não ficaria brava se o prendesse.

— Está emperrada — informa ele. — Me ajuda a empurrar.

Pressiono o lado esquerdo do quadril na porta, enquanto ele pressiona o direito.

O ar perto dele está mais quente, talvez porque estejamos tão próximos. O cheiro de sol, o mesmo que senti ao pegar no sono na noite anterior, está agarrado às roupas e à pele dele. Nos cerca como uma bolha.

Isso é muito injusto.

Da última vez que fiquei suada num armário com um homem, as coisas estavam indo bem melhor para mim. Menos xingamentos e mais orgasmos.

Adam se vira para conseguir se apoiar melhor na porta, e o outro lado de seu quadril aperta minha barriga. Não deve ter oxigênio suficiente aqui, porque de repente estou um pouco mais perto do que antes de "mais orgasmos".

Minha respiração fica presa em algum lugar atrás dos lábios, e o olhar de Adam vai direto para eles. E permanece ali. Ele tenta se mexer, mas isso só levanta a barra da minha blusa e, com a barriga exposta, surge uma onda de calor incandescente em mim.

O grunhido que ele solta é um misto de frustração e tortura. Ele se vira de novo, alinhando o corpo com o meu. Planícies quentes e duras pressionando os pontos mais macios do meu corpo.

Antes de eu ter tempo de processar o toque, a porta se abre e sai do trilho embaixo. Tropeço no pé de alguém (nem consigo saber se é o meu) e caio de cara na direção do fogão quente antes de Adam me pegar pelo quadril com as duas mãos e me puxar para si.

Estamos respirando no mesmo ritmo — forte, rápido, arfante. O peito dele sobe e desce às minhas costas, e mais do calor dele atravessa minha camisa, queimando minha pele.

— Você está bem?

Estamos perto a ponto de seu timbre grave chacoalhar minhas costelas.

Olho para ele por cima do ombro, pressionando os lábios por um segundo para minha voz não sair tão trêmula quanto o resto de mim está agora.

— Aham.

Ele volta a baixar o queixo para mim, sua versão de um aceno.

É só quando ele desliza o polegar pela pele ainda exposta do osso do meu quadril que lembro que o armário da lavanderia tem duas portas e que poderíamos simplesmente ter saído pela outra.

— Eu me lembro dessa época — comenta Lovie, e tomo um susto, pulando para longe dele.

Minha avó continua sentada à mesa. Ela dá uma risadinha olhando para o prato.

— Nada como um beijo roubado num armário para fazer os dedos dos pés se curvarem. Certo, crianças?

*Errado, crianças.*

Quer dizer, está bem, em teoria ela não está errada. Mas na aplicação prática não poderia estar mais equivocada.

Lovie fica de pé, vacilante.

— Agora, se me dão licença, acho que vou fazer minhas cruzadinhas um pouco.

A postura dela grita: *Experimenta me impedir.*

Nem ouso. Em vez disso, vou até lá e roubo um pedaço de bacon do prato dela. Agora está frio e meio molenga.

— Ela precisa que alguém vá junto?

Bem nessa hora, a porta do banheiro bate. Isso responde à minha pergunta.

Adam ainda está ao lado do fogão, a ilha nos separando com seus contornos inflexíveis.

— Ela teria comido mais se fosse bacon de peru — digo a ele. Empilho os pratos para tirar a mesa. — E ovos de gema bem mole.

Tem um toque de zombaria na minha voz. Estou tentando restaurar o equilíbrio de poder depois de seja lá o que tenha sido *aquilo* no armário.

Ele retira a panela do fogo, dá de ombros e revira os olhos. Quando volta a falar, também está de volta à personalidade arrogante:

— Eu perguntei o que ela queria. Era isto. — Seu olhar está fixo nos pratos na minha mão, ainda quase cheios. — Acho que ela se esqueceu do que gosta.

— Você devia ter perguntado pra mim. Eu conheço Lovie melhor do que você.

*Mesmo que ela não me conheça mais.*

Ele range os dentes.

— Sim, por favor, me conte mais sobre como fazer meu trabalho.

Os pratos chacoalham na minha mão quando contorno a ilha na direção da pia.

— Você tem experiência com outros pacientes de Alzheimer?

Era para ser uma provocação, mas acaba soando fraca. Talvez eu precise da resposta mais do que imaginava.

— Bem pouco em situações privadas assim, mas já fiz estágios em instituições de cuidado para pacientes com problemas de memória — replica ele. — Fui totalmente instruído pelas outras enfermeiras que estiveram aqui, e a Angie escreve relatórios muitíssimo detalhados. Eu sei o que estou fazendo. Mas fica à vontade para ligar para ela e pedir minhas referências, ela falou que você tem o número. Sei que é algo importante e quero que fique confortável com tudo.

Ele está bloqueando a pia, mas, em vez de sair da frente, estende as mãos em um convite.

Entrego os pratos sujos para ele. Minha cabeça lateja com o início de uma enxaqueca. É alguma mescla de privação de sono, falta de cafeína e tensão dentro destas paredes que me pressionam de todos os lados.

No corredor, soa a descarga.

— Eu só preciso saber que você está preparado para cuidar dela como ela precisa — falo, baixo, levantando o olhar para Adam. — Ela é… ela é importante para mim.

Seus olhos brilham com algo que não consigo decifrar. Depois desta manhã, não sei bem em que pé estamos.

— Claro que é. E, sim, eu sei que algumas situações vão ser — ele inclina a cabeça ao procurar a palavra que deseja e faz uma careta — extenuantes, mas meu trabalho é mantê-la saudável em primeiro lugar e feliz em segundo. Se for isso o que você também deseja, não vejo motivo para não trabalharmos juntos em benefício da Lovie.

Eu vejo um motivo ao pensar em toda a situação de "só tem uma cama de hóspedes" *e* outro em "só tem um banheiro rosa".

Mas volto a pensar em Adam descrevendo todos os cuidados que Lovie recebe diariamente. As rotinas que ela criou e aperfeiçoou aqui, na vida sem a companhia do marido ou da neta. As lembranças que ela já perdeu, aquela a que está se agarrando com toda a força.

Eu a conheço, mas não como antes, e ela não me conhece mais.

Conheço essa doença na teoria, por meio de artigos salvos na internet e estudos clínicos, mas não sei como fazer isso sozinha.

Admitindo ou não, preciso de Adam Wheeler.

— Então você está aqui para ficar — murmuro.

Um baixar sucinto do queixo.

— Estou aqui para ficar. — Ele faz uma pausa longa, suficiente para eu terminar de tirar a mesa e guardar a manteiga de volta na geladeira. — Exceto nos fins de semana, quando estou no meu outro emprego. Já deixei tudo combinado com a AngelCare.

— Os dois pombinhos ainda estão de namorico aqui? — pergunta Lovie, colocando a cabeça para dentro da cozinha.

Será que conseguimos mesmo fazer isso?

Temos escolha?

É só um dia fingindo que o amo, e só na presença de Lovie.

Só um dia.

# CAPÍTULO SETE

Quando a cozinha está limpa após o café da manhã e Lovie, acomodada na sala de estar com suas amadas revistinhas de palavras cruzadas, na companhia de Adam, vou até meu quarto de infância. Minhas malas ainda estão onde as joguei na noite anterior, o brinquedo ofensivo bem ali, por cima. Estremecendo, empurro-o para o lado e encontro uma roupa limpa e meus produtos de higiene.

Tem mais uma mala bem no canto. Do Adam, se eu tivesse que chutar. Preta e clássica, todos os bolsos fechados com zíper, um par de sapatos alinhado certinho ao lado, com as solas viradas para cima. Ele é tão organizado que chega a ser ofensivo.

Até arrumou a cama, o melhor que conseguiu, sem a colcha e o segundo travesseiro.

Sinto raiva só de olhar.

Tomar um banho vai ser bom para todos nós.

Quase tropeço na cadeira de banho de plástico quando entro na banheira de azulejos cor-de-rosa. Como Lovie consegue fazer essa manobra sem assistência? Acho que ela negaria se eu oferecesse ajuda, e parte de mim fica feliz por isso. Tem muitas coisas das quais não dá para se recuperar, e ver a avó pelada é uma delas.

Quando estou no meio da aplicação do condicionador, meu telefone começa a apitar, o que me faz acelerar. Deixo algumas áreas das pernas sem raspar.

Me embrulhando numa toalha cor-de-rosa gasta, piso no tapete do banheiro e pego o celular na pia.

Faz uma hora que o último episódio de *Elle na L* foi postado, na íntegra e com uma introdução que gravei às pressas antes de pegar o trem no dia anterior explicando minha vinda para ficar com Lovie. A essa altura, os fãs de carteirinha que largam tudo para ouvir o podcast toda quarta às dez da manhã já devem ter terminado.

Nem sempre imaginei que faria podcast em tempo integral. Estudei marketing em Nova York e morava a mais ou menos meia hora do campus. Entediada que só, usava o trajeto para bater papo com as pessoas ao meu redor no metrô. Mesmo depois de me mudar de volta para Chicago, nunca escapei dessa vontade de ir ao cerne do que torna as pessoas humanas.

Foi minha amiga Liss quem sugeriu que eu começasse a gravar tais conversas e, durante as noites e aos fins de semana, foi exatamente o que fiz, até que isso se tornou insuficiente. A gente entrevista a amante inegavelmente grávida de um senador inegavelmente casado e de repente nosso nome está no *The New York Times*. Depois disso, não consegui ficar muito mais tempo no emprego corporativo, já que produzia sozinha uma "exposição compulsiva, digna de maratona, sobre a condição humana". Modéstia à parte. De todo modo, eu não precisava daquele emprego quando os patrocinadores começaram a bater à minha porta. Sem modéstia, mesmo.

E se as pessoas forem cruéis porque estou tirando esse tempinho? Elas podem ser (e são) terríveis quando as coisas acontecem diferente do que foi prometido. Não vai mudar nada no meu plano de ficar com Lovie, mas, no futuro, eu ficaria mais hesitante em compartilhar coisas pessoais com meus ouvintes.

Quando vejo a seção de comentários, meus músculos relaxam.

**@jollyxholly527:** que fofa!! aproveita seu tempo, bb, vamos ficar por aqui.

**@Purrrsiankitty8:** vovós sempre são o máximo, mas aposto que a sua é fodona pra KCT

Respondo aos meus comentários favoritos e curto todos os outros. Quando se faz isso há algum tempo, começa a notar nomes de usuários e ouvintes fiéis.

Aff, tipo o @thatguy3k00, que sempre fala algo sarcástico e indesejado. Hoje: *Continua contando histórias tristes dos outros. Ninguém liga para a sua.*

Eu sou mesquinha, então não deixo de curtir esse. Sigo passando pelos comentários e sorrio ao ver o nome de Dakota. Ele virou o terceiro membro do meu trio com Liss desde que começou a trabalhar na padaria dela uns anos atrás.

**@DMillsBakes:** EU AMO A LOVIE. Cuida dela pra gente, Fanning #1!!!

Isso me deixa com um sorriso bobo. É uma brincadeira com nossos nomes (Dakota e Elle, como as famosas irmãs Fanning).

Uma batida à porta me arranca do devaneio, e procuro minha calcinha às pressas.

— Oi?

— Desculpa interromper seu banho de quarenta minutos.

Adam parece irritado do outro lado da porta do banheiro e, como não pode me ver, me permito uma grande revirada de olhos e um floreio com o dedo do meio.

— Eu não sabia que o tempo que passo no banho era da sua conta.

— É só porque estou indo ao mercado — diz ele, e, sim, é irritação em sua voz. — Queria saber se você podia ficar de olho na Lovie enquanto estou fora.

— Me dá dois segundos.

Termino de me vestir rapidamente, colocando uma calça de moletom e uma regatinha com sutiã embutido. Quando abro a porta, uma nuvem de vapor cumprimenta Adam, que fica embaçado por um segundo antes de o ar se dissipar.

Tento imaginar o que ele vê: cabelo vermelho-cereja solto e molhado. Seios decentes (mas não a ponto de eu precisar de algo mais do que o sutiã embutido), cintura fina que leva a quadris largos que, por sua vez, levam a coxas grossas. Não tenho um espacinho entre as coxas desde que nasci. Unhas dos pés azuis cintilantes, que, agora que estou pensando, meio que...

— Você curte mesmo essa cor — comenta Adam, olhando para minhas unhas com uma sobrancelha arqueada. — Tem várias coisas nesse tom específico de azul.

Se todo esse meu revirar de olhos não me der dor de cabeça, o ranger de dentes certamente vai dar.

— Cuidado — aviso. — Se ficar mais tempo olhando para meus pés, vou achar que tem um fetiche.

Passo por ele e vou para meu quarto, jogando as roupas sujas no cesto e vestindo um suéter cinza por cima da regata. Não tem por que deixar Lovie mais traumatizada do que ela já deve estar, depois de passar os últimos minutos, que duvido terem sido quarenta, sob a atenção total do Adam.

A julgar pelo cabelo arrepiado em minha nuca, é isso que estou recebendo agora. O olhar dele me acompanha enquanto levo a mala para a cômoda e começo a tirar as coisas.

— Acredite — diz ele. — Tem partes do seu corpo muito mais interessantes do que *os dedos dos pés*. — Ele põe as mãos na parte de cima da porta, e sua blusa sobe, revelando um pedaço de pele bronzeada na barriga e o elástico de uma marca popular de roupa íntima masculina. — Tipo sua boca, quando está fechada.

Se está tentando me pressionar, ver até onde estou disposta a ir, vai se surpreender. Como Lovie, não há muito que eu não faria.

— Fixação oral. Delícia. — Abro a gaveta superior esquerda e começo a enfiar minhas coisas ao acaso. — Meus peitos também são uma gracinha.

Olho para baixo, para meu decote, depois para Adam.

A mandíbula dele está tão tensa que se sobressai mais do que o normal, ocupa mais espaço, e manchas vermelhas se formam perto do queixo. Ele vai quebrar um molar.

Ah, que peninha.

Bato os cílios para ele.

— Você precisa de mais alguma coisa ou quer ficar aí parado me olhando o dia todo?

— Eu… — Ele bufa, passando de irritado a frustrado, e se afasta. — Só fica de olho nela.

Aceno com uma das mãos por cima do ombro, indicando que entendi, mas não estou preocupada, e ele já se foi. Há tartarugas que se movem mais rápido do que Lovie, mesmo quando era jovem. Ela nunca tem pressa para ir a lugar algum. Talvez tenha sido por isso que perdi o primeiro trem no dia anterior: o atraso é hereditário.

Meu reflexo me encara do espelho da cômoda, com as laterais e as faces da gaveta cobertas de adesivos e pôsteres de *boy bands*. Em um canto, há porta-retratos prateados com fotos amareladas pelo tempo. As fotos de família mais importantes estão penduradas no corredor e na sala de estar (o casamento dos meus avós, minhas formaturas do ensino médio e da faculdade), mas na parede não tem espaço para abrigar todas elas. O excesso deve ter vindo para cá. Tem algumas fotos do meu avô em seus dias de militar, vestido com o uniforme azul do Exército depois de voltar do Vietnã, e a nostalgia causa uma pontada no meu coração.

Ainda sorrindo para a foto, começo a desfazer as malas para valer. Logo a gaveta superior esquerda fica cheia; talvez eu tenha trazido pijamas demais. Não tem problema, há várias outras gavetas. Só que, quando abro a seguinte, está ocupada.

Por uniformes dobrados com destreza.

Deixando a bagunça para lá, vou para o corredor, pronta para falar a quem quiser ouvir o quanto eu simplesmente *não* sou capaz de dividir espaço com Adam Wheeler, quanto mais uma cômoda.

Mas, a julgar pela ausência de carros desconhecidos na entrada da garagem ou na rua, Adam já se foi. Pensando bem, também não me lembro de ter visto Lovie no meio da minha agitação.

Mas não tem necessidade de entrar em pânico. Ela deve estar no banheiro.

Bato à porta de leve.

— Lovie? — sussurro, depois pigarreio e repito: — Lovie, está aí?

Ela não está no banheiro, mas a casa é pequena. Não tem muitos lugares nos quais se perder. Dou uma espiada nos outros cômodos. Primeiro no quarto dela, pensando que se deitou para tirar um cochilo de fim da manhã. Na sala de estar, para o caso de ela ter começado a assistir a novelas diurnas de qualidade duvidosa.

Na cozinha, porque estou ficando sem lugares para averiguar.

Na varanda da frente, onde mais cedo ela estava sentada para fazer as cruzadinhas. Há um material sintético parecido com grama cobrindo o concreto, um banco de balanço de metal esbranquiçado e nada mais.

Meu coração bate mais forte. Como foi que já perdi minha avó? Faz menos de um dia. Foram menos de *doze horas, porra.* Me inclino pela lateral da varanda até a entrada da garagem. O carro dela está aqui, mas ela, não.

Tenho que ligar para alguém. Acho que, para a polícia, ainda não. Talvez para a AngelCare? Ou para Adam? Talvez ele tenha decidido levá-la ao supermercado e se esquecido de me avisar. Provavelmente para me irritar ainda mais. Mas não tenho o número dele. E ligar para a agência para pedir o tal número ou dizer que perdi minha avó é uma maneira infalível de ferrar todos nós.

Estou à beira das lágrimas, mas me controlo. Será que é tipo quando uma criança desaparece, em que as primeiras quarenta e oito horas são as mais cruciais? Se for assim, só temos mais quarenta e sete horas e cinquenta e seis minutos.

Volto correndo para dentro, fazendo outra varredura.

— Lovie? — chamo repetidamente, tentando não deixar a voz dar qualquer indicação do quanto estou preocupada.

Depois de verificar todos os cômodos da casa mais duas vezes, tiro o celular do bolso e disco os dois primeiros números da emergência. Ainda não estou pronta para apertar o último dígito. Na cozinha, procuro pelos cartões de anotações e lembretes de compromissos fixados na geladeira. O número do Adam tem que estar *em algum lugar*.

Pela janela acima do fogão, noto um movimento no quintal.

Ao abrir a porta, vejo Lovie ajoelhada junto ao canteiro de flores. O alívio me invade, fazendo com que meus membros fiquem ao mesmo tempo leves e pesados, como se eu estivesse andando na água e tivesse acabado de ter a chance de relaxar.

— Lovie! Você está bem?

Eu me ajoelho ao lado dela, tiro suas mãos da terra e verifico se tem cortes, arranhões, deslocamentos.

Os olhos dela se arregalam e depois se enchem de desdém.

— Estou *ótima* — ralha ela, afastando as mãos enrugadas e artríticas.

Eu me apoio nos pés, feliz por ela não estar machucada ou sangrando.

— O que está fazendo aqui fora?

— Estou cuidando do jardim. Sempre faço jardinagem às segundas-feiras.

Foi por isso que não pensei em checar aqui logo de cara.

— Lovie, hoje é quarta.

Ela zomba, voltando as mãos para o solo.

— Não é, não, garota.

Posso dormir que nem uma morta, mas não dormi *tanto* tempo *assim*. Pego o celular e mostro a tela para ela.

— Não, está vendo? É quarta. Primeiro de outubro.

Lovie semicerra os olhos para a tela e percebo que ela não vê os números nem a data.

— Sua geração e esses malditos telefones. Sempre achando que eles sabem tudo — diz ela, com firmeza. Mais calma, talvez apenas para si mesma, repete: — Eu *sempre* faço jardinagem às segundas-feiras.

O alívio que senti segundos antes dá lugar à ansiedade, e o contraste me deixa um pouco zonza. Meus joelhos estão encharcados pela grama, que ainda não secou ao sol. Foi isso que Adam quis dizer sobre concordar com o que ela acredita?

Desfazer as malas pode esperar uma hora até ele chegar em casa. Assim como fazer xixi e piscar.

— Quer ajuda? — pergunto, hesitante e ansiosa.

Lovie nem se dá ao trabalho de olhar para cima.

— Eu dou conta sozinha.

Está explicado de onde puxei isso.

— Quer companhia, então?

*Estou com medo de perder a senhora de vista agora. Quando foi que ficou tão rápida?*

— Estou bem sozinha.

Não acho que ela tenha a intenção de ser grosseira ou incisiva, mas dói como se tivesse sido.

— Tá, eu vou...

Volto para a cozinha, onde, se eu ficar na ponta dos pés, vejo o topo da cabeça dela pela janela. Acho que não vou tirar os olhos dali durante a próxima hora. Nem respirar, na verdade.

Eu nunca me perdoaria se minha desatenção fizesse com que ela se machucasse, se perdesse ou ficasse confusa. Meu amor por ela, essa mulher forte e determinada que me criou, ocupa a maior parte do espaço do meu coração, e não gosto nem de imaginar como eu funcionaria sem ela. Lovie é a pessoa mais importante da minha vida.

Minha avó ainda está lá fora quando a porta da frente se abre. Finalmente pisco os olhos ardentes e os afasto do corpo encurvado dela.

Adam descarrega as compras na bancada da ilha. Seus antebraços estão listrados de vermelho e rosa.

— Não, obrigado — resmunga ele, lançando um olhar mordaz para mim e girando os ombros. — Pode deixar comigo.

Eu seria mais rápida numa provocação sobre ele e seus músculos fracos se me sentisse minimamente brincalhona agora.

— Então... — Encosto o quadril na bancada, observando-o tirar as coisas da primeira sacola. — Olha que história engraçada. Enquanto você estava fora, eu meio que perdi a Lovie por um segundinho, e, quando encontrei, ela achou que fosse segunda-feira. Isso é algo...

A mão dele congela dentro da sacola. Seus olhos são tempestades vivas.

— Você *perdeu* ela?

— Mas também a encontrei — digo, me defendendo. — Você me interrompe muito, sabia?

Esse não é *o* comentário mais importante, mas é *um* comentário que eu queria fazer desde a noite anterior.

Adam esfrega o maxilar. Com força.

— Eu te disse pra ficar de olho nela.

Levanto as mãos, exasperada.

— Foram cinco minutinhos!

— Bastam cinco segundos! — grita ele, os ombros tremendo.

É a primeira vez que ouço o impacto total de sua voz, alta e abrasiva. Áspera, como se talvez tivesse fumado um ou dois maços de cigarros antes. Ele também sempre escolhe as palavras certas, aquelas que causam mais impacto.

E essas certamente causaram. Desde que cheguei, sou eu quem tem estado desorientada e fora de órbita. Eu, não Lovie.

A expressão de Adam fica embaçada. Será que estou *chorando*? Devo estar mais necessitada de uma boa noite de sono do que eu pensava.

Pigarreio.

— Por favor, me perdoa por não ser uma especialista nisso que nem você. Ela é só minha avó, afinal de contas. O que é que eu sei?

— Isso não vai dar certo. — Seu tom ríspido abala meus nervos já em frangalhos.

— Você acha?

Mordisco o lábio para evitar que trema. Um gemido escapa.

— Bom, eu não... Espera. — A voz dele muda no meio do caminho. — Você está chorando?

Mordisco a boca com ainda mais força.

— Não.

— Merda — murmura ele, passando a mão no rosto, a sombra da barba por fazer sempre ali. — Merda, tá bom. Só... me deixa pensar por um segundo.

— Seria melhor eu ir pra casa? — pergunto, porque é a única opção que vejo.

Não quero colocar os cuidados com Lovie em risco e, se Adam e eu continuarmos nos bicando desse jeito, temo que seja apenas uma questão de tempo.

Suspirando, Adam baixa a mão. Seu olhar está pensativo, sério demais, então volto a estudar as unhas azuis dos meus pés. Contra o piso bege pavoroso, elas gritam comigo. Talvez eu tire o esmalte mais tarde.

— Não, não. — Ele se apoia na ilha com as mãos espalmadas e os braços esticados. A cabeça dele afunda entre os ombros. — Só precisamos tomar mais cuidado. Dar uma trégua. — A maneira como ele me observa se infiltra em minha pele, instalando-se nela e me deixando desconfortável. Ele vê mais de mim do que eu gostaria. — Pelo menos perto da Lovie.

É justo. E provavelmente o máximo que posso oferecer.

— Tudo bem. — Mordo o lábio, apontando para as compras. — Tem um sino dentro de uma dessas? Ela se move mais rápido do que eu me lembro.

Ele amassa uma sacola vazia entre as mãos grandes.

— Você só não está acostumada a ter que cuidar dela ainda, quando durante a maior parte da sua vida foi o contrário.

Odeio o quanto Adam soa seguro, o quanto está confiante acerca da direção que as coisas estão tomando e o quanto tem certeza de que somos capazes de fazer isso juntos.

Estou começando a suspeitar de que *não* precisamos fazer isso juntos. Lovie parece não precisar nem um pouco de mim.

# CAPÍTULO OITO

Acho que o melhor a fazer é agir e falar o mínimo possível pelo restante do dia. E evitar Adam como se minha vida dependesse disso.

Mais cedo ele estava certo: a maior parte do dia de Lovie tem sido ocupada com jardinagem, cruzadinhas e programas na TV aberta no início da tarde. Eu não desgrudo os olhos dela, que tenta me dispensar em quatro ocasiões diferentes. Não estou gostando nada disso.

Adam também está sempre presente, à margem, servindo à minha avó lanches e chá gelado sem açúcar que ele deve ter feito em algum momento. Não me ofereceu um copo.

Depois de deixar Lovie no sofá com (mais) uma cruzadinha, vou para a cozinha. Durante um tempo em que nada aconteceu, no qual Lovie seguiu ignorando minha existência como se não tivesse nada a ver com ela, pesquisei alimentos que ajudam a combater o Alzheimer. Folhas verdes, legumes, como brócolis, e certos temperos são boas opções.

Mas Adam já está no fogão, e um aroma quente e orgânico preenche o ar.

Sua respiração é tão próxima de uma risadinha que tenho vontade de limpar meus ouvidos, só para garantir que não estou escutando errado.

— Se está querendo fazer o jantar, chegou tarde.

Ele parece… simpático. Definitivamente vou fazer a limpeza dos ouvidos. Acrescento cotonetes à minha lista mental do Walmart.

— Nem está tão tarde assim — digo. — São só cinco da tarde.

— Ela vai para a cama às oito em ponto. Depois do *Jeopardy!* — explica Adam, dando de ombros.

Ele tira alguns pratos do armário e começa a colocar comida em um deles: frango assado, verduras, grão-de-bico e couve-flor. A maior parte parece nojenta, mas o cheiro está maravilhoso. E é bom para o Alzheimer.

Cruzo os braços, mas volto atrás quando o suor começa a se acumular sob o tecido grosso. Meu suéter era mais para me cobrir do que para me proteger do frio, e é demais nesta cozinha minúscula, ainda mais com o fogão ligado.

Adam passa por mim, pegando os talheres na gaveta a caminho da mesa. O único prato feito vai para o lugar habitual de Lovie. Parece que ele já fez isso centenas de vezes. Nem hesita ao pegar um copo no armário. Até o modo como deixa o quadril descansar na ilha enquanto serve outro copo de chá gelado demonstra familiaridade com o ambiente.

Perco a luta e tiro o suéter.

— E você só começou ontem? — pergunto para ele, com as sobrancelhas franzidas.

Minha pergunta o faz estacar, e Adam estreita os olhos antes de se virar para mim, com o maxilar cerrado.

— Já fiz alguns rodízios aqui, quando ela tinha os check-ins semanais e depois diários.

Foi Lovie quem escolheu a AngelCare um ano e meio antes, quando tinha mais dias bons do que ruins. Nessa época, ela me deu uma procuração e a escritura da casa. Queria "facilitar" isso para mim, como se fosse possível. Como se, com todas as caixinhas ticadas (menos o seguro de saúde, aparentemente), testemunhar seu estado, me vendo sem me *reconhecer*, não fosse arrancar meu coração.

— Pode fazer seu prato, se quiser — diz Adam, me trazendo ao presente.

Ainda estou satisfeita do almoço (que também foi ele que fez), mas tenho certeza de que é uma oferta única, então não discuto. Estou sentada com meu prato e um copo de água antes de Lovie entrar na cozinha, Adam logo atrás, os braços estendidos. Esperando para pegá-la em caso de queda.

Quando está quase sentada, Lovie perde o equilíbrio e tomba para o lado.

Entro em ação tão rapidamente que quase caio eu mesma, mas Adam é mais ligeiro, calmo e controlado, e a segura com uma mão delicada no cotovelo. É um gesto menos íntimo do que o que presenciei mais cedo, quando ele me agarrou ao cairmos do armário, mas tão firme quanto.

Espero Lovie abençoar a comida. É algo enraizado em mim desde que aprendi a falar. Em vez de contar carneirinhos quando não consigo dormir, faço a oração da refeição em família: *Querido Deus, obrigada por tudo o que o Senhor nos dá. Obrigada por nossa comida, família e amigos. Por favor, permita que todos que conhecemos estejam felizes, saudáveis e seguros. Amém.*

Mas, em vez disso, ela pega o garfo e começa a comer as verduras.

Adam se acomoda ao meu lado, com uma porção quase idêntica à minha, apesar de ele pesar uns vinte quilos a mais. Será que não pensou que eu ia jantar com eles? Alguma coisa parecida com culpa revira minhas entranhas.

Ou estou com fome demais e meu estômago começou a comer a si mesmo, e esta se trate de uma sensação que imita a culpa.

Durante o jantar, olho para Adam para ver se vamos ser cordiais, se vamos ter algum tipo de conversa civilizada, mas ele não retribui nenhum olhar, pois está concentrado em seu prato ou no de Lovie. Não tenho certeza de como interagir com ele quando não estamos querendo pular um no pescoço do outro. O silêncio passa de confortável para constrangedor, e, por volta da quinta garfada de couve-flor (eu nem gosto de couve-flor), decido que cheguei ao meu limite.

Pigarreio.

— Lovie, tudo bem se depois do jantar eu assistir a seus programas com você?

Se o frango já não estivesse morto, o olhar gelado dela teria bastado.

— Só se você não gritar as respostas. Tira a graça dos outros.

Suspiro e me seguro para não fazer careta. Odeio ter a resposta certa e não dizê-la até ser tarde demais. Sempre acho que não vão acreditar em mim quando eu falar que já sabia.

Adam toma uma golada de água (ao contrário de mim, acho que ele está tentando não sorrir) e, quando termina, o copo está quase vazio. Ele não é apenas um ladrão de cama; também é um camelo.

O restante da refeição é feito num silêncio incômodo e prolongado. Está tão calor que, em determinado momento, me levanto para me certificar de que o forno não está ligado, e minha última mordida nem foi completamente mastigada antes de eu me oferecer para lavar a louça.

— Não precisa fazer isso — diz Adam.

Ele traz seu prato e o coloca ao lado do meu.

— Você cozinhou — respondo, arrancando o prato da mão dele.

Preciso fazer *alguma coisa*. Não vim para cá de férias, caramba, e hoje me senti tão inútil quanto uma lata de alumínio vazia.

Um suspiro de satisfação ecoa em meus ouvidos e, quando me viro, Lovie nos observa com um olhar carinhoso.

— Vocês deviam fazer isso juntos. A carga fica mais leve quando tem alguém para ajudar a carregar.

Se essa não é uma das Regras Duronas do Amor da Lovie, deveria ser.

Eu devia ter 11 ou 12 anos da primeira vez que ela disse algo tão pungente e tão revolucionário que parei o que estava fazendo para anotar. Naquela época, eu já sabia como era sortuda por ser criada por uma pessoa que entendia o valor de sua vida e de seu tempo, e que incutia esses mesmos valores em mim. Ela só usava minhas pisadas na bola como oportunidades para me lembrar de algo que eu já teria aprendido se, para começo de conversa, a tivesse ouvido. Levei muito tempo para começar a dar ouvidos a Lovie, então prometi nunca mais parar.

No seu aniversário de 70 anos, dei a ela uma lista das minhas regras favoritas, com uma fonte elegante no topo que dizia *Regras Duronas do Amor da Lovie*. Não havia como capturar todas, mas tentei.

Da primeira vez que cheguei em casa depois do horário estipulado: *Se quiser pegar a rota com vistas bonitas, certifique-se de que seu lugar de destino ainda vai estar aberto quando você chegar lá.*

Depois que ela e o vovô Bobby descobriram sobre as férias em Aruba que reservei no cartão deles para evitar responsabilidades que pareciam excessivas demais, difíceis demais, rápidas demais: *Varrer algo para debaixo do tapete não faz com que desapareça. Só coloca sua sujeira em um lugar diferente.*

Quando liguei e contei sobre minhas aventuras loucas no meu primeiro mês na faculdade, porque eu contava tudo a ela, e porque estava com saudade, e porque achei que estava cometendo muitos erros cedo demais: *Use batom. Beije o cara. Cometa erros. Principalmente os divertidos.*

Algumas eram mais bobas, mais leves: *Nunca guarde o segredo de alguém que não guardaria um seu. Sempre use calcinha limpa.*

Algumas... não. *Ser tratada como uma rainha parece divertido até você se lembrar de todas as cabeças que tiveram que rolar para isso acontecer.*

Foi em meio a todas aquelas regras, aquelas coisinhas descartáveis que eu não valorizei na hora, que ela me ensinou a viver. A me tornar minha própria versão da pessoa que sempre busquei ser: ela.

— Vai lá, Bobby — diz Lovie agora, apontando para o pano de prato de piquê pendurado na alça do forno. Acrescento mentalmente sua última Regra Durona do Amor à minha lista. — Comece a secar.

Há algo estranho no olhar de Adam. Seus lábios se contraem e relaxam algumas vezes.

— Eu lavo, se você quiser secar. — Ele abre a torneira.

Estamos mesmo ultrapassando os limites desta trégua. Não sei se consigo ficar tão perto de Adam e água corrente sem enfiar a cabeça dele debaixo da torneira.

Olho por cima do ombro, e Lovie está tentando sair do cômodo de fininho.

— E se ela tentar escapar de Alcatraz outra vez?

— Isso implicaria que ela tentou escapar da primeira vez. — Ele testa a temperatura e ajusta as torneiras. — Mas não vai acontecer. Ela gosta demais dos programas dela.

Então, nos acomodamos em algo... bem, não relaxado, mas tranquilo. Sem mais nada para fazer, observo as mãos de Adam enquanto ele lava a louça. Suas unhas são redondas e bem cortadas; os nós dos dedos, proeminentes e largos, ficando vermelhos sob a água quente. Veias e tendões se entrecruzam em direção aos pulsos e antebraços.

Por que *sempre* são os antebraços?

Afasto o pensamento enquanto ele me entrega a louça limpa e molhada, que seco e guardo.

Tudo está como sempre foi em toda a minha vida. Exceto pelo fato de que a mulher na sala por alguma razão acredita que estou apaixonada pelo homem ao meu lado.

Isso é novidade.

# CAPÍTULO NOVE

Mais uma novidade?

Quando vou para a sala de estar alguns minutos depois, Lovie se empoleira num lugar diferente daquele em que a vi a vida inteira. Desde que me lembro, sempre que nos acomodávamos, fosse para ver filmes, jogos ou o Desfile de Ação de Graças da Macy's, ela se sentava bem no meio do sofá. Alegava que era a almofada mais aconchegante. Não posso corroborar, já que nunca tive permissão de me sentar ali.

Mas, agora, ela está do lado esquerdo, e Adam, na outra ponta. Estou prestes a virar um sanduíche de Elle.

— Lovie, por que você não vai pro meio? — sugiro, abrindo um sorriso sem graça e apoiando minha bebida num porta-copo.

Sempre num porta-copo. Regra Durona do Amor Número Vinte e Dois.

Ela revira os olhos, me dispensando com um gesto enquanto começa a música-tema de *Wheel of Fortune*.

— Por que eu faria isso? Ele não é *meu* marido.

O som que voa dos meus lábios é ao mesmo tempo indignado e debochado.

Mas então o pé de Adam se mexe só *um tiquinho*, conectando-se com minha canela no ponto que já está sensível, e, embora ele esteja sorrindo para mim, vejo o desafio por trás daqueles olhos cor de índigo.

Adam dá um tapinha no lugar ao lado dele e estende o braço pelo encosto do sofá.

— Vem cá, querida.

Ele inclina o queixo para o lado, o que o deixa... mais jovem. Brincalhão. Alguém que tem um segredo, mas é muito ruim em guardá-lo.

Acho que é meio isso mesmo o que estamos fazendo.

E, no momento, tem certa energia em Lovie que não testemunho desde sua última visita à cidade. Ela é a mulher de que me lembro, imprevisível no melhor dos sentidos e afiada como uma faca. Meu sorriso forçado vira genuíno.

Por causa da mesa de centro, tenho que pular as pernas de Adam para chegar ao espaço do meio. Ele pousa a mão no meu quadril quando tombo de lado, mas um olhar rápido e sério meu o faz recuar, sua boca se apertando para conter um sorrisinho. Ele também não leva muito jeito nisso.

Sento-me com todo o cuidado e tento me encolher para não encostar nenhuma parte do meu corpo em nenhuma parte do corpo de Adam. Nem esta almofada do meio, que *é* realmente mais confortável que as outras, é suficiente para relaxar minhas defesas.

Enquanto me ajeito, e ele ocupa tanto espaço, fico desejando ter feito o contrário do que parece lógico e ter colocado meu suéter de volta. Assim teria menos área de contato com ele.

Adam também está desconfortável, tentando tirar o melhor de uma situação ruim. Infelizmente, cada vez que se move, sinto um sopro de seu cheiro. Não é tão tóxico e masculino quanto eu temia de início, o que me dá mais medo ainda. É caloroso, defumado (acho que, antes, descrevi como *verão*). Pele quente e boas recordações.

Não mexo um músculo durante a primeira rodada de *Wheel of Fortune* (resposta: *diferença entre dia e noite*) e durante todo um intervalo comercial.

Em determinado momento, Adam baixa a mão, e a pulseira de seu relógio roça no meu ombro. O frio me faz estremecer.

Ele engole em seco com força.

— Desculpa.

— Tudo bem — me forço a falar. É o máximo que consigo.

Quando Lovie volta de uma ida ao banheiro, dá uma risadinha de desdém ao nos ver.

— E eu aqui achando que vocês dois estavam apaixonados. Já vi dois peixes mortos com mais química que isso. Não precisa ser educado por minha causa, Bobby. Eu não sou nenhuma puritana.

Agora, é vez de Adam soar como se estivesse morrendo. Que legal da parte dele se juntar a mim aqui, entre a cruz e a espada. Me arrasto dois centímetros para o lado dele e seguro seu joelho.

— Você a ouviu, querido. — Dou uma piscada exagerada e subo a mão alguns centímetros, aí baixo a voz ao falar: — Faz parecer que é *amor*.

Meus olhos refletem meu próprio desafio, e Adam o aceita.

Ele desliza o braço do encosto do sofá e pousa no meu ombro, com os dedos na parte de cima do meu braço. O relógio já não está frio contra minha pele. Ele me puxa mais para perto, alinhando toda a lateral do nosso corpo. Não tem por que ficar assim tão perto, mas, quando tento me afastar, ele firma a mão.

O programa volta do comercial, e fico aliviada de poder me concentrar em outra coisa que não o calor dele.

Uma brisa suave sopra o cabelo ao redor do meu rosto.

— *O apanhador no campo de centeio.*

O murmúrio dele em meu ouvido me desarma tanto quanto sua respiração em meu pescoço. Um arrepio e um calor me atravessam ao mesmo tempo e, como se meu coração também não conseguisse decidir o que sentir, ele para antes de começar a bater desordenado.

Pisco.

— O quê?

A risada de Adam é tão próxima que vibra em mim como se fosse minha.

— *O apanhador no campo de centeio*. A resposta. A Lovie disse para não gritar, mas... — Ele dá de ombros, e isso também me sacode.

Na tela, um dos concorrentes chuta *s*. O apresentador abre um sorriso de consolo. Não tem nenhum *s*.

Olho para Adam de soslaio e então volto para o jogo. Cacete. Ele tem razão.

E, depois de mais duas letras, Mary, de Albuquerque, também acerta.

— Eu sabia — diz Lovie, cruzando os braços.

Apesar de todo o papo de "não gritar as respostas", a maior transgressora disso é a própria Lovie. Durante todo o resto de *Wheel of Fortune* e *Jeopardy!*, assim que a resposta fica clara para ela, Lovie a dispara tão rápido que, se usasse dentadura, a coitada sairia voando até o outro lado da sala.

Adam continua a cochichar os palpites ao lado da minha têmpora. Seus lábios não chegam a me tocar, mas outras partes dele, sim. A mão em meu ombro sobe pelo pescoço e começa a brincar com meu cabelo.

Como não lido bem com derrotas, decido devolver na mesma moeda. Subo a mão até encontrar o meio da coxa dele, firme e musculosa sob meu toque.

A respiração de Adam falha em meu ouvido, e seu corpo se retesa enquanto ele solta, dessa vez mais alto:

— Mil novecentos e setenta e seis.

Opa.

Lovie bufa. Quando o concorrente da tela confirma que Adam tinha razão, ela bufa de novo. Preciso sufocar uma risada.

Eu entraria no jogo do Adam se soubesse alguma das respostas, mas não é surpresa que a arquitetura da Grécia Antiga não seja um assunto que aparece muito no metrô. Nem a Exposição Internacional de 1992.

Durante a seção Double Jeopardy, quando o apresentador revela uma categoria chamada, apenas, "Podcasts", me empertigo um pouco. O concorrente começa com oitocentos dólares.

— Minha neta tem um desses podcasts — comenta Lovie, e meu peito se infla de orgulho.

Ela pode até não saber que estou sentada ao lado dela, mas estou ali, em algum lugar.

— Este programa tem duas melhores amigas que debatem morte e crime de todos os tipos, e os ouvintes podem enviar suas próprias histórias, chamadas de "Hometown".

Eu sei. Caramba, para não saber, só se a pessoa estiver vivendo embaixo de uma rocha.

Mas Adam fica quieto, assim como Lovie e os concorrentes.

Preparando-me para ser recebida tanto por seu olhar penetrante quanto por seu cheiro intoxicante, me viro para Adam e coloco a boca em sua orelha:

— *My Favorite Murder* — cochicho.

Nenhum dos concorrentes chuta. Quando o tempo acaba, Ken Jennings mostra que estou certa, e Adam murmura em aprovação, os olhos brilhando.

Os participantes seguem para a pergunta seguinte e, mais uma vez, eu sei a resposta logo de cara, mas fico quieta, segundo as instruções de Lovie.

Adam puxa uma mecha do meu cabelo.

— E aí?

— *Stuff You Should Know.* — Um sorriso, raro na presença dele, se abre em meu rosto.

Ele baixa o olhar para minha boca.

— *Stuff You Should Know* — repete ele.

Deve estar desacostumado à minha boca em um formato bonito como meu sorriso.

Para cada *Dark History* e *Call Her Daddy* não respondido, os murmúrios de aprovação de Adam são mais satisfatórios do que saber que, se estivesse concorrendo, eu teria cinco mil e seiscentos dólares no bolso. Para reduzir o prejuízo, os participantes seguem para outra categoria antes de decidirem que não conhecer podcasts é menos vergonhoso que não saber astrofísica. Eles trocam de volta para terminar a categoria.

— Este programa acompanha a apresentadora homônima enquanto ela viaja pelo metrô de Chicago e entrevista outros usuários do transporte público.

— Ai, meu Deus! — exclamo, chegando mais para a frente. O braço de Adam cai dos meus ombros. Meu coração fica preso na garganta. — É o meu programa.

Adam sibila, arrancando minhas unhas de sua coxa.

Nem consigo começar a formular um pedido de desculpas. Meu cérebro ainda está congelado. Meu podcast está no *Jeopardy!*. Preciso fazer alguma coisa. Tirar uma foto, começar uma live, sei lá.

— Por que eles não estão apertando o botão? *Elle na L.* Alguém responde!

Ninguém fala. A campainha soa, e a pergunta continua sem resposta. Jogo a mão no ar, quase atingindo Adam.

— Puta merda! — exclamo.

Três coisas acontecem ao mesmo tempo: Adam solta uma risada áspera, Lovie resmunga e o apresentador diz:

— A resposta que queríamos era *Elle na L.*

De olhos arregalados e boquiaberta, fico de pé num salto e me viro:

— Eu apareci no *Jeopardy!* — grito por cima do barulho do game show.

Lovie parece não entender nada; Adam também, acho, porque seus olhos escurecem ao olhar para mim.

Eu me balanço sobre pernas trêmulas e, de meia, devo parecer um jogador de futebol americano se aquecendo no Super Bowl.

No bolso, meu celular começa a apitar com notificações. Meus ouvintes são mais ligados nessas coisas do que eu. Um deles me lembrou de que tenho que marcar um exame preventivo na primavera.

Lovie murmura algo sobre ir buscar mais chá e desaparece na cozinha. Adam faz menção de segui-la, mas puxo meu telefone e jogo para ele.

— Faz um Boomerang.

Ele o pega com uma só mão e endireita a tela.

— Um o *quê*?

— Tá — digo. — Abre o Instagram.

Quero fazer uma piada sobre como ele é muito jovem para ser tão desatualizado, mas nada vai conseguir acabar com minha empolgação agora. Eu apareci na porra do *Jeopardy!*. O nome do meu podcast vai ficar, tipo, nos arquivos do programa. E como eles nunca, jamais, em hipótese alguma reciclam dicas, não é exagero dizer que entrei para a história.

— Dakota Fanning com dois pontos de exclamação falou para checar suas redes sociais — diz ele, franzindo a testa para a tela. — E agora estou no Instagram. É para olhar essa caixinha com quinhentas notificações ou continuar para o tal do Boomerang?

— *Quinhentas?*

Ele arregala os olhos.

— Setecentas agora.

Faço de novo minha dancinha feliz.

— Eu estou famosa. Você está na presença da realeza.

Ele revira os olhos.

— Quer que eu volte o episódio para você poder fazer — ele acena na vasta direção dos meus pés — seja lá o que é *isso aí* ao lado da dica?

— Ótima ideia.

Ele abre a boca. Deve ter sido sarcasmo.

Adam volta o programa, e estico o pescoço para dar uma espiada em Lovie na cozinha. Ela murmura algo para si mesma (provavelmente que eu gritei a resposta antes de ela conseguir fazê-lo) e fuça os armários.

Quando Adam diz que está pronto, faço uma pose.

— Vai um pouco pra, hum, esquerda? — Suas sobrancelhas formam uma linha reta na testa. — Talvez deva se virar um pouco mais pra mim?

Ele está focado, com os olhos fixos no meu celular, que nas mãos gigantescas dele parece minúsculo. Provavelmente consigo esconder meu rubor com filtro.

— Ainda vou transformar você num marido de Instagram, Adam Wheeler.

Agora é a vez dele de corar.

Para minha surpresa, o primeiro Boomerang fica fofo e usável. Não sei se é uma prova da minha alegria genuína ou das habilidades de Adam.

O bom humor é tanto que estou disposta a dividir o crédito.

# CAPÍTULO DEZ

Muito depois de Lovie já ter ido dormir, fico no sofá, curtindo e respondendo aos comentários. Na mesa de centro, o chá de camomila esfria na minha caneca de borboleta.

**@jollyxholly527:** EU BERREI!
**@EllenaL ✓:** EU TAMBÉM!!!
**@SweetiesCakesChicago:** que orgulho de você, amiga!

É Liss. Digito uma resposta, embora tenhamos passado a noite toda trocando mensagens sobre minha nova fama. Meio que estou na expectativa de que ela me mande um bolo de parabéns pelo FedEx.

**@EllenaL ✓:** ai, amiga! Tô até com vergonha

Continuo rolando a tela até achar um que azeda meu sangue.

**@thatguy3k00:** Grande coisa. Já teve + de 500.000 dicas na história do @Jeopardy. Está bem óbvio que estão ficando sem material.

Ah, que ótimo. Até os trolls vieram me parabenizar. Curto o comentário dele e sigo para o de Dakota:

**@DMillsBakes:** QUANDO VOCÊ VOLTAR DA GUERRA, VAMOS TE LEVAR PRA COMEMORAR.

Isso me faz sorrir que nem idiota para a tela, e estou tão concentrada em tentar passar pelas centenas de comentários que nem noto o sofá afundando do meu lado.

— Ainda está "boomerangando"? — pergunta Adam.

Ele pega o controle remoto da mesa de centro.

Eu bufo.

— Você não pode falar uma coisa dessas. Parece que está descrevendo alguma sacanagem.

— Mil desculpas.

Ele passa pelos canais antes de decidir-se por um resumo esportivo noturno. O calor de seu olhar é latente em minha pele. Ainda o sinto pressionado ao meu lado. Os dedos dançando no meu cabelo. A coxa dele firme sob minha mão.

— Eu te diria pra tirar uma foto — provoco —, mas, como faz uma hora que você aprendeu o que é um Boomerang, minhas expectativas estão baixas.

A risada dele é rouca, como se enfim tivesse se cansado do dia. Antes de eu ser catapultada à fama, também estava exausta.

— O que está fazendo? — pergunta Adam, interrompendo minha ginástica mental.

— Respondendo a comentários.

— *Ainda?* Você é mesmo tão conhecida assim no Instagram?

Dou de ombros.

— Em tudo.

— Onde mais?

Embora continue de uniforme, agora que Lovie já foi dormir ele parece mais tranquilo. Seus ombros não estão tensos e seus braços estão cruzados em cima da barriga, numa pose relaxada. As sombras em seu maxilar pela segunda noite seguida indicam que provavelmente ele faz a barba toda manhã.

Olho o lugar vazio entre nós; a almofada do meio deve ser uma espécie de Terra de Ninguém autodeclarada.

Graças a Deus eu sou alguém.

Deslizo para lá, apoiando os pés ao lado dos dele, e inclino a tela para ele poder ver.

— Então, esta é a internet.

— Bom saber. E o que é esse dispositivo no seu colo?

— O MacBook? — Olho para Adam de relance e pego um vislumbre de seu sorriso antes de ele arrancá-lo do rosto. É mais engraçadinho do que pensei. — Bom, Adam, isto é um notebook. Um computador portátil. Já ouviu falar?

Ele assente, solene.

— Internet. Notebook. Nada de boomerangando. Saquei. — Ele aponta para minha marquinha azul. — E isso?

— É só o meu verificado. Nada de mais.

Adam não responde de imediato, e olho para ele de soslaio. Suas sobrancelhas e sua boca estão franzidas.

— Você não sabe o que significa ser verificada? — Como alguém que sobrevive da internet, considero isso um crime. Uma completa vergonha. — Putz. Então, quando você tem um nome, ou marca, ou... sei lá, um negócio conhecido, ou algo do tipo, pode pedir para ser verificado. O que basicamente confirma que você é quem está dizendo ser.

— Tá, mas por quê? Por que isso é necessário, quer dizer?

Eu me sinto ensinando Lovie a mandar mensagens de texto de novo.

— Bom, por causa dos trolls.

— Aqueles elfozinhos que têm uma nuvem de cabelo da cor do arco-íris? — A preocupação no olhar dele é tão alarmante que meu coração dá outro solavanco. Não tem como isso ser saudável. — Minhas sobrinhas são muito fãs, mas o que é que isso tem a ver?

Uma gargalhada explode sozinha dos meus lábios.

— Você só pode estar de brincadeira.

Adam solta uma risadinha baixa, se movimentando, e eu tombo para o lado à medida que o sofá cede sob o peso dele.

— Antes, sim.

Subo de volta para o comentário de @thatguy3k00.

— Este cara basicamente é meu arqui-inimigo. Tenho certeza de que ele goza toda vez que aponta minhas falhas.

Adam movimenta a boca enquanto lê o comentário, cada vez mais parecendo que chupou um limão.

— Não dá para bloquear ou denunciar?

— Na verdade, não me incomoda. Porque, para cada comentário dele, tem mais dezenas assim.

> **@DFWMama6:** Que demais! Tenho muito orgulho de você e de tudo que conquistou. Te amo como se fosse minha filha! Seu trabalho é importante.

— Esta mulher tem seis filhos e mora em Dallas — explico. — A filha tem artrite reumatoide juvenil e, toda semana, enquanto a menina está fazendo as infusões, ela escuta meu programa. É uma das poucas coisas da vida que são só para ela. Eu amo proporcionar isso às pessoas.

Ele baixa o queixo.

— Então você faz para as mães de seis de Dallas, em vez de para os trolls.

Balanço a cabeça numa mescla entre sim e não.

— Faço por mim, na maior parte. Eu amo conversar com as pessoas. Cortar a encheção de linguiça e ir direto ao cerne do que faz a gente humano. Esses comentários são só um bônus.

Ele estende o braço pelo encosto do sofá, bem parecido com como fez mais cedo. Desta vez, não encosta em mim.

— Eu ia perguntar sobre o que é o podcast, mas acho que eles explicaram no *Jeopardy!*.

Solto um pequeno guincho e levo a mão à boca, envergonhada. Mesmo assim, uma risadinha nervosa escapa, e eu pressiono o joelho na coxa dele. Inspiro, e um pedaço de cabelo solto entra na minha boca.

Ele me encara com uma faísca naquele oceano azul-escuro. O luar refletido no movimento das ondas, só durando aquele milésimo de segundo no tempo. Parece especial ter visto aquilo, como se eu houvesse testemunhado algo raro, que acaba se estendendo por mais vários segundos, enquanto nosso olhar se prende um no outro. Há uma pulsação magnética vibrando sob minha pele, e tenho a sensação de que ele está decifrando cada pedaço de mim.

Os olhos estão quase pretos quando Adam levanta a mão e move a mecha de cabelo com o dorso do indicador, com uma delicadeza que me provoca um arrepio. Ele precisa de algumas tentativas até conseguir.

Parece irritado por demorar tanto, mordendo o lábio e unindo as sobrancelhas.

Mesmo depois que ajeitou todo o cabelo, ele estende de novo a mão, roçando o canto da minha boca com o polegar. Meus batimentos pulsam em todo lugar que nos tocamos, e não respiro por medo de romper este momento que criamos.

Não tem por que continuarmos fingindo agora. Lovie está dormindo, seu cérebro reiniciando durante nossa conversa... ou nosso olhar. Esse amorzinho fingido pode acabar e, amanhã, a gente volta a matar um ao outro mentalmente.

Mas é quase legal conversar com Adam quando ele não está sendo babaca e grosso e me impedindo de ficar na minha cama. Pelo menos ele sabe quem eu sou, o que é mais do que posso dizer de Lovie.

É uma trégua e tanto. Eu poderia muito bem me perder aqui, no espaço de ser conhecida.

— Você está com molho barbecue na cara desde a hora do almoço — declara ele, soltando a mão no colo com um tapa. — Deve ter no seu cabelo também.

Pronto, já era.

Enquanto me arrasto para a outra almofada, discretamente limpo a boca no ombro. Adam dá um risinho dissimulado, esfregando a ponta dos dedos na calça.

Firmando os pés na Terra de Ninguém como barreira entre nós, giro o dedo nos cordões da minha calça de moletom.

— Você comentou que tem sobrinhas. Quantas são?

Minha voz sai rouca, como se fosse por falta de uso. Tem vidro na minha garganta. E o canto da minha boca formiga onde ele encostou, como se tivesse me cortado ali.

Mas pode ser só o molho barbecue.

Adam deixa o joelho cair perto do meu pé antes de reconsiderar.

— Três. — Ele solta um bocejo falso tão grande que daria para ver do espaço. — Como você quer resolver a coisa de dormir? Revezar a cama?

Eu deveria ser generosa, cheia da hospitalidade do Meio-Oeste. No atual estado, este sofá poderia concorrer com uma laje de concreto para ver quem proporciona o sono mais desconfortável. Fico de pé, me espreguiçando com os braços acima da cabeça. O sutiã embutido sobe pela minha costela. Puxo a bainha para baixo, e um pequeno bocejo escapa de mim também.

— Vou ficar com a cama, obrigada.

Ele assente, sem me encarar.

— Por hoje ou… — O rosto dele é pura decepção. — Para sempre. Você vai ficar com a cama para sempre.

— Vou, sim. — Colocando o laptop embaixo do braço, faço uma mesura dramática. — Em geral, eu faço um suco verde às sete, antes de sair para correr. Você não vai querer ficar de fora dessa.

— Espera.

A voz dele me alcança quando chego no corredor, e o vejo se levantando através das ripas do corrimão.

Será que vai me tocar de novo? Terminar seja lá o que tenha sido que começamos no sofá? Ou talvez ainda antes, lá no armário de lavanderia. Meu coração dispara. Minha pele está quente e sensível.

Ele inspira ao passar por mim, evitando meu corpo o máximo que dá.

— Preciso das minhas coisas que estão no quarto.

Como eu podia esquecer todo o precioso espaço das gavetas ocupado pelos muitos, *muitos* uniformes dele? E, sério, de quantos pares alguém precisa? Não dá para misturar a parte de cima com a de baixo? Vou atrás dele pelo corredor.

— Você tem um apartamento?

— Tenho, perto de Goshen. — Adam acende a luz do meu quarto, e entro logo depois dele. — Está tão ansiosa assim para se livrar de mim?

— Só imaginando a distância que teria que chutar isto para ir parar na sua porta. — Cutuco a mala dele com a ponta do pé.

— Se começar a te incomodar aqui, me avisa e eu coloco no armário do corredor, ou algo do tipo.

Ele estica a mão ao meu lado, roçando de leve meu joelho.

Dou um pulo, e o colchão bate nas minhas pernas. Cruzo-as como se estivesse caindo de propósito.

— Aham! — Amasso o edredom desarrumado em uma bola embaixo da minha cabeça. — Perfeito.

Ele se endireita, pairando acima de mim. Dá um passo para trás, depois outro. Adam me observa uma última vez, relaxada na ponta da cama como se não tivesse literalmente *fugido* do toque dele, e se vira para a cômoda.

— Você está sendo bem cordial. — Por algum motivo, mesmo olhando para a nuca dele, sei que Adam está sorrindo enquanto vasculha as gavetas. — Vou deixar você ficar com a cama hoje, considerando sua grande conquista pessoal. Mas, amanhã, tudo pode acontecer. Me conta, Elle, você gosta de pimenta-caiena nesse seu shake?

Ofego, me sentando rápido a ponto de distender um músculo.

— Você não faria isso.

— Provavelmente não mesmo. — Ele olha por cima do ombro ao sair do quarto. — Mas acho que veremos.

Sim, veremos, Adam. Veremos.

# CAPÍTULO ONZE

Não vai ter pimenta-caiena no meu shake, porque acordo cedo e a escondo no fundo do armário de temperos. Doeu minha alma quando vi o cinco e os dois zeros no celular, antes de lembrar por que estava de pé àquela hora.

Só por garantia, também escondo a páprica, a pimenta chili em pó e os flocos de pimentão.

Não sei bem a que horas Lovie tem levantado, mas, quando espio e a encontro num sono profundo, fico confortável de deixar um bilhete no balcão e escapar para uma corrida. Meus olhos param num Adam dormindo na sala, a boca relaxada e soltando um ronco suave de vez em quando. Seus pés estão dependurados na ponta do sofá, e só me sinto levemente culpada de ficar com a cama até ver as amadas meias dele.

Regra Geral da Elle para a Vida Número Um: nunca demonstre compaixão por um psicopata. Cinco quilômetros e meia hora depois, nascer ainda é só uma ideia para o sol, o orvalho se agarrando em gotas gordas à grama. Entro com tudo pela porta da frente, agora mais do que nunca pronta para aquele shake.

E, quando contorno a cozinha depois de tirar os tênis, surpreendentemente ele está lá: um suco verde de aparência perfeitamente normal, bem no meio da ilha. Adam está ao fogão. Não vejo o liquidificador, então ou ele lavou e guardou, ou escondeu em algum lugar para apodrecer. Talvez embaixo da minha cama.

— A corrida foi boa? — A voz dele está casual, como se as conversas entre nós sempre fossem fáceis assim.

Tem uma música tocando baixinho em algum lugar atrás dele, talvez em seu celular, algo antigo e cantarolado que Lovie com certeza vai reconhecer.

Indo até a ilha, espio o interior do shake. Não tem cheiro de grama, o que com shakes verdes não é nada fácil de conseguir. Levanto os olhos, mas não o queixo, torcendo para minhas olheiras parecerem mais ameaçadoras que o normal.

— Cadê a Lovie?

Adam mexe ovos na frigideira mais precária de todos os tempos. Lovie tem esse treco há anos; a alça está tão solta que é preciso movê-la com duas mãos ou arriscar derrubar todo o conteúdo no chão quando ela inevitavelmente se soltar.

— Se vestindo — responde ele, deslizando o pão para as aberturas da torradeira retrô marrom. — Se ela não voltar em uns minutos, você pode ir dar uma olhadinha? Ela dá muito valor à privacidade.

— Sei como é.

Pego o shake e o avalio. Provavelmente não tem cola. Tratando como se fosse uma granada, pouso-o com delicadeza e cruzo os tornozelos embaixo da ilha, que tem um pequeno vão nesse único ponto. O espaço tem mais ou menos o tamanho de uma lava-louças, mas a casa é tão velha que não pode ter sido essa a intenção. Quando eu era criança, passava correndo pelo buraco como parte do meu loop corredor-cozinha-lavanderia. Chorei quando fiquei alta demais para caber.

Aponto para a bebida verde com a cabeça.

— O que é isso?

O maxilar dele se contrai com algo que agora reconheço ser humor.

— Então, um shake é…

— *Quais* são os ingredientes, Adam?

— Maçã, banana, espinafre e leite de amêndoa. Ah, e um pouco de abacaxi que encontrei no fundo do freezer, então, se o gosto estiver estranho, talvez seja isso. — Ele relaxa, se apoia na bancada e toma um gole de uma das antigas canecas de pescaria do vovô Bobby. — Ou pode ser por causa dos laxantes.

Suspiro.

— Achei que estivéssemos numa trégua.

Os olhos dele brilham, a língua pegando uma gota de café no canto da boca. Bem onde ele me tocou na noite anterior.

— Eu não estou vendo a Lovie, e você?

Bom, *alguém* acordou de ovo virado.

Dou um gole tímido no shake para ver se Adam está blefando. A expressão no rosto dele não vacila. Ou Adam tem diploma em psicologia reversa e vou me arrepender disso pelas próximas quarenta e oito horas, ou é o pior ator do mundo e não está nem um pouco incomodado pela minha presença.

O shake não tem gosto de veneno... nem de laxante. Sinceramente, não é ruim. Sinto falta do meu coco ralado e do *whey* que tenho em casa, mas, por enquanto, dá para o gasto.

Adam puxa a frigideira do fogão enquanto dou um gole mais generoso.

— Não está morrendo?

Não estou morrendo, não. Mas estou estarrecida ao observar a mão dele, a panela ainda suspensa pela alça firmemente presa. Engulo às pressas, lambendo meu bigode verde.

— Como você faz isso?

— Faço o quê? — Ele põe a frigideira num descanso de panela à espera.

— A... a alça está solta.

Ele dá de ombros.

— Eu consertei.

Esse cara não é normal. Meu cérebro não dá conta de entender todas as coisinhas que ele faz, aparentemente sem motivo nenhum exceto para facilitar a vida dos outros. Não a minha, claro, mas a de Lovie.

Meu ex, Grady, não era necessariamente um cara ruim. Acho que isso exigiria que ele parasse de pensar por alguns segundos no próprio umbigo, o que era raro. Não consigo contar o número de vezes que ele me fez um shake, porque isso nunca aconteceu. Nem uma vez.

E aí vem *essa porra desse cara*, que faz as comidas que minha avó acha que são as favoritas dela e a acalma vendo seus programas de TV.

Hoje, o uniforme dele combina com os olhos, um azul-marinho bem escuro que destaca o resquício do bronzeado do verão. É uma cor bonita nele. E esse tecido parece bem macio também, lavado a quantidade perfeita de vezes. Aposto que se esticaria para acomodar mãos que se enfiassem por baixo. O bíceps dele se flexionaria quando ele puxasse a peça pela cabeça.

*Elle*, diria ele, decidido e um pouco desgrenhado. Ou talvez como uma pergunta, um pedido. *Elle, você pode tirar isso pra mim?*

— Elle? Você me ouviu?

Volto à realidade com uma piscada forte e, sim, ele acabou de me pegar olhando para o trapézio dele. Porque ele tem isso também.

— O quê? — pergunto, atordoada.

Adam reprime um sorriso.

— Perguntei se você pode ir dar uma olhada na Lovie.

Simplesmente dou meia-volta, sem me dar ao trabalho de uma resposta verbal, porque não acredito que acabei de trepar mentalmente com o enfermeiro da Lovie. O fato de eu estar aqui não tem nada a ver comigo e tudo a ver com Lovie precisar de um enfermeiro, para começo de conversa.

Bato duas vezes à porta do quarto da minha avó.

Um som frustrado chega até mim. Não sei se a intenção dela é permitir a entrada, mas é o que acontece.

Lovie está empoleirada precariamente na lateral da cama, tentando enfiar a meia numa daquelas geringonças de colocar sapato. A outra meia está virada ao contrário, o calcanhar fazendo uma barriga perto da dobra do tornozelo. A blusa amarela está abotoada errado, os óculos de leitura estão tortos e talvez tenha um ninho de pássaros de verdade no cabelo dela.

Tem tanta coisa acontecendo que não sei por onde começar. Minha respiração sai superficial, trêmula. Ainda me choca o quanto ela piorou.

Na faculdade, eu ligava para Lovie dia sim, dia não só para ver como ela estava.

— Estou ótima, Ellie. — Ela sempre dizia isso. — Só velha.

Toda vez, eu me apressava em corrigi-la.

— Você não é velha, Lovie.

Mas ela era na época e é agora. Nesse período, não percebi que estava fazendo um desserviço a ela, negando algo que Lovie sabia muito bem. Eu via o envelhecimento como algo *ruim*, algo que nos desacelera e rouba tempo, sendo que é só uma *coisa* com que temos que lidar e a que precisamos nos adaptar. As pessoas nascem e crescem, aí ficam velhas e morrem. E tantas nem mesmo conseguem ter essa honra.

Não sei se é um pensamento útil, mas me ajuda a mexer os pés. Vou na direção dela, e seus olhos brilham ao mesmo tempo com medo e raiva.

— O que você está fazendo? — Ela parece caótica e soa caótica.

Coloco a mão em cima da dela, que continua se atrapalhando com a calçadeira.

— Te ajudando.

Ela arranca a mão, puxando a ferramenta com tanta força que me atinge na perna. *Com força.*

— Eu não preciso de ajuda.

Minha coxa lateja, mas minha cabeça, meu coração e minha barriga também. Meu corpo todo é uma ferida. Deve ser a sensação mais desconfortável do mundo para alguém como eu: saber que pode ajudar, mas ouvir que não tem permissão para fazer isso. Meu nariz arde com a ameaça das lágrimas, mas não vou deixá-las escorrerem. Tenho um trabalho a fazer, caramba.

Pronta ou não, o Furacão Elle acabou de chegar.

Me agacho à frente dela, puxando a meia errante da ponta da calçadeira antes de ela notar que sumiu.

Quando percebe, ela puxa o braço para trás como se fosse me bater com a calçadeira, mas não me encolho. Não posso fazer isso outra vez.

Os dedos dos pés dela estão tão frios que o leve tom azul me preocupa. Também não faria mal cortar as unhas amareladas. A pele é tão translúcida que as veias finas em torno de seus tornozelos saltam como fogos de artifício num céu noturno. Guio os dedos dos pés dela com delicadeza, mas suas unhas se enroscam uma ou duas vezes. Hoje ela vai ver *Wheel of Fortune* enquanto faz pedicure.

Talvez a explosão dela tenha levado toda a energia, porque, desta vez, não há resistência. Está tremendo um pouco. Depois que corrijo a outra meia e arrumo a blusa, pego o suéter mais grosso que encontro no armário dela, que tem cheiro de lavanda e casa. De amor.

De Lovie.

— Quer ajuda para se vestir? — pergunto.

Ela cruza os braços.

Revirando os olhos, solto um dos braços dela e passo a mão pelo buraco da manga para guiá-la. Aprendi minha lição com as meias. O braço seguinte é mais tranquilo, e é só depois que ela está agasalhada e a tremedeira melhorou que pego a escova de cabelo.

Desta vez, não me dou ao trabalho de perguntar, e ela não chia. Em vez disso, começa a esfregar os nós dos dedos. Demora-se mais no quarto dedo da mão esquerda. Ela ainda usa a aliança todo santo dia. O ouro gasto e arranhado, uma manifestação física de sessenta anos bem vividos e bem-amados.

Pigarreando, coloco-a de pé. Aponto com o queixo para o andador no canto.

— Quer aquilo?

Ela faz cara feia.

— Tá bom, então — digo. — Vamos. O café da manhã está pronto.

Nenhuma de nós está sorrindo quando chegamos à cozinha. Minha coxa pulsa a cada batimento do meu coração, e a esfrego de leve enquanto pego o shake no balcão e me sento o mais longe possível de Lovie. O que, numa mesa de quatro lugares em uma casa deste tamanho, não é muito longe assim.

Sei que não devo levar as explosões de raiva de Lovie para o coração. Num único dia, vi os danos que essa doença horrível causou na pessoa que ela era. Ela *sempre* foi teimosa (tenho a quem puxar), mas isso é pior.

E pode ser que eu esteja um pouco brava com minha avó. Por me bater com uma calçadeira ortopédica. Por achar que estou apaixonada pelo Adam. Antes de mais nada, por esquecer quem eu sou. Então, tomo o shake fazendo barulho e mastigo alto demais a torrada porque sei que isso a incomoda. Mesquinha, sim, mas não posso fazer nada.

Adam só fica nos olhando, e escolho ignorar a preocupação em seu rosto. O que ele ainda não sabe é que atualmente está coabitando com a rainha e a princesa do reino Não Estou Nem Aí.

— O que você quer fazer, Lovie? — pergunta ele, enquanto garfos raspam a porcelana.

Ela bufa para o prato.

— Ficar longe dela.

— Dela… — Adam para de falar. Esfrego de novo a coxa, e ele franze a testa. Continuo ignorando seus olhares preocupados. — Jardinagem, talvez?

De repente Lovie levanta a cabeça para ladrar com ele também, mas a hostilidade some quando o vê pela primeira vez nesta manhã. Literalmente derrete de seu rosto e vira algo bizarramente parecido com admiração. Ela une as mãos e passa o polegar pela aliança mais uma vez.

— Você não faz jardinagem, Bobby. Só a Lovie faz essas coisas. — Ela inclina a cabeça para mim. — Quem sabe ela possa te ensinar umas coisinhas.

É a cereja em cima do bolo de merda que é este dia. Era para o sono ter consertado isso. Uma boa noite de sono dá um jeito em qualquer coisa.

Mas não nisso, aparentemente. Ela continua presa nas ilusões, na crença de que Adam e eu somos Lovie e Bobby.

O que significa que estamos tão presos quanto ela.

# CAPÍTULO DOZE

Depois do café da manhã, quando Lovie está na sala, me levanto da mesa com um pulo. Minha perna dói com o movimento. Caramba, ela me pegou de jeito.

— Você disse que ela ia esquecer — falo, cruzando o espaço entre nós. — Por que ela não está esquecendo?

Adam ergue as mãos, na defensiva.

— Sei lá! É diferente para cada um.

Brando meu copo de shake agora vazio. Quero jogar na cabeça dele.

— Não tem algum ponto em comum? Por que alguém em geral esquece uma pessoa e se lembra de outra?

Ele fica olhando para além de onde estou, provavelmente para Lovie, que procura uma nova cruzadinha pela sala.

— É que… é que realmente… depende.

— Do *quê*, Adam? Do quanto ela te conhece? Porque eu conheço ela a vida inteira, e ela te conhece há cinco minutos, e nenhuma dessas coisas está ajudando.

Ele esfrega a barba áspera do maxilar.

— Depende de muitos fatores. Da progressão da doença específica dela, das áreas do cérebro afetadas. Costuma começar no hipocampo, vai para os lobos lateral e parietal, aí para o frontal e o que tiver sobrado. Mas isso é só em geral, o mais comum. Eu teria que ver as últimas ressonâncias dela para ter certeza.

Agora, é minha vez de esfregar o rosto.

— Então, você não sabe mesmo.

— Não. — Ele suspira. — Bem que queria saber. A memória é tão inconstante. Você já sentiu cheiro de algo completamente aleatório e foi levada de volta para quando tinha 4 anos? É assim pelo resto da nossa vida. Não dá para fugir disso. O que a está fazendo pensar assim pode ser *qualquer coisa*. Um cheiro. Uma certa cor. Caramba, até o jeito como você penteia o cabelo.

Uma sensação incômoda martela na minha cabeça, as palavras de Adam disparando uma lembrança que está quase ao meu alcance. Antes que eu consiga distingui-la, a risada suave de Lovie paira sobre meu ombro enquanto ela volta para o cômodo.

— Uma dancinha na cozinha?

Estou ocupada torcendo para as flutuações de humor de Lovie não serem tão abruptas a ponto de a deixarem zonza quando, de repente, percebo que Adam e eu estamos próximos demais.

Antes que qualquer um de nós dois possa recuar, ela volta a falar:

— Bom, não precisam parar só por minha causa.

O pomo de adão dele sobe e desce diante de mim, e, quando ergo o olhar para o seu rosto, Adam arqueia as sobrancelhas. Uma pergunta não verbalizada. *Vamos confirmar ou redirecionar?*

A postura de Lovie é severa. Suas palavras não são um pedido nem uma sugestão, mas uma ordem delicada. Ela está satisfeita consigo mesma. O que realmente me faz decidir é o sorriso arrogante e vitorioso que faz suas bochechas ganharem vida, ficarem rechonchudas e rosadas. É a mulher em todas as minhas melhores recordações, aquela que me criou. Como posso dizer não, em especial sem ter como saber quantos mais destes dias ela terá pela frente?

Baixo o queixo numa concordância relutante. Arrastamos os pés para nos aproximarmos, e Adam encontra meu quadril com as mãos. Para me estabilizar, seguro-o pelo ombro, firme e implacável sob minha mão. Ele primeiro se tensiona sob meu toque, depois relaxa. Se acomoda.

Enquanto tentamos nos posicionar, Adam desliza o mindinho por baixo da bainha da minha camiseta, roçando minha pele e a deixando em chamas.

Adam não está muito melhor que eu, com o pescoço e as orelhas vermelhos. A blusa do uniforme tem gola V, o que lhe dá bastante espaço, mas mesmo assim ele puxa o colarinho, trazendo-o para a frente e para trás algumas vezes.

E, sim, agora que ele mencionou, está mesmo meio quente aqui. Será que Lovie *realmente* notaria se abaixássemos um grau, ou cinco?

Ele abre um sorriso complacente, falando pelo canto da boca.

— A gente não precisa fazer isso.

— Precisa, sim. — Sorrio, parecendo mais fantoche que titereiro.

Qualquer coisa menos que participação total é insultante a Lovie. É a Regra Durona do Amor Número Quatro: *Seja lá o que estiver fazendo (xingando, beijando, socando, se ferrando), é melhor fazer direito.*

Ela tem muitas regras que envolvem beijo.

Se eu parasse um dia para me imaginar neste cenário, teria achado estranho dançar com um quase desconhecido sob o pretexto de uma avó-cupido que não tem ideia de que está atirando suas flechas nas pessoas *erradas*.

Mas não é estranho. Não muito. Estamos achando um ritmo, embora mal dê para ouvir a música por cima dos passos desajeitados. As mãos de Adam em meu quadril são macias mas firmes, para me mostrar que ele também está dando seu melhor.

Minhas meias se enroscam num ponto do linóleo, bem na beirada da ilha. Adam me segura com mais assertividade, afundando os dedos em mim enquanto alguns deles encontram minha pele exposta.

Ele levanta o canto da boca, dizendo sem palavras: *Estou te segurando,* ou talvez *calma aí*. Adam nos guia de volta ao movimento.

E, de repente, estamos sincronizados.

Até...

— Você pisou no meu pé! — berro. — Eu estou descalça!

— Eu também. — Ele aperta mais a mão e a mandíbula. — Não vai me dizer que acha que fiz de propósito.

— E você não vai me dizer que é um homem de... espera, quantos anos você tem?

A data de nascimento dele constava na carteira de motorista, mas era matemática mental demais na madrugada para meu gosto.

— Trinta e cinco.

— Não vai me dizer que é um homem de 35 anos que não sabe dançar música lenta.

O topo das bochechas dele fica cor-de-rosa.

— Faz um tempo que não danço — diz ele, entre dentes. — *Querida.*

Em algum lugar atrás de mim, Lovie resmunga e, segundos depois, o sofá range.

Retiro o que falei antes. Ela está *me* deixando zonza.

Adam começa a se afastar, mas intensifico o aperto nos ombros dele.

— Melhor a gente continuar mais uns minutos — murmuro, caso a audição dela ainda seja boa como quando eu tentava chegar de fininho depois do horário combinado. — Só para garantir, se ela voltar.

— Certo. — Ele engole em seco. — Só para garantir.

A música tocando no celular de Adam, agora que nossos passos se aquietaram, é algo melodioso. Familiar. Deixo que inunde meus nervos à flor da pele, me permitindo relaxar de um modo que não faço desde que cheguei aqui dois dias antes. Até que não é tão ruim assim dançar com um homem bonito.

Deixo-me levar pelo momento, encostando de leve a cabeça no ombro dele. Sinto as batidas do seu coração sob a minha bochecha, um pouco mais rápido que o ritmo da música, e acelerando ainda mais quando ele pega uma das minhas mãos e a apoia sobre o peito.

Tento não pensar no que isso significa. É o que Lovie quer neste instante e darei isso a ela. Não quer dizer que preciso gostar de como minha mão se encaixa na dele, ou desfrutar de seu polegar roçando o meu e descendo até o pulso. Só quer dizer que ela deve estar olhando.

— Agora que temos a atenção completa um do outro — murmuro —, será que devemos discutir o significado disso?

Ele nos manobra para que eu fique de costas para a sala, a fim de ter uma visão da localização exata de Lovie por cima da minha cabeça.

— Está falando do probleminha de ela ainda achar que estamos apaixonados?

Estremeço.

— Esse mesmo.

Ele fica quieto por um momento e, nesse tempo, não consigo deixar de notar que nossa dança não está combinando direito com o ritmo da música que acabou de começar. Mas Adam não está com pressa de corrigir.

— Ainda temos a opção de você ir embora…

Isso me paralisa, e o pé dele esbarra no meu de novo, mas ele consegue afastá-lo antes de eu tropeçar.

— *Não* — respondo. — De jeito nenhum.

— Tudo bem. — Ele engole em seco e ergue um dos cantos da boca em um meio-sorriso. — Eu sabia que você diria isso. Só achei melhor oferecer. Pensei que talvez não ver nós dois juntos daria mais tempo para o cérebro dela se desconectar.

Ainda assim, não considero a hipótese. Voltar para casa significaria abrir mão de um tempo precioso com ela que não vou ter como recuperar. Ela não teria como ver como me criou bem. Como sou forte, simplesmente porque ela foi forte primeiro.

— Daqui eu não saio — digo.

Adam assente, e há certo brilho em seus olhos (eu diria que de orgulho, mas talvez sejam só alergias de época. As minhas sempre pioram quando venho para casa).

— Nesse caso… — Ele pausa, os dentes de cima cravados no lábio inferior, e troca a posição das nossas mãos. Agora, nossos dedos estão entrelaçados. — Melhor a gente definir alguns limites.

Eu o encaro.

— Tipo toques.

— Não acho que seja necessário ficar mais íntimo do que isso.

Ele aperta minha mão.

Aperto a dele com mais força.

— Isso somado aos carinhos durante o *Jeopardy!*. Lavar louça. Sabe como é. As coisas normais de um namoro de mentirinha.

— Claro — diz ele, e solta uma risada sem fôlego. — Se é que alguma coisa aqui é normal.

Isso me arranca um sorriso relutante.

— Provavelmente é melhor a gente fazer isso, tipo… o tempo todo, acho? — Enrugo o nariz. — Sério, a mulher é rápida *pra cacete*.

O som de Lovie rabiscando a cruzadinha com a caneta e de seu talk show matutino quase abafam a música. O rosto dele se suaviza ao olhar para minha avó.

Não entra na minha cabeça fazer isso profissionalmente. Sei o quanto meu coração dói quando vejo Lovie. Será que o dele dói tanto quanto o meu, ou simplesmente é maior, com mais capacidade para a dor? Como ele faz isso todo santo dia, com tanta gente?

— Não precisa ser o tempo todo. — Cílios escuros dançam por sua bochecha quando ele me olha. — Afinal, ela vai para a cama às oito.

As palavras dele contêm uma sugestão que não consigo decifrar direito, mais maliciosa que o normal. O que ele imagina que vamos fazer depois que Lovie for dormir?

— Então, quando ela estiver acordada e ativa. Até que não é tão terrível assim.

— Muito obrigado — entoa ele. — Que elogio. "Até que não é tão terrível assim."

Outro problema flagrante se apresenta.

— Será que isso vai afetar seu, hum... Bem, você meio que trabalha para mim.

Um pouco da cor some das bochechas dele, e Adam volta nossas mãos para a posição de antes. Dá meio passo para trás.

— Acho que você é quem decide isso. Se quiser contratar outra pessoa para me substituir, eu entendo.

Esta complicação em particular não foi um problema com nenhum dos enfermeiros anteriores, e eu já estive aqui mais de uma vez junto com eles. Tudo bem que era temporário, e não esse cuidado permanente vinte e quatro horas.

Mas Lovie se sente confortável com Adam. Confia nele, deixa que a vista, banhe, alimente. Ele escuta como ela está se sentindo; em resposta, Lovie toma os remédios que ele dá. Já não sou ingênua a ponto de acreditar que conseguiria fazer tudo isso sozinha, mas hesito em passar o bastão tão rápido para outra pessoa, em especial com tudo indo tão relativamente bem como está.

— Não vou te pedir para ir embora. — Estamos tão próximos que é impossível não ver o alívio nas feições dele. — Mas se você quiser ir...

— Eu gostaria de ficar — interrompe ele. — Vamos deixar para resolver o resto depois. Mas melhor concordarmos de cara que, se alguma coisa colocar em risco a saúde ou a segurança dela, vamos acabar com o fingimento. Independentemente do quanto ela fique chateada.

Algo caloroso floresce em meu peito.

— Fechado.

Nossa dança se estende mais um minuto, até o fim da música. Com mais um aperto infinitesimal, ele solta minha mão.

Talvez nossas regras devessem ter ficado um pouco mais definidas. Está tudo bem ficar olhando para a bunda dele enquanto ele se afasta? Para a curva do trapézio, em que minhas mãos descansaram de um jeitinho tão bom. Para seu sorriso fofo.

Espera aí. *Fofo?*

Eu não acho um homem *fofo* desde o ensino médio. Bonito? Claro. Sexy? Diariamente. Um tesudo? De vez em quando. Mas fofo? Não paro de passar os dedos pela sensação que ainda paira em minha mão, na qual o pelo grosso de Adam fez cócega. E, se alguém me desse uma canetinha, eu ainda conseguiria traçar a marca da mão dele na minha cintura.

Podia até não haver pimenta-caiena no meu shake, mas com certeza tem alguma coisa na água.

## CAPÍTULO TREZE

— Muito obrigada, Elle — fala Liss, efusiva, no meu ouvido. — Eu deveria te pagar mais.

Hoje de manhã, assim como no dia anterior, calcei os tênis de corrida bem cedinho, acordando antes do restante da casa, e, quando voltei, tinha mais um suco verde me esperando na bancada.

Também tinha um SMS e uma mensagem na caixa postal deixados por Liss, perguntando se eu lembrava a senha do software do site dela, porque um dos links estava corrompido.

— Você não me paga nada, na verdade — lembro a ela, terminando o shake.

Adam sabe mesmo como… misturar as coisas, acho.

Ainda estou desconfiada dos ingredientes.

Ele saiu para a própria corrida há uma meia hora, depois de garantir que eu podia ficar de olho em Lovie durante o cochilo do meio da manhã. Mal tirei os olhos do laptop enquanto dizia que podia me virar, acenando para ele ir embora enquanto ficava mergulhada no fluxo de HTML e interface do usuário.

Eu não só consertei o link corrompido. Atualizei o site de cabo a rabo, incluindo uma transmissão ao vivo rotativa do Instagram da padaria, um novo gráfico que mostra o tempo médio dos pedidos e um "Sobre mim" atualizado, incluindo as fotos profissionais mais recentes de Liss.

— Ah. Bom, definitivamente deveria. — Ela guincha de novo no viva-voz, o som ecoando pela casa silenciosa. Pensei em colocar os fones de ouvido enquanto trabalhava, mas queria ouvir caso algo acontecesse com Lovie. — Que incrível. Sério. Eu estaria perdida sem você.

— Nós duas sabemos que isso não é verdade. — Alongo os ombros e o pescoço, depois de passar tanto tempo encurvada. — Eu nunca teria saído daquele labirinto de milho no nono ano se você não tivesse me encontrado.

A porta da frente é aberta do outro lado da parede divisória. Os passos pesados me informam que Adam voltou.

Liss solta uma risada pelo nariz, e um mixer é ligado em algum canto da cozinha dela.

— Nós duas sabemos que, para início de conversa, você só se "perdeu" para ficar com o Eli Kowalski.

— Ei, não enfia o Eli no meio. Ele é tipo um padre, ou algo assim, hoje em dia. — Salvo o site mais uma vez por segurança, e entro como convidada para garantir que as mudanças foram implementadas corretamente. — Não era para você estar fazendo bolos maravilhosos e orgásticos, não?

— Só hoje de manhã já fizemos pelo menos quatro bolos orgásticos. Quer que eu te mande um?

— Olha, eu amo um bom orgasmo.

Alguém tosse com força, e levo um susto. Adam está congelado no corredor de entrada, exatamente no meio caminho entre a sala e a cozinha.

Bom, não *congelado*, exatamente. Não está calor lá fora, então só consigo imaginar o quanto ele precisou se esforçar para conseguir este resultado: panturrilhas torneadas, aparecendo sob o short atlético. O suor brilha nos braços e no pescoço, e seu cabelo está tão molhado que gruda na testa. A camiseta cinza desbotada está ensopada do colarinho até a barriga. O peito dele ofega. Toques de seu cheiro flutuam até mim, do outro lado do cômodo, quentes de sol e endorfina.

— O que você disse? — A voz dele também deve ter se exercitado bastante, porque soa igualmente extenuada. Tensa. Raspa minha pele, mesmo com um cômodo inteiro se estendendo entre nós. Os olhos dele queimam trilhas em mim, descendo do meu rosto para o pescoço, onde coloquei a mão quando ele me assustou. Descem mais ainda, até o decote da minha regata. — Posso voltar se você precisar de mais uns minutos para… — ele umedece os lábios devagar — … *terminar*.

O que era mesmo aquela história de orgástico? Eu mesma terminei meu exercício faz horas, mas meus batimentos cardíacos aceleram sem dificuldade.

— Terminar o quê? — pergunto, arfando.

Adam voltar a baixar o olhar para meu celular na mesa, ainda no viva-voz.

— Sua conversa. — Ele balança a cabeça e se vira para o corredor. — Por quê? O que achou que eu queria dizer?

Fico boquiaberta, bufando.

— Quem era esse? — pergunta Liss. — O enfermeiro da Lovie?

Minha cabeça cai para a frente com um gemido, batendo nas teclas. Espero, de coração, ter salvado todo o trabalho.

— Meu mais recente arqui-inimigo.

Fora a ligação com Liss (e o encontro constrangedor com Adam), o dia é um espelho quase perfeito do de ontem. Lovie me evita como o diabo fugindo da cruz e me lança olhares feios sempre que Adam não está vendo. Ela faz suas cruzadinhas, eu tento desesperadamente manter a atenção dela e Adam fica no meio. Mais uma vez, chega à cozinha para fazer o jantar antes de mim.

— Não esquece — murmura ele ao lado da minha têmpora durante um intervalo comercial de *Wheel of Fortune*. De imediato minha pele fica sensível, com arrepios descendo pelo pescoço. — A partir de amanhã, tenho outro emprego. A Angie vai mandar alguém para me cobrir. A pessoa deve chegar às seis da manhã.

— Você tem dois empregos?

Adam me lança um sorriso cansado.

— Nem todo mundo pode ser famoso a ponto de aparecer na TV.

Tenho a distinta sensação de que ele nunca vai me deixar esquecer isso.

— Você sabe quem a Angie vai mandar?

Ele dá de ombros, e meu corpo balança com o movimento.

— Liga para ela, se está curiosa.

Aceitar a ajuda dele foi uma coisa. Ter outro estranho dentro de casa provando minha incompetência em cuidar de Lovie é outra. Não me desce bem.

Ou vai ver Adam realmente colocou laxantes no meu shake. Do tipo que demora para fazer efeito.

A coxa dele pressionada na minha faz o pensamento que está latejando na minha cabeça se soltar, e o toque dele em meu pescoço o liberta:

— Acho que não preciso de ajuda extra.

Os dedos dele congelam no meu pescoço. Ele baixa os olhos para o próprio corpo, exagerando o movimento, e os sobe de volta para mim.

Eu (educadamente) enfio o cotovelo na costela dele.

— De *mais* ajuda extra — acrescento. — Não era nem para eu estar aqui. É um trabalho para uma pessoa só, certo? Eu era só uma auxiliar.

Os olhos de Adam brilham.

— Eu não diria exatamente...

— *O Rio Grande!* — berra Lovie na minha orelha.

Eu nem sei dizer qual foi a dica.

— A lógica diria que sou capaz de fazer esse trabalho tão bem quanto qualquer outra pessoa. E, além do mais, estou animada para ter um tempo com ela — continuo —, sem enfermeiros ranzinzas, autoritários e ladrões de cama.

Uma carranca repuxa sua boca.

— Você acha que eu sou ranzinza?

Ele deve *amar* o jeito como meu cotovelo se encaixa naquelas costelas.

— Sério. Eu dou conta.

Ele fica quieto por muito tempo. Lovie solta mais duas respostas incorretas.

— Tá, tudo bem. Vou falar para a Angie. E a gente repassa o cronograma de remédio e as doses.

Como se não estivesse grudado há dias na geladeira. Consigo soletrar todas as medicações dormindo (até os nomes científicos).

— Adam, eu *sei*...

— Só para minha paz de espírito.

Ele fica de pé e estende a mão para mim.

Como durante nossa dança no dia anterior, descanso a mão na dele e fico surpresa com o calor. Adam fecha os dedos nos meus em algo terrivelmente próximo de um abraço. Talvez eu pudesse atribuir o calor ao termostato, que Lovie mantém em revigorantes vinte e cinco graus. Algo, porém, me diz que o calor dele vem todo de dentro.

Lovie se concentra num comercial e mal nos nota saindo. Ele repassa as instruções, e confirmo que entendi tudo.

— E, se não tiver entendido — digo a ele, para concluir —, vou fazer parecer que sim até dar certo.

Ele faz uma careta.

— Por favor, liga para a AngelCare antes de chegar a esse ponto.

Se der para confiar nos pelos eriçados da minha nuca, Lovie está nos encarando da sala. Entrelaço nossos dedos e os balanço entre nós. Pisco batendo os cílios.

— Você não confia em mim?

Os olhos de Adam assumem um ar provocador e, quando ele os semicerra, viram fendas azul-escuras.

— Com sua avó? Confio. — Aceitando o desafio, ele levanta nossas mãos unidas até a boca e planta um beijo lento nos nós dos meus dedos. — Com qualquer outra coisa? Não.

Sinto um frio na barriga. A gente devia ter estabelecido limites mais claros.

Demoro um tempo para me dar conta do que ele disse.

— *Ei!* — Me engasgo de indignação, apertando a mão dele até machucar e usando a outra para cutucá-lo nas costelas. — Cuidado. Eu sei onde você dorme às vezes.

Devagar, ele arqueia a sobrancelha e analisa meu rosto, e seus olhos pousam em algum lugar embaixo do meu nariz e acima do meu queixo antes de se fixarem nos meus, me enraizando no chão.

— Se você estiver bem com a lista de remédios — diz ele —, preciso pôr a Lovie na cama já, já, para eu mesmo poder ir. Tenho que entrar às sete no trabalho.

A fadiga toma conta dos olhos dele, repuxando sua boca, os cílios e os ombros para baixo.

Quando foi que ficamos perto assim para eu ver esses detalhes?

— A gente vai ficar bem.

E de fato Lovie e eu ficamos... algo.

Mas nunca chegamos na parte de dar certo de fato.

Na manhã seguinte, ela não volta a me atacar com a calçadeira enquanto a visto com uma calça de moletom rosa-choque e uma blusa de gola redonda do lago Michigan, mas me empurra com tanta força que bato o quadril na cômoda. Fica roxo quase na mesma hora. E ela tece tantos comentários sobre como meu corpo fica nas minhas próprias roupas que acabo me trocando depois do café.

Que fique claro: estou perfeitamente dentro dos padrões corporais estadunidenses (os da sociedade, não os criados pelos médicos cinquenta anos antes e perpetuados com dietas de revistas que consistiam em cigarro e vinho). Os quilos extras que tenho são bem distribuídos. Peitos, bunda, coxas. Bastante nas coxas.

E é por isso que quando vem o primeiro comentário de Lovie sobre minha celulite, claramente visível na escolha de legging do dia, logo antes do almoço, me atinge com um pouco mais de força do que deveria. Ouvir isso *dela* torna dez vezes pior.

O espaço que dou à minha avó depois disso é para nós duas. Sigo-a a uma distância segura enquanto Lovie cuida do jardim (é "segunda" de novo; sempre é segunda), faz as palavras cruzadas e caça-palavras, e toma tanto chá cafeinado que, se fosse eu, ficaria acordada até o século seguinte.

É às oito horas e um minuto, imediatamente após o fim do *Jeopardy!*, que o caldo entorna.

## CAPÍTULO CATORZE

Não é para ser uma competição, mas eu humilhei Lovie hoje. Acertei até a pergunta final do *Jeopardy!*. Desta vez, a resposta correta *era* o Rio Grande.

Foi bom não ter que prestar atenção em todos os membros de Adam. Pude me esticar, aproveitar o silêncio sem ter que estar *presente* ou desempenhar um papel para o qual não estava preparada.

Eu me levanto e estendo a mão para Lovie.

— Vamos lá te arrumar para dormir.

A mão dela treme. A pele é fina como papel, a cor de creme translúcida mostra claramente as veias e os nós dos dedos inchados.

— Cadê o Bobby?

— Eu… o quê?

Eu já havia baixado as defesas por hoje. Um de meus muitos erros.

— O Bobby. — Seus olhos castanhos anuviados se voltam para a cozinha. — Aonde ele foi?

Não tenho certeza de que está se referindo a Bobby mesmo ou se é de Adam que está sentindo falta. De qualquer forma, a solução é a mesma.

— Ele está no trabalho. A senhora não quer ir deitar? Já está ficando tarde.

Lovie balança a cabeça com força, os cabelos brancos voando ao redor.

— Eu preciso do Bobby.

— Ele está no trabalho — repito, baixinho, apertando a mão dela com mais força. — Mas eu estou aqui, e aposto que quando a senhora estiver deitada…

Ela solta a mão.

— Vou esperar por ele. — Lovie pega a cruzadinha na mesa lateral e abre de cabeça para baixo, dando tapinhas na página. — Vou só ficar esperando. — Na luz suave, a aliança brilha no dedo de Lovie, que olha para mim com um sorriso melancólico que puxa as rugas ao redor de sua boca e produz outras nos cantos dos olhos. — Não gosto de dormir sozinha.

Reprimindo o pânico em meu peito, volto para meu lugar no sofá.

— Bem, quem gosta? Faz frio à noite.

Falo mais alguns chavões, olhando para o relógio. Passam-se mais dez minutos até eu ter coragem de perguntar outra vez.

— Vou esperar o Bobby — reitera ela, e olha para a porta. — Ele vai chegar em casa a qualquer momento. Talvez me traga flores. Ele faz isso às vezes, mesmo quando não é dia de pagamento.

E por que seria dia de pagamento, se hoje é segunda-feira? Sempre, sempre segunda-feira, e sempre, sempre esperando por alguém que nunca voltará para casa.

— Tem certeza de que não quer vestir o pijama? O azul? Ele adorava... adora aquele — me corrijo apressadamente, apesar da pulsação de dor no peito, e depois balanço as sobrancelhas.

— Tenho certeza. — A voz dela falha, e o mesmo acontece com meu coração. — Eu esperaria aquele homem para sempre.

Parte de mim fica feliz por ela não se lembrar de o ter perdido, da dor e do vazio que ajudamos uma à outra a superar. Depois, fico com dor de estômago, como se isso significasse que estou feliz por ele ter partido.

— Quer saber? — Forço um sorriso. — Deixa eu ligar para o Bobby e ver onde ele está.

Lovie dá dois tapinhas na cruzadinha, depois um terceiro. Ela agarra firme os cantos.

— Ah, seria ótimo. Muito obrigada, querida.

Ela não quer ir para a cama. E precisa ir, porque o sono é a solução. O sono vai resolver a situação. Mas ela não arreda o pé do sofá.

O que mais uma garota pode fazer? Ligar para o Bobby.

— Alô? — A voz de Adam sai distorcida no telefone, como se a distância entre nós não fosse apenas física.

Quando trocamos números no dia anterior, eu esperava que fosse demorar um pouco mais antes de precisar entrar em contato com ele. De preferência, nunca.

— Oi, sou eu. A Elle — acrescento, só para o caso de Adam ter mais de uma "eu" ligando para ele a esta hora.

— O que aconteceu?

— É, bom...

— É o Bobby? — grita Lovie, inclinando-se para perto do celular. — Bobby, quando você vai voltar para casa? Essa garota está tentando me levar para a cama. Ela não deve saber que eu só me deitei com você.

Olho para o teto. Acho que eu não sabia disso. Não queria nem precisava saber.

— É *isso* que está errado.

— Ah — murmura Bobby/Adam.

— Você... está fazendo alguma coisa agora? Sei que *acabou* de sair do trabalho.

Ele provavelmente já está em casa, tomando uma cervejinha com os pés para cima.

— Mas você quer que eu volte e ajude a colocá-la na cama. Depois de ter trabalhado doze horas hoje.

Não dá para interpretar as emoções dele tão facilmente sem ver o rosto, o pequeno movimento de sua sobrancelha ou os ângulos de sua mandíbula.

— Se for pelo dinheiro, não se preocupa. Eu vou garantir que você seja pago.

— Não é o dinheiro, Elle, eu...

Ouço a voz de uma mulher do outro lado da linha. Pelo jeito, *tem* outra "eu" a esta hora da noite, provavelmente baixinha, loira e com um nariz bem arrebitado. Meu estômago se revira, uma sensação que equiparo a não ter jantado direito.

— Não se preocupa — digo, voltando atrás. — Eu dou um jeito.

— Espera. — Mais conversas abafadas de Adam com a amiga. Meus olhos latejam. Por que estou prendendo a respiração? Expiro quando ele diz: — Consigo chegar em meia hora.

* * *

Qualquer um pensaria que Adam é o Elvis, pelo jeito como minha avó se ilumina ao vê-lo vinte e seis minutos mais tarde.

— Bobby! — Ela se levanta, firme como não a vi desde que cheguei. — Eu estava com saudade.

Lovie se joga em cima dele. *Com o corpo todo.* Adam cambaleia para trás antes de se recuperar. Os braços dela envolvem a cintura dele, sem questionar o fato de ele estar vestindo uniforme de enfermeiro, embora o vovô Bobby trabalhasse para uma empresa agrícola. Lovie enterra o rosto no peito de Adam.

Adam arregala os olhos para mim, e eu enterro a boca no ombro para abafar uma risada. Ele dá tapinhas nas costas da minha avó, com movimentos lentos mas deliberados.

— É bom ver você. Ouvi dizer que estava sendo teimosa.

Ela se vira e olha para mim, e recomponho minhas feições, mordendo a parte interna da bochecha para que meu sorriso não transpareça. Adam endurece o olhar.

— Podemos ir para a cama agora?

Ele suaviza o olhar para ela. Acho que estou vendo até… é um *sorriso*? Sério que está sorrindo para Lovie e olhando feio para mim?

Ele assume o controle como se nunca tivesse saído, como se não tivesse trabalhado um turno inteiro em outro lugar. Seu mau humor é inexistente; ele é paciente e gentil quando Lovie lhe conta sobre o dia dela. Eu não fui nada disso com ela. Talvez, se tivesse sido mais gentil, se tivesse interagido melhor, minha avó teria sido mais receptiva.

Não sou necessária aqui, de novo. Peço licença quando Adam começa a ajudar Lovie a tirar a roupa do dia. Estou à mesa da cozinha, com a cabeça entre as mãos e o chá esfriando na minha caneca de borboleta, quando o ouço pigarrear.

— Então.

Solto um grunhido.

— Por favor, nem começa. Eu já sei.

A cadeira à minha frente arranha as tábuas do assoalho.

— E o que você acha que sabe?

Olho para cima, apoiando o queixo na palma da mão. Adam se recosta e ajusta a pulseira do relógio. A barba por fazer está de volta, as sombras sob os olhos azul-marinho estão mais pronunciadas. Há um músculo em seu pescoço que parece tenso a ponto de estourar.

— Que eu disse que ia conseguir. Obviamente, eu estava errada.

Ele umedece o lábio inferior.

— Elle, dá uma olhada ao redor. São quase nove e meia da noite. — Ele solta a mão sobre a mesa, e o relógio faz um baque surdo. — Pelo que estou vendo, você *conseguiu*. O dia todo.

Isso quase soa como um elogio.

— Sei que você tinha outros planos para o fim de semana.

Planos baixinhos. Planos loiros.

Ele dá de ombros e batuca de forma ritmada na mesa com o indicador.

— Bom. — O canto de sua boca se curva para cima. — Eu sugeri que vocês chamassem outra pessoa.

— Acho que outra pessoa atrapalharia mais do que ajudar. — Afasto o cabelo do pescoço, que está pegajoso de suor frio e pânico. — Não é o uniforme, Adam. É *você* que ela quer. — *Pelo menos ela quer um de nós.* — Você como Bobby.

Ele para o dedo. Ficamos olhando um para o outro de lados opostos da mesa. Se o relógio dele não fosse digital, eu juraria que consigo ouvi-lo bater.

Adam engole seco.

— Isso pode ser um problema.

Lanço a ele um Olhar com O maiúsculo, do tipo: *Ah, jura?*

— Eu posso... posso ficar — declara ele. — Dormir aqui nos fins de semana. Servir de apoio, caso o que aconteceu hoje se repita. Ou pior.

Imagino o que seria *pior*. Não quero chegar nem perto do *pior*.

— Isso não iria causar nenhum problema? — pergunto. — Com alguém. Um colega de quarto ou...

Ou com a mulher ao telefone.

Desta vez, eu realmente ouço o relógio dele apitar, e nós dois olhamos para baixo. Ele o silencia.

— Não. Eu vou... — O relógio apita de novo, e ele retesa a mandíbula. Deixa a mão em cima da tela. — Vou dar um jeito.

Ele é mesmo tão espetacular que quem está do outro lado não pode se dar ao luxo de não falar com ele nem por cinco minutos? Quero ver as provas. Preciso de evidências.

Envolvo a caneca ainda pelando de quente e a levo ao nariz, para que as ervas tenham a chance de acalmar meus nervos.

— Parece que você vai ficar, então.

As coisas acabaram de ficar interessantes.

# CAPÍTULO QUINZE

Minha ideia brilhante merece algum crédito.

E um zero pela execução.

O dia começa quente e fica ainda mais quente com a promessa de uma tempestade de início de outono. Na hora do almoço, está escaldante, calor demais até para Lovie se dar ao trabalho de fazer a jardinagem. Às vezes, quando está quente e úmido lá fora, é preciso só aceitar o destino.

Ainda não sou muito boa nisso.

Faz uma semana que Adam concordou em ficar aqui em tempo integral. Uma semana em que nos evitamos desconfortavelmente no corredor todas as manhãs. Ele toma banho antes de mim; o banheiro fica fumegando, com água quente suficiente sobrando para eu raspar as pernas. Sempre nos certificamos de secar qualquer água empoçada, para evitar possíveis perigos para Lovie.

Uma semana de shakes na bancada após minhas corridas, o liquidificador lavado e guardado, miolos de maçã e cascas de banana no lixo. Uma semana de cores de uniforme: azul-claro, azul-royal, verde-claro, verde-escuro, azul-marinho, preto e bordô.

(E não, não sinto ciúme da Loira Baixinha que pode ver a bunda dele no uniforme. Isso implicaria que me importo com o que os outros pensam sobre um homem a cuja bunda não tenho nenhum direito e para a qual nem dei tanta bola assim.)

Adam está no outro emprego no momento, e fico com ciúme, mesmo que seja só pelo fato de ele provavelmente ter um ar-condicionado funcional lá. O que me faz pensar se Rita, a condutora do metrô, e Isaac, o mecânico, já tiveram o encontro. O episódio está marcado para dali a algumas semanas.

Ajusto o termostato para vinte e um, depois desligo quando ele passa a só mover o ar pegajoso pela casa, em vez de resfriá-lo. Não está quebrado; só calor demais.

Em vez disso, abro as janelas.

O que também não ajuda e, quando chega a tarde, Lovie e eu estamos de mau humor e grosseiras. No meu limite, ofereço a única coisa em que consigo pensar, embora seja a última que estou a fim de fazer.

— Que tal dar uma voltinha de carro? — Estou disposta a adicionar mais ansiedade à minha pilha se for para sair desta fornalha e ir para algum lugar em que as paredes não estejam me enclausurando. — Podemos pegar algo gorduroso para jantar e algo gelado e gasoso para beber.

Merecemos nossa refeição livre hoje. Regra Durona do Amor Número Quinze: as calorias só contam se você contá-las.

Para minha irritação, ela escolhe jantar Subway. Não é um Duplo Quarterão, mas vai ter que servir.

Ela parece feliz de barriga cheia, mesmo com nuvens de tempestade vindo à distância. O ar-condicionado do carro ajuda um pouco no humor, mas, mais do que isso, acho, ela curte a quebra de monotonia da rotina, mesmo que num nível subconsciente.

Meu corpo está tenso atrás do volante, como sempre, mas pego o caminho mais longo para casa mesmo assim, dirigindo por vielas para mostrar todos os lugares a que costumávamos ir. O centro cívico onde foi minha primeira apresentação de dança e o segundo casamento da minha prima de segundo grau. A biblioteca onde passei as férias de primavera inteiras do quarto ano, ganhando pontos de leitura na esperança de poder ir à festa da pizza de fim de ano. O parque onde meu avô fez o pedido de casamento. A igreja onde eles se casaram.

Lovie viveu uma vida inteira nesta cidade e está esquecendo todas as partes dela.

Com esse pensamento desolador em mente, tento me lembrar do caminho até meu parque favorito, agarrando com força o volante quando a chuva começa a cair. Meus ombros doem, minha coluna está reta como uma tábua contra o encosto. Não vou dizer que isto foi um erro. Por enquanto.

Acontece que eu também ando esquecendo coisas. Especificamente os caminhos e as partes da cidade que o Departamento de Obras Públicas finge que não existem. Sem perceber, passo por cima de um buraco na rua cheio de (a julgar pela forma como o pneu dianteiro do lado do motorista está estourado) pregos, parafusos *e* dilaceradores de pneus. Quem sabe uns Legos também.

É Adam quem me liga. Provavelmente porque são sete e meia, ele está em casa e a gente, não.

— Cadê você? — ladra ele.

Estremeço com o dilúvio desabando do lado de fora do carro. Ele está bravo *mesmo*.

— Que bom que você perguntou — digo. Tem um elefante sentado no meu peito. — Você sabe o que é uma chave de roda? A da Lovie sumiu e eu não consigo trocar o pneu furado sem uma dessas. Acho que está na oficina. Talvez na caixa de ferramentas vermelha do vovô Bobby.

Ele ignora completamente minha pergunta e retruca:

— Ela está com você?

— Não — falo, impassível, revirando os olhos para Lovie como se ela fizesse ideia do quanto esse homem me exaspera. — Da última vez que olhei, ela estava entrando no segundo clube de striptease do dia, aquele que fica logo na saída da rodovia. É o favorito dela, onde dão as melhores gorjetas.

Antes de desligar, ele consegue disparar:

— Me manda a localização.

— Que grosseria — sibilo, mesmo que ele não tenha ouvido.

Lovie, felizmente, está alegre no banco do passageiro, vendo gotas de chuva escorrerem pela janela. Pelo menos este passeio foi uma boa ideia para ela. Não posso dizer o mesmo de mim.

Quando o carro de Adam dobra a curva da rodovia atrás de nós, com os faróis refletindo no retrovisor interno e no das laterais, já vou me preparando.

Abro a porta enquanto Adam sai de seu próprio carro com os punhos cerrados. As gotículas frias aliviam um pouco da náusea que sinto e relaxam a tensão do meu pescoço e ombros.

A chuva umedece o uniforme verde de hoje, criando uma mancha de Rorschach por vez. Ele parece mais alto, mais largo (ou talvez seja a ira fazendo seu peito crescer e seu ego inflar e virar uma bola gigante de *eu avisei*). Ele estende a mão.

— Aqui.

Pego a ferramenta e vou para a roda dianteira do lado do motorista, me agachando.

— Pode desligar o motor? E pede para a Lovie ficar no seu carro. Está mais fresco agora, mas não quero que ela fique sem ar-condicionado.

O ranger da mandíbula dele é mais alto que seus pés no cascalho enquanto ele marcha ao meu redor. Mais alto, até, que o estrondo do trovão ecoando a alguns quilômetros.

Depois que Lovie está segura no outro carro e o macaco está no lugar, prendo a chave no parafuso da roda, girando-a como meu avô me ensinou. Uma das habilidades de vida que fui obrigada a aprender antes de sair de casa, mesmo que nunca pretendesse colocá-la em prática.

Mas o vovô Bobby não me ensinou a fazer isso com a chuva escorrendo nos meus olhos, ensopando minha blusa e deixando minhas mãos escorregadias. Com um homem gigante e espumando de raiva observando todos os meus movimentos.

— Deixa que eu faço! — grita Adam.

Exige, na verdade, com a voz curta e grossa sem deixar espaço para discussões.

Não gosto muito do tom dele.

— Eu basicamente já terminei.

Com o primeiro parafuso. Mais ou menos.

— Nesse ritmo a gente vai ficar aqui para sempre — fala Adam.

— Só leva a Lovie para casa — ralho, puxando a bainha da blusa para secar a testa. Ela volta a ficar molhada no mesmo instante. — Está ficando tarde.

Um ruído sofrido fica preso no fundo da garganta dele.

— Deixa de ser ridícula. Eu não vou te largar no acostamento com um pneu furado, no escuro, debaixo de chuva.

O sol ainda está se pondo, mas ele me colocar em meio às criaturas da noite diz muito sobre o quanto acredita em mim e em quanto tempo isto vai levar.

Jogo isso na cara dele.

— Quer dizer que você me largaria se fosse de dia? — Levanto os olhos para vê-lo apertando a ponte do nariz e sufoco uma risada. — Vou ligar para a assistência rodoviária.

Ele bufa e estende a mão de qualquer jeito para o milharal à nossa esquerda.

— Se você queria ser assassinada, era só pedir. Eu nem vou cobrar.

Ele desliza a mão para o bolso da calça. É só assim que ele consegue resistir à vontade de assumir o controle? Me estrangulando? A chuva lavaria qualquer evidência... Decisões, decisões.

— Anda logo! — berra ele. O fogo em seus olhos combina com o ácido sob minha pele. Talvez seja o vapor que está saindo da cabeça dele. — Estou ficando encharcado.

Solto a chave do parafuso, que cai aos meus pés numa pilha crescente de lama. Eu a pego, a sujeira formando uma crosta embaixo das minhas unhas, e fico de pé.

— *Cacete*, Adam! — Minha voz consegue ser ouvida até por cima da tempestade. Atravessa o trecho de estrada vazia e desaparece nas árvores. Marcho para o meio da rodovia, colocando alguma distância entre nós. Do jeito que ele está me deixando furiosa, ainda não é tão longe quanto eu gostaria. — Meu Deus, me deixa em paz por dois segundos! Não consigo pensar direito com você...

Pneus guincham, uma picape preta enorme dobrando a curva da estrada a menos de quinze metros de mim. Estou bem no caminho dela. A traseira gira ao perder a tração, revelando rodados duplos gigantescos.

Meus pulmões congelam. Minhas pernas também. Os faróis brilham nos meus olhos. Mesmo que eu quisesse me mexer, não conseguiria ver para onde estaria indo.

Sou *colhida* da estrada como um pensamento tardio e inconveniente, puxada contra o peito largo e robusto de Adam enquanto a picape passa voando, recuperando a tração conforme passa com os pneus pelo exato local em que eu estava parada.

— Você está bem?

A brusquidão de Adam me puxa de volta para o presente. Suas mãos estão espalmadas em minha costela, as sobrancelhas numa única linha irada cortando a testa.

— Eu...

Minhas entranhas estão queimando tanto que a água deveria evaporar da minha pele. A chuva toma o rosto dele, e uma única gota cai de seus cílios para o nariz, ficando pendurada na ponta. Flexiono o punho fechado, surpresa de encontrar algo macio embaixo.

Estou agarrando a blusa dele, o tecido verde ensopado aparecendo entre meus dedos.

Ele baixa os olhos para minha mão, que deixou uma mancha de lama em sua roupa. Tento me desculpar, mas o nó na minha garganta não me permite falar.

— Elle. — Ele segura minha costela com um pouquinho mais de força. — Você. Está. Bem?

Cada palavra vem com um tremor, e era para ser uma pergunta, mas não é o caso. As palavras se rearranjam em minha cabeça como uma afirmação. *Você. Está. Bem.*

É o suficiente só para religar meu cérebro, e consigo fazer um pequeno aceno de cabeça.

— Sim. — Aí, mais alto e firme: — Sim, estou bem. Hum. — Pisco pra tirar a água dos olhos e solto o ar, trêmula. — Obrigada.

Com um gesto rápido de cabeça e tensionando o maxilar, ele sobe a mão e, sem muita delicadeza, afasta minhas unhas, que estão enfiadas em seu peito. Com nossos movimentos, derrubei a chave, e Adam se abaixa e a recupera de mais uma poça. Ele a segura entre o polegar e o indicador.

— Caramba, que importância tem quem vai trocar o pneu?

A voz dele agora está mais suave, menos abrasiva depois da minha experiência de quase morte.

Cerro a mandíbula. Tem terra na minha boca e água em lugares que jamais deveriam ficar molhados. A chuva já levou a maioria das minhas barreiras, e o que acabou de acontecer roubou o que restava. Não tenho nada mais para ele exceto a verdade.

— Este dia com Lovie não foi fácil. Ultimamente, nenhum dos dias dela é fácil, e eu não posso fazer nada. Mas isso… isso eu posso. — Fecho a mão em torno da chave e dos dedos dele. Como Adam pode ainda estar tão quente se nós dois estamos encharcados? — Então, preciso que você deixe isso comigo. *Por favor*. — Minha voz falha, e fico feliz por meu rosto já estar molhado. Pigarreio. — Vai esperar no carro, sei lá.

Ele não oferece resistência quando pego a chave. Nem quando volto a encaixá-la no parafuso e tento acalmar meus batimentos cardíacos acelerados.

Ele sai do caminho, mas ainda o sinto logo acima do ombro. Não tenho certeza de por que nós dois precisamos estar aqui na chuva, mas cada um com suas manias. Ele não tenta ativamente pegar as ferramentas das minhas mãos nem torcer a blusa para me molhar, o que é mais do que posso dizer a respeito de mim mesma se a situação fosse inversa. Adam me deixa trabalhar em paz.

Quando me levanto para pegar o estepe, já está pronto na mão dele, então só preciso encaixar. Não agradeço, mas também não o chuto na canela, então já está mais que bom. Enquanto aperto as porcas, ele joga o pneu velho no porta-malas.

Meu cabelo está ensopado, pendurado em mechas grudadas ao redor do rosto. Minha blusa clara está transparente. Acho que tem graxa na minha testa. Mas eu fui lá e fiz, recuperei algo quando tudo desde que voltei para casa tem parecido escapar pelos meus dedos.

Os olhos de Adam estão severos à luz que esvanece com rapidez. Quase pretos, como na noite em que nos conhecemos. Passam por mim, pela minha boca com um sorrisinho sarcástico e meu corpo trêmulo, e se fecham quando ele se vira para o próprio carro. Mal dá para ouvir a voz dele com a chuva.

— Eu levo a Lovie para casa comigo. Não tem por que fazê-la mudar de carro outra vez.

Dirijo até a casa em silêncio, os músculos tensos por vários motivos. Não consigo parar de tremer. Estaciono atrás de Adam, mas me dou alguns minutos para tirar as mãos do volante. O relógio do painel diz que passa um pouco das dez, mas ele está alguns minutos adiantado. Lovie deixou assim de propósito a vida inteira, para compensar seu atraso perpétuo. Mas, como ela *sabia* que estava alguns minutos adiantado, se dava um tempo do qual não dispunha na realidade. Me pergunto se também funcionaria ao contrário. Se eu atrasar o relógio, será que consigo viajar no tempo antes da briga horrível com Adam no acostamento?

Através do para-brisa marcado por gotas de chuva, eu o observo entrar com Lovie, protegendo o corpo dela o máximo possível. Vou levar horas para me tranquilizar depois de dirigir nessa tempestade; para relaxar os ombros e recuperar a sensação nas mãos. Acho que meus ossos estão empapados.

Lá dentro, meus sapatos caem com um baque ao lado de outros dois pares molhados; limpá-los vai ser um trabalho para o dia seguinte.

Com Lovie bem, saio em busca de uma toalha. Tem uma leva delas na secadora desde a manhã de hoje, e puxo algumas. Está tarde demais para secar o cabelo e, de todo modo, estou tão cansada que não consigo segurar o secador por tanto tempo, então enrolo uma toalha em volta das mechas ruivas.

Adam me encontra parada em cima de uma toalha estendida na cozinha, torcendo minha blusa e o que consigo do short sobre o tecido.

— É um jeito interessante de fazer isso.

— Obrigada. — Pego a última toalha extra da ilha e a estendo na direção dele. — Por mais cedo, quer dizer.

Tudo indica que ele não vai aceitar minha oferta, mas dou um olhar mordaz para o cabelo dele, pingando água em seus olhos neste mesmo segundo, provando que estou certa. Ele pega a toalha rosa e balança a cabeça, jogando água na minha direção.

— Você já me agradeceu.

O olhar de Adam é intenso, e algo que ele vê faz sua boca se curvar brevemente, lutando contra um sorriso.

Franzo a testa.

— O que foi?

— Você está completamente ridícula. — Ele aponta com a cabeça na direção da janela.

— Obrigada — respondo, porque sei que isso vai irritá-lo, e checo meu reflexo.

A maquiagem, assim como minha sanidade, foi arruinada pela chuva. O rímel escuro mancha meus olhos e cria listras em minhas bochechas.

Desta vez, vou dar o braço a torcer... eu *estou* completamente ridícula.

Solto uma risadinha, que logo vira uma gargalhada. Meus solavancos fazem a toalha de cabelo cair no meu rosto, o que também é hilário.

Adam também ri ao pegar a toalha do meu cabelo e puxá-la para endireitar minha cabeça. Minha risada fica presa na garganta, e um gorgolejo estranho escapa de mim quando ele tira a toalha dos meus olhos com muita concentração.

Ele me ignora.

— Quer usar o banheiro primeiro?

— Pode ser — murmuro. — Obrigada.

— Para de repetir isso. — Ele baixa as mãos. — É esquisito.

No banheiro, coloco um short de dormir e uma camiseta larga. Penteio o cabelo para longe do rosto e esfrego as manchas pretas da bochecha. Acho que alguns vídeos bobos de reforma de móveis enquanto estou embaixo das cobertas vão fazer maravilhas pelo meu psicológico.

Estou puxando os cobertores na cama, animada de tê-la só para mim depois do fim de semana no sofá, quando alguém solta um palavrão alto na sala.

Abro a porta e corro na direção do som.

Adam está parado na sala com as mãos na cintura, ainda com seu uniforme escurecido pela chuva e com suas meias cinza. Aperta tanto a boca que seus lábios estão sem cor.

— Você deixou a janela aberta? — vocifera ele.

*Merda.*

— Por que você acha que fui eu?

Ele olha para a janela atrás do sofá, ainda cuspindo chuva, encharcando tudo.

— Porque não fui eu, e a única outra pessoa desta casa tem artrite e problema no quadril.

Está bem. Beleza. Talvez tenha sido eu.

— A previsão não dizia que ia chover.

Mais cedo eu estava tão ansiosa para sair de casa que não olhei, na verdade.

Ele cerra o maxilar com um estalo. Vai acabar quebrando um dente.

— Você deveria saber que não se pode confiar numa previsão do tempo no Meio-Oeste. Achei que tivesse sido criada aqui. — Ele pressiona a mão na almofada e, quando a afasta, está pingando. Ele mostra a mão para mim. — Ou a garota da cidade grande esqueceu como é depois de passar tanto tempo longe de casa?

Uma risada incrédula escapa de mim. Os poucos segundos de tranquilidade que encontramos na cozinha, aparentemente, sumiram.

— Chicago ainda fica no Meio-Oeste! Caralho, é a duas horas daqui!

Tento encontrar um ponto seco no sofá que ele tenha deixado passar. Meus dedos também saem molhados.

— Sério que você não acreditou em mim? — murmura ele.

Seguro a nuca, torcendo para isso esfriar meu sangue. Não é que eu não tivesse acreditado nele. É que não queria que Adam estivesse certo. Porque…

— Onde é que você vai dormir hoje, Adam?

A cor some do rosto dele.

— Não deve estar tão molhado assim.

Está muito molhado, sim.

Tem uma pilha de toalhas encharcadas aos nossos pés, minhas roupas estão grudadas no corpo, e não chegamos nem um pouco mais perto de uma solução.

— Eu posso dormir com a Lovie — ofereço, movendo o secador de cabelo para outra parte do sofá.

Burra fui eu, antes… Agora não tenho escolha a não ser usá-lo. Um velho desumidificador zune no canto, fazendo hora extra.

Adam bufa, virando a almofada para secar a parte de baixo.

— Não, não pode. Ninguém gosta de acordar com uma desconhecida na cama. — Ele encontra meus olhos, relaxando o sorriso sarcástico quase permanente. — Sem ofensa.

Afasto minha mágoa ao ouvir a palavra *desconhecida*.

— Que outra opção a gente tem?

— Eu fico num hotel.

Ele segura de leve meu pulso e redireciona o secador. É como se alguém tivesse jogado baldes d'água em cima desse sofá. O parapeito da janela, por outro lado, mal está úmido.

Dou uma risada de desdém.

— Para de ser ridículo.

— Posso dormir no carro.

— Faz menos de dez graus à noite.

— Vou ficar com ele ligado.

A almofada está completamente encharcada, e Adam a deixa virada e parte para tentar secar a do meio.

Também não tem como salvar a que está à minha frente. Eu a abandono e desligo o secador. Meus braços estão doendo. Os nós dos meus ombros vão criar seus próprios nós.

— Com o aquecimento global? Não vai mesmo. — Estendo a mão e tapo a boca dele, que já está se preparando para protestar de novo. — Só... para de falar.

Por causa do meu deslize, Adam e eu, pelo menos por hoje, somos um *nós*. Um *a gente*.

Aperto a ponte do nariz com tanta força que começo a ver estrelas. Talvez faça meu nariz sangrar. E aí digo o que mais temia:

— O jeito é dormirmos juntos.

# CAPÍTULO DEZESSEIS

Ando de lá para cá no quarto. Quando Adam sair do banho, vai ter um buraco no carpete.

Um de nós provavelmente vai decidir dormir no chão. Vai ser (deveria ser) eu, já que sou a responsável por esse caos, para começo de conversa. Se tivesse sido paciente hoje, ficado firme em vez de tomar as rédeas da situação, teria estado aqui para fechar a janela quando começou a chover.

Mas o problema de assumir as rédeas é que às vezes o cavalo sai correndo e a gente perde o controle.

Me empoleiro na cama; não tem por que ficar confortável. Nem acho que isso seja possível. É, *sem sombra de dúvida*, culpa minha, e sei, no segundo que Adam entra pela porta do meu quarto de pijama e suas meias idiotas de dormir, que é hora de enfrentar as consequências.

Com um cobertor pendurado nos braços, ele nem presta atenção em mim ao desdobrá-lo. Estende-o no chão, pega um único travesseiro da minha cama e o joga ali.

Me olhando feio, ele se abaixa.

— Espera. — Fico de pé antes de ter certeza de que minhas pernas vão aguentar meu peso. — Eu durmo no chão. Pode ficar com a cama.

— Não. — A voz dele é firme mesmo ao entoar esse monossílabo, mas mesmo assim seu cansaço fica evidente.

Ele curva os ombros. Trabalhou um turno inteiro hoje e, desde o segundo em que bateu o ponto, está lidando com minha bagunça. Não vou ganhar esta briga.

Mas posso escolher outra.

— A gente divide — sugiro. — A cama é grande.

Ele cerra o maxilar.

— Não é tão grande assim. — Os tendões de seu pescoço se destacam à luz fraca. — O hotel ainda é uma opção. O Elkhart Inn tem duas estrelas.

— E duas baratas. — Ergo as cobertas e entro debaixo. — Seja adulto. É só uma noite.

— É — diz ele, desanimado. O piso range sob seus pés. — Porque isso deu muito certo da primeira vez.

Quando eu tinha 15 anos, encostei a cama na parede para ter mais espaço no quarto. Isso significa, porém, que, ao dividir a cama, a pessoa do lado esquerdo fica basicamente presa, forçada a ou pular por cima da outra, ou a fazer acrobacias para se esgueirar pelo pé da cama. Tomara que eu não precise fazer xixi à noite.

Adam balança a cabeça, cedendo com um suspiro pesado. Talvez esteja sem energia para lutar contra mais alguma coisa hoje. Ele se senta no que agora é, efetivamente, seu lado da cama. Não tem muitos centímetros extras para nos mexermos.

Ficar confortável logo se prova impossível. Cada vez que me movo, alguma parte minha toca em Adam e, sempre que ele se mexe em resposta, me seguro para não rolar para cima dele. Talvez seja hora de comprar um novo colchão.

— Sabe — digo, olhando o celular distraída —, eu achei que você fosse tentar me estrangular antes de se deitar na cama comigo por livre e espontânea vontade.

— Continua de conversinha. — Nossas pernas roçam embaixo das cobertas, e aperto os dentes para não mordê-lo. — Estou considerando seriamente.

— Para com isso — sibilo quando ele cutuca meu pé.

Adam bufa.

— Eu nem estou encostando em você.

Soco o travesseiro e finjo que é a cara dele.

— Você tem o quê, 5 anos?

Cada terminação nervosa do meu corpo está gritando *Perigo!*. O cheiro dele é intenso demais depois do banho, um ar de roupas limpas e aroma cálido de pele. Coço o nariz e sou recompensada com uma expiração forte.

— Será que dá para você não… se mexer tanto? — diz ele, entre dentes.

— Desculpa por estar sentindo coceira. — Reviro os olhos. — Vou tentar me coçar menos. Total culpa minha.

— Você tem uma tendência incrível de fazer meu sangue ferver — murmura ele.

— Obrigada. — Juro que escuto um molar estalar. Não dá para saber se é dele ou meu. — E de nada.

A resposta dele é bufar, e dou um olhada em sua direção. O luar entra pelos buracos da persiana e listra seu rosto. Adam encara o teto. As mãos unidas e relaxadas na barriga, em cima das cobertas. Tento imitá-lo, mas ainda não consigo me acomodar. Minha pele está formigando de nervoso.

Consigo vê-lo de rabo de olho; talvez seja esse o problema. Exalando, me viro para a parede e continuo olhando o celular.

— Já acabou? — pergunta ele, arrogante.

Seu sorriso falso está tatuado no meu cérebro. Se faz presente na parede diante do meu rosto, atrás dos meus olhos quando os fecho.

Vai ser a noite mais longa da minha vida.

Fico surpresa de acordar algumas horas depois, considerando que achei que nem pegaria no sono. Não tem nenhum bom motivo para eu estar de olhos abertos. A casa não está pegando fogo e não tem nenhum terremoto chacoalhando a fundação ou o colchão. Com base no crepúsculo que entra pela janela, ainda vai levar horas para amanhecer.

Presto atenção para escutar Lovie ou outros barulhos pela casa, mas não ouço nada. Tudo continua quieto. Bocejo, me aninhando mais na cama para tentar retomar a sensação de paz da qual acabei de retornar.

Algo se contrai na minha barriga, um toque possessivo por baixo do meu moletom, e arqueio na direção do movimento. É um sonho bem realista, uma daquelas noites em que a pessoa fica se revirando, convencida de que o sono não vai chegar nunca, só para se dar conta de manhã que chegou, sim. O sono luta para me arrastar de volta, e eu podia deixar, considerando o quanto estou aquecida e aconchegada. Me entrego ao puxão ao longo dos meus membros, relaxando os músculos doloridos e me afundando devagar nessa sensação. Algo de algodão se esfrega em meus pés, e eu esfrego de volta. Que gostoso. Meus pés estavam gelados, mas agora não estão mais.

*Para de se mexer*, murmura alguém no meu sonho, uma boca perto da minha orelha. Um nariz roça na pele embaixo dela. Um toque tão suave que o único jeito de ter certeza de que aconteceu é confiar em mim mesma. *Não consigo dormir com você se contorcendo em mim desse jeito.* Sinto um friozinho na barriga, *dentro* da minha barriga, quando alguém fecha a mão no meu quadril e puxa. Me acomodo mais, levando o quadril para trás, me aproximando.

Devo ter me flexionado sob esse toque delicado mas sedento, porque ele vibra de novo, com mais firmeza, em minha pele. Um gesto que diz algo como *não se mexa.*

*Fica*, diz alguém no meu sonho.

Cantarolo, satisfeita:

— Tá bom.

Um gemido rouco.

Escancaro os olhos, e o friozinho vira um gelo. Eu não estava sonhando. Adam flexiona a mão outra vez sob meu moletom, com o nariz enterrado no meu cabelo. E... sim. Minha bunda está encaixada na virilha dele.

— Adam. — Seguro o braço dele, sacudindo com violência. — Acorda.

Espio por cima do ombro e, quando seus olhos sonolentos encontram os meus, sua mão aperta meu corpo com mais força. Os quadris se movem. Tecido farfalha. Minha boca se abre, deixando escapar uma longa exalação. Ela vira um gemido.

Ele arranca a mão e desembaralha nossos pés... porque eles também estavam entrelaçados.

— Desculpa.

Eu me deito de costas e vou me arrastando até bater com o quadril na parede.

— Tenho quase certeza de que fui uma participante voluntária.

Estou falando mais alto do que o necessário, mesmo que só para ele não conseguir ouvir como meu coração retumba.

— É. Bom. — Ele se vira. Pigarreia. — Boa noite.

— Boa — digo, embora ache que não vou mais conseguir dormir.

Conforme a respiração de Adam desacelera, fico encarando a parede e remexendo os dedos dos pés, tentando entender por que de repente ficaram tão gelados.

# CAPÍTULO DEZESSETE

Acordo sozinha, a cabeça enevoada de uma noite pegando no sono e despertando. Não sou delirante a ponto de achar que Adam e eu íamos acordar juntos e esquecer toda a nossa animosidade do passado, puxar as cobertas por cima da cabeça e criar um mundo só nosso.

Mas um "Ei, aquilo foi péssimo, nunca mais vamos repetir" teria sido bacana.

Quando entro de fininho na cozinha, ainda de pijama, o rosto de Adam está indecifrável como sempre.

Tem um shake esperando por mim na bancada, mas nenhum laxante à vista.

— Oi — diz ele, a voz rouca. — A Lovie está tendo um dia daqueles, acordou com dor de cabeça. Ela voltou a dormir. Você pode ficar por aqui enquanto saio para cuidar de umas coisas?

O relógio dele apita. De que *coisas* ele tem que cuidar? Da garota do telefone? E, se for, o que isso significa em relação ao que aconteceu na noite passada?

Apoio as mãos na ilha, separada dele por menos de um metro de superfície. E uma dança lenta na cozinha. E uma cama compartilhada. *Não vamos fugir do assunto*, grito mentalmente. *Você também teve esse sonho com mãos que percorrem a barriga e boca que desliza pela pele? Como foi acordar daquele jeito, comigo?*

— Posso — digo, em vez disso. — Claro. Está tudo bem?

Quando ele contorna a ilha a caminho da porta de casa, roça o ombro no meu.

Logo antes de a porta se fechar, juro que escuto:

— Tão bem quanto costuma estar.

Lovie passa a manhã na cama, então faço uma comida para mim, coloco a dela na geladeira para caso tenha fome mais tarde e navego pelas redes sociais. O que vira duas horas no TikTok e nenhum resultado produtivo exceto uma infinidade de vídeos de gato e uma nova forma de dobrar meus jeans.

Depois de me servir de mais café, pego o laptop e volto à Terra de Ninguém, decidida a trabalhar no *Elle na L.* Balanço a bunda para me acomodar na almofada, Lovie tinha razão; é mesmo o melhor lugar.

O episódio "Onde eles estão agora" da semana anterior deve superar todos os outros dos últimos seis meses. Trabalhei por séculos nele (algumas das pessoas que entrevistei continuam anônimas até para mim, e precisei contar com a aleatoriedade das chances para voltar a cruzar com elas). Inflo o peito de orgulho ao entrar no Instagram, de longe a rede com mais engajamento.

O @thatguy3k00 voltou a falar merda. A tática de hoje é voar no pescoço de uma pessoa legal de Toronto que comentou que minha vulnerabilidade é um "sol brilhante numa época obscura".

**@thatguy3k00:** Só porque ela acha que a Terra gira ao redor do rabo dela.

Reviro os olhos, me preparando para desprezar o comentário como fiz com dezenas de outros, quando uma resposta chama minha atenção.

**@AdamWheeler082790ElkInd:** A Elle conseguiria contar a história da sua vida melhor que você.

Certamente não é quem estou pensando. Procuro pelo nome de usuário e encontro mais comentários.

**@AdamWheeler082790ElkInd:** A Elle é excelente no que ela faz, e seus 1,3 milhão de seguidores mostram isso claramente. Quantos você tem? Doze?

**@AdamWheeler082790Elklnd:** Falou muito e não disse nada. Tá querendo compensar alguma coisa?

**@AdamWheeler082790Elklnd:** Esse insulto estava na moda uns vinte anos atrás. Agora só é tosco.

Adam, Adam, Adam. Vamos ter que conversar sobre nomes de usuário adequados e sobre se abrir demais, mas o sentimento está ali, *bem ali* na página, para o mundo todo ver.

Quando ele fez isso? Durante algum momento de folga no outro emprego? Alguma noite antes de dormir? Hoje de manhã, talvez, após acordar ao lado do meu rosto adormecido e angelical? Meu estômago dá um nó. O que a Loira Baixinha acharia disso?

E será que ele encontrou esses comentários sem querer enquanto rolava pelo feed normal, ou será que foi atrás? Eu nem tinha visto que ele me segue.

Rolo de volta ao comentário original, e uma ideia se acende na minha mente.

*A Elle conseguiria contar a história da sua vida melhor que você.*

É isto que Adam me encontra fazendo quando volta de suas tarefas misteriosas: contando a história de uma vida. Lovie descansa no sofá, que está completamente seco, como se a tempestade nunca tivesse acontecido.

Quando ele pigarreia da porta, pulo uns dois metros da cadeira da cozinha e bato o joelho na quina da mesa. Meu copo de água vazio tomba.

— Para de fazer *isso*! Infarto é uma coisa real, Adam! — Levo a mão ao peito, com o coração trovejando.

Estou assim porque ele me assustou. *Com certeza* não é por causa do uniforme bordô embaixo da jaqueta nem do jeito como ele gira as chaves no dedo indicador.

Adam guarda as chaves no bolso e tira a jaqueta.

— Achei que você tivesse ouvido a porta se abrindo. — Ele inclina a cabeça. — Se bem que, depois da última vez, eu devia ter imaginado.

Ignorando o comentário, baixo os olhos para a tela, tentando recuperar o fio da meada. Mais uma vez, ele me tirou cem por cento do prumo.

— No que você está trabalhando? — pergunta ele. — Coisas do podcast?

Fechando o laptop, coloco as mãos em cima.

— Falando em coisas do podcast, precisamos conversar sobre seus esforços de justiceiro por todo canto do meu Instagram.

Ele inspira entre dentes.

— Você viu? — Um toque de cor aparece por baixo de seu colarinho.

Minhas palavras saem como ar quente:

— Adam, é a internet. Todo mundo viu. Você precisa mudar seu usuário.

Ele franze as sobrancelhas.

— Por quê?

Abrindo de novo o laptop, vou para a janela do navegador. Adam descansa a mão nas costas da minha cadeira, debruçando-se por cima do meu ombro. Seu hálito é mentolado no meu pescoço. Sua outra mão descansa ao lado da minha na mesa, efetivamente me prendendo.

Cometo tantos erros de digitação nos dez segundos seguintes que ficaria com vergonha se conseguisse pensar em qualquer coisa além do quanto estamos próximos.

— Adam Wheeler, de Elkhart, em Indiana — digo, enfim. — Nascido em 27 de agosto de 1990. — Faço as contas. — Signo de virgem.

Ele faz uma careta.

— Era uma das opções recomendadas de usuário.

Claro que era. Porque tudo o que as redes sociais querem é informação, e que os outros tenham qualquer coisa que você deixar passar. Mas eu que não vou ficar batendo nessa tecla. Hoje, pelo menos.

Clico no comentário mordaz dele e me inclino em sua direção.

— Isso me fez pensar.

Depois de dar uma rápida olhada em Lovie, ele se senta na cadeira ao meu lado.

— No quê?

Clico no documento de ideias.

— Nisso.

Ele lê meu emaranhado de pensamentos com um ar sério, rolando para baixo quando precisa e, no restante do tempo, batucando com o polegar na beira do *trackpad*.

Busco nas expressões dele qualquer indicativo de que acha brilhante... ou completamente insano. Algumas coisas que ele lê o fazem sorrir. Outras não provocam qualquer reação.

Ele olha para mim e umedece os lábios.

— Você quer começar mais um podcast.

— Focado na Lovie — confirmo, arrancando minha atenção de sua boca cor-de-rosa antes que perca o prumo de novo. — Sobre cuidar dela com Alzheimer, pelos meus olhos. Vou contar histórias de quando eu era mais nova, de como testemunhei a passagem dela da mulher foda que me criou para...

Busco uma palavra para transmitir tudo o que Lovie é sem ser ofensiva, mas não encontro nenhuma.

— Vai me ajudar a entender minhas emoções — digo em vez disso, rouca. Seu rosto se contrai. — Dar um escape a outras pessoas nesta situação, sejam como cuidadoras ou só como sistema de apoio. Essa doença muda *todo mundo* ao redor, não só quem tem o diagnóstico, e, já que tenho uma plataforma de conscientização, acho que é meu dever.

Ele olha de novo para a tela. Não preciso do apoio dele para isso, mas gostaria de ter.

— E, sério — continuo —, não é como se eu não tivesse tempo. Ela vai para a cama às *oito*, afinal.

Tento imitar o tom provocador dele quando disse aquilo.

Foi Adam quem plantou essa sementinha, para começo de conversa, respondendo aos *haters*. Quanto mais falo em voz alta, mais as raízes se firmam. Retorno ao computador e volto os dedos às teclas já bem gastas, dizendo as palavras enquanto digito:

— Todo o dinheiro de patrocínio e faturamento vai para uma instituição que beneficie pesquisas relacionadas ao Alzheimer. Ou que apoie cuidadores. Os ouvintes podem votar. E eu vou pessoalmente fazer uma doação no mesmo valor. Você pode participar como convidado! Pode falar das questões médicas e explicar que nem fez comigo. Eu não sou nenhuma profissional da saúde, né. E podemos falar do sistema de saúde e como coisas assim ficam sem atendimento até ser tarde demais e...

— Elle — corta Adam, colocando a mão na minha. — Dá uma desacelerada um segundinho.

Sempre teimosa, continuo digitando, mas acabo com uma fileira de *fjdkaslfaeils* que, para ser sincera, faz mais sentido do que algumas das ideias que escrevi. Me rendo, deixando os dedos parados.

Ele me dá um sorrisinho. Imediatamente não gosto.

— É um pouco... pessoal, você não acha?

— O quê? O podcast ou... — Baixo os olhos para onde ele ainda está me tocando, e Adam se afasta como se eu tivesse lhe dado um choque.

Ele leva um segundo para colocar os pensamentos em ordem. Quando volta a me encarar, um pouco da cor de seu rosto desbotou. Um pouco, mas não toda.

— Tem certeza de que é uma ideia tão boa assim?

— É uma ótima ideia — respondo, sem parar para pensar. — Eu posso transformar isso em algo enorme, Adam. Algo importante.

— Não duvido disso. Só estou preocupado que você ache... — Ele inclina a cabeça para o lado, como se a próxima coisa que vai dizer não o empolgasse nem um pouco: — Que você ache que isso pode, de alguma forma, mudar o resultado.

A intenção das palavras dele não é me atingir, mas ainda assim me atingem bem no peito. Fico sem ar.

— Eu não sou idiota.

— E não acho que você seja — diz ele, tranquilo e seguro. — Mas a Lovie não está bem, Elle, você sabe. E essa jornada vai ser difícil. Para ela e para você. Já vai ser difícil o suficiente sem *aqueles caras* na plateia.

Mesmo que não perceba, Adam está tentando me proteger. Meio irônico, considerando que o homem está a quatro dígitos de ser vítima de estelionato.

— Agradeço pela preocupação, de verdade. — Dou um tapinha no braço dele, que parece um tronco. Ele fica tenso. — Mas você nunca... simplesmente enxergou algo tão claro na sua cabeça, nunca quis tanto algo, que, quando fecha os olhos, se torna real?

— Já.

É uma única palavra, mas soa tão intensa e pesada que força meus olhos a buscarem os dele.

Os olhos de *Adam*, entretanto, estão cravados na minha mão em seu braço.

Então ele ergue a cabeça, e o encontro do nosso olhar é exatamente isso, um encontro. É inabalável e obstinado e forte e enérgico e indestrutível. O uniforme de hoje deixa suas íris quase roxas, encrustadas em seu rosto quando combinadas com o resto de suas feições esculpidas. Ele fica mais marcante com essa cor. Mais dominador.

Só consigo imaginar como ele *dominaria* a situação no quarto. O tom tranquilo mas autoritário que usaria. *Tira a roupa. Vira. Deixa eu te ver.* A forma como o antebraço que estou segurando se tensionaria e se contorceria com os movimentos das mãos dele, me segurando para que eu não pudesse me mexer nem tentar me afastar quando, inevitavelmente, se tornasse demais. Como seu maxilar se trancaria logo antes de ele gozar.

Inspiro fundo só de pensar, e as pupilas dele dilatam ao descerem para minha boca. *Sim*, penso. *Isso*. Sinto a pulsação em meu pescoço, mas então ela desce — e desce ainda mais.

Não sou eu nem Adam quem toma a decisão de nos afastar. Lovie emite um som de dor na sala, aquele gemido universal dos velhos quando estão se levantando, e nunca vi Adam ficar de pé tão rápido.

Começo a me levantar também.

— Espera, eu posso…

— Eu a ajudo — corta ele, mais uma vez olhando para a tela de relance antes de abrir um sorriso devastador. — Pelo jeito, você tem muito trabalho a fazer.

# CAPÍTULO DEZOITO

Leva uma semana e meia para organizar a ideia do podcast até eu chegar a pensar em gravar.

Vai ser um estilo de episódio totalmente diferente. Enquanto *Elle na L* não tem roteiro e é espontâneo, quero que este seja mais elaborado. Até porque, como Adam apontou com tanto cuidado, é pessoal.

Já tenho esboços de episódios, pedidos enviados para profissionais do setor e um textinho de divulgação para as notas do programa. Já examinei instituições com as quais fazer parceria e brinquei com a arte do logo. Mas só vai até aí, porque não consigo, por nada neste mundo, decidir o nome.

Em todo esse tempo, Lovie me bateu duas vezes com a calçadeira e uma com o punho. Isso sem contar quando ela "sem querer" me atingiu com a bengala que Adam insistiu que começasse a usar no início da semana, depois que ela perdeu o equilíbrio e quase rachou a cabeça na bancada da cozinha.

Fico nauseada por vê-la tão vulnerável. Não sei mais qual é o pior cenário quando se trata de Lovie (todos os cenários são horríveis). A cada dia agradeço mais por Adam, por não estar sozinha nesta.

Meu coração dói por todos os que não podem pagar por esse serviço, e fico esperançosa por todo o bem que esse podcast vai fazer.

Adam continua desconfiado da coisa toda e não disse nem que sim, nem que não sobre sua participação em um episódio.

Ele trabalhou de novo no fim de semana. Não perguntei por que precisa de dois empregos. Será que a AngelCare paga mal? Ele aguenta muita merda da Lovie para não ganhar bem... literalmente. Ela teve um acidente hoje de manhã. Não é o primeiro.

Mas o que mais mexe comigo é ver a lista de compras que Adam me entrega, com fraldas geriátricas no topo.

Até o momento, eu e Lovie trocarmos de papéis não passava de teoria. Ela comprou e trocou minhas fraldas.

Agora, pelo jeito, eu vou comprar as dela.

Em geral, não sou contra ir ao mercado. Adam tem feito as compras durante as semanas que estou aqui todas as quartas, sem falta. É minha vez. Mas minha relutância em fazer isso tem um motivo: ter que dirigir até lá.

— Acho que minha habilitação venceu — digo, devolvendo a lista.

Ele a empurra de volta.

— Só em maio. Pode ir.

Claro que ele ia se lembrar das informações da minha carteira de motorista.

— Eu não gosto de dirigir o carro da Lovie.

— Vai com o meu — diz ele, descontraído.

Justo o que eu não queria que ele me oferecesse.

— Você não vai querer que eu faça isso.

— Você... — Os olhos de Adam ficam ao mesmo tempo brincalhões e pensativos. — Elle, você tem *medo* de dirigir?

Já estou indo para a porta, me afastando dele e calçando os tênis.

— Eu, não. Nem um pouco.

— Acho que não acredito em você.

— Vem ver, então. — Eu me viro sobre o pé que está de meia, com o outro enfiado no sapato. — Vamos dar uma volta.

— A Lovie não deveria "dar uma volta". — Ele redireciona as aspas que fez no ar e passa as mãos pelo cabelo curto, depois coça a orelha. — Você sabe o estado dela.

Seus olhos se desviam dos meus e vão para meu ombro, meu quadril, minha coxa, minha canela. Todos os lugares em que escondi hematomas. A atenção dele ali faz a pele latejar como se os golpes tivessem acabado de acontecer.

Me contorço para afastar a sensação e me debato para calçar o outro pé.

— Quando foi a última vez que ela saiu de casa? Tomou um ar. Parou para tomar milk-shake.

Tudo isso eram coisas que eu fazia quando era pequena, com a avó que me deixava faltar à escola e dirigia uma hora até o parque Pullman, em Michigan City. Que ignorava ligações da tal escola perguntando onde eu estava enquanto lambíamos sorvete em meio ao clima congelante na orla da praia do outro lado da rua. Que me dava mais cinco minutos cinco vezes, embora meu nariz estivesse pingando que nem uma torneira e meus dedos, arroxeados.

Ele abre a boca.

— Ela não deveria...

— Comer um monte de gordura saturada e doce, eu sei. Então hoje ela fica sem o milk-shake. — Me certifico de não dizer que "nós" ficamos sem o milk-shake hoje. Estou de TPM. Não vou ficar sem coisa nenhuma. — Mas acho que seria bom para ela. Desde que não arrisque lançá-la em mais um dia ruim. Também não estou tão desesperada por companhia assim.

Adam aperta os lábios em contemplação, mas, antes que eu consiga convencê-lo de fato, Lovie vem arrastando os pés, com a bolsa enorme na mão e pantufas nos pés trocados.

— Ouvi falar que vamos tomar milk-shake.

Ela chacoalha as chaves para mim. Só fico um pouco aterrorizada. Era para estarem escondidas.

É algo que é tão a cara de *Lovie* que, por um momento, quase esqueço onde estou e por quê. Um sorriso se abre em meu rosto antes que eu consiga evitar.

Lovie tilinta as chaves outra vez, e dou uma risadinha.

Claramente em minoria, Adam só resmunga.

Ele leva uns quatro minutos para se arrepender dessa saída... ou talvez seja minha condução que ele ache lamentável. Entre as reclamações de Lovie, no banco do carona, de que está muito frio, depois muito quente, depois uma geladeira de novo, e minhas curvas bruscas e paradas incompletas nos sinais, vejo pelo retrovisor que ele está meio pálido.

Considerando que são só sete minutos de carro, ele se sai bem. Eu podia ter ido até o mercado do outro lado da cidade. Em meio a esses sete minutos, tomo três decisões de direção questionáveis, sendo que duas envolvem atravessar sinais amarelos.

Me aproximo de um terceiro semáforo que também fica amarelo e cerro os dentes ao pisar no freio. Pneus guincham atrás de nós, e me encolho, me preparando para o impacto.

Quando ele não acontece, Adam bufa.

— *Sério*? Você escolheu parar justo *nesse*?

— Nunca atravesse no terceiro amarelo — dizemos Lovie e eu em sincronia.

E, enquanto o olhar que dirijo a ela é carinhoso, cheio de conexão inesperada e empolgação, Lovie me encara com desprezo. É a Regra Durona do Amor Número Três.

Continuamos pisando em ovos depois que Adam convence Lovie a usar uma scooter motorizada dentro do mercado. Ela *sem querer* dá ré em mim enquanto se acostuma com o carrinho.

A gota d'água é quando Lovie comenta sobre minha velocidade.

— São todos esses quilos a mais nas coxas que estão te deixando mais devagar, garota.

Por um segundo, só consigo piscar e me convenço de que ela logo vai dar uma risada e dizer que está me provocando ou brincando, como fazia quando éramos mais jovens.

Mas ela nunca brincou com isso no passado, e não acho que esteja brincando agora.

A expressão de Adam está embaçada por causa das minhas lágrimas. Ele me lança um olhar afetuoso. Nem sei se percebe o que está fazendo.

A vergonha aquece minhas bochechas. Além da minha humilhação, algo quente e ácido se agita no meu estômago e, para evitar virar a scooter dela ou deixá-la encalhada, vou em direção aos itens de higiene pessoal. Não somos estranhas às guerras de pegadinhas; posso só envergonhá-la e vamos estar quites. Estou com os braços cheios de fraldas geriátricas para fazer exatamente isso quando ela dobra a esquina em sua scooter.

Ou tenta. Ela não sabe guiar e bate no expositor da loja. Dezenas de xampus e condicionadores se esparramam pelo chão, e três deles se abrem, derramando gosma por toda a parte.

Adam coloca a mão no ombro de Lovie, que se abaixa para limpar a bagunça. Ele está agachado na frente dela, como já o vi fazer tantas vezes em casa. Os dois estão muito longe, e a voz dele, baixa demais para que eu consiga ouvir.

As bochechas enrugadas de Lovie ficam rosadas, e ela junta as mãos, girando a aliança.

No fim, não preciso envergonhá-la. Ela acabou de fazer isso por conta própria. Minhas pernas estão pesadas; minhas entranhas, ficando viscosas de tanto vexame.

Ainda estou com o braço cheio de fraldas quando Adam levanta a cabeça.

Embora eu não tenha visto essa expressão específica dele, sei o que faz com que suas sobrancelhas formem uma linha irregular e irritada: decepção. Comigo. Ele entendeu direitinho minhas intenções e soube que não eram boas. É um olhar que me deixa nervosa, desconfortável.

Que me desfaz.

Um funcionário passa correndo por mim em direção à bagunça, e isso faz com que o ar volte a entrar nos meus pulmões. Coloco os pacotes de volta na prateleira e me movo para ajudar, mas o olhar de Adam me detém.

Há um corredor inteiro entre nós, mas me sinto encurralada. Dou meia-volta para que ele não veja meus olhos lacrimejarem.

E, como já estou indo nessa direção, me certifico de pegar uns absorventes internos de fluxo intenso. Essa menstruação vai ser daquelas.

Adam e Lovie ainda não me encontraram, porque decidi que preciso de uma gilete nova, um desodorante extra e um xampu a seco. Passo mais uma vez pelas fraldas geriátricas e pego um pacote de absorventes noturnos.

— ... acontece o tempo todo. — O funcionário está dizendo para Adam, que, a julgar pela carteira em mãos, insiste em pagar pelos dois xampus e pelo condicionador que estão sendo varridos para o lixo. —

A empresa tem espaço no orçamento pra essas coisas. Eu juro. Tá tudo bem, cara.

Lovie não está ao lado dele. Eu a vejo no corredor principal, perto dos materiais de jardinagem. De sua posição, Adam tem visão total dela. O que é mais do que posso dizer de mim mesma.

Humilhação e culpa parecem ser meus dois únicos estados atualmente.

Não o olho nos olhos, apenas passo por ele e pela placa de piso molhado, indo na direção dela. Não tenho certeza do que vou dizer quando chegar lá. Eu me atropelaria se fosse ela. Com cuidado, coloco meus itens na cesta dela.

Lovie examina um carrossel de sementes. Nesta época do ano já não dá mais para plantar qualquer coisa, mas tente dizer isso para uma mulher cujas semanas consistem apenas de segundas-feiras. Ela provavelmente já está em 2042.

— Me dá aquilo dali — pede ela, apontando com a mão trêmula para um pacote de sementes com flores azuis no rótulo.

Ela as coloca no carrinho, já dando ré e se afastando de mim.

Recuo para ela não passar por cima dos meus pés.

— Quer mais alguma coisa enquanto estamos na rua, Lovie?

Ela grunhe baixinho:

— Milk-shake.

Ela não se lembra do meu nome, mas não esquece uma bebida de chocolate maltado.

Nós somos farinha do mesmo saco.

Chegamos em casa Deus sabe como. O anjo da guarda preso no para-sol do carro de Lovie deve ter precisado chamar reforços.

— A casa não é por ali? — perguntou Adam quando virei numa direção diferente daquela pela qual chegamos ao mercado.

Tinha achado que seria melhor dirigir com a Lovie no banco de trás e Adam no carona, para ficar mais longe da mulher que me deixa tão nervosa. Acontece que não são eles. O problema está cravado em mim.

Só falei:

— Vamos tomar milk-shake.

E apertei o volante de couro com tanta força que os nós dos dedos chegaram a estalar. Eu ia retomar o controle, cacete.

Adam não comentou mais nada até eu passar por dois McDonald's, um Burger King e uma loja de frozen yogurt pintada de rosa e azul.

— Onde é que a gente vai comprar milk-shake? Em Cleveland?

— É um lugar famoso em Elkhart — retruquei, e Adam se calou.

Até que ele olhou para o velocímetro.

— O limite de velocidade é setenta.

— Isso é só uma sugestão — insisti.

O som que ele emitiu foi um misto de choque e derrota.

— É hoje que eu morro.

Com o corpo formigando, diminuí a velocidade. Estava esperando o pior de Adam quando paramos no tal local famoso de Elkhart.

— É um Dairy Queen — constatou ele.

— O *melhor* Dairy Queen — corrigi ao entrar no drive-thru. — Do mundo.

— Os dois estão certos — disse Lovie.

Ela estava quase sorrindo no retrovisor.

Comprei para ela um milk-shake de chocolate tamanho infantil, pedi um grande de pasta de amendoim, chocolate e banana para mim e depois me virei para Adam.

— Não vou querer nada — falou ele.

Comprei um picolé para ele.

Só estou dizendo que, para um homem que disse que não queria nada, aquele picolé desapareceu bem rapidinho.

Quando enfim chegamos em casa — evitei rotas que nos levariam a passar por dois Dairy Queens mais perto —, já tinha passado do horário do cochilo da tarde de Lovie e Adam exibia uma estranha mistura de cinza e verde.

Achei que ele fosse beijar o chão quando descemos do carro.

— De agora em diante…

— Você vai dirigir — concordei, dois passos à frente dele.

Agora, enquanto Adam prepara Lovie para a soneca, eu guardo as coisas de geladeira das sacolas de supermercado e tento lembrar aos meus músculos que não estou mais no volante. Quando chego às fraldas, faço uma pausa. Não sei se ficariam melhores no banheiro ou no quarto de Lovie. Talvez algumas nos dois cômodos?

Essa é uma pergunta para o enfermeiro Adam. Deixo isso para ele.

Pego o equipamento de gravação no quarto, desesperada para colocar para fora alguns desses sentimentos intensos após o fiasco no Walmart. A ideia queima tão forte na minha cabeça que já consigo ouvir como vai ficar o episódio.

Mas o tom de Lovie e suas palavras odiosas ricocheteiam em meu coração e abafam o barulho. Quando coloco tudo em ordem na mesa, já estou me debulhando em lágrimas.

Adam entra na cozinha esfregando o rosto. Quando me vê secando o meu, para no meio do movimento.

— Você está bem?

Parece que hoje está difícil controlar as emoções.

— É só que... — Aceno com a mão na direção do quarto de Lovie. — Isso.

Quando ele vê que já guardei as coisas de geladeira, franze a testa para as sacolas vazias e depois para mim.

— Exatamente — digo, diante de sua expressão. — É exatamente assim que estou me sentindo por dentro.

O rosto de Adam se suaviza e ele dá a volta na ilha, encostando-se nela.

— Sinto muito.

Um riso de descrença escapa dos meus lábios enquanto coloco a mão sobre o encosto da cadeira, apoiando o queixo ali para poder olhar para ele.

— Acho que não é você que precisa me pedir desculpas. E algo me diz que é melhor não esperar nada da pessoa que de fato deveria se desculpar.

Mais lágrimas ardem atrás dos meus olhos, no meu nariz. Mas, antes que eu possa afastá-las novamente, ele se mexe.

A indecisão cruza o rosto dele antes que Adam estenda a mão e a coloque sobre a minha.

— Não gosto do jeito como ela fala com você.

— Bom — digo —, então somos dois.

Ele flexiona a mão como se fosse apertar a minha. Entrelaçar nossos dedos.

— É só que eu… — Ele balança a cabeça com força, afasta a mão e a chacoalha antes de fechá-la em punho. — Não acho que ela seja assim de verdade. Nem você.

Aquelas palavras, a preocupação no rosto dele, fazem correr mel em minhas veias, algo quente e lento.

— Adam, você está… sendo *gentil* comigo agora?

Ele faz pouco-caso, quebrando o contato visual ao se voltar para o balcão.

— Vai sonhando.

*Pior que às vezes sonho mesmo.*

Embora não seja a primeira vez que deixo a mente vagar por esse caminho, a frequência está se tornando preocupante.

Preciso concentrar meus pensamentos em algo benéfico… algo que ajude mais do que só a mim. Explorar essa tensão estranha com Adam… não vai me levar a lugar algum.

Volto para o computador, configurando tudo enquanto ele continua a guardar as compras.

— Oi, pessoal — digo ao microfone. — Aqui é a Elle, apresentadora do queridinho *Elle na L.* — Pressiono o botão de pausa e me viro. — A gente pode chamar algo que fez de "queridinho"? Ou seria muito pretensioso?

Ele pega a última sacola.

— Não acho que seja pretensioso se é verdade. As pessoas amam seu programa, e com razão.

A cadeira pré-histórica range sob meu peso (*sim, Lovie, e sob o peso das minhas coxas*).

— Você ouviu?

Eu sabia que ele tinha criado uma conta no Instagram para trolar os trolls, mas achei que o envolvimento dele se resumisse a isso.

— Alguns episódios — revela ele, continuando a mexer nas sacolas. Pelo tempo que Adam já passou guardando as compras, não deve ter sobrado muita coisa. — Comecei com o "Onde eles estão agora", mas aí quis ouvir os episódios originais, então fui atrás. Foi útil ter colocado os números dos episódios nas notas do programa. Foi uma boa ideia.

Reprimo um sorriso.

— Você ouviu algum outro?

Ele tira meus absorventes como se fossem qualquer outra coisa. Podiam muito bem ser pães.

Adam faz que sim com a cabeça.

— Sim, depois desses, voltei para o início. Estou no episódio... — Ele olha para o teto, calculando. — Doze, eu acho?

— Credo, não. Eles eram muito engessados naquela época. A qualidade da produção é horrível.

Bem parecido com como este novo podcast vai ser, com acústica abaixo da média e Lovie tossindo a cada cinco minutos.

— Discordo. A essência estava lá. Sua personalidade ainda brilha, mesmo com equipamentos de baixa qualidade. — Ele levanta um dos ombros, mantendo o olhar fixo no meu. — Você é muito boa no que faz, Elle.

A voz profunda e forte dele ressoa nos armários, atingindo todo o meu corpo de uma só vez.

Não é o primeiro elogio direto que ele me faz, mas meu coração não reconhece isso. Ele cria asas, afunda alguns centímetros e cutuca as paredes do meu estômago. Quando foi a última vez que um cara me causou um *frio na barriga*? Grady com certeza não fazia isso.

— Quando foi que você ouviu? — pergunto.

Não era bem o que eu ia dizer, mas também quero saber disso. Embora estejamos juntos há tempo suficiente para eu saber como ele toma o café (exatamente uma colher de sopa de leite e meia colher de chá de açúcar), suas opiniões ainda são um mistério para mim.

— No caminho para o trabalho no último fim de semana, e durante algumas horas do turno quando as coisas estavam devagar.

— O que você faz?

Ele ri e acena a mão para o próprio corpo, mostrando sua roupa de trabalho. Um brilho divertido reluz em seus olhos quando ele se apoia nos antebraços, debruçando-se sobre a ilha na minha direção.

— Sério mesmo? — Sua risada está mais leve, mas de alguma forma faz com que o frio na minha barriga se intensifique, parecendo que tem um bando de hipopótamos lá dentro. Um zoológico inteiro. —

Sou enfermeiro, Elle. Trabalho em um hospital de cuidados agudos prolongados.

Disseco cada uma das palavras.

— Então, reabilitação?

— Sim e não. É um tratamento prolongado para pacientes que não podem se dar ao luxo de uma internação hospitalar comum pelo tempo necessário para o tratamento. Ou para pacientes que precisam de cuidados especializados. Vítimas de queimaduras, pacientes de diálise ou terapia respiratória intensiva. Quimioterapia, às vezes, se for um plano de tratamento rigoroso.

Ah, então a AngelCare realmente *emprega* anjos de verdade.

— Parece... pesado.

— Mas me dá a chance de criar laços com os pacientes, que é a melhor parte do que eu faço.

Mordo o lábio.

— Não é mais fácil atender eles por um ou dois dias e mandar embora? Como você evita se apegar?

— Não evito. — Uma risada seca. — É aí que está.

Eu amo, amo, *amo* meu trabalho, mas acho que não amaria tanto assim se tivesse que me dedicar emocionalmente a cada pessoa com quem converso. Se a vida delas estivesse em minhas mãos, se fosse realmente uma questão de vida ou morte, seria *muito* mais difícil.

— Por que você tem dois empregos? — pergunto, sem conseguir me conter.

O açúcar deixa minha língua meio solta e, depois do milk-shake, consumi o suficiente para fazer, tipo, uma dezena dos bolos orgásticos da Liss.

Adam fecha os olhos, uma parede sólida se fechando e apagando o brilho ali, e ele junta os diversos produtos de papel em suas mãos. Existe um limite e, sem saber, eu o ultrapassei.

— Você precisa que eu vá pra outro lugar enquanto grava?

— Hum. — Balanço a cabeça para sair do transe em que ele claramente me prendeu. — Não. Acho que os sons vão mostrar que eu moro aqui. Não estou escondendo esse arranjo. Os ouvintes podem lidar com isso.

Só tenta não começar nenhuma banda de *hair metal*, e acho que vai ficar tudo bem.

Ele se força a não sorrir. Não tem a mesma vivacidade de antes, mas tem o mesmo impacto em meus batimentos cardíacos, que agem como se estivessem em uma dessas bandas de *hair metal*. Adam segura os absorventes internos.

— Quer que eu coloque no banheiro?

— Hum — repito. — Debaixo da pia. Obrigada.

É tão doméstico que chega a ser estranho, nós na cozinha, trabalhando separadamente, mas juntos.

Fingindo, mas não.

— Lovie comprou sementes de flores — observa ele.

Aceno com a mão em sinal de desdém.

— Está tarde demais para plantar alguma coisa. Ontem à noite teve geada.

— Não pode... — A voz dele falha no final, como se ele tivesse se engasgado.

— O que foi?

Quando me viro de volta para Adam, ele já está segurando o pacote para eu ver. Para eu ler.

Não-me-esqueças.

Ele morde o lábio.

— Você sabia — diz ele, os olhos arregalados —, que não-me-esqueças é a flor da conscientização do Alzheimer?

Meu coração dispara tão rápido que talvez exploda.

— Adam — falo, ofegante.

Eu levanto cambaleando da cadeira, me apoiando na ilha.

— Eu sei.

Ele passa a mão no cabelo e solta uma leve risada de incredulidade, ainda segurando os dois pacotes de semente, que ficam pequenos em sua mão.

— Não. — Agarro-o pelos ombros, mas isso também não basta. Agarro seu rosto. A barba por fazer causa cócegas em minhas mãos, seus olhos procuram algo nos meus. — Você não está entendendo.

Uma rápida inspiração inunda meu cérebro com seu perfume de sol de verão e… talvez eu também não esteja entendendo tudo.

Ele se aproxima de mim e desce o olhar até minha boca.

— Elle, acho que…

Forço as palavras a saírem, interrompendo o que ele está prestes a dizer:

— Acho que a Lovie acabou de dar um nome para o próprio podcast dela.

# CAPÍTULO DEZENOVE

A única coisa que posso dizer (a única coisa que quero dizer) é obrigada a Quem estiver ouvindo lá em cima, seja Jesus, Buda ou, quem sabe, Ghandi, pela absoluta *glória* que é o Amazon Prime.

Depois do desastre das nossas últimas saídas, apesar dos milk-shakes deliciosos, decidi que nunca mais vou dirigir. Precisei do restante da noite para meu coração se acalmar. Mas, ok, talvez tenha sido o açúcar.

Vou simplesmente pedir tudo de que talvez precise on-line. Pelo resto da vida.

Falando em açúcar, tal qual uma criança na manhã de Natal, eu abro embalagens coloridas e deslumbrantes. Tal qual *eu mesma* na manhã de Natal nesta exata sala de estar. Um dos sacos rasga na lateral, e barras de chocolate embaladas individualmente e balas de gelatina se esparramam pela mesa da cozinha num farfalhar de plástico e baques surdos.

Estamos no meio da tarde, mas Adam já está cozinhando. Sopa, acho, ou molho para o macarrão. Seja lá o que for está fervilhando há algumas horas, e a casa toda é tomada pelo cheiro de carne assada e vegetais, ervas frescas e temperos. Tem um pão na ilha, esperando para ser fatiado e torrado. Estamos em meio a uma frente fria, o que não impediu Lovie de cuidar do jardim hoje de manhã até ficar com os dedos roxos.

Ela plantou os não-me-esqueças, e não deixei de notar a ironia de que é provável que não se lembre na manhã seguinte.

Adam me olha por cima do ombro. Como ele consegue não espirrar nada do líquido fervente nas mãos, mesmo tirando os olhos da panela, é um mistério para mim.

— Achei que tinha acabado o desejo de chocolate.

O que significa que ele também sabe que minha menstruação acabou.

— Você acha que tem um horário marcado para comer chocolate? Que se danem os diamantes. *Chocolate* é para sempre.

— Acho que eu não sou muito de doce.

Minha mão congela dentro do saco. Minhas sobrancelhas quase viram uma coisa só, tamanha é a careta que estou fazendo.

— Nossa relação não vai dar certo.

Ele cerra o maxilar.

— O que foi? — pergunto. — Estou falando sério.

— Ah, eu sei — diz, dando de ombros. Ainda assim não derrama uma única gota de sopa. Adam perde a batalha contra o sorriso, que suaviza seu rosto. — É que é a primeira vez que tomo um fora de mentirinha.

Fecho a mão em torno do doce que eu estava procurando e o puxo.

— E de verdade?

O sorriso some de seu rosto.

— Sim, claro. — Um tendão se tensiona em seu pescoço. — Não acontece com todo mundo?

Puxo a aba de uma caixa de balas com tanta força que rasga no meio.

Grady James e eu nos conhecemos há um tempão, se *um tempão* for cinco anos atrás, quando eu tinha 26, o podcast estava só começando a decolar e eu fazia malabarismo com um emprego do qual não gostava e uma atividade que amava, mas para a qual não tinha tempo.

Talvez você esteja se perguntando como é que Grady se encaixa nesse aconchegante cenário onírico. Como um peixe numa bicicleta, isso sim. Mas eu tentei. Tentei tanto que me dá vergonha, por muito mais tempo do que gosto de admitir hoje em dia.

Lovie está na sala, onde não consegue ouvir. Só precisa *parecer* que estou apaixonada por este homem e, para isso, não preciso compartilhar minha história de vida.

— Claro — repito, robótica.

Adam passa a mão pelo cabelo e a enrosca na nuca. Vai ver também não gosta de algo em meu rosto, porque volta o foco ao fogão.

— Você já deu um fora em alguém? — pergunto.

As orelhas dele ficam cor-de-rosa.

— No jardim da infância conta?

Imagino Adam pequenino, de joelhos ralados e o cabelo desgrenhado.

— Quero saber tudo — imploro. — Agora mesmo.

Ele dá uma risadinha.

— O nome dela era Jessie, e nós dividíamos a carteira. — Descanso a cabeça nas mãos, fazendo caras apaixonadas engraçadas para as costas dele. Sem se virar, ele diz: — Para de me olhar assim.

Sorrio mais.

— O que a Jessie fez de tão horrível?

— *Ela* — murmura ele baixinho, com um ressentimento inesperado — roubou meu lápis de pizza.

Uma risada escapa da minha boca.

— Seu o *quê*?

— É coisa boba.

— Eu não ligo. — Os ombros dele continuam tensos embaixo da blusa do uniforme. — Adam. Eu juro que não vou rir. — *Rir de novo.* — Se é importante para você, não é coisa boba.

Ele gira os ombros e baixa a cabeça rapidinho, seu único sinal de que me ouviu. Assunto sensível, esse do lápis de pizza.

Uma batida à porta da frente nos assusta. Dou um gritinho. Adam solta um palavrão em voz baixa, tirando o pano de prato da alça do forno para secar a sopa quente que respingou no pulso. Então, afinal, ele não é impenetrável.

Pego dois punhados grandes de doce a caminho da porta e grito:

— Está na hora!

— Na hora de… — começa Adam.

Sua voz é abafada pelo som de três crianças berrando:

— *GOSTOSURAS OU TRAVESSURAS!*

— Querido — chamo, com ênfase suficiente para Adam saber que odeio o título tanto quanto ele. — Você chamou os bombeiros sem me falar?

A bombeira de menos de um metro na minha frente dá uma risadinha embaixo do capacete, que tomba de lado quando ela estende o balde.

Estou dando um punhado generoso ao último do trio, um dos destemidos líderes da *Patrulha canina*, quando Adam aparece ao meu lado. As crianças esticam o pescoço para vê-lo por inteiro. Uma delas ofega.

Tudo bem. Eu entendo.

Depois que voltam correndo para os pais à espera na calçada, analiso meu cúmplice.

— Isto aqui também não vai dar certo. Cadê sua mala de trabalho? Aquela de lona que você carrega para todo lado.

Ele inclina a cabeça.

— Por quê? — Adam estica a palavra por vários segundos.

— Porque você precisa de uma fantasia, e estamos ficando sem tempo.

Bato num relógio de pulso imaginário.

— E por que exatamente eu preciso de uma fantasia?

Ele se apoia no batente da porta, cruzando os braços. A luz da varanda está acesa e emana um brilho malicioso nos olhos dele que as lâmpadas fluorescentes brancas de dentro de casa sempre apagam.

Na rua, duas pré-adolescentes começam a subir pela entrada, mas veem a figura enorme de Adam e trocam um olhar, dando risadinhas.

Agarro o antebraço dele, puxando-o para a varanda enquanto as chamo para se aproximarem. Quando o fazem, passo o braço pela cintura dele e baixo a voz:

— É por isso. Já te falei. Com esse seu tamanho todo, você podia ser um *cara mau*.

As garotas, vestidas de fadas, se aproximam. Belisco o quadril de Adam, cujo olhar pula para mim, mas, quando ele vê que temos companhia, muda. Suaviza. Como costuma fazer durante nossas peripécias do *Jeopardy!*, ele pendura o braço em meus ombros.

— Se eu sou um cara mau, então o que isso faz de você?

— Eu sou muito — lambo o lábio, o açúcar explodindo na língua; os olhos de Adam ficam escuros —, *muito* boazinha.

Ele pressiona o polegar na ruga funda que se forma entre suas sobrancelhas. Aparece sempre que o irrito ou lhe dou nos nervos. Vejo isso uma vez por dia. Caramba, uma vez por *hora*. Uma nova veia salta em seu pescoço.

Quando as garotas pegam os doces, baixo o braço e sacudo o dele do meu ombro. Uma brisa fria farfalha na árvore do quintal, e damos um passo atrás, passando pela porta.

— Então. Sua mala — falo.

Adam semicerra os olhos.

Abro um sorriso ofuscante de você-não-vai-vencer-esta.

Ele cede. Suspira.

— No quarto.

Lovie não levanta o olhar quando passo pela sala. Por sorte, hoje está passando seu filme favorito. *Beetlejuice. Beetlejuice.* Não vou repetir pela terceira vez. Isso é algo que ainda temos em comum: não é preciso perdermos a memória para querermos voltar sempre ao que nos reconforta. Algumas coisas simplesmente são *boas*.

Depois de pegar a mala de Adam, coloco-a em cima da mesa.

— Posso?

Ele está de volta ao fogão.

— Algo me diz que você vai fazer isso de qualquer jeito. — Espero, porém, e ele suspira resignado, dando um olhar irritado para o exaustor à frente de si. — Sim, Elle. Vamos acabar logo com isso.

Puxo o zíper, ansiosa para ver o que tem dentro. Já estou sentindo o cheiro dele (pele quente e más decisões), mas no tecido da mala o aroma fica mais intenso. Não tenho certeza do que estou procurando, mas vou saber quando achar.

Tem um par de tênis velho, da mesma marca que uso para correr, e um short de corrida limpo. Um carregador de celular, bem enroladinho e amarrado num nó feito com o próprio cabo. Uma versão menor do nécessaire que ele mantém no banheiro: um desodorante em bastão, escova e pasta de dentes, um pouco de paracetamol. Os bolsos internos estão vazios; talvez seja ali que ele guarda as chaves e a carteira. Não tem nenhuma embalagem velha de comida nem garrafa térmica mofada. Da última vez que limpei minha bolsa de trabalho, encontrei um macarrão cru.

Arrá! Puxo meu objeto de desejo e solto o crachá de trabalho dele da alça, antes de contornar a ilha até Adam.

— Achou algo bom? — pergunta ele por cima do ombro.

Dou um tapinha ali e, quando ele se vira, estamos mais perto do que eu esperava. A ponta dos nossos dedos dos pés se toca. Ele flexiona os deles, e os meus fazem o mesmo, involuntariamente.

— Fica parado — digo, embora, fora os dedos dos pés, ele esteja uma estátua.

Será que está respirando? Estamos tão perto que eu sentiria seu peito roçando no meu.

Penduro o estetoscópio no pescoço dele, mas fica preso no colarinho. Ele passa os olhos pelo meu rosto enquanto ajeito o objeto, indo das minhas orelhas ao queixo e à ponta do nariz. Quando o estetoscópio fica preso em sua etiqueta de identificação, gemo de frustração, e ele baixa o olhar.

A sopa ferve à minha esquerda e o filme de Lovie está nas alturas à minha direita. E, diante de mim, sempre, está Adam. Com seu uniforme, com esses olhos, com essa expressão insondável.

É só um estetoscópio preto, sem nenhuma firula ou enfeite, mas muda todo o visual dele. Engulo em seco ao prender o crachá no bolso da camisa do uniforme.

— Prontinho — murmuro.

Passo a mão por seu esterno e dou um tapinha. Ali, mesmo com o tecido, ele é quente e firme. Estou começando a achar que ele é quente e firme *em todas as partes* que eu poderia tocar. Me afasto com uma inspiração funda, esfregando a ponta dos dedos na palma da mão, que está formigando.

— Agora, sim, você está vestido a caráter.

Adam percorre todo o meu corpo com o olhar. Sinto cada centímetro, como se em vez disso fossem suas mãos deslizando por mim.

Ou algo mais afiado, tipo os dentes.

A voz dele ressoa em meus ossos, bem baixa para Lovie não ouvir.

— E você está vestida de quê?

Seu olhar parece morder as partes macias do meu corpo... Definitivamente são os dentes dele.

— Eu, é...

O que é que estou vestindo mesmo? Olho para baixo. Não passam das minhas roupas normais, mas eu (ao contrário de *uns e outros*) fiz isso de caso pensado.

— Estamos no século XXI, Adam. — Dou um passo para trás, os dedos dos pés tocando o laminado em vez de as meias dele. Ergo as mãos ao lado do corpo, as palmas para cima, mostrando minha legging e jaqueta de zíper com o logo do *Elle na L* no bolso frontal. — Eu sou uma *podcaster*.

Minha pele começa a pinicar sob a atenção total dele. Enquanto seu olhar traça a linha da minha calça, a logo do podcast, fico encarando a sopa no fogão. Meu estômago dá uma cambalhota. O cheiro está mesmo maravilhoso.

Enquanto ele está distraído, aproximo a mão da colher.

Adam franze a testa para mim, e congelo faltando meros centímetros. Comecei a notar que ele franze a testa para mim com bastante frequência. Aí está seu descontentamento outra vez, a expressão que vejo tanto que conseguiria desenhar de olhos fechados.

— Você está parecendo uma arruaceira, isso sim.

Arregalo os olhos e movo a mão mais um centímetro.

— Bom, não vai ganhar nenhum concurso de fantasia, mas...

Ele empurra minha mão antes de eu conseguir pegar a concha.

— Boa tentativa.

— Que *grosseria* — falo, mas ele faz aquela coisa em que põe as mãos nos meus ombros para passar por mim sem me desequilibrar.

Não tem importância. Estou cada dia menos *equilibrada*.

Quanto disso tem a ver com o homem que está pegando meus fones de edição na mesa da cozinha? O mesmo cara que assustou as crianças na entrada de casa agora se aproxima de mim, com o rosto bem concentrado enquanto pendura os headphones em meu pescoço com toda a delicadeza do mundo, tomando o cuidado de passar meu cabelo por cima do ombro. A ponta de seu dedo roça minha pele, e estremeço.

— Pronto. Agora você também está a caráter.

# CAPÍTULO VINTE

Deixo a cabeça cair no encosto do sofá. Eu me dei permissão para sentar na Terra de Ninguém por um instante, e é esplêndido. Estou *exausta*.

Não fazia ideia de que tinha tanta criança neste bairro. Na minha infância, não tinha. De qualquer forma, eu costumava sair para pedir doces com Liss, já que a quantidade de doces no lado dela da cidade era bem maior do que aqui.

Houve tantas visitas esta noite que nem consegui assistir ao *Jeopardy!*. Lovie ficou frustrada com todas as interrupções, então, depois de uma conversa rápida com Adam, fiquei sentada na varanda da frente, interceptando a campainha e distribuindo doces.

Reconheci algumas pessoas. *Estudei com elas,* como diria Lovie. Algumas são pais e mães agora, o que é outra coisa em que estou cansada demais para pensar. Mas foi bom colocar a conversa em dia, de uma maneira que nunca dá para fazer pelas redes sociais. Algumas ouvem o programa. Um cara pediu para tirarmos uma foto. Quando voltei para dentro, com a tigela de doces quase vazia, Adam preparava Lovie para dormir.

Uma gargalhada rouca me desperta com um sobressalto.

— Foi o último tigrezinho que acabou com sua raça, não foi? — Adam se apoia na soleira da porta, com o estetoscópio ainda em volta do pescoço.

— Foi aterrorizante. Tirou dez anos da minha vida.

Estou prestes a cair no sono enquanto olho para ele.

Adam fica quieto por alguns minutos, então deixo meus olhos se fecharem. Quando fala, é suave o suficiente para não me assustar mais uma vez:

— Você não jantou.

Eu bocejo, esfregando a bochecha no encosto do sofá.

— Não quero ser dramática, mas prefiro morrer de fome a me levantar agora.

Ele resmunga, mas não diz mais nada, e acho que ganhei a batalha.

Mesmo assim, me forço a me sentar. Adormecer daquele jeito me daria um torcicolo horroroso. Pego o controle remoto na mesa de centro.

Acabo de achar um canal que está exibindo *Abracadabra* quando Adam reaparece carregando um prato precariamente equilibrado com uma tigela em cima e duas fatias de pão crocante nas laterais.

— O jantar está servido — anuncia ele, se curvando em um espécie de reverência.

Ocorre uma explosão em meu peito.

Eu a apago rapidamente, prestando mais atenção na comida. A sopa, pelo que vi e cheirei, é espessa, à base de tomate. Propensa a causar manchas. Eu nunca teria sido autorizada a comer isso na sala de estar, mesmo com a idade que tenho.

— A Lovie não vai gostar nada disso — comento, cautelosa.

Um sorrisinho ergue a boca dele.

— Ainda bem que ela não está aqui, então. — Adam coloca o prato na mesa de centro, e seu sorriso some tão rápido quanto surgiu. — É sério. Você precisa comer.

Para apaziguá-lo (e ao meu estômago, que está roncando), deslizo para o chão e puxo a mesa para mim. Ele se senta em seu lugar de sempre, no lado direito do sofá, atrás do meu ombro.

— Que filme é esse? — pergunta ele.

Já estou enchendo a boca, ocupada demais gemendo para responder. Ao se deslocar, ele cutuca meu quadril com o pé. Depois de várias colheradas, finalmente paro para voltar a respirar.

— *Abracadabra*. Já viu?

Aumento o volume um pouco e mordisco um pedaço de baguete com manteiga.

— Talvez quando eu era mais novo.

Olho para ele por cima do ombro.

— Você já levou suas sobrinhas para pedir doces?

— Geralmente sou eu que levo — admite ele, e coça distraidamente a sombra escura em sua mandíbula. — Mas este ano estou trabalhando.

— Você pode pedir um dia de folga quando quiser, Adam. Com certeza sua namorada ficaria feliz.

— Com certeza ficaria. — A culpa escorre por mim e desce até minhas pernas, que agora parecem feitas de borracha. — Se eu tivesse uma.

Quase derrubo a sopa, de tão chocada.

— Mas você tem — protesto. — É uma loira baixinha.

Seu rosto exala confusão, e me atrapalho para explicar.

— Mas você estava com uma mulher quando eu te pedi para voltar naquele primeiro fim de semana. Eu ouvi no telefone.

— Irmã. — Adam inclina o queixo, com a boca se fechando numa linha reta. — Quanto daquela conversa você ouviu, para sermos exatos?

— E aí — continuo, refletindo sobre a pergunta dele — você saiu no outro dia para resolver alguma coisa. Disse que estava tudo "tão bem quanto costuma estar".

Opa. Não era minha intenção revelar a frequência com que essa interação em particular é reproduzida em loop na minha mente.

Ele semicerra os olhos.

— A mesma irmã. Uma das meninas estava doente. Eu... fiz uma visita domiciliar.

Mordisco o lábio.

— Ela está bem agora? Sua sobrinha.

— Sim. Bem melhor.

Isso traz um pouco de leveza de volta à expressão dele, as bordas de seu rosto se suavizam. O oposto acontece quando ele olha para mim.

Sua sobrancelha escura se arqueia em direção à linha do cabelo, um sorriso fácil dançando na boca.

— Elle?

Ainda não me acostumei com a maneira como ele diz meu nome. Como se tivesse pensado com todo o cuidado em cada uma das quatro letras e decidido que simplesmente não havia outro jeito. Ele não pode *deixar* de dizê-lo.

— Adam? — questiono, entreabrindo os lábios.

Estou esperando para ver por que, desta vez, ele sentiu a necessidade de dizê-lo agora. Somos as duas únicas pessoas nesta sala. As únicas duas pessoas acordadas nesta casa.

O joelho dele bate na parte de trás do meu ombro. Eu poderia dar um beijo ali se quisesse.

— Toma sua sopa, por favor — diz ele. — E vê a porcaria do filme.

Essa declaração (ou talvez seu toque) consegue o que Adam queria. Pego o controle remoto e coloco o filme do início.

Depois de alguns minutos, minha sopa e meu pão acabaram e, sem nada para ocupar a boca, comento a primeira coisa que me vem à mente. Eu já falei: o açúcar deixa minha língua meio solta.

— Nem nos meus sonhos mais loucos imaginei que estaria sentada aqui com o Adam "Dorme de Meia" Wheeler, vendo um filme infantil de Halloween.

Com os olhos na tela, subo para o sofá.

— Nos seus sonhos *mais loucos*? — murmura Adam, mais perto do que eu esperava. De alguma forma, acabei na Terra de Ninguém de novo, a coxa dele roçando na minha. Seu calor me escalda mais do que a sopa. — Quer dizer que você já fantasiou comigo?

O tom áspero de sua voz vibra em todos os meus pontos sensíveis. Eu pressiono a coxa contra a dele, seja em desafio ou convite, não sei dizer. Sem loiras baixinhas na jogada, as coisas parecem um pouco diferentes.

— Vai sonhando.

Lovie está dormindo. Nosso combinado deveria estar pausado no momento. Mas não é bem assim que estamos nos comportando. Parte de mim se pergunta se é mesmo fingimento.

Isso não é só brincar com fogo... é enfiar o dedo em tomadas elétricas.

Uma escolha deliberada de fazer algo perigoso, só porque podemos.

No início, estamos lado a lado. Não exatamente no nível de um primeiro encontro do ensino médio, mas perto disso. Não arredo o pé da almofada do meio do sofá. É assim que nossos pés estão dispostos na mesa de centro: de modo que batemos os dedos e os tornozelos sempre que nos movemos ou falamos. Uma brincadeirinha de nada.

Cerca de quinze minutos depois, Adam pausa o filme e volta com o balde de doces de mais cedo, o cemitério de embalagens do que eu já comi. Não sei dizer se a sensação inquietante em minhas costelas é uma dor de estômago ou um frio na barriga. Fico imaginando se não pode ser as duas coisas.

Ele coloca o balde entre nós, uma metade na perna de cada um, e o examinamos enquanto conversamos sobre o enredo.

— Minha primeira paixão no cinema foi pelo Max — digo.

— Tosco. O garoto é virgem.

— E isso importa?

Adam bufa, abrindo um Milky Way.

— É o ponto principal do filme, Elle.

— Em primeiro lugar, você está tão bizarramente errado que não vou perder meu tempo explicando o porquê. E, segundo — arranco o Milky Way dos dedos dele e enfio na boca antes que possa ser impedida —, a virgindade é uma construção social que não significa porcaria *nenhuma*.

Sorrio para ele de orelha a orelha, com chocolate espalhado nos meus dentes e na boca.

Ele pisca em câmera lenta, os lábios separados por apenas um espacinho. Mostro a língua. Com um revirar de olhos, Adam coloca dois dedos embaixo do meu queixo para fechar minha mandíbula.

— Ninguém nunca te ensinou a não mastigar com a boca aberta?

É um sussurro de um toque, mas a sensação dele continua lá, ardendo. Queimando.

Balanço a cabeça, lambendo o chocolate.

— Nunca. Fui criada num celeiro. Fica atrás da cerca. Dá para ver do quarto da Lovie se você souber onde procurar.

Ele passa o braço pelo encosto do sofá. Não me toca como durante o *Jeopardy!*, mas está tão perto que poderia. O calor de Adam se espalha pelo meu pescoço, pelos meus ombros. Tantos fantasmas esta noite.

Ele pega outra barrinha de chocolate da tigela. Não é muito de doce, uma ova. Roubo essa também.

Adam fica me olhando por tanto tempo que perco minha cena favorita do filme por estar distraída demais. Ainda devo ter chocolate no rosto. Cutuco a coxa dele.

— Se concentra. O amor da minha vida está falando.

Um rosnado fermenta em sua garganta. A mudança de seu peso faz com que meu corpo se incline na direção dele.

— Achei que não podíamos falar das suas fantasias.

— Vê o filme — digo.

Não sei se o que está esquentando minha barriga são os temperos do jantar ou o calor do homem ao meu lado. Talvez seja o cansaço de falar com aproximadamente dez mil crianças com menos de 10 anos. Ou o fato de eu estar em casa há um mês e não estarmos nem um pouco mais perto de uma solução permanente para Lovie do que quando cheguei aqui.

Mas algo me diz que, mais ou menos na metade do filme, seria uma ideia *maravilhosa* descansar a cabeça no ombro de Adam e deixar meus olhos se fecharem por alguns segundinhos de felicidade.

O sono agarra meu corpo com cada vez mais força, e vou mais fundo no meu travesseiro improvisado.

— Merda — diz alguém, baixinho. Quase inaudível acima do filme.

Mais fantasmas, provavelmente.

Afinal, é Halloween.

Acordo quando Adam se mexe.

Pisco de volta à realidade, ficando cada vez mais consciente de nosso posicionamento. Minha cabeça no peito de Adam, o braço dele, que estava no encosto do sofá, por cima de mim, a mão apoiada no meu quadril com o polegar na minha pele exposta. Os olhos dele se estreitam em confusão.

O filme está pausado não muito longe de onde me lembro. Engulo em seco, tentando adicionar umidade à boca subitamente ressecada.

— Desculpa. Eu não…

Ele assente, aquele único e sucinto movimento com o queixo.

— Eu sei. — Tento me endireitar, mas ele segura meu quadril com mais força. Se aproxima do meu rosto. — Espera.

A determinação define a mandíbula dele em linhas duras e severas.

Não há dúvida: quando esse homem quer algo, ele consegue.

Neste momento, acho que ele pode me querer.

E aí Adam puxa uma mecha do meu cabelo ruivo curto enrolado em seu estetoscópio.

— Nós estamos emaranhados.

Nós estamos alguma coisa, isso é certo.

— Emaranhados tipo sua mão no meu quadril?

As unhas dele arranham minha pele ao se afastar, e um raio de calor sobe pela minha coluna. Cerro os dentes para não deixar escapar nenhum som que revele o quanto aquilo foi bom. Mesmo assim, um gemido escapa.

As linhas da blusa do uniforme de Adam estão marcadas na minha bochecha, e eu esfrego os dedos sobre elas enquanto ele se levanta e tira meu prato da mesa de centro. Vou atrás com a tigela de doces.

Estamos em silêncio agora, o que, por algum motivo estranho, me deixa ainda mais estimulada. Os únicos sons são os da minha respiração. Dos passos dele. Dos meus batimentos cardíacos, ressoando em meus ouvidos. Deixo a tigela na ilha; ele coloca os pratos na pia.

Ele está *bem ali*, a menos de um metro de distância. Uma emoção à qual ainda não tenho acesso cruza o olhar de Adam.

Será que quero ter acesso? Saber o que está pensando, com *o que* fantasia?

Adam dá mais um passo à frente, e *sim*. Neste momento, quero muito.

— Você… — Ele morde o lábio. — Você me faz querer cometer erros.

Alguma coisa brilha no rosto dele e meu cérebro quer registrar como arrependimento, um pedido de desculpas incompleto.

Mas não tenho a chance, porque é nesse momento que ele me beija.

# CAPÍTULO VINTE E UM

É um segundo, talvez dois. Não deveria dar tempo de notar a sensação. O gosto.

Não deveria.

Mas dá. Eu sinto.

A boca de Adam está quente na minha, adocicada pelo chocolate e apimentada pelo jantar. O que faz essas mesmas sensações ondularem pelo meu corpo. Um prazer doce e dolorido floresce no meu peito, embota minha mente e a transforma numa névoa em que só há ele. E calor… sua mão em meu quadril, a outra em meu rosto, um polegar se afundando na parte marcada por ter dormido no ombro dele. O fogo líquido se desdobrando em minhas entranhas. Como um homem pode ter gosto de tantas coisas diferentes e ainda assim ser meu mais novo sabor favorito?

Ele dá um solavanco para trás, os olhos se arregalando de choque.

— Me…

— Não.

Faço um não incisivo com a cabeça, capturando de novo sua boca. Nossos dentes se chocam. Adam não vai pedir desculpas. Não por algo tão gostoso assim.

Adam solta um gemido do fundo da garganta, e minha boca captura o som e o guarda em algum lugar abaixo do meu umbigo. Ele firma mais a mão em meu pescoço, enrolando os dedos no cabelo da minha nuca para inclinar minha boca e facilitar o acesso. Fico na pontinha dos pés, desesperada para chegar mais perto. O mais perto que der.

Sem pressa, ele desliza a mão em meu rosto pelo meu pescoço, o ombro, a borda do meu sutiã e contorna minhas costelas. Com mais um gemido profundo, Adam me levanta com um braço só e puxa meu corpo para si de modo que nossa boca possa se encaixar de novo e de novo.

Sou a primeira a colocar a língua, porque preciso de mais dele. Queria que meus pés ainda estivessem no chão para poder nos mover, fazê-lo me pressionar na bancada, se encaixar entre minhas pernas e fazer o volume que está pressionando minha barriga ir mais para baixo. Gemendo, a língua dele encontra a minha, e unhas arranham meu couro cabeludo. Ele me segura com mais força. Me beija com mais intensidade.

— É disso que eu estou falando — diz Lovie, soltando um gritinho que vira uma tosse.

Adam se afasta, a surpresa refletida em todos os traços. Ele flexiona a mão em minha cintura, e seu choque aumenta, como se não tivesse dado a ela permissão para estar ali.

Devagar, ele me desliza pelo corpo. Estou entorpecida demais para desfrutar de todas as planícies duras pelas quais tenho que passar para reencontrar o chão.

— Não precisam parar por minha causa — fala Lovie, com o pijama roxo amarrotado.

Adam afasta a mão do meu corpo, e um frio violento me invade quando estou em terra firme. Se é que dá para chamar assim. Meus olhos lacrimejam com a queda súbita de temperatura depois de as mãos dele me deixarem, e um som de descrença fica entalado na minha garganta ao lado da última barra de Snickers que roubei dele.

Será que Adam só me beijou porque ouviu minha avó chegando?

Achei que...

Bom.

Não importa.

— Me... — Ele recua, fechando as mãos em punho ao lado do corpo. Consegue pedir a desculpa que interrompi pouco antes. — Me desculpa — diz, e suas palavras são facas para meus ouvidos e lábios ainda formigando. Ele gira nas meias. — Precisa de algo, Lovie?

Ela responde alguma coisa sobre estar com sede, ou com dor de cabeça, ou algo que não ouço por cima da torrente de sangue nos meus ouvidos.

Passo pelo armário da lavanderia e me tranco no banheiro. Sob esta luz, com as cortinas e o sabonete de mão e o papel higiênico rosados (afinal, outubro é o mês de conscientização do câncer de mama), meu rosto assumiu um pouco dessa coloração. Manchas rosa-choque nas minhas bochechas descem pelo pescoço como trepadeiras.

Será que foi o flerte? O beijo? Adam em si? Passo o dorso da mão na boca, mas a mantenho lá, como se fosse capaz de guardar o beijo dele por mais tempo.

Se vou ser beijada, quero ser *beijada*. Quero que valha a pena, como Lovie sempre me disse que deveria ser. Não quero que seja seguido por um pedido de desculpa ou uma explicação meia-boca.

Pelo jeito ele não leu essa cláusula do contrato empregatício e...

Ah.

*Claro.*

Ele está trabalhando. É meu *funcionário*. Não diretamente (eu pago a agência, e a agência o paga), mas ainda assim isso já ultrapassou limites demais. Esta situação para ele é estritamente profissional. E, por mais que a Lovie ache o contrário, isso não nos dá permissão para sairmos por aí nos beijando, por mais que nossos dedos se toquem durante os filmes, ou o *Jeopardy!*, ou quando ele me serve café.

Por mais que eu comece a suspeitar que é exatamente isso que eu quero.

# CAPÍTULO VINTE E DOIS

O plantão de fim de semana de Adam começa no dia seguinte, e fico feliz em colocar alguma distância entre nós. Passei horas deitada no sofá na noite passada, encarando o teto de folha de maconha, com o último suspiro da nossa farra de doces sendo bombeado por minhas veias e meu cérebro.

Ou quem sabe tenha sido o beijo.

O beijo *de mentira*. Já que estamos apaixonados *de mentirinha*.

Aff. É por isso que não como açúcar.

Hoje se trata de um dia ruim por mais de um motivo. Lovie acordou brava, e nem o estabilizador de humor ajudou muito. Ela me bateu no ombro com tanta força que ainda está sensível, com um roxo já despontando. E isso me deixou puta de verdade.

A frustração fervilha sob minha pele, por muitas razões diferentes. Pela doença da minha avó, por como o Alzheimer a faz sentir que a única coisa que ela pode fazer para se defender é atacar com as armas à disposição. Pela minha avó em si, por não nos dar mais tempo juntas. E talvez por Adam, por conseguir ser um poço de afeto num segundo, quando está me provocando sob o brilho da tela do laptop e deixando todos os chocolates para mim, e, no outro, um poço de frieza. Ele não me deu nem um boa-noite na noite passada, como tinha começado a fazer.

Mas isso foi antes de me beijar.

Lovie está cochilando, e tenho vontade de trancar a porta do quarto só para colocar um pouco mais de espaço entre nós.

Esta casa costumava ser meu porto seguro. Meu *lar*.

Em determinado momento, porém, começou a parecer mais umas férias: um lugar a que eu vinha quando a vida urbana ficava sufocante demais, barulhenta demais. Eu voltava ao meu quarto de infância, aos avós que me criaram, e voltava a respirar.

Agora, estou sufocando.

Não tranco Lovie no quarto dela (porque, sim, ainda é abuso contra idoso mesmo quando temos parentesco), mas confirmo se ela não saiu pela janela para escapar de mim. Em vez disso, me acomodo no sofá com o laptop, decidida a me distrair com uma maratona do meu prazer secreto favorito: *Jersey Shore*.

Snooki e JWoww estão formulando o famigerado bilhete *Ron está te traindo* para Sammi quando pula uma mensagem no canto da minha tela.

**Liss Kessinger:** Estamos com saudade!!! Me liga quando der. Dá um beijo na Lovie.

Mando uma resposta:

Hoje em dia a Lovie está mais para "soco primeiro, beijo depois". Ligando agora!!!

Quando ela atende, me adianto para evitar as perguntas a respeito de Lovie.

— Sentiu minha falta?

Liss ri, e meu coração volta a ganhar um gás. Faz muito tempo que não ouço esse som.

— Mais que de um rim. E você sabe o tanto que eu já faço xixi.

Escutar a voz dela é gostoso, mas não é suficiente. Sou invadida por uma onda de nostalgia e, surpreendentemente, saudade de casa. Preciso vê-la.

— Vou trocar para o FaceTime. Bota uma roupa.

Ela guincha, porque odeia videochamadas não planejadas mais do que eu odeio dirigir.

A ligação conecta, e o rosto pixelado dela sorri para mim. Seu cabelo loiro cheio de frizz está preso num coque alto bagunçado; seus olhos azuis, uma versão aguada daqueles que pareceram tão arrependidos depois de me beijar na noite passada. Enquanto os de Adam são um azul-escuro, como o tom do oceano, os dela são a água encontrando a praia.

Esses exatos olhos se estreitam na tela.

— Por que está com essa cara?

— Estava com saudade. E acho que você está com umas sardinhas de farinha no nariz. É uma boa...

— Pode parar — interrompe ela. — Não é isso. Você está com cara... com cara de quem aprontou alguma.

Definitivamente é uma Parada de Irmã de Almas.

Ter alguém que nos conhece por inteiro é uma bênção e uma maldição. Não sei se acredito em almas gêmeas, mas, se acreditasse, acho que a minha seria Liss. Ninguém nunca me conheceu tão bem quanto ela, sabendo do que eu preciso antes mesmo de eu me dar conta.

Só seria bom se eu pudesse transar com ela.

Espera, não.

Saiu errado.

Eu digo e repito: gosto de pênis.

Mas seria bom ter o pacote completo. Alguém capaz de me impressionar na cama e também saber como eu gosto de arrumá-la.

— Deixa eu ver — diz uma voz familiar fora da tela. Liss se move para enquadrar Dakota. — É — comenta ele. — Também estou vendo.

Semicerro os olhos para minha própria imagem na janelinha de pré-visualização. Como é, exatamente, a cara de alguém que aprontou alguma?

— Elle... — Liss estica meu nome para durar três segundos inteiros. — O que você fez?

— Nada — respondo, rápido demais para a pergunta lenta dela.

Liss semicerra mais os olhos, o azul-bebê quase invisível, e então os arregala.

— Você transou com alguém!

Eu disse antes como era incrível ter alguém que me conhece por inteiro. Vou voltar atrás nessa afirmação.

— Eu... O quê? *Não transei coisa nenhuma!*

Embora, na teoria, até seja verdade, falo com tanta veemência que parece mentira.

Ela ofega.

— Foi com aquele cara do ensino médio? O mecânico. Como é o nome dele mesmo? James? Jack?

— John — murmuro. — E, se você precisa mesmo saber, *Alissa*. — Lanço um olhar mortífero que espero que a intimide do outro lado da tela. — Não. Foi o Adam.

Liss contrai a boca, um maneirismo que aprendeu em algum momento dos anos que passamos separadas na faculdade. Era uma armadilha, e eu caí feito pato.

— Faz um mês que você saiu daqui.

— E é por isso mesmo — destaco — que eu nunca mais tenho permissão de ir pra lugar nenhum sem você. Claramente, não dá para confiar em mim.

A cabeça de Dakota volta ao enquadramento.

— Adam é o enfermeiro, né?

O cabelo loiro dele, de algum jeito, também tem farinha. Como esses dois conseguem fazer a coisa dar certo é algo que não entendo.

— O enfermeiro gato — corrige Liss. — Por quem a Elle está fingindo estar apaixonada perto da Lovie.

— Por quê? — questiona Dakota.

A pergunta dele suga o ar dos meus pulmões.

— A Lovie ficou... agora ela está *cruel*. Eu estou cheia de hematomas, no plural. — Ainda não os mencionei a Adam. Não adiantaria nada. —Várias vezes ela me chamou de gorda, diz que eu falo mais que a língua, não quer passar nenhum tempo comigo. Ela... não se lembra de mim.

Falar tudo em voz alta é quase insuportável. Dá à situação mais poder do que merece. Deve ser isso que traz as lágrimas para os meus olhos, e deve ser a gravidade que puxa uma por minha bochecha. Um mês aqui e estou virando alguém que tem *emoções*.

Que nojo.

— Ah, Elle. — Liss franze a testa. — Sinto muito.

Fungo com tanta força que, se eu já não a tivesse secado, a lágrima teria sigo sugada de volta para o olho.

— Ela precisa ir morar numa instituição de cuidados em tempo integral. — Atualizo os dois acerca dos detalhes das últimas semanas com Adam, da nossa dança engessada na cozinha, dos shakes matinais e das sessões de carinho durante o *Jeopardy!*. Da noite passada com *Abracadabra*. A ligação que fiz hoje de manhã para a seguradora sobre algumas documentações extras exigidas. — Até lá, estamos presos nesta situação impossível. Ela aparece sem se anunciar o tempo todo, então precisamos ficar *ligados*.

Liss franze as sobrancelhas loiras.

— Espera. Ele também está ficando na casa da Lovie?

— Com uniformes na cômoda, escova de dente na pia e tudo. — Fiquei feliz de descobrir que a escova de Adam está bem conservada, como se ele a substituísse a cada exatos três meses. Eu nem sou tão diligente assim. — A Lovie não fica bem quando ele não está aqui. É todo um rolê.

— Não tem só uma cama?

Ela sabe que sim. Quando Liss e eu éramos mais novas, dividíamos essa mesma cama nas noites em que ela dormia aqui. Mas é bem diferente duas pré-adolescentes dividirem uma cama de casal e dividir *qualquer coisa* com alguém colossal como Adam Wheeler.

— A gente está dividindo a cama.

Infelizmente, Liss não conhece a envergadura de Adam, então, assim que as palavras saem, reconheço que ela vai entender errado.

Espera um segundo. *Envergadura?* Eu quis dizer tamanho. Estatura. Constituição. Mas, com certeza, Adam é todo proporcional. Ele calça *quarenta e seis* (não que eu tenha checado).

— Você *dormiu* com ele? — questionam os dois juntos, fazendo meus pensamentos voltarem aos trilhos.

— Merda. Não. Falei errado.

Quer dizer, teve o dia em que de fato dividimos um momento ali na cama, mas meus amigos não precisam saber disso.

— Desde quando Elle Monroe fala errado? — É Dakota quem rebate, e, não, não senti nenhum tiquinho de saudade *dele*.

— Não fala — cochicha Liss. E os dois riem de mim. — O enfermeiro Adam deve ser gato pra você ter lascado um beijo nele.

Puxo os joelhos para cima e apoio o queixo neles.

— Não foi ideia minha. A Lovie acha que o Adam e eu somos ela e o vovô Bobby. Acha que estamos… — As palavras estão presas tão no fundo da minha garganta que tenho que pigarrear três vezes para soltá-las. — Apaixonados, ou coisa do tipo.

— E…? — pergunta ela.

— E o quê?

— Você está?

— Estou o quê?

Liss geme.

— Elle.

— Claro que não estou apaixonada por ele. A gente mal se conhece. Eu *não* o conheço. — E é verdade. Mas isto também é: — É que, talvez, possivelmente, seja *um pouco* aterrorizante o quanto ele já é familiar.

Dakota vocaliza sua discordância:

— Familiaridade não é necessariamente ruim. Ainda mais se você for morar com esse cara pelos próximos tempos.

Ele não entende.

— Você não entende — ecoa Liss, com um olhar sério para ele.

Ela pode ter aprendido a dar um sorriso irônico na faculdade, com aquele namorado misterioso que nunca conheci e que sou proibida de mencionar, mas foi de mim que pegou esse olhar.

— Podemos voltar para a coisa de dividir a cama? — pede ela. — Vocês estão dormindo em turnos? Revezando as noites? Ele fica com uma metade e você, a outra? E a divisão é vertical ou horizontal? Se você pudesse desenhar, eu…

— Podemos voltar para a Lovie? — pergunto, desesperada para não falar mais de Adam nem dos nossos combinados noturnos.

— Tá bom. — Ela assente. — Você está bem? Da cabeça?

Dou de ombros, puxando um fio solto que sai de uma das flores do sofá.

— As coisas estão melhorando, e os podcasts estão ajudando. — Continuo postando episódios semanais de *Elle na L*, usando material que acumulei e que não postei, e colocar no papel meus pensamentos sobre Lovie é terapêutico. Abro um sorriso exagerado. — Mas meus melhores amigos estão lá em Chicago.

Liss dá um sorriso tão doce que fico até com dor de dente.

— Bom, mesmo que a gente esteja aqui, você sempre pode ligar pra mim…

— Ou pra mim — diz Dakota.

— E eu sei que não é a mesma coisa, mas você tem milhões de fãs que te adoram e vão te apoiar independentemente do que aconteça.

Dakota murmura algo que não entendo. Liss me informa:

— Olha, a gente precisa ir fazer uma entrega lá em Uptown. Mas me liga se precisar, tá? Amigas vêm antes de bolos de casamento.

Quero atravessar o celular e puxá-la para um abraço.

— Te amo.

Sem querer, ela desliga antes de retribuir as palavras e, quando a ligação termina, estou mais solitária do que antes.

# CAPÍTULO VINTE E TRÊS

Em minha defesa, o alarme de incêndio dispara muito tempo depois do que imaginei.

O frango não tem salvação, e Lovie está surtando. Digo isso com todo o amor do mundo, porque eu mesma também estou prestes a surtar.

— Lovie, está tudo bem — digo, pegando sem jeito a vassoura guardada ao lado da geladeira.

Cutuco o detector de fumaça com o cabo, sem sucesso, enquanto minha avó tapa os ouvidos e se balança para a frente e para trás.

Assumi a responsabilidade de cuidar do jantar hoje, confiante de que conseguiria ficar de olho no forno e na minha avó ao mesmo tempo.

Foi aí que a primeira coisa deu errado: um entregador bateu à porta. Algumas semanas atrás, eu pendurei ao lado da campainha uma placa dizendo AQUI MORA ALGUÉM QUE TRABALHA À NOITE. POR FAVOR, NÃO BATA. Surpreendentemente, não consegui comprar nenhuma placa com os dizeres VISITANTES INESPERADOS DEIXAM MINHA AVÓ ATURDIDA, mas funcionou bem.

Até hoje.

Estou quase querendo devolver a air fryer só por princípio.

Lovie já andava agitada por ter seu momento de cruzadinha interrompido. Achei que talvez estivesse irritada de fome; ela não tinha comido muitas cenouras no lanchinho da tarde. Eu entendia desse tipo de irritação. Era algo com que podia lidar.

Piquei vegetais para uma salada de folhas, preparei o frango para assar no forno, cortei batatas para ferver e fazer purê. Não seria nem de perto tão delicioso quanto a sopa que Adam fez no Halloween, mas ainda seria gostoso, droga.

Aí, Lovie teve um acidente. Ficou com vergonha de me contar, mas notei a mancha molhada quando ela se levantou do sofá. A calcinha estava ensopada demais para ter sido de só um uso.

Então enfiei Lovie no banho, fiz uma anotação mental para desligar o forno a caminho da lavanderia para pegar o removedor de manchas. Mas aí ouvi um estrondo, e tudo ficou esquecido. Não foi uma queda séria (a cadeira de banho a segurou), mas mesmo assim ela ficou abalada, visivelmente trêmula, pelada e molhada.

Ela me deu um tapa na cara quando lhe estendi uma toalha seca.

— *Sai daqui.*

Ainda arde, em mais de um sentido. A parte mais dolorosa foi que consegui entender a raiva dela. Lovie nunca foi de precisar de ajuda; em geral, era ela quem estendia a mão.

E eu também não ia querer uma plateia nos meus piores dias.

Agora, todos os dias de Lovie são seus piores, e eu estou sentada na primeira fileira.

— Faz isso parar — choraminga Lovie, segurando a cabeça. — Está doendo.

*Eu sei. Eu sei que está doendo. Está doendo em todos os lugares importantes.*

Não consigo acertar o botão de silenciar o alarme, porque minha visão está embaçada com lágrimas não derramadas. Resmungando, com a cabeça zunindo e o coração partindo, me estico (porque, sério, de que adianta ter um metro e setenta e oito se a gente não consegue nem alcançar as coisas altas?).

Ainda faltam alguns centímetros, então subo numa cadeira. Mas esqueço que as pernas estão bambas. Meu equilíbrio vacila, e meu peito se comprime. Lovie agora está chorando sem pudor, e eu estou caindo, e vou bater a cara no forno quente e morrer com a trilha sonora de um detector de fumaça.

Foi uma boa vida.

Mãos fortes me seguram pelo quadril, impedindo minha queda com firmeza e um leve cheiro de luz solar.

Adam.

É a primeira vez que ele me toca desde o beijo. Estamos no mesmo local. Ele com o mesmo uniforme. Minha respiração falha como daquela vez, meus pés encontram o chão da mesma maneira, um potro recém-nascido com pernas novas. Ele me endireita.

Quando os olhos dele se prendem nos meus, me estabilizo, embora a cozinha pudesse muito bem estar queimando ao meu redor. Ele baixa o queixo e arqueia a sobrancelha. *Você está bem?*, diz, sem palavras.

Levanto um ombro. *Não sei.*

Ele segura meu quadril com um pouquinho mais de força. Um pequeno aperto, talvez. Ou um espasmo muscular. Os olhos de Adam vão até Lovie, que segura a cabeça e piora a cada segundo que passa no relógio velho perto da porta do pátio.

Ele solta meu quadril. Levanta a mão e bate no botão silenciador do detector de incêndio.

Meus tímpanos ecoam as sirenes e os gritos de Lovie, que agora está fungando, o que é sempre preferível ao pranto.

— O que você está fazendo em casa? — Mostro os dentes numa careta, tomando o cuidado de passar a língua sobre os mais afiados. — *Querido.*

O sorriso dele, por outro lado, é tímido.

— Eu... quis voltar mais cedo e ajudar com o jantar.

— Você foi demitido?

— *O quê?* — Ele se engasga com o ar, e aproveito sua distração para me afastar. — Não, eu não fui demitido.

— Não vou te pagar a mais para compensar — aviso.

A pele exposta da minha cintura roça no forno, e volto com um pulo na direção dele. Não consigo saber o que é pior.

— Eu não fui demitido, Elle. — Adam agora tensiona o maxilar. — Eu só queria... *estar aqui*. Pensei em ajudar com o jantar.

— Não preciso da sua ajuda.

Minha grosseria agora vem de muitas feridas expostas. As duas maiores são: ele ter me beijado com outra intenção e ter alcançado o detector de fumaça, e eu, não. *Não* quero precisar da ajuda dele.

Adam fica quieto por alguns segundos, mas, do jeito que minha cabeça lateja, podem ter sido horas. Dias.

— Não, não precisa — admite ele. Quase como se tivesse escutado o que eu não falei e também estivesse respondendo a isso. — Mas eu continuo querendo ajudar.

Lovie choraminga de novo e, bem aí, vejo como Adam semicerra os olhos. A dor dela também dói nele. Dor fantasma.

Ficamos nos encarando por tanto tempo que o estômago de alguém ronca e, como não sei se é o meu, é uma boa indicação de que estou perdendo a briga.

Passando a mão pelo rosto, suspiro, derrotada.

— Tá bem. Tanto faz. Mas vê se você consegue dar um jeito… — Com um pegador de panela de tricô, abro o forno tomado por fumaça. Solto a travessa de frango queimado no fogão. — Nisso.

Ele pisca para a comida.

— É, não mesmo.

Adam puxa o celular do bolso de trás.

Espio a tela.

— Você está ligando para a secretaria de saúde?

— Eu — diz ele, mordiscando o lábio para segurar o sorrisinho sempre presente ali — estou ligando para o restaurante italiano no fim da rua para ver se eles entregam.

Adam limpa Lovie direitinho depois da minha arrumação apressada de antes, e eu faço o possível para arejar a casa, abrindo todas as janelas (sem chuva na previsão, graças a Deus). O frango vai para o lixo, e os vegetais e as folhas voltam para a geladeira para eu tentar de novo amanhã.

Com a ajuda de Adam, quase salvamos a noite.

Até, no comercial entre *Wheel* e *Jeopardy!*, minha avó me olhar bem no fundo dos olhos e pedir:

— Lovie, pode me contar como você e o Bobby se conheceram?

Quando era pequena, o amor dos meus avós era minha história favorita para a hora de dormir. Me acalmava depois de pesadelos e me ajudava a pregar o olho após comer doces demais. Se ela precisa do mesmo conforto, hoje deve ter sido um dia mais difícil do que eu imaginava.

Do outro lado, Adam pressiona o corpo contra o meu, se inclinando para as palavras que ainda não falei. Está com os braços em torno do meu ombro e, embora seja difícil saber por causa do tecido do meu moletom do Cubs, parece que me aperta. Um encorajamento. Causa ondas de choque no meu peito, diante do qual meus braços estão bem cruzados. Outro pulso de consciência, um lembrete de que ele está aqui comigo.

Como se desse para esquecer.

— Eu conheci o Bobby com 18 anos — digo, entrando na perspectiva de Lovie. — Assim que saí do ensino médio. Ele foi fazer um passeio bate e volta na praia com alguns amigos do Exército. Eu estava trabalhando na barraca de sorvete. Ele deve ter comprado umas dez casquinhas só naquele dia. Ficava entregando para os amigos. Um deles passou mal de comer todo aquele leite debaixo de sol.

Adam dá uma risadinha.

O sorriso de Lovie é suave; seu olhar, distante. Espero, pelo seu bem, que ela consiga visualizar, ainda que não tenha mais acesso a essas partes da memória. Hesitando, seguro a mão da minha avó e prendo a respiração para ver se ela vai afastá-la. Ou me atacar de novo, quem sabe atingir minha outra bochecha para ficar simétrico.

— O Bobby fica o fim de semana todo — continuo. — Como não tem dinheiro para um hotel na região, ele dirige uma hora para ir e outra para voltar só para me ver. Me ajuda a colocar cadeiras e guarda-sóis de manhã, me leva até o ponto de ônibus quando meu turno acaba. — Dou risada. — Ele se esquece de usar protetor solar. Tem insolação.

A música-tema do *Jeopardy!* toca, mas Lovie continua presa nas minhas palavras. Sempre falei para os convidados do podcast que, mesmo que eu seja a única pessoa que escuta aquelas histórias, eles ainda merecem contá-las. Só agora fui perceber o quanto isso é poderoso.

Levanto a voz para ela me escutar por cima da música, que abafa um pouco meu tremor.

— Ele faz aquele trajeto de uma hora todo fim de semana pelos quatro meses seguintes, até eu falar para poupar o dinheiro para uma aliança em vez de gastar tudo com gasolina. "E o que te faz pensar que eu já não tenho uma?", pergunta ele. O jeito como ele age é... Eu sempre falava para as pessoas que a gente já se conhecia de uma vida passada, de tanto que ele me era familiar.

Adam pigarreia e fala:

— Ele vai para o exterior. Tem a foto na cômoda.

Ele continua massageando meu ombro com o polegar, viajando pelo meu pescoço e escorregando pelo tendão tenso e esticado.

Relaxo sob o toque, encaixando minhas curvas nas planícies e ângulos dele.

— E ele vai mesmo para o exterior. A gente se casa antes de ele ir, uma festona de arromba com vestido branco que nossas mães *correm* para organizar em um mês. É o melhor dia da nossa vida.

Uma lágrima escorre por minha bochecha, e solto a mão de Lovie para secá-la.

Dedos fortes sobem pela base do meu crânio e entram em meu cabelo, massageando a tensão.

— Mas ele volta — diz Adam.

— Volta, sim. A gente... *comemora.* Nove meses depois, temos nosso primeiro e único filho. Um menino. A gente o batiza de Robert, como o pai. É a luz da nossa vida. Queremos mais filhos, mas não acontece. E está tudo bem, porque somos felizes. Temos amor para dar e vender, uma casinha numa rua tranquila de uma cidade pacata. Com espaço para Robert crescer. Bobby me deixa colocar azulejos cor-de-rosa no banheiro. Nunca vão mudar. Robert cresce, vai estudar numa faculdade pública. Arruma uma namoradinha por lá. Ela se chama Carolyn.

Puxo um pé para debaixo do corpo, deixando o joelho descansar em cima da coxa de Adam.

— Sua mãe.

Adam não fez uma pergunta, mas faço que sim, os dedos dele ainda na minha cabeça. Os olhos de Lovie estão fixos na TV, mas ela não mexeu um músculo. E, talvez mais significativo, não falou nenhuma das respostas.

— Continua — murmura Adam. Quando o fito de relance, o azul de seus olhos dança de emoção. — O que acontece depois?

As lágrimas estão vindo rápido demais para secar, e meu sorriso torto faz algumas caírem dentro da minha boca.

— Robert e Carolyn vão mais devagar, e tudo bem. Os tempos estão mudando. Eles se casam depois da formatura. Alguns anos mais tarde, vem a bebê. Dão o nome da mãe dela, mas a chamam de Elle.

A boca de Adam se abre num sorriso enviesado; um canto para cima, outro para baixo.

— Aposto que ela era um perigo.

Uma risada torturante escapa da minha boca, e umedeço os lábios.

— Puro terror — sussurro —, e a luz da minha vida.

Ele escuta o que não digo.

— Ela te criou.

Está me perguntando como Elle.

Faço que sim.

Ele morde o lábio, considerando dizer algo que sabe que não deveria.

— Onde estão seus pais agora?

Se isso continuar, vai me rasgar ao meio. Vou ficar em carne viva e sangrando por todo o estofado horroroso deste sofá.

Desta vez, balanço a cabeça em negativa.

Ele abre a boca, mas as linhas de seu rosto viram mármore e os olhos, aço. Ele pega meu queixo com dois dedos e o polegar, como fez no Halloween, e me vira com ternura para poder ver o outro lado do meu rosto.

— O que houve aqui?

Eu me solto de seu toque de forma brusca, a pulsação zumbindo naquele ponto.

— Acho que só fiquei tempo demais na pose da criança na ioga. Nada de mais.

— Você não faz ioga.

— Você não sabe o que eu faço quando não está aqui.

— Elle. — Seu tom agora está mais firme, como seu maxilar. — Olha para mim, por favor.

Depois de um passeio tão longo pelo fundo do poço, eu só... não tenho mais forças para lutar. Me volto para ele.

Seu polegar roça a pele sensível da minha mandíbula, que Lovie esbofeteou. Quero que doa. Quero um motivo para ficar brava com ele. Não acho nenhum. Adam é gentil ao tocar no vergão no formato dos dedos da minha avó.

— O que aconteceu? — pergunta ele de novo, ainda segurando meu queixo.

Os olhos dele são como seu toque: tão suaves que não deveria doer. Mas dói ainda mais por causa de toda a gentileza.

A preocupação no olhar de Adam é uma faísca em meus nervos já à flor da pele. Minha cerca elétrica hoje está com curto-circuito e, se eu der mais chances, ele vai desarmá-la. E aí que defesa eu teria contra seus olhos, suas mãos, sua atenção?

— Eu te falei. — Mal é um sussurro, porque não tenho mais nada a dar. — É queimadura do carpete.

Com um último roçar do polegar em minha mandíbula, ele baixa a mão. Mas sabe. Eu sei que sabe, porque me puxa para si num abraço. É exatamente do que eu preciso. A pressão perfeita de suavidade contra toda a minha aspereza.

Porque, quando minha orelha se encaixa junto à base da garganta dele, escuto-o engolindo em seco para esconder a dificuldade em sua respiração. Porque, por uma fração de segundo, seus lábios, comprimidos e fechados, descansam em meu cabelo.

Porque, pelo restante da noite, Adam não deixa Lovie chegar perto de mim.

# CAPÍTULO VINTE E QUATRO

Como contarei à polícia mais tarde, eu não perco Lovie.

Tecnicamente, é ela quem me perde.

Tipo, ela *passa a perna* em mim.

Começou com ela plantando mais daqueles não-me-esqueças no jardim. Vê-la plantar algo que era, para todos os efeitos, *para ela*, me deu uma ideia para a arte da capa do novo podcast, a última peça do quebra-cabeça. Depois que Lovie foi dormir no dia anterior, eu gravei o primeiro episódio e uma nova introdução para o *Elle na L*, explicando a premissa e garantindo aos ouvintes que o programa original continuaria como prometido. E, com a foto ideal em mente, eu estava a um ou dois cliques da câmera de conseguir apertar em "Fazer transmissão". Corri para dentro de casa por *dois segundos* para pegar uma foto na cômoda, uma em que estou no colo de Lovie naquele mesmo jardim.

Mas agora, quando volto com o celular e a foto, pronta para pegar um pacote de sementes e montar a imagem perfeita, Lovie não está mais no jardim. O portão lateral está rangendo, escancarado.

Derrubo o porta-retratos, e o vidro se espatifa com a força de um raio no paralelepípedo. Mal registro o corte afiado no meu pé enquanto corro pela lateral da casa.

— Lovie! — grito.

Não fiquei tanto tempo assim longe, né? Está bem, parei para fazer xixi, mas isso leva dois minutos no máximo.

Se eu não puder nem fazer xixi enquanto cuido da minha avó, vamos precisar de mais fraldas.

Saio em disparada até a entrada, olhando para os dois lados da calçada antes de correr para a rua, sem nem olhar para saber se está vindo carro. Ainda tem embalagens de doces entulhando a calçada desde o Halloween, que foi há uma semana, e lixeiras de quem colocou os sacos na rua com um dia de antecedência. Todas essas coisas, mas nem sinal de Lovie.

Volto para casa e abro a porta com tanta força que a maçaneta faz um buraco no estuco atrás. Corro de cômodo em cômodo, gritando o nome dela. A Terra de Ninguém está vazia. A cozinha está vazia, e a lavanderia também.

Fico desesperada e começo a checar lugares aleatórios. O chuveiro, embora ela tenha tomado no dia anterior. O armário do corredor. Meu quarto. O buraco da ilha.

Não a encontro em nenhum lugar em que deveria estar.

Ela sumiu do mapa.

Lovie *desapareceu*.

Pego o celular com a mão trêmula. Não preciso navegar muito. Lá está ele, em *Adam Enfermeiro*. A irmã dele ligou de novo, uma conversa cochichada e com tons acalorados. Ele saiu pouco depois para "cuidar de uma coisa".

Ele atende no terceiro toque.

— Elle?

— A Lovie sumiu — digo. — Desapareceu. Não consigo encontrá-la.

O suspiro dele é tão carregado que sinto o peso pelo telefone.

— Liga para a polícia. Estou indo.

— Por favor, corre — peço, bem quando ele desliga.

A polícia encontra minha avó a dois quarteirões, tentando fazer carinho num cachorro, e ela é devolvida à segurança de nossa casa segundos antes de o carro de Adam cantar pneu na entrada de carros. O pânico o deixa com uma energia frenética, tensiona seu maxilar, e ele sai do veículo às pressas, sem parar nem para fechar a porta.

— Ela está bem — falo, por cima do ombro da policial. — Está segura.

Ele fica parado na entrada. Tento prestar atenção no que a policial está dizendo, mas meus olhos estão grudados em Adam, em como seu queixo se abaixa até o peito enquanto ele puxa uma inspiração trêmula, aliviada. Enquanto ele assente uma vez, depois outra e então mais outra. Como as três sílabas da palavra.

*Segura.*

*Segura.*

— Os idosos são complicados — diz a policial, guardando o bloco de anotações no cinto. — Se acontecer de novo, pode chamar a gente. E tenta ficar mais de olho nela.

Fico tão boquiaberta que ela deve ver minhas amígdalas. Ela não sabe de nada. Nada de como minha avó agora me odeia por um motivo desconhecido, como sempre é *minha* canela que ela encontra com a bengala, nunca a do Adam. Por que sou só eu? O rosto dela se *ilumina* ao vê-lo. Quando me vê, ela corre na direção oposta.

Literalmente.

A caminho da viatura, os policiais dão um aceno de cabeça para Adam. Consigo me segurar até eles irem embora e ficarmos nos olhando através do jardim. Um lamento escapa dos meus lábios trêmulos, e fungo. Mas, desta vez, as lágrimas se recusam a voltar para dentro. Elas anuviam minha visão, escorrem pelas bochechas e passam pela ponta do queixo.

*Não é justo.* Lovie não merece uma coisa dessas, se esquecer de todas as recordações que faziam a vida dela ser digna de nota. Adam não merece ter que trabalhar em dois empregos; ele não tem um dia de folga de verdade há mais de um mês. Eu não mereço dois policiais entrando aqui desse jeito, como se fosse qualquer coisa diferente do que de fato é: comum e completamente aterrorizante. E eu sei que não deveria fazer de mim o centro das atenções, mas não mereço ser maltratada pela mulher que me criou nem chamada de gorda toda vez que mostro uma lasquinha de pele da barriga.

Essa doença tirou todas as melhores partes dela e nos deixou só com as piores.

Estou chorando tanto que não o escuto se aproximar, mas ele está aqui. De início, acho que coloca as mãos nos meus ombros para me afastar para o lado e poder entrar na casa. Mas, aí, essas mãos deslizam pelo meu corpo e me puxam para ele num abraço. Simples assim.

Adam Wheeler está me abraçando.

É o mais próximo que ficamos desde o Halloween. Desde que ele me beijou.

Adam me encaixa no peito dele de uma forma que deveria parecer uma gaiola, mas, em vez disso, é mais como um cobertor pesado. O uniforme é macio contra minha bochecha. Ele acaricia minha nuca por cima do cabelo, enquanto faz pequenos círculos entre minhas escápulas com a outra mão, e é o mais calma que me senti o dia todo. Desde que cheguei aqui, talvez. Soluço em seu peito, agarrando o tecido de suas costas e deixando que ele me segure.

E suas *palavras.*

— Não é culpa sua, Elle — murmura. — Podia ter acontecido comigo também. Estou aqui. Estou bem aqui com você. Ela está bem agora. Estou do seu lado, minha linda. A gente está bem.

Coisas que ele não diz: *Para de chorar. Você está sendo dramática. É tudo culpa sua.*

Algo quente e amanteigado se solta em meu peito e devolve uma parte de mim que é suficiente para eu conseguir me afastar.

— Eu molhei todo o seu uniforme.

Levanto a mão trêmula até a clavícula dele e passo a ponta do dedo pela mancha úmida que está ali.

— Não tem problema — diz ele, meio rouco. — Estava precisando lavar mesmo. E água salgada ajuda a tirar manchas.

Uma risada involuntária escapa da minha garganta e, quando encontro os olhos dele, estão intensos, mas não irados (pelo menos, não comigo). Talvez também esteja bravo com a situação. Não quero me afastar, mas Lovie já está sozinha lá dentro há muito mais tempo do que levou para desaparecer da primeira vez, e a essa altura já não podemos mais nos dar ao luxo de esperar para ver o que ela pode aprontar se ficar desacompanhada. Tem portões para trancar e vidro para limpar e…

— Você está *sangrando*? — pergunta Adam, em pânico, olhando meu pé.

Dez minutos depois, Lovie tira uma soneca vespertina e eu estou empoleirada na tampa fechada da privada cor-de-rosa.

Adam equilibra meu pé no colo dele enquanto se senta na borda da banheira à minha frente. Não encontra nenhum vidro, mas isso não o impede de ficar cutucando até eu morder uma toalha de rosto para evitar xingar os netos dele. Ou chutá-lo com tanta força que ele nem sequer vai chegar a tê-los.

Tem pontos de sangue por toda a casa por causa dos meus esforços de busca e resgate, os quais resultaram num fluxo de lágrimas dos meus olhos agora inchados quando os vi se infiltrando no carpete que Lovie se esforçava tanto para manter limpo.

— Me distrai? — peço, depois sibilo quando Adam passa mais água oxigenada no corte.

Ele nem hesita.

— Você sabia que arrepios foram uma reação evolutiva para ajudar a gente a parecer maior aos olhos dos predadores? Como tínhamos mais pelos corporais naquela época, era incrivelmente eficaz.

Fico chocada, impressionada e um pouco excitada, o que é surpreendente, mas também não é. Ciência é sexy. Uma risada alta sai de mim como um soluço, e coloco a mão na frente da boca.

— Desculpa — murmuro entre os dedos. — É adrenalina, acho.

Ele sorri para meu pé. Seus cílios são tão longos que quase tocam as sobrancelhas quando ele está de olhos abertos, e as bochechas quando fechados.

— Não precisa se desculpar. Prefiro te ouvir rir a te ver chorar.

Tinha um elogio ali em algum lugar. Ele tem feito mais deles ultimamente. Será que começou quando dividimos a cama? Quando ele trolou meus trolls?

Quando me beijou?

*Ele se arrependeu de te beijar*, diz minha consciência. *Ele trabalha para você.*

*Ele literalmente está limpando sua ferida*, opina meu coração. *Neste momento não é como se ele te odiasse.*

Deve ser o ar daqui, ficando mais quente por ter mais corpos que o normal, o que faz meu pescoço esquentar.

Adam também não deixa passar despercebido.

— Os humanos são os únicos animais que coram. E acredita-se que somos os únicos capazes de sentir vergonha.

— Eu não estou envergonhada.

*É que tem uma chance de sessenta e nove por cento de eu estar te despindo com os olhos.* Estou tendo fantasias vívidas entre enfermeiro e paciente. Ele nem precisa trocar de roupa. Já está vestido para o papel. Que atencioso.

Ele baixa os olhos, mas agora já o vi tentar esconder o sorriso vezes demais. Aplica outra rodada de antisséptico.

— Você gosta de ciência? — pergunto.

— Ah, é a primeira coisa que questionam quando a gente se candidata para a faculdade de enfermagem. É uma caixinha para ticar. Quem coloca *não* vai direto para a lixeira de recicláveis.

Ele só está tentando me distrair, como pedi. Não é culpa dele ser bom nisso também.

— De que outras coisas você gosta?

Faço uma careta quando ele faz algo desconfortável no corte, e recuo bruscamente sem querer.

Ele me dá uma folga de alguns segundos, aí segura minha panturrilha para me guiar para onde precisa, com meu pé de volta no colo. O calor das mãos dele compensa o ardor frio no calcanhar.

— De correr. Em geral é assim que passo o horário de almoço quando estou no trabalho.

Aqui também, se consegue arrumar meia hora para si.

— E quando você come, se corre durante o almoço?

— Sempre que surge uma brecha. É a primeira regra da enfermagem.

— Achei que a primeira regra da enfermagem fosse ter que gostar de ciência.

— Não, essa é a primeira pergunta da inscrição. — Um sorriso enruga a pele em torno de seus olhos. É uma prévia de como Adam vai ser dali a dez anos, se a vida for gentil com ele. Primeiro vai ficar grisalho nas têmporas, talvez com alguns fios brancos na barba. — Sério, Elle, se liga. Até parece que você está distraída, sei lá.

Com o outro pé, dou um cutucão de leve na canela dele.

— Continua.

— Ultimamente também ando curtindo muito podcasts — comenta ele, casual demais para realmente *ser* casual. — Tem um que eu adoro. Será que você conhece?

O que ele está fazendo? O que *eu* estou fazendo? E por que não conseguimos parar?

— Como se chama?

Ele inclina a cabeça.

— Elle... Michelle... — Sua língua rola pelo lábio inferior carnudo. Meus batimentos cardíacos estão em lugares em que eu não sabia que era possível. Dentro dos meus pulsos. Nos meus ouvidos. No fundo do meu estômago. Ele estala os dedos. — *Ela na Tela*.

Desta vez, quando meu pé acerta a canela dele, é um pouco mais de propósito.

— Me fala, enfermeiro Adam, eu vou sobreviver?

— Sem dúvidas. — Ele joga a gaze suja no lixo e pega um pedaço novo. — Você vai viver até os 97 anos, ter catorze netos e uma cachorra chamada Gigi.

Solto uma arzinho pelo nariz, porque a afirmação dele leva embora meu desejo.

— A cachorra pode até ser. Mas ter netos exigiria primeiro ter *filhos*, o que parece ser a definição de um pesadelo.

Quando estremeço, ele deve achar que estou brincando, porque dá risada.

Não estou. Só a ideia de filhos me dá coceira.

O silêncio se estende um pouco demais. Ele arqueia as sobrancelhas.

— Você está falando sério. Sem filhos?

Respondo que não com a cabeça.

— E também sem festa de casamento.

Quando vejo a expressão no rosto dele, acho que revelei demais, e meu coração acelera. Por que me importo se Adam quer filhos e uma festa de casamento? Estou decidida desde os 18 anos.

— Posso perguntar por quê? — questiona ele.

— Eu me amo demais para arriscar me perder em outra pessoa.

Ele se debruça para pegar o curativo na pia, e está tão próximo que sinto aqueles leves aromas de verão que passei a associar a ele. Cítrico e sol.

— Acho que você não amou as pessoas certas se elas fizeram com que se perdesse. O amor é para te tornar *mais* você, não menos.

Dou de ombros e seguro a privada embaixo de mim, travando os cotovelos.

— É lindo na teoria, mas não sei se já sou tão evoluída.

Ele aplica o curativo no meu pé com ternura. Alisa-o com o dorso do dedo, garantindo que nenhuma das beiradas esteja solta nem dobrada. Deve ser um curativo grande, porque leva mais tempo do que eu esperava.

— A pessoa certa não vai ligar para você não querer essas coisas. — O toque dele fica mais firme, efetivamente transformando o gesto numa massagem no pé. — Só vai querer você, do jeito que for capaz de se entregar.

É preciso um esforço físico para não gemer. Mordisco o lábio. Fora na pedicure, quando foi a última vez que alguém me tocou assim? A consciência se aviva com um formigamento em cada centímetro da minha pele.

— E você? — pergunto. — Quer a coisa de esposa e filhos? Ou, sei lá, cônjuge e filhos.

— Para mim, seria uma esposa, sim, mas não vou me apressar em nada. O amor... — Ele une as sobrancelhas. — Acho que o amor tem que ter a ver com a pessoa, não com o título. E não tenho um desejo ardente de ter filhos, o que acho que significa que eu ficaria bem sem eles. Minhas sobrinhas são o máximo de crianças que consigo aguentar. Além do mais, o mundo está, tipo, uma merda.

— Não é?

Rimos juntos, e o som ecoa neste espaço tão confinado, ricocheteando em minha pele e ao mesmo tempo se infiltrando por baixo dela. O som morre, e o momento se estende enquanto nos olhamos. O espaço entre nós parece diminuir uns trinta centímetros.

— Sabe o que mais arrepios podem demonstrar? — Seus olhos estão quase pretos. E me capturam, em especial por estarem fixos na minha boca. — Reação a emoções fortes. Medo, animação, euforia... — Seu dedo desliza pelo meu calcanhar, massageando meu tendão de Aquiles. — Excitação.

Agarro o assento com mais força para não fazer algo idiota, tipo estender a mão e tocá-lo. Porque, correndo o toque pelo meu tornozelo, subindo pela panturrilha, ele está provando o que disse. Minha pele explode em arrepios.

Fecho os olhos quando ele chega à área atrás do meu joelho, e estou correndo o risco de derreter numa poça de gosma cor-de-rosa bem aqui no azulejo. Pelo menos vai combinar com a estética.

Quando ele sobe mais a mão, até a parte de trás da minha coxa, solto um gemido, e meus joelhos se desfazem, apesar de eu estar sentada. Nunca fui tocada ali com tanta delicadeza. Nunca fui tocada *em lugar nenhum* com tanta delicadeza. Gemo de novo quando ele move as mãos mais para cima.

— Acho que o Band-Aid está bem colocado — falo.

Ele dá um solavanco como se eu o tivesse eletrocutado, e fica de pé tão rápido que solta o meu pé com um baque no chão e causa um raio de dor pela perna.

— Desculpa. — Adam junta os restos de seus esforços de primeiros socorros e joga no lixo, sem me fitar nos olhos.

Por que, exatamente, ele está pedindo desculpas?

— Não, não precisa — digo, mas é tarde demais.

Ele já saiu.

Fico no banheiro até meus arrepios passarem.

*Oi, pessoal. Aqui é a Elle. Já gravei um episódio, mas hoje de manhã aconteceu uma coisa que eu não consegui superar direito. Acho que é a forma perfeita de apresentar este programa, o motivo por trás dele. Então, vamos recomeçar. Minha avó tem Alzheimer em estágio intermediário para avançado e não se lembra de mim.*

O corte no meu pé lateja como um lembrete.

*Hoje de manhã, ela saiu pelo portão lateral do jardim e andou dois quarteirões antes de se distrair fazendo carinho num cachorro. Quando foi encontrada pela polícia, não lembrava onde estava nem o que estava fazendo. Só consigo imaginar como deve ter sido aterrorizante para ela. Foi aterrorizante para* mim.

*Mas, depois que a encontramos, alguém que conheço há pouco tempo me disse uma coisa. "O amor é para te tornar* mais *você, não menos." E acho que isso vale para todos os que amamos, as pessoas, os lugares e as lembranças que nos formam. Devo isso às lembranças da minha Lovie... as dela mesma e as que eu tenho dela... mostrá-la por inteira. As partes boas e as ruins. Então, é isso que este podcast vai ser.*

Pigarreio. Do outro lado do corredor, Adam está com os olhos fixos na televisão, o volume baixo demais para ser ouvido daqui, mas algo na posição de seus ombros, na forma como se inclina para o espaço aberto entre nós, me diz que ele está prestando atenção em mim.

*Não sei dizer se é engraçado ou triste... como podemos ficar mais velhos e mais novos ao mesmo tempo. Tantas coisas em Lovie me lembram uma criança; um bebê, até. Ela precisa de ajuda para cortar a carne e tomar banho, e tem que ser lembrada de tomar os remédios. Usa fralda para dormir, não consegue se vestir. Houve dias em que não a escutei falar nada além de palavras soltas.* Fome. Cansada. Dor de cabeça. Não.

*Quando a gente para e pensa, isso também é aterrorizante. Como às vezes nossos melhores dias realmente já ficaram para trás e não temos absolutamente nenhuma ideia disso. E não sei se eu deveria estar de luto por ela agora, para doer menos depois, ou curtindo o que sobrou da Lovie e me deixar sofrer quando os últimos fragmentos enfim se forem. Tomara que este podcast me permita fazer as duas coisas, e você também, se um dia se vir nesta mesma posição. Este é o* Não me esqueça.

# CAPÍTULO VINTE E CINCO

Adam está me evitando. Não de um jeito rude nem desdenhoso, mas o suficiente para me mostrar que conviver comigo é a última coisa que ele quer.

— Quer fazer jardinagem comigo? — perguntei na manhã do dia anterior, dando meu melhor sorriso convincente.

Meu plano era tirar fotos dos não-me-esqueças de Lovie para o Instagram. Pensei em postar uma por semana, a cada episódio. A terra só vai ficar mais seca e cinza à medida que o inverno for avançando. É meio que a ideia.

Ele sorriu de volta, e pensei que tinha vencido. Até ele responder:

— Não, obrigado. Da última vez que um cara com um nome parecido com Adão esteve num jardim, não deu tão certo para a população geral.

E eu estava ocupada demais rindo da piada dele para protestar. Ou perceber que ele tinha sutilmente recusado.

Hoje de manhã, quando disse que precisava sair de casa e o convidei para mais um passeio, ele não me olhou nos olhos ao rejeitar, todo gentil.

— Lovie está tendo um dia ruim. Não está a fim de ir para lugar nenhum.

— Ah, eu posso…

Não queria me oferecer para ficar, porque eu tinha Paradas a Resolver. Mas será que era falta de educação nem ao menos falar algo? O que falei em vez disso foi:

— Você não tira um diazinho de folga de verdade há quase seis semanas.

De onde estava, limpando as bancadas, ele deu de ombros. No passado, os comprimidos de Lovie ficavam ali, mas não podemos mais deixá-los sem supervisão. Há alguns dias, eu a peguei tentando tirar os rótulos.

— Eu estou bem, Elle. De verdade.

Hesitei na porta, esperando para ver se ele me olharia. Se faria *algo* que não fosse ficar de costas.

— Bom, me avisa se quiser alguma coisa do Starbucks.

Ele não queria.

Claro.

Quando volto da tentativa fracassada de encontrar um pouco de paz de espírito no estoque das prateleiras da Target (estou considerando ligar para alguém; também fico preocupada), Adam está com a mesa inteira da cozinha coberta de apetrechos.

Levo um segundo para entender o que são, mas, quando entendo, tenho um momento de orgulho. Ele está ouvindo meus episódios mais rápido do que pensei, se já chegou à minha parceria com a SafeSpace, uma empresa de segurança doméstica.

Eu me apoio no batente da porta.

— O que está fazendo?

Ele mal levanta a cabeça, fazendo uma expressão confusa para os sensores, que, nas mãos dele, parecem minúsculos.

— Instalando um sistema de segurança. Acho que podemos deixar ligado o tempo todo. Se a Lovie sair, vamos saber na mesma hora. Dá para usar um aplicativo. Acho que nós dois vamos ter uma sensação maior de… segurança. — Ele faz uma careta. — Péssima escolha de palavra, mas você entendeu.

Algo me diz que, se eu insistir muito, ele vai voltar a me evitar. Não posso arriscar, ainda mais porque já saí de casa uma vez hoje. Ir embora se as coisas ficarem acaloradas (ou pior, desconfortáveis) seria crueldade.

Dando alguns passos para dentro da cozinha, vejo a nota do pedido e puxo de baixo da zona de embalagens. O preço não parece correto. Descanso o quadril na mesa.

— Você não usou meu código?

Ele levanta os olhos.

— Que código?

— Ah, Adam — repreendo, rindo, porque é mais forte do que eu quando ele fica com aquela ruguinha confusa entre as sobrancelhas. — Você pagou caro por esse sistema. Eu tenho um contrato de patrocínio com eles. Dava para ter economizado vinte por cento.

— Ah. — Ele pisca. — Que merda.

Pouso o café pela metade na ilha, bem longe dos eletrônicos.

— Quer ajuda?

Ele me olha, e a lembrança de suas mãos em minha cintura e cabelo, da minha boca na dele, acomoda-se entre nós. Ele é um quebra-cabeça do qual ainda não tenho todas as peças, mas talvez hoje consiga encaixar mais algumas.

— Sério — digo. — Você pode segurar os sensores, e eu faço o resto. Tenho esse mesmo sistema lá em casa. Sei como funciona.

Finalmente, ele assente, endireitando os ombros para levar o trabalho a sério. Como sempre.

Começamos na cozinha, com a janela atrás da mesa. Adam não para de franzir a testa para os sensores, que não se aquietam devido à força magnética, os empurrando para voltar à linha.

O sensor que vai acima da pia se prova mais desafiador. A maioria das janelas da casa abre com facilidade, mas esta ficou emperrada pela tinta há uns dez anos e desde então não vê uma brisa fresca. Segundo Adam, podemos deixar para lá, mas na noite anterior eu sonhei que Lovie atravessava a escotilha do banheiro, que nem é feita para abrir. Fico tentada a botar sensores no duto de ventilação da secadora e na abertura da caixa de correios.

Ele reaparece da lavanderia com uma espátula.

— Como você entrou para a enfermagem? — pergunto, cutucando o parapeito com a espátula. — E seu objetivo é fazer atendimento em domicílio, que nem agora, para sempre ou é só um degrau? Ah, e onde você cresceu? Não foi aqui, se não sabia do segredo do Dairy Queen.

Ele solta o ar.

— Acho que não tomei tanta cafeína assim de manhã para suportar esse interrogatório.

— Não fico surpresa, considerando que aquela cafeteira só é capaz de produzir ácido de bateria. — Dou de ombros. — Eu te ofereci Starbucks.

— Qualquer coisa teria gosto de ácido de bateria naquela borboleta de plástico atroz que você usa para beber — desdenha ele. — Dá para imaginar o tanto de BPA que você ingeriu ao longo dos anos?

Pauso, franzindo a testa para ele.

— É por isso que minha barriga dói? Achei que fosse por causa da tinta à base de chumbo.

As sobrancelhas se franzem tanto que os cílios as tocam, e faço questão de abrir um sorrisinho.

— Você está fazendo piada — diz ele.

— E você está se esquivando — devolvo. — Minha profissão é fazer perguntas. Eu sou enxerida por natureza.

— Estou começando a perceber.

Mas seus olhos estão quase gentis, e seu maxilar se contrai como sempre antes de ele fazer algo importante e astuto.

— Tem razão, eu não sou de Indiana — responde ele, os olhos fixos no sensor indisciplinado mais recente. — Fui criado em Toledo. Mas minha irmã mais nova se mudou para estudar aqui. Na Purdue.

A Purdue é basicamente uma Ivy League do Meio-Oeste.

— Que incrível.

— Foi, sim. Ficamos todos muito orgulhosos dela. — O tom dele é reservado, porém não combina muito bem com as palavras.

Flexiono os dedos na espátula e dou mais uma sacudida na janela. Ela mal soltou.

— E aí ela engravidou no primeiro ano — conta Adam.

Meu coração fica pesado por essa mulher que nunca conheci. O *Elle na L* me deu a chance de ouvir as histórias mais incríveis… e as mais sofridas. Não deixo de me perguntar se a irmã de Adam é alguém com quem conversei.

— Meus pais não queriam que ela ficasse com a bebê. São religiosos ferrenhos, então queriam que a Ruth, minha irmã, colocasse para adoção. Não tinha mais nenhuma opção. Ela era um check-list para eles.

Ter a bebê, dar para um casal hétero, rico e branco que não pudesse engravidar, voltar à faculdade e fingir que nada aconteceu.

A piada anterior dele sobre Adão no jardim do Éden faz meu coração doer mais.

— Mas aí a bebê virou *as bebês* — diz ele.

Fico de olhos esbugalhados ao mirá-lo por cima do ombro.

— Gêmeas?

Ele faz que sim.

— Caramba.

Ele faz que sim de novo.

— Não quer mesmo que eu tente?

Balanço a cabeça em negativa e enfio a espátula no canto, devagar, afundando mais um centímetro. Posso não ter estudado numa Ivy League, mas sei que ver os antebraços de Adam em ação vai ser, no melhor caso, contraproducente e, no pior, prejudicial.

— Ela não seguiu com as adoções — constato.

Seu olhar na minha pele, nas minhas mãos, é intenso.

— Não. Mas *quando* ela não fez isso, meus pais se recusaram a continuar pagando a faculdade dela. — Minhas entranhas se reviram. Acho que sei como essa história termina. — Eu me ofereci para ajudar. Ela queria ser transferida para uma faculdade comunitária, mas não deixei. Então, ela fez o máximo de empréstimos que podia, e eu fiz o resto. E deu...

A espátula afunda.

— E deu o quê? — pergunto, inesperadamente ofegante.

Estou aterrorizada de ele me deixar presa no suspense.

— Deu tudo certo — diz ele. — Até que, um ano depois de se formar, ela conheceu o Scott.

Deixo a espátula descansar na fenda e flexiono os dedos em torno do cabo. Vou precisar retocar a tinta.

— Com base no seu tom de voz — falo —, ele não é seu cunhado favorito.

— Podia ter sido. Podia *mesmo*. A oportunidade estava lá. Mas, aí, eles tiveram a Claire. A Claire passou muito tempo no hospital quando nasceu, passou o primeiro ano de vida sendo internada. Foi demais para ele.

— Para *ele*? — O cabo da espátula machuca minha mão; os nós dos meus dedos estão brancos. — E para a *Ruth*? E para a Claire?

Adam balança a cabeça.

— As necessidades delas não importavam para ele, e é por isso que eu acho que foi melhor assim, no fim das contas. Prefiro que minha irmã não tenha ninguém a ficar presa com alguém que não a merece. Você perguntou por que eu trabalho tanto. É por isso. Eu sustento minha irmã e as três filhas dela. Elas são minhas.

Minha cabeça gira e meu estômago embrulha. Ele se importa tanto, é tão altruísta. Toda decisão que fiz desde que cheguei aqui foi egoísta em algum sentido. Adam é o contrário.

É ao mesmo tempo lindo e triste. Ele vive para os outros.

Isto não se parece com uma entrevista, não como as do podcast. Nosso bate-papo é fácil como conversar com Liss, ou com Lovie antes de a memória dela começar a falhar.

Adam é meu amigo? Quando foi que isso aconteceu?

Ele pigarreia.

— Seus dedos estão ficando roxos. Deixa eu tentar abrir a janela. Por favor.

Não tenho a capacidade de afastá-lo de novo. Ele entra no meu espaço, toma-o para si. Preciso dar um passo atrás ou arriscar que nosso corpo se toque em mais de um lugar.

A janela desliza e se abre quinze segundos depois. Exibido.

— Como estão suas sobrinhas hoje em dia? — pergunto, depois de ele ter instalado o sensor na porta do pátio e irmos para a sala.

Tem três janelas aqui: duas lado a lado atrás do sofá e outra na parede oposta, junto à estante de livros e à televisão. Deve ser até que fácil. Praticamente já terminamos.

— E como as gêmeas se chamam? — continuo — Não sei se você já as mencionou.

Subo no sofá, me inclinando pelo encosto e puxando a cortina para longe do parapeito.

Adam balbucia, e rapidamente percebo por quê. Ele deu um passo à frente, se preparando para me entregar os sensores. Mas, do jeito que estou posicionada, se me esticasse para pegá-lo, eu cairia. O que o obriga a inclinar-se para a frente, sobre mim, alinhando a virilha direitinho com minha bunda.

Estar de quatro perto dele causa algo no meu sangue. Deixa-o quente e efervescente, como uma Coca-Cola chacoalhada e abandonada no sol. Eu também estou prestes a entrar em combustão sob pressão. Imagino as coisas que Adam faria. Puxar meu cabelo. Arquear minhas costas para eu poder fitá-lo de cabeça para baixo.

Ele morde o lábio inferior. Minha respiração falha.

— Cora — diz ele, pigarreando.

Dou uma risadinha coberta de névoa e sexo.

— Esse não é meu nome.

Quero falar que conheço umas quinhentas maneiras de Adam dizer meu nome, mas ele me impede.

— Cora é minha *sobrinha*. — Ele coloca os sensores na minha mão. — Ela e a Chloe têm 9 anos. A Claire acabou de fazer 2, em agosto.

Meu coração é um beija-flor na minha garganta. Quando me viro para a janela, o menor dos dois sensores escorrega da minha mão e cai no buraco negro entre o sofá e a parede.

A sala não é tão grande a ponto de conseguirmos arrastar os móveis, então me levanto e me debruço pelo encosto.

Um gemido doloroso flutua até mim.

— O que você está fazendo?

Que bom que ele não consegue ver meu rosto. Pode ser que eu esteja sorrindo agora. Depois daquela primeira manhã, em que Adam *talvez* estivesse olhando para minha bunda, aumentei meu treino para incluir quinze agachamentos extras três vezes por dia, para que ele não tivesse como *não* olhar para minha bunda.

— Eu derrubei o sensor.

Meu rosto fica amassado de lado e perco de vista o pequeno retângulo branco. Também perco o equilíbrio e caio de cabeça no abismo de bolotas de poeira e cabelo.

Ou cairia, se de repente não tivesse sido agarrada pelo quadril com toda a força. Engulo um gemido, principalmente porque não consigo saber se seria um de prazer ou vergonha.

— Você está bem? — pergunta ele.

— Estou, mas só... — Fecho o punho no sensor antes de perdê-lo de novo. — Me perguntando se tem como essa situação ficar mais estranha. Odiando a frequência com que você me pergunta isso. Essas coisas.

Ele me solta aos poucos, puxando com delicadeza para a frente e para trás, de lado a lado. Quando minha cabeça emerge das sombras, meu rosto está ardendo e as mãos dele deslizaram para baixo da minha blusa, ateando fogo à minha pele.

— Tudo bem aí? — pergunta ele, só que não parece uma pergunta, e sim uma afirmação: *Você está bem, porque eu te segurei.*

Quaisquer palavras que eu escolhesse sairiam obscenas e vulgares, impróprias para o ambiente de trabalho, que é onde estamos. Somos basicamente sócios. Nada mais, nada menos. E, se é um arranjo profissional, eu não devia ligar para como ele passa o tempo com as sobrinhas, nem para como gosta do café, nem para a cor de seu uniforme do dia. Deveria estar bem com os poucos detalhes que ele me oferece e deixar por isso mesmo.

Ele só solta meu quadril depois que assinto e, mesmo assim, demora a me largar.

Quase derrubo de novo o sensor ao colocar na janela. O único motivo para não ter acontecido é que Adam agora está do outro lado do cômodo, bem longe de mim e do meu quadril. Melhor assim.

O próximo ponto é a porta da frente, e Adam fica responsável porque é mais alto. Educadamente, dou espaço para ele. Ficar perto não vai resolver nada, exceto a dor entre minhas coxas.

Seus ombros se alongam quando ele estica o braço, os nervos do pescoço desaparecendo e reaparecendo enquanto ele se mexe. Idem para os do antebraço e do dorso das mãos.

Quando ele pigarreia, percebo que estava encarando e, com base no quanto minha boca está seca, ela ficou aberta o suficiente para eu engolir moscas.

— Desculpa.

Estendo o equipamento, meu coração se recusando a se acalmar.

Ele me abre um sorriso amigável, e meu olhar fica preso ali, nos lábios rosa-escuro que combinam tão bem com o banheiro. Os dedos dele roçam minha mão quando ele pega o sensor e, se eu *forçar*, se eu realmente quiser acreditar, aquilo pareceu quase platônico. O que já é um avanço.

Mas minha linha de raciocínio dá vários pulos para trás quando Adam murmura:

— Você está encarando minha boca.

*Como vamos fazer, Elle? Reticente ou direto ao ponto?*

— É uma boca bonita — digo. Direto ao ponto, então.

Isso o pega de surpresa, se a risada que escapa de seus lábios indicar alguma coisa.

— A sua também é bonita — responde ele.

Do mesmo jeito que falou "Você me faz querer cometer erros".

Seus olhos brilham num azul-vivo, a chama mais quente do fogo.

Adam deve ser feito de raios, porque o ar entre nós fica carregado, elétrico. Se eu tocasse a maçaneta, levaria um choque. Os pelos dos meus braços estão eriçados.

— Arrepiada — murmura ele, passando a ponta de um único dedo pelo meu antebraço traidor.

Tento manter o juízo.

— Segurança doméstica me excita.

*E ver você instalando me deixa pegando fogo. Mal consigo ficar de pé.*

— Você — sussurra ele — é uma péssima mentirosa.

Meu juízo foi embora. Filho da mãe.

A ponta dos dedos dele desliza pelo meu braço, atravessa minhas clavículas. Estou tremendo. Quando roça meus lábios, eu os entreabro. Adam toca a ponta da minha língua.

— Se eu te beijasse agora… — Os olhos dele estão escuros, como assim que acorda de manhã e sempre que o pego me encarando. — Você deixaria? Iria querer?

O ruído que solto é selvagem. Gemo como se ele já estivesse fazendo isso.

— Só se você não pedir desculpa depois.

— Não vou — afirma ele, baixinho, curvando a mão na minha bochecha.

Uma promessa e uma ameaça.

Minha resposta fica presa entre nós, suspensa e pela metade quando Adam toma minha boca na dele.

Aquele primeiro beijo *foi* falso. Terrível e inegavelmente falso. Falso a ponto de meu cérebro ter se ocupado em reescrevê-lo como outra coisa que não um beijo. Aquilo foi… um sussurro, uma brisa passageira. Uma gota no balde. Na porra do *oceano*.

Este beijo é um precipício. O fio da navalha entre deliciosamente alegrinha e devastadoramente bêbada, a melhor decisão e a pior. O beijo de Adam é a cara dele: duro por fora, mas suave em algum lugar logo abaixo da superfície. Ele segura meu rosto e prende a mão na minha nuca para me deixar imóvel. *Bem aqui*, está dizendo. *Seu lugar é bem aqui, com a sua boca em mim e minha boca em você, entendeu?*

Não entendi. Se é assim que está mostrando o que quer dizer, vou levar um tempão para entender.

Na necessidade de saboreá-lo, enfio a língua por entre seus lábios, e sou recompensada quando Adam me segura com mais força. Um veludo quente e macio me recebe. É a última concessão que ele me faz e, quando desliza a mão até a minha costela, me puxando para mais perto, ele me lembra: *Eu te beijei*. Então reitera mordiscando meu lábio e soltando um ruído no fundo da garganta quando retribuo o gesto. *Eu comecei isso*. Com um gemido, os lábios dele vão para o meu maxilar, e ele me mostra mais uma vez enquanto encaixa o joelho entre minhas pernas: *Agora você é minha.*

Quando meus dedos encontram a barra da blusa dele e deslizam por baixo, passando pela barriga, o gemido vira um rugido, e minhas mãos são presas na parede acima da minha cabeça.

Sua boca volta à minha, prendendo meus lábios fervilhantes enquanto ele entrelaça nossos dedos. Agarro-o com força e cravo as unhas na carne.

Não quero ser dramática, mas é o melhor beijo da minha vida. Quem é Grady? Adam é um paradoxo vivo. O modo como move a boca, puxando minha pele entre os dentes, roçando e sugando, é inconsistente com o movimento de seu polegar, que acaricia de levinho o trecho de pele exposta entre minha camiseta e a cintura da minha calça. É inconsistente com o movimento de seu joelho entre os meus, que oferece uma pressão ao mesmo tempo estável e enlouquecedora.

Ele é o primeiro a se afastar. Estamos sem fôlego. Eu suo. Meu corpo está cheio de adrenalina e tenso, e não vou conseguir nunca mais gozar sem imaginar que ele está me segurando, os lábios pressionados no meu pescoço. Apesar de ter me destroçado com a boca (e de roupa, ainda por cima), ele parece mais composto do que nunca.

Já me disseram que eu acabo com os homens. Por que ele não está destruído? Era para estar. Quero reembolso.

Ou outro beijo.

A mão dele segue o contorno do meu maxilar e desce pelo meu pescoço, e eu engulo em seco sob seu toque.

— Humm — murmura ele, a voz vibrando, e coloca dois dedos no ponto da pulsação em meu pescoço. Quase fez isso na minha primeira noite aqui. — Seu coração está acelerado. — Adam segue os dedos com os olhos, desce-os pelo meu pescoço, pelo meio do decote da minha blusa. As pupilas devoraram o azul. — Você está sentindo? — Ele espalha bem os dedos, descansando a base da mão em meu esterno, perigosamente perto do meu seio. — Aqui.

O que sinto é o ardor da barba por fazer dele, ainda recente em meu queixo, maxilar, pescoço. O milímetro de espaço entre o polegar dele e o lugar que desesperadamente quer seu toque.

— Eu... acho que você me quebrou — falo, rouca.

A boca dele, vermelha e inchada, se transforma em seu sorriso mais amplo que já vi. É ofuscante e, sim, Adam Wheeler é a eletricidade em pessoa.

— Não dá pra ficar assim, né? — Devagar a ponto de ser torturante, ele se afasta, a unha do indicador arranhando o tecido e causando um arrepio na minha coluna. — Pode baixar os braços agora, se quiser.

— O que...

Quando percebo que minhas mãos ainda estão pressionadas na parede acima da minha cabeça, a risada dele está distante, flutuando até mim pelo corredor.

# CAPÍTULO VINTE E SEIS

Quando alguns dias depois meu celular toca com uma ligação de FaceTime de Liss, eu meio que já estou esperando. Alissa e eu temos um tipo específico de percepção extrassensorial em que sabemos quando a outra fez algo potencialmente condenável.

Liss acha que isso depende da distância geográfica. Eu acho que a gente só tem definições diferentes do que é condenável.

E aquele beijo com Adam foi excitante a ponto de me convencer de que, de algum jeito, eu pulei o purgatório e fui direito ao inferno. Não tem como sentir esse tanto de desejo no paraíso.

Depois do beijo ele não me evita, não como da última vez. Aliás, passa a ficar *mais* próximo. Encontra formas inocentes de me tocar (passa por mim no corredor segurando minha cintura e rotacionando meu corpo com o dele, mesmo tendo espaço de sobra para passar ao lado). Me pede para pegar uma meia que cai entre a máquina de lavar e a de secar, e segura meu quadril enquanto o faço.

— Não queremos que a situação da sala se repita, né? — disse ele.

Mas eu queria! Eu quero! Na noite passada, durante a hora de ver TV, chegamos a nos fundir de tão encostados um no outro que estávamos, e os lábios dele vibraram tanto na minha têmpora que meu nariz coçou com a ameaça constante de um espirro. A frase *Você consegue guardar um segredo?*, do *Wheel of Fortune*, ganhou todo um novo significado quando Adam cruzou os pés com meias na altura dos tornozelos, batendo-o no meu de propósito, e eu nunca ouvi o nome "Thomas Gage" ser mencionado de um jeito tão sexy. Com certeza não pelo cara do *Jeopardy!*.

Uma coisa que nunca entendi em romances é como os personagens acham que colocar em prática uma vez (beijar, oral, insira outros atos sexuais aqui) vai fazer a vontade passar. A oxitocina, a droga do amor da natureza, aumenta durante coisas como abraços e orgasmos. Quando se deseja esquecer alguém, tocá-lo mais vezes *não é* o jeito certo. E esquecer alguém ao transar com outro também não dá certo. A oxitocina é uma vaca gananciosa, mas não é exigente. Você só vai acabar tendo mais drogas do amor nas veias, não menos.

Agora, Adam corre nas minhas veias.

— Elle! — grita Liss antes de seu rosto ficar completamente pixelado, me puxando para o presente. — Adivinha só!

Ela está no ateliê. As luzes da cozinha (ideais para fotos de redes sociais, graças à minha orientação) iluminam suas bochechas vermelhas e o cabelo loiro cheio de frizz. Ela está caótica e feliz.

Lovie e Adam estão na varanda da frente. Ela faz uma cruzadinha enquanto ele olha o celular.

Não consigo parar de pensar nele acabando comigo na porta.

Tento voltar a atenção toda para Liss, mas a maioria dos meus neurônios estão presos em Adam de perfil. Dou de ombros.

— Fala logo, amiga.

— Eu consegui o cara do Cubs! — diz ela, animada, o corpo vibrando a ponto de sacudir o celular.

— O quê? — Me endireito no sofá. Não tenho a menor ideia do que ela está falando; Chicago não tem tantas socialites quanto Nova York ou Los Angeles, mas tem algumas, a maioria ligada a esportes. — É um *match* de algum aplicativo? Você já me falou dele?

Ela resmunga.

— Brody Boswell! O jogador da terceira base do Cubs? Eu te mandei uma mensagem sobre ele na semana passada. A noiva do cara decidiu que meu bolo é o melhor…

— Obviamente.

— … e eles me contrataram para o casamento em setembro! É o maior pedido que já recebi, Elle. E o cliente mais famoso. Bom, fora você, a rainha do *Jeopardy!*.

Penso em Adam e eu aconchegados no sofá na noite passada. Ele colocou os lábios na pele atrás da minha orelha, sem dizer nada, só deixou a boca lá por um momento demorado demais para ser entendido como qualquer coisa além do que de fato era.

Liss ofega.

— Você beijou o enfermeiro Adam!

Suas palavras me puxam com um solavanco de volta ao presente e, por mais que eu não queira, meu rosto arde.

— Eu já te contei isso — tento.

— Não, é diferente. Tipo, um beijo proposital. Foi bom? Onde aconteceu? Teve língua? Você pode, por favor, dar uma nota de um a dez?

A cabeça de Dakota aparece ao lado da dela.

— Olha nos meus olhos, Fanning Número Um. Num homem daqueles língua não é novidade. Mas teve *mordida*?

— Teve…

Fecho os olhos. Teve de *tudo*.

O alarme da porta da frente apita, e quase derrubo o celular na tentativa de desligar.

— A ligação está falhando e o alarme está disparando e o carteiro chegou e tenhoqueirtchau!

**@EllenaL:** O episódio três de *Não me esqueça* está no ar! Esta semana, falo da dieta e da rotina da Lovie agora *versus* quando eu era criança. Spoiler: nós duas ainda amamos milk-shake. Qual é sua comida proibida favorita?

**@jollyxholly527:** sendo bem sincera, é @OliveGarden

**@DFWMama6:** O espaguete assado da minha nona! Eu faço a mesma receita pros meus pequenos e eles AMAM!

**@Purrrsiankitty8:** qualquer coisa com tempero artificial e muito sódio. então, tipo, miojo?

**@Anchorsawaym8:** nada supera os Sundaes do Superbowl do meu pai

**@thatguy3k00:** Aparentemente todos os seus seguidores são crianças, que nem você.

**@EnfermeiroAdamIndy:** Comidas reconfortantes disparam dopamina, a substância da felicidade. Muitas pessoas associam essas comidas com lembranças positivas, conexão social, segurança e rotina.

**@thatguy3k00:** E quem é você, porra?

**@EnfermeiroAdamIndy:** Um enfermeiro. Chamado Adam. De Indiana. Achei que fosse óbvio pelo usuário.

*Mostrar mais respostas*

**@SweetiesCakesChicago:** Bolo de chocolate 🤤

**@DMillsBakes:** DOIS!!

**@BroBoswell14** ✅**:** Três 😉 Mal posso esperar para ter @SweetiesCakesChicago no nosso casamento ano que vem!

*Mostrar mais 678 comentários*

# CAPÍTULO VINTE E SETE

— Está vindo uma tempestade.

Do meu lugar no sofá, levanto os olhos para Adam.

— Nem me fale… — digo, girando a tela do laptop para ele. — Adam, você *não* pode continuar pegando no pé dos meus trolls desse jeito. Só vai piorar.

Já estamos bem avançados em novembro, e ainda nenhum progresso com o convênio. Não consegui encontrar os documentos originais de que eles precisavam, então solicitei novos. Vai saber quando vão chegar, ainda mais com a proximidade das festas de fim de ano.

E, pelo que parece, a ameaça sempre presente do clima de inverno.

Ainda tenho uma boa reserva de episódios de *Elle na L*, mas, a cada semana que se passa sem nada andar com o convênio, minha ansiedade piora um pouco. Não como uma pizza boa há mais de um mês, e estou com abstinência de Liss.

— Que bom que você notou, mas não era disso que eu estava falando. — A voz de Adam está monótona e sarcástica. — Já tem um ventinho de inverno chegando. — Ele estende o celular, com a previsão do tempo local. — Alguns lugares dizem vinte centímetros ou mais.

*Não entra nessa, Elle. Não morde a isca. Não…*

— Eu aguento vinte centímetros.

Ah… Eu amo quando não ouço minha própria voz da razão.

As orelhas de Adam ficam vermelhas, e ele pigarreia.

— Eu andei pensando, e um de nós bem que podia correr até o mercado e pegar pão e papel higiênico antes que os estoques acabem. Agora não sei te dizer o porquê de as pessoas primeiro não comprarem pilhas e cobertores térmicos e derretedor de neve.

— Faria muito mais sentido.

Estou sorrindo para ele. Não consigo parar. Não desliga.

O canto da boca dele treme, mas Adam é bem melhor no blefe do que eu.

— E aí, quer ir ou quer que eu vá?

— Sim — respondo, um pouco ofegante demais para uma conversa tão inocente, em especial com tanta distância entre nós.

Ele franze a testa.

— O quê?

Piso no freio do meu desejo para dissecar o que Adam de fato perguntou. Meu coração já está batendo forte só de pensar em estar atrás do volante.

— Podemos ir juntos? Dar uma voltinha?

Ele coça o maxilar, e meu olhar se concentra ali.

— Não deu muito certo da última vez.

Me inclino para a frente, cotovelos nos joelhos, e cruzo as mãos embaixo do queixo.

— Por favor, Enfermeiro Adam de Indy? Eu juro que vou me defender dos trolls e fazer um suco verde para você amanhã. — Bato os cílios, estico o lábio inferior e caio matando. — Eu te dou a cama por uma semana se você dirigir.

Um sorriso afetuoso se abre no rosto dele, e de repente tenho a distinta sensação de que fui tapeada.

— No carro da Lovie ou no meu?

Adam tinha razão: as lojas estão um caos. Tem carrinhos de compras espalhados pelo estacionamento, sem um único funcionário à vista para recolhê-los. Encontrar uma scooter motorizada para Lovie se mostra tão desafiador que vamos embora sem nada da lista.

Mas compramos pretzels do quiosque, então não foi de todo um desperdício.

Ele precisa rodar o estacionamento do mercado seguinte algumas vezes para achar uma vaga reservada a pessoas com deficiência. São onze da manhã de uma terça-feira. Essa gente não tem emprego? Não dá para todo mundo ser *podcaster*.

Seguimos uma mãe dona de casa pela maioria dos corredores. Eu a chamei de Karen na minha cabeça. Ela *definitivamente* vai chamar o gerente para brigar com alguém.

Karen também vai pegar dez pacotes de pão. *Dez.*

Quando ela sai da frente, Adam pega um. Não comemos pão com frequência suficiente para pegar mais do que isso. A julgar pelas pernas da Karen, nem ela.

Quando a mulher pega cinco fardos de água mineral, Adam a ajuda a colocá-los no carrinho e aí pega um para nós.

Depois do terceiro corredor, percebo que ele está transformando aquilo num jogo, só para mim. No corredor de papel higiênico, Adam me dá uma piscadela e começa a *encher* o carrinho de Karen.

A mulher o encara, confusa.

— *O que* você está fazendo? — Ela pega o pacote que Adam está colocando no carrinho, mas ele desvia e põe mesmo assim.

O rosto de Adam assume um ar de inocência tão rápido que começo a imaginar se a malícia que vi ali foi coisa da minha cabeça.

— Só achei que, com tanto pão, você tivesse sete filhos. E que precisaria desse tanto de papel higiênico.

— Eu tenho dois filhos — explode Karen, puxando os pacotes enquanto Adam continua colocando-os ali.

— Então você tem quatro maridos? Porque, se não for o caso, é impossível consumir todo esse pão antes de estragar.

As bochechas de Karen ficam cor de cereja.

— Eu ia congelar.

Ela puxa o carrinho para longe enquanto Adam continua a abastecê-lo de coisas, e o último pacote cai no chão.

Ele pega sem esforço e joga na cesta da scooter de Lovie.

— Erro meu. Tenha um ótimo dia, senhora, e passar bem.

Adam acena para ela pelo corredor, sorrindo que nem um psicopata. A mulher não para de olhar para trás. A qualquer momento, espero que abandone o carrinho e comece a correr.

Estou chorando, minha barriga dói. Não dou tanta risada assim há… nem consigo lembrar há quanto tempo.

Até Lovie está sorrindo.

— Ele é um dos bons, sabe? — diz ela, me observando. — Não larga ele.

Algo brilha nos olhos dela, tão vivo e familiar que freia minha risada no meio do caminho.

Ela não está falando com Lovie sobre Bobby. E sim com Elle sobre Adam.

A onda de alívio é vertiginosa e a culpa que se segue, nauseante. Se estivesse em paz com o estado mental de Lovie, não estaria tão feliz por ela me olhar assim, como *Elle*. Entendo que essas epifanias são raras. Podem durar minutos ou uma semana. Tenho medo de me mexer e perturbar seja lá o que tenha se alinhado no cérebro dela.

— Lovie? — chamo, quase baixo demais para meus próprios ouvidos.

Adam se vira para nós antes de ela responder. O reconhecimento no rosto de minha avó diminui, mas não se apaga. Ele aponta para o corredor.

— Vamos passar na seção de jardinagem para pegar um derretedor de neve e mais uma pá.

Lovie dá ré na scooter antes de eu conseguir dizer *espera*.

## Não me esqueça

### Transcrição, episódio 03

*Oi, pessoal. Aqui é a Elle. Esta semana, íamos falar da ciência por trás do Alzheimer, embora a gente tenha passado pelo que aqui no Meio-Oeste é conhecido como Fobia de Nevascas. O inverno queimou a largada, digamos. Estamos falando de preparação nível emergencial para tempestades de neve, comprando aquecedores a querosene e dez pacotes de pão (este último caso eu testemunhei com meus próprios olhos).*

*Aqui na casa da Lovie, amontoamos todos os cobertores de reserva que conseguimos achar, pré-preparamos algumas refeições que ficam boas quentes ou frias e nos certificamos de colocar velas e lanternas em cada cômodo.*

*Nós jogamos sal na calçada e na entrada de casa e ligamos o canal do clima em vez do* Jeopardy! *de sempre.*

*Mas não teve tempestade. Nem sequer chegou a nevar.*

*Passamos dias nos preparando, ouvindo os especialistas, e nada aconteceu. Mas, na semana passada, um tornado irrompeu no Sul e tirou dez vidas. São tantas variáveis que é quase impossível prever o que vai acontecer, com doenças crônicas, tempestades ou algo tão simples como o trânsito.*

*Acho que é uma ótima metáfora para o Alzheimer. Queimei muita energia desnecessária tentando prever o futuro, mudar a conclusão. É como sou, e como sempre fui. Preciso estar no controle da situação. Odeio pedir ajuda e odeio aceitar conselhos dos outros a respeito de algo em que me considero especialista.*

*Minha avó, por exemplo.*

*Mas, embora eu possa ser uma especialista em quem ela* era, *agora é diferente. O Alzheimer está mudando a constituição da Lovie, sua identidade física, mental e emocional. Não sou especialista nela assim como não sou especialista no clima.*

*Então, encorajo você a, junto comigo, abrir mão do que não te pertence. Deixe de desperdiçar energia em coisas que você não pode controlar e tente curtir exatamente o que tem neste momento. Como é que era aquele ditado sobre segurar a areia com a mão aberta em vez de com o punho fechado?*

*É, eu concordo.*

# CAPÍTULO VINTE E OITO

*Me ajoelho no meio da nevasca. Faz frio aqui, tanto frio que as flores a meus pés estão cobertas de gelo. Não mortas, mas mergulhadas em água e congeladas. Tudo está envolto em geada. Meu corpo está dormente nos pontos em que toca a neve.*

*À frente, Lovie se agacha, as mãos e os joelhos no solo branco enquanto cuida de um pequeno buquê de flores azuis.*

*— Lovie, acorda.*

*Lovie levanta os olhos para mim, mas balança a cabeça em negativa, e eu a imito.* Eu não, *está dizendo ela.* Você.

*Aquela voz flutuante está falando comigo?*

*— Vai, amor. Acorda pra mim.*

*Um terremoto sacode a terra, e agarro o chão para me segurar. A voz está ficando mais alta e os choques, mais aparentes.*

— Caramba, Elle. Acorda. Seus amigos estão aqui.

Espera aí. Acho que conheço essa voz.

— Adam? — falo, rouca.

Levanto a cabeça e encontro o travesseiro embaixo do qual devo ter me enterrado. Ainda é meio cedo no inverno para hibernar, até para mim.

— Graças a Deus — sussurra ele. — Seus amigos estão aqui.

Eu o espio com o olho entreaberto. Está parado ao lado da cama com um uniforme verde-escuro, lindo como sempre. Não sei dizer se estou usando calça.

Tento dar sentido às palavras dele e piscar para chegar a um estado mais consciente.

— Que amigos?

Adam pega meu celular da mesa de cabeceira.

— Estes amigos, tenho quase certeza.

Atrás de uma dezena de notificações tanto de Liss quanto de Dakota, tem uma foto de nós três no verão anterior. Ela foi tirada por Sam, o namorado de Dakota, no *open house* deles dois. Eu já estava bem alegre a esse ponto. Eu estou abraçando Liss e Dakota me abraça, e nós três cantamos uma música que não consigo lembrar nem com reza.

— Que fofo — digo, devolvendo o celular a Adam e minha cabeça ao travesseiro.

Aí, a ficha cai.

— Eles estão *aqui*?! Literalmente aqui, nesta casa?

Jogo as cobertas para longe (eu tinha razão, estou sem calça) e corro pelo corredor. Se Lovie tiver algo a dizer sobre minhas coxas hoje, vai ter que esperar eu esmagar meus amigos até a morte.

A voz de Dakota chega até mim primeiro ("Acho que ela está vindo!"), mas Liss não perde tempo e se adianta para o contato físico, dobrando o corredor ao mesmo tempo que eu. Já faz tempo demais que não nos vemos.

Liss Kessinger tem um metro e sessenta e cinco de puro açúcar (e café). A pimenta da amizade é toda minha.

— O que vocês estão fazendo aqui? — murmuro no cabelo dela, sempre com frizz e da cor do sol, mesmo no inverno.

Ela beija minha bochecha.

— Você pareceu estranha da última vez que conversamos.

Dakota dá uma batida de quadril para tirá-la do caminho e me puxar em seu próprio abraço de triturar os ossos. Ele descansa as mãos nos meus ombros expostos.

— Ela tem a cara da Elle, tem a voz da Elle, mas faz tanto tempo que nem lembro direito.

Dou risada.

— Faz sentido.

— Mas, sério. A gente não te vê faz tempo demais — diz Liss, o lábio inferior tremendo muito de leve.

Dakota lhe dá uma cotovelada.

— A gente disse que não ia chorar.

Ela seca os olhos.

— Verdade. Desculpa, tem razão.

E aí sou amassada entre eles, e dois terços de nós já estão chorando mesmo assim.

— Por que você está praticamente pelada? — cochicha Liss. Minha regata parece escandalosa sob o olhar tão intenso dela. Minha amiga arfa, e suas bochechas ficam rosadas de novo. — Vocês dividiram a cama?

Torço para Adam estar na lavanderia. Talvez ele comece a bater uma máquina de toalhas, ou algo do tipo.

Mas alguém pigarreia atrás de mim, e sei que não vou ter essa sorte, nem hoje nem nunca.

Adam vem até nosso grupinho, estendendo uma calça de moletom e um casaco.

— Aqui.

Em minha visão periférica, Dakota abre a boca e Liss fecha a dela.

Pego as roupas, toda desajeitada, movendo minhas esperanças e sonhos para pastos mais verdes. Tipo que talvez, só talvez, meus amigos guardem para si os comentários sobre o quanto Adam é... *Adam* até ele não conseguir mais escutar.

— Se eu já não estivesse casado e feliz, perguntaria se você tem um irmão.

*Porra, Dakota.*

Liss assente com vigor enquanto visto a calça.

— E você *tem* um irmão?

— Ele só tem uma irmã — disparo, empurrando-os pelos ombros.

Ainda nem pus o casaco. Mas tenho que separar meus amigos de Adam antes de conseguirem fazer mais perguntas constrangedoras. Tipo se ele já superou o trauma familiar e sua opinião sobre retratos de família em cartões de Natal.

— Fora.

— Mas... — protesta Dakota, fazendo bico.

— Muito prazer, enfermeiro Adam — fala Liss, ofegante, aí cobre a boca enquanto a levo na direção da cozinha. — Esse apelido era para ser segredo?

— A gente trouxe pizza — conta Dakota, o que, admito, me faz vacilar por um segundo antes de eu ver o relógio.

— Nem fodendo. São só dez da manhã.

— Mas eu de fato trouxe donuts — fala Liss por cima do ombro, ainda mostrando resistência. — E um café *cold brew*, com gelo à parte para não ficar aguado.

Isso, sim, me pega.

— O tipo bom de donut?

Ela franze a testa.

— Existe um tipo *ruim* de donut?

Adam nos segue pelo corredor. Provavelmente para nos lembrar de falar baixo para não perturbarmos a rotina de Lovie.

Em vez disso, um sorriso tímido repuxa o canto de sua boca.

— A Lovie está lendo na varanda dos fundos. Estou com o aquecedor a gás lá, mas, se ela ficar inquieta, vou levá-la para um passeio de carro, ou algo assim. Divirta-se, tá? Eles te amam de verdade.

Baixo as mãos na lateral do corpo.

— Obrigada. Desculpa por ter dormido até tarde. Devo ter me esquecido de pôr o alarme. Se quiser, amanhã eu fico com o turno da manhã com a Lovie.

Ele me analisa.

— Você está com a cara amassada.

Adam estende o dedo e quase toca minha bochecha direita, e um calor doce envolve meu corpo.

Liss e Dakota suspiram em sincronia.

Adam vai para o pátio, e Dakota literalmente arfa ao vê-lo se afastar.

Beleza. *Sei bem como é.*

Liss começa três frases antes de a porta estar completamente fechada, e toda vez eu a mando ficar quieta, por fim recorrendo a tapar a boca da minha amiga. Quando não tem mais jeito de Adam nos escutar, baixo a mão.

Ela respira fundo.

— Meu Deus. Elle.

— Vocês viram o trapézio dele? — pergunta Dakota.

Minha cabeça lateja de desorientação. Estou zonza com o jogo virando tão rápido.

— Podemos, por favor, pausar esta conversa até eu tomar aquele *cold brew* que me prometeram?

— A gente não transou — digo, pela quinta vez.

Achei que fosse eu que precisasse de cafeína, mas são meus amigos que não estão compreendendo nada direito.

As sobrancelhas loiras e fartas de Dakota formam uma linha reta em sua testa.

— Mão na coisa?

— Não.

— Mas no peito com certeza, né?

Reflito sobre meu beijo com Adam na porta, por onde as mãos dele passaram. Provocando, mas nunca de fato encostando. Infelizmente, Liss e Dakota leem minha hesitação como confirmação e voltam a agir que nem adolescentes.

— Não, não, nananinanão. — Coloco o copo com força demais na mesa, e um pouco de café cai pelo lado. — Escuta aqui, vocês dois. Eu *só* beijei o Adam. E *só* algumas vezes. — Fofocando sobre beijos, dando gritinhos por meninos bonitos, ficando vermelha só de pensar nele. — Eu não sabia que tínhamos ido dos 30 pros 13.

— Eu só tenho 28 — diz Dakota. — E não existe idade para ter um crush num menino. Minha nona tem três namorados na casa de repouso.

Isso aí, vó do Dakota. Arrasa, garota.

— O Adam *não* é um menino — falo baixinho.

Liss sorri.

— Então você arrumou um *homem*.

Eu não esperava menos deles, para ser sincera. Sabia que não deixariam isso passar, ainda mais depois de porem os olhos em Adam. Foi por isso que não mostrei a foto dele. E, de todo modo, Adam é amplamente antitecnologia. Sua foto do Instagram ainda é uma silhueta cinza.

Mas eles entendem. Viram nós dois juntos por dois segundos e deduziram algo que estou tentando ignorar há semanas.

— Ele é uma boa pessoa? — pergunta Liss, agora mais séria, enquanto pega meu café e toma uma golada.

— A melhor. — Minhas mãos caem, frouxas, no colo. — Acho que estou ferrada.

Dakota é o próximo a pegar o *cold brew*. Para quem eles trouxeram, afinal? Não foi para mim.

— E isso seria ruim? O trapézio, Elle. Pensa no trapézio.

Liss se apoia no ombro dele.

— Dakota, você está pensando com a cabeça errada. Precisamos saber se ele é mal-humorado com o mundo, mas fofo com ela. Se gosta de beisebol mais que de hóquei. Se ele repete o prato só porque ela está com fome e se faz piadas autodepreciativas. — Acho que são os exatos critérios que ela tem para seu futuro marido. — A gente já o viu trolando o cara do Instagram.

Estou dividida. Quero compartilhar tudo que há de bom no Adam e, ao mesmo tempo, guardar tudo para mim. Como ele compra meu creme para café favorito no mercado, se certifica de que minha caneca de borboleta esteja ao lado da cafeteira toda manhã, embora inevitavelmente comente sobre envenenamento por BPA, e deixa um suco verde esperando quando volto das corridas matinais congelada até a alma. O modo como ele me abraça durante *Jeopardy!*, mesmo quando Lovie está no banheiro.

Como ele me beija como se precisasse de mim.

Uma mãozinha quente cobre a minha. Liss enruga o rosto.

— Pode ficar guardando tudo pra você, se quiser, mas nunca te vi com essa cara quando tudo o que está fazendo é *pensar* num cara. Nunquinha. Nem com o Grady, nem com aquele cara da banda. Nem mesmo com o Miles Teller.

Será que minha paixonite por Adam superou a pelo meu maior crush famoso? Ah, merda. Eu estou mesmo ferrada.

Baixando a cabeça nas mãos, começo do começo. Levo tanto tempo para contar cada detalhe, cada toque e olhar demorado, que, quando termino, o *cold brew* acabou, o gelo derreteu e estou convencida de que Adam e Lovie usaram dois cilindros de gás propano para se esquentarem lá fora.

Dakota bate os nós dos dedos na mesa.

— Acabei de decidir que sua história de amor vai se chamar "O guia de jardinagem de Adam e Elle".

Aí, e só aí, me lembro de que não é para existir um *Adam e Elle*. A última coisa que quero é que ele se encrenque com os supervisores ou se desqualifique por algum motivo para atuar como cuidador de Lovie na AngelCare.

Minha cabeça encontra a superfície mais próxima, que, por acaso, é o ombro de Liss.

— Por que eu fiz isso comigo?

Ela me dá um tapinha na cabeça.

— Não acho que tenha sido intencional. Acho que é uma coisa que aconteceu. Acho que o que você *está* fazendo é lutar contra o inevitável.

— E por que mesmo lutar é ruim?

Liss faz um murmurinho, esticando o lábio inferior carnudo e rosado.

— Lembra no quarto ano, quando nós fomos à festa da Sydney Mattingly na piscina e fizemos aquele redemoinho? Você tentou lutar contra a corrente e quase se afogou.

— Nada disso — respondo, embora tenha sido o caso.

O pai de Sydney teve que bater com tanta força nas minhas costas que deixou um hematoma no formato da mão dele.

Os olhos de Adam meio que lembram um redemoinho, mais escuros nas pontas, mais claros na direção do meio. Já me vi perdida neles algumas vezes.

Irritada com a anedota adequada demais de Liz, dou um peteleco no nariz dela.

— Podemos mudar de assunto? Como está a loja? Seu site está indo bem?

Os olhos de Liss se iluminam, como sempre que alguém fala de sua fonte de orgulho e felicidade.

— Está incrível. Desde que o Brody Boswell comentou no seu post, estou trabalhando sem parar. Ontem à noite, respondi a e-mails até duas da manhã.

— A página oficial do Cubs segue a gente — completa Dakota. — Nosso engajamento subiu, tipo, dois mil por cento.

Meu coração fica quentinho.

— Vocês vão precisar de mais espaço.

Liss faz que sim, a boca o mais perto de uma carranca que ela consegue chegar.

— Por favor, nem me lembra. Está na lista.

Arqueio uma das sobrancelhas.

— Só que bem no fim da última página — falo.

— Como está indo o *Não me esqueça*? — pergunta Dakota. — Já convenceu o Adam a gravar com você?

Meus olhos vão até a porta do pátio.

— Ainda não. Mas estou chegando lá, acho.

— Falando em chegando lá… — Os olhos de Dakota faíscam quando ele entrelaça as mãos em cima da mesa, todo afetado. — Podemos voltar para a situação de dividir a cama?

# CAPÍTULO VINTE E NOVE

Meus amigos logo deixam de ser bem-vindos, em especial quando Adam e Lovie voltam da varanda e Dakota não faz esforço nenhum para esconder o que pensa da questão da cama.

— Provavelmente é *a* premissa favorita dos fãs, Fanning, e você está jogando esse privilégio no lixo. É um desserviço para os adoradores de romance de todo o mundo.

Depois disso, levo-os até a porta, prometendo atualizá-los no grupo *assim que* ocorrer algum beijo adicional e/ou passada de mão boba. Tento apontar que, se eu conseguisse mandar mensagem enquanto Adam passa a mão em mim, não seria muito digno de nota. Eles discordam.

A visita inesperada, junto com meu choque de realidade, bagunça o restante do meu dia, e acabo tomando banho logo depois do jantar, pulando o *Wheel of Fortune* de sempre.

Estou ansiosa de um jeito ruim, então, quando pego as roupas antes do banho, também levo o vibrador. O que os olhos de Adam e Lovie não veem, o coração deles não sente. Consigo não fazer barulho, mas é um desafio.

Até abrir a porta do banheiro mais tarde, acho que consegui me safar.

Adam, como sempre, está casualmente apoiado na parede oposta, os olhos fixos no meu montinho de roupas sujas. E no vibrador, claramente visível entre elas.

— O que você tem aí?

— Roupa — respondo.

Não tento esconder.

Ele arqueia a sobrancelha, e sei que não vai deixar passar.

— Ah, é?

Apesar de estar com as bochechas pegando fogo, sou a própria imagem de alguém tranquilo, calmo e sereno. Nas definições dessas palavras num dicionário, vai aparecer uma foto minha.

— É, *sim*.

Adam aponta para o montinho, no qual meus dedos agora estão agarrando o vibrador com toda a força do mundo.

— Onde você usa isso?

Arqueio a sobrancelha, pagando para ver o blefe dele.

— Você bem que gostaria de saber.

— Talvez. — Ele prende o lábio com os dentes, mas não basta para esconder seu sorriso malicioso. — Mas eu provavelmente consigo… preencher as lacunas sozinho. — Sua voz está encharcada de mel. — Tenho uma imaginação bem ativa.

— É mesmo? — Mordo o lábio inferior e arregalo de leve os olhos, entrando no joguinho dele. — Ativa a ponto de chamar de fantasias?

Tiro o cabelo do pescoço, mas uma gota de água desliza e desaparece pelo meu decote. Adam a acompanha por todo o percurso.

Seus olhos sobem para os meus, as pupilas dilatadas.

— Você bem que gostaria de saber — ecoa.

Aí, ele faz a pergunta com o potencial de ser a mais sexualmente carregada que já escutei na vida.

— Você pensou em mim?

Devo ter tomado um banho quente demais, e minha pele está sofrendo alguma reação atrasada à água escaldante. É por isso que fico inteira arrepiada.

— Eu… O quê?

Estou *guinchando*. Desde quando eu *guincho*?

Adam chega mais perto, com o olhar fixo mas indecifrável, e prende uma mecha de cabelo molhado atrás da minha orelha.

— No banho. — Mais uma gota escorre pelo meu peito, e ele também a observa. — Você se acariciou.

Quando ele aproxima a boca da minha, puxo o ar, e o cheiro de sol de Adam se mistura ao do meu sabonete.

— Isso é… é uma pergunta?

E, se for, por que ele a está fazendo, se já sabe a resposta?

Seu sorriso se forma encostado ao meu pescoço, e ele inspira tão fundo que faz meu cabelo pesado se mexer.

— Minha pergunta é… — A voz dele está tão baixa que tenho dificuldade em ouvir. — Você pensou em *mim*? Fingiu que era eu que estava te tocando?

— Não é da sua conta — tento dizer, só que sai como um arquejo, porque Adam escorregou uma das mãos até a frente do meu moletom e pressionou com firmeza na minha barriga, pairando acima da cintura da calça.

— Posso te mostrar o que acho que você fez?

Ele está sendo tão, tão casual, sendo que eu estou tão, tão perto de desmoronar.

Não confio em mim para conter um gemido, então mantenho os lábios bem fechados. Mas faço que sim com a cabeça.

Adam pousa os lábios nos meus. Agora, ele é mais delicado do que da última vez. Naquele dia, me beijou como se precisasse do meu ar dentro de seus pulmões para viver. Hoje, me beija como se soubesse que não vou a lugar nenhum. Uma carícia preguiçosa na minha boca, experimentando para ver as formas como nossos lábios podem se encaixar. Não vamos descobrir todas ao mesmo tempo, mas sem dúvidas podemos tentar.

E eu o odeio por isso, porque ele tem razão. Não tenho nenhuma intenção de um dia *não* beijá-lo.

Solto as roupas e agarro o peito dele, seu pescoço, *qualquer coisa*, para puxá-lo mais para perto. Ele recua só pelo tempo de realinhar nossa boca, um encaixe ainda melhor agora sem nada entre nós. Sua garganta solta uma vibração que gravo imediatamente na memória, um gemido-rosnado de luxúria. Com as mãos, Adam explora as curvas da minha cintura, da coluna, da bunda. Em todo lugar. Seu calor me cerca por todos os lados. Não existe nada exceto isto.

Abro meus olhos trêmulos quando ele se afasta, nossa testa apoiada uma na outra. Esperando. Ele está quase ofegante. Eu também.

*Isto, sim, agora*, digo para ele com uma inclinação do quadril, um aceno de cabeça, um convite. Ele aceita, raspando os dentes do maxilar até a orelha e a jugular. A respiração de Adam está quente em meu pescoço enquanto ele desliza a mão dois centímetros para baixo.

Por cima do ombro dele, uma foto na parede chama minha atenção, e ofego quando os dedos de Adam desaparecem por dentro do cós da minha calça de moletom.

— Espera. — Solto um gemido, sem conseguir mais segurar. — Para, espera.

Ele se afasta do meu corpo de uma vez. Fico tremendo com a ausência súbita.

— Desculpa — fala, rouco, mas estou impressionada demais pelo que vejo para apaziguá-lo agora.

— Não, Adam… — Engulo o nó na minha garganta. — Olha.

Ele se vira para ver o mesmo que eu.

A foto do casamento dos meus avós, tirada em 1964. O cabelo de Lovie era ruivo, cortado na altura dos ombros, como o meu. Seus olhos são os meus. Eu tenho o maxilar dela, suas maçãs do rosto. Até o nariz.

E meu avô, Bobby. Cabelo escuro, perfeitamente penteado com pomada, exceto por um pedacinho perto da testa que se recusou a seguir a direção certa. Ele está barbeado, mas, mesmo assim, há uma sombra nos cantos; seu rosto é definido e imperfeito em sua perfeição.

Seus olhos são azul-marinho.

— Não é à toa que ela confunde a gente — comenta Adam, com o olhar vagando entre a foto e meu rosto.

— Nem me fale.

Com a luz do banheiro e do corredor, o reflexo do nosso rosto vira um fantasma ao lado do de meus avós.

Minha avó acha que Adam e eu somos ela e o marido porque, sessenta anos antes, podíamos muito bem ter sido, exceto por uma diferença gritante.

— Eles são casados. Nós, não. É diferente.

Passo por Adam e descanso o dedo no vidro empoeirado, em cima das alianças douradas deles.

Adam dá uma risadinha, segurando minha mão estendida e entrelaçando nossos dedos.

— Não precisa tentar me convencer, Elle. É só uma foto.

— Não te incomoda?

Adam ajeita meu cabelo, que bagunçou momentos atrás, tirando do meu rosto com concentração e cuidado.

— É só uma foto — repete ele, inclinando a cabeça para me encarar.

Tem mil emoções guerreando em mim neste momento, e não consigo dar nome para nenhuma. No fim do corredor, começa a tocar a música do *Jeopardy!*.

Adam se endireita.

— Melhor eu voltar.

— Certo — falo, me abaixando para pegar as coisas que derrubei quando Adam e eu colidimos.

— Elle — chama ele da quina do corredor, cauteloso e otimista. — Guardo seu lugar?

Ele não diz que me beijar de novo foi um erro, que o que fizemos agora há pouco não devia ter acontecido ou que não pode ou não vai voltar a acontecer. Não fala nada sobre estar incomodado com sermos sósias dos meus avós. E, desde que conheço Adam, ele sempre disse o que pensa. Nunca segurou a língua para poupar meus sentimentos.

Antes mesmo que eu perceba, estou assentindo.

— Claro. Vou acabar com você hoje.

No geral, estou falando do programa.

Adam desaparece com um sorriso, e agora estou mais atordoada do que antes do banho. Disparo uma mensagem para o grupo e vou para a sala.

**Elle Monroe:** Como era mesmo a história da mão boba?

# CAPÍTULO TRINTA

Se Lovie nota algo diferente entre nós quando entro na sala, não comenta. E, sejamos sinceros, o que ela diria? *Jovenzinho, você enfiou a mão na calça da minha neta na porta do meu banheiro?* Ela é audaciosa, mas não é para tanto também.

Entre as perguntas do programa, Lovie dá uma risada de desdém.

— Vocês dois estão bem juntinhos hoje. Finalmente treparam?

Eu estava horrível e dolorosamente errada.

— *Lovie* — falo, nervosa.

Mas não importa. Ela vai me esculhambar como quiser. E Adam não está escondendo muito bem aquele sorrisinho arrogante, né? Não está ajudando nada. Ele o esconde atrás da mão fechada, mas de nada adianta.

Minha avó acha que sou rodada.

Que beleza.

Parte de mim tem inveja da capacidade de Adam de separar sentimentos pessoais de profissionais. Ele consegue mudar com tanta facilidade o interruptor entre flertar e cuidar, brigar e suavizar.

Eu também deveria ser capaz disso. Já gravei episódios difíceis. Conversei com pessoas consideradas marginais, bandidas e *perigosas* pela sociedade. E, embora eu seja emotiva, em geral sou capaz de distinguir meus sentimentos dos de meus convidados ou do ouvinte. Desde que comecei o *Não me esqueça*, desenterrando lembranças da minha infância nesta casa, na cozinha marrom e no banheiro rosa, no sofá florido e no jardim lá fora, as coisas ficaram mais confusas.

Minha atração crescente por Adam não está ajudando. Talvez seja *por isso* que quis ficar longe dele no início. Não preciso de mais um fio no qual me enrolar.

Adam se oferece para preparar Lovie para a cama. E acho bom, porque preciso de tempo para me preparar para a conversa que sinto se aproximar.

Por que não notei as semelhanças entre Adam e meu avô? Agora que vi, não dá para esquecer. É tipo Jesus na torrada. Talvez não fosse algo que eu *quisesse* ver. Mas isso também não é exatamente o certo, porque significaria que meu cérebro designou significado a isso, o suficiente para notar e depois ignorar.

Após confirmar que o sistema de segurança está ativado para a noite, Adam retoma seu lugar no sofá e dá um tapinha na Terra de Ninguém.

— Só um segundinho — peço.

Preciso de mais alguns minutos entorpecentes para colocar em ordem os pensamentos passeando pela minha mente como ovelhas no pasto.

Ele aceita, zapeando por canais de TV enquanto começo a tirar a poeira das persianas e do ventilador de teto.

De espanador na mão, atravesso a sala, indo em direção às tábuas de madeira que a separam do corredor, mas ele me segura pelo pulso.

— Elle.

— Adam.

— O que houve? — pergunta ele. — Porque aconteceu alguma coisa.

— E você me conhece tão bem depois de seis semanas, né?

Ele baixa as sobrancelhas. Com só mais alguns graus de inclinação, seria a incorporação física do emoji bravo.

— Não conheço?

Tem tanta emoção no rosto dele que algo se desenrola no meu peito. Não sei se é um sentimento bom ou ruim. Então cedo, deixando o espanador embaixo da televisão e retomando o lugar no sofá.

Adam se vira para mim e fica de lado, mas eu continuo olhando para a frente.

— Quer que eu prove? Como te conheço bem? — Ele estende o braço para pegar minha mão, fechando os dedos no meu pulso com ternura. Com um círculo, coloca o polegar em cima do dedo médio num gesto automático, inconsciente. — Para começar, você dorme que nem um defunto. Hoje de manhã, quando estava tentando te acordar, realmente chequei sua pulsação. — Ele aperta meu pulso. — Eu me preocupo com sua segurança não só em relação a incêndios domésticos, mas também terremotos e zumbis.

Cerro o maxilar para segurar o sorriso. E ele espera.

E espera.

Com um resmungo e um cutucão na costela dele, me viro para fitá-lo e coloco a perna embaixo do corpo. Deixo a outra mão no colo, fechada em punho, porque, senão, não sei o que vou fazer. Tocá-lo, provavelmente, com o mesmo carinho com que ele está me tocando.

— Todo mundo sabe disso — falo. — Vai mais fundo. Me fala uma coisa real, Adam.

É um desafio para ver o quanto está prestando atenção.

Ele fica um bom tempo calado, concentrado em como sua mão se fecha no meu pulso. Já eu estou compenetrada em como a pele dele desliza na minha, os pulsos elétricos que irradiam. Ele relaxa o ombro no encosto do sofá e também puxa o joelho para cima, roçando no meu, além da minha coxa (Adam nunca expressou ter nojo delas como Lovie).

Ele não vai conseguir falar nada. Eu escondo bem as coisas reais, deixo-as trancadas. É um desafio alguém se aproximar, porque crio obstáculos que exigem que as pessoas saltem.

E coloco fogo nesses obstáculos.

Eu sou fogo, e qualquer um que seja digno de mim precisa arriscar se queimar para chegar perto.

— Quando está ansiosa — diz ele, interrompendo meus pensamentos —, em especial com um novo episódio de *Elle na L* ou *Não me esqueça*, e principalmente de *Não me esqueça*, você lava roupa. Isso, junto com os acontecimentos da noite de hoje, me leva a pensar que você faz faxina quando está estressada. Mas também tem respeito pelos pertences alheios, então sempre limpa só os espaços comunitários. Cozinha, banheiro, sala.

Meu coração sobe para a garganta.

— A cicatriz no seu joelho esquerdo é de quando você era pequena, 3 ou 4 anos. — Ele a toca através do tecido do moletom. A mão fica lá, fechada na dobra da minha perna, e meu sangue engrossa, vira melaço, lento e viscoso. Meu pulso bate devagar. — Ainda não sei como ficou com ela, mas você cutucou e puxou os pontos. É por isso que tem um formato tão irregular. Você era pequena demais para saber que não podia.

"E eu sei que achou que a Lovie tivesse se lembrado de você na última vez que fomos fazer compras, no dia do alerta de neve. Você está *torcendo* para ela se lembrar."

Ele esfrega o maxilar e umedece os lábios, escolhendo as palavras. Seja lá o que esteja prestes a dizer deve ter um gosto amargo.

— Você está contando com isso, acho. Mas não é uma situação ao estilo *Como se fosse a primeira vez*, Elle. *Você* é a única que vai se sentir melhor com ela lembrando, e só por um tempinho.

Lágrimas quentes e indignadas se formam nos meus olhos, e meu maxilar se solta.

— Vai se foder.

Adam faz algo inesperado. Ele sorri. *Sorri*, e meu estômago se lança sem amarras numa sensação que não estou pronta para nomear.

— E eu sei que você não gosta de falar de algo que aconteceu com seus pais — continua ele. — Eu sei que alguém te machucou, e agora você só prefere não ter sentimentos. Quando alguém se aproxima sem sua permissão, você o afasta, acaba com a história. Você gosta de estar no controle. E eu te faço sentir um trem desgovernado.

Uma única lágrima me trai e escorre pela minha bochecha.

— Eu não gosto disso.

Ele seca a umidade, da mesma forma que traçou as marcas que o travesseiro deixou no meu rosto hoje de manhã.

— Eu sei disso também.

Mesmo com o ardor no meu nariz, com os olhos turvos, vejo como o rosto dele está suave. Agora, e sempre que me olha. Ele sabe exatamente onde coloquei meus limites, quais são seguros de cruzar e quais não valem a pena.

É tudo demais.

Fico de pé num salto. Acabei de lembrar que a caixa de leite aberta vence no dia seguinte, e Lovie odeia desperdiçar dinheiro mais do que odeia minhas pernas. Vou lá tomar um copo, ou quatro.

Tento ignorar a parte do meu cérebro que me diz que Adam está me seguindo, mas ela não escuta. Eu sei que vem logo atrás de mim, como sempre. Está perto o bastante para estender a mão por cima do meu ombro e abrir o armário para mim.

Pego um copo e faço o caminho mais longo até a geladeira para não me esfregar nele. *Você não é uma gata no cio, Elle.*

Puxo o leite.

— Pode ir agora — falo.

— Estou esperando você perceber que não quer que eu vá.

A caixa cai da minha mão, jorrando leite branquíssimo nas nossas meias e no chão.

Não.

Não, não, não.

Bagunças pioram tudo.

Eu sou uma bagunça. Eu sou *a* bagunça.

Puxando o pano de prato do fogão, me ajoelho numa tentativa de absorver o líquido que continua derramando da caixa de leite. Estava mais cheia do que eu lembrava. A emoção preenche a base da minha garganta. Não quero perder o controle agora, cercada por uma bagunça que eu mesma criei.

Mas o leite continua entornando, derramando, jorrando da caixa.

— Estava quase vazia — sussurro, sem confiar em mim mesma para falar mais alto.

Adam pigarreia e se agacha ao meu lado, mergulhando os joelhos direto na poça.

— Eu terminei aquela caixa ontem. Esta era a nova.

Eu acabei de desperdiçar uma caixa de leite novinha, e agora esse é o motivo de eu estar chorando. Não consigo nem apreciar o clichê se tornando realidade.

Essa é a gota d'água para mim, e lágrimas de raiva escorrem pelas minhas bochechas já em chamas.

— É só leite. Nem sei por que estou chorando. — Soluço de novo, mais alto e mais forte, e isso me tira tanta energia que caio de bunda, com as pernas soltas ao lado do corpo. — É só *leite*.

Ele arranca o pano ensopado das minhas garras e joga de lado.

— Não é só leite, Elle.

E, quando ele fala, acredito.

Isto é mais do que desperdiçar laticínio fresco.

É *tudo*.

Minha frustração com Lovie, como não consigo me defender dela porque não vai fazer nenhuma diferença. *Eu* não sinto que estou fazendo diferença aqui. Ver Liss e Dakota hoje de manhã me fez perceber o quanto estou perdendo da minha vida normal, e não ter uma data de término para esta situação temporária faz com que pareça bem mais permanente. Adam talvez viva disso, mas eu, não.

Culpa, por concordar em embarcar neste projeto e passar a me ressentir dele. Eu amava minha vida em Chicago. Estar a uma caminhada de distância de cafés, pedir para minha depiladora me encaixar cinco minutinhos antes de fechar. Ter meus amigos a um trajeto de metrô em vez de duas horas e cento e sessenta quilômetros.

Pelo quanto é errado chamar minha avó de "projeto", para começo de conversa. Ela não é um projeto, mas comecei a vê-la assim. *Vamos ver se consigo espremer mais um episódio desta coisa dolorosa que ela disse hoje. Se não consigo fazer com que Lovie se lembre de mim, no mínimo posso arrancar alguns milhares de downloads, né?*

A cada pensamento, minhas lágrimas ficam mais pesadas. Deslizam pelo nariz e queixo, caindo na bagunça do leite embaixo de mim. Apoio as mãos no chão, cravando as unhas no linóleo até ter certeza de que estou deixando marcas nele. Meu peito chia, e não consigo puxar oxigênio. O tempo todo, Adam está aqui. Comigo.

Adam, que se parece com meu avô, que passou por todas as minhas barreiras. Que não está fugindo.

— Você está surtando aí dentro. — Adam toca com o indicador na minha têmpora, depois passa o polegar embaixo do meu olho. — Pensa em voz alta comigo.

— Isto é loucura. Está tudo errado. Não estou agindo racionalmente. Não tenho como estar — ofego em busca de ar e descanso a bochecha na mão dele — *pensando* racionalmente. Não sei o que nós somos, mas parecemos meus avós. E não sei o que isso significa. Você disse que me conhece, mas… eu não sei quem sou se a Lovie não me reconhecer.

Minha voz falha de novo, mas Adam continua aqui. Comigo.

Embora eu ainda esteja soluçando, ele me ajeita numa posição mais confortável, acomodando minha bunda no espaço entre as pernas dele e colocando minha cabeça embaixo do queixo. Esfrega minhas costas para cima e para baixo. O gesto realinha tudo em mim que está fora do eixo.

— Eu quero conhecer essas partes suas, Elle — murmura ele. — As bagunçadas e as malucas. Não estou pedindo a eternidade. Não estou pedindo nem a semana que vem. Só estou pedindo pelo agora. Mas, se for demais, tudo bem também. Só quero o que você estiver disposta a dar, mesmo que não seja nada.

Com um único comentário, ele martelou meu coração, já rachado e se despedaçando. Em seu lugar, tem algo tenro. Mais frágil. Não sei se é uma coisa boa me sentir assim, mas é como sinto.

— Mas e aí? Eu só te conto exatamente o que estiver pensando? — Esfrego o nariz no meu ombro e deixo uma mancha brilhante de catarro. Sou o ápice da atração. — E você…

— Eu te conto o que penso sobre o que você estiver pensando.

Ele me dá uma piscadela preguiçosa enquanto fica de pé e me oferece a mão.

Cambaleio atrás dele.

— Você faz parecer tão simples.

Movo o pé, mas pouso num pouco de leite que sobrou e escorrego. Adam me estabiliza de novo.

O tempo todo, ele me estabiliza.

É maravilhoso e aterrorizante perceber que outra pessoa pode ajudar a nos mantermos de pé. Pela primeira vez, me pergunto se de repente não preciso fazer tudo sozinha.

— Vem. — Ele aponta com a cabeça para o armário da lavanderia. — Vamos jogar suas meias junto com minhas roupas.

# CAPÍTULO TRINTA E UM

— Quer saber o que não é simples? — penso em voz alta, como solicitado, enquanto entramos na lavanderia. Meu acesso de lágrimas desacelerou, de um rio caudaloso para um riacho tranquilo. — Lavar roupa juntos. É um compromisso sério.

Adam dá uma risadinha. Meu coração acelera só pela intimidade do momento, a tranquilidade, por como a risada ricocheteia de volta para mim de cada canto desta despensa minúscula. A única luz vem filtrada da cozinha, acima da pia, e mesmo ela está piscando. Dá uma sensação calorosa à lavanderia.

Bem como as mãos dele, me levantando. Quando arfo, já estou em cima da secadora, com um joelho de cada lado do corpo dele. Uma lágrima nova escapa só pelo impacto.

Ele fecha a porta que dá para o corredor, mais próxima do quarto de Lovie.

Agora, estou alguns centímetros mais alta do que ele, e parece indecente. Assim como suas mãos, que deslizam pelas minhas pernas, por cima do tecido do moletom. É como se eu não estivesse vestindo nada. Os dedos indicadores dele se prendem ao topo das minhas meias e as puxam de uma vez. Meu braço se arrepia. Estou com frio e calor ao mesmo tempo.

Ele abre a tampa da máquina de lavar, e minhas meias se juntam a seja lá o que já esteja lá dentro, aí ele estende a mão para a barra de sua blusa do uniforme. E a levanta.

— Meu Deus do Céu — sussurro.

Quanto mais pele ele revela, mais arregalados ficam meus olhos, mais meu queixo despenca.

Ele termina de puxar o tecido e me entrega.

— Aqui.

Fico olhando para ele.

— O que é para eu fazer com isso?

O que é para eu fazer com qualquer coisa, pelo restante da vida, com ele parado na minha frente sem camisa?

Adam inclina a cabeça para o lado, e seu queixo fica mais projetado. Parece uma formação rochosa ou uma cordilheira. *Se olharem pela janela à direita, pessoal, vão ver o Monte Enfermeiro Adam.*

Até isso soa obsceno na minha cabeça.

— Secar seus olhos. Assoar o nariz. Qualquer coisa. Jogo na máquina depois de você terminar.

Ainda estou com a mente no Monte Enfermeiro Adam. Opera como duas partes distintas do discurso, o que aprecio. Eu poderia, na técnica, na teoria, montar o Enfermeiro Adam (verbo e complemento) *no* Monte Enfermeiro Adam (advérbio de lugar).

Pode acreditar, é mais fácil me concentrar nisso do que na questão presente. Que é que ele (nada teórico) me deu a roupa do próprio corpo para eu poder secar as lágrimas.

Não consigo converter esses pensamentos em sons que façam sentido, e Adam dá uma risadinha. Ele estende a mão, enrola o polegar com o tecido da manga e seca meu rosto com todo o cuidado. Me pergunto o que ele vê: a capitã do Expresso Desastre ou a persona forte que mostro para o resto do mundo, a Elle que curte comentários de trolls e não deixa ninguém entrar atrás da cortina.

Ele traz o tecido ao meu nariz.

— Assoa.

Volto ao Observatório da Obscenidade. O desvio foi bom enquanto durou.

Como instruído, assoo o nariz na blusa dele e, apesar de eu fazer um barulho de elefante, ele consegue segurar a risada.

— Tudo bem?

Faço que sim.

— Você tem uma tatuagem — comento.

Meus olhos são atraídos à tinta preta entre a selva de pelos do peito dele. Ele é torneado, mas não de um jeito chamativo; malhado, mas não esculpido. Pode me chamar de Cachinhos Dourados. Ele é *na medida certa*.

— Você tem alguma?

Adam joga a blusa na máquina e prende os dedos na cintura da calça do uniforme.

Faço que não.

— Mas sempre quis fazer. Só não consigo decidir o quê.

Aí ele simplesmente... desce a calça. Ele está fazendo um strip para mim? Não é a primeira vez que um cara tenta me animar ficando pelado, mas é a primeira que vai funcionar. Meus olhos não estão mais molhados, mas outras partes do meu corpo estão dando continuidade ao trabalho. Ele finge não perceber que o estou secando enquanto a calça desce pelas coxas, revelando mais pelos escuros e uma cueca boxer azul-marinho.

Um estalar de língua traz meu foco de volta ao seu rosto. Ele me dá um sorriso irônico.

— Pelo menos me leva para jantar antes.

— Claro. — Assinto com fervor. — Você curte McDonald's? Tem um a cinco minutos daqui.

Depois que a calça vai junto com a blusa (porque "é irritante se o par for separado na lavagem"), ele adiciona sabão, e fico fascinada como se nunca tivesse visto ninguém lavando roupa na vida. Ele fecha a tampa de leve, ciente da nossa proximidade de Lovie, e curto o raro silêncio.

— Mas e aí. — Ele apoia um cotovelo ao lado da minha coxa na máquina, o que o traz ainda mais para perto de mim. — Como está se sentindo? Passou?

Adam toca a lateral da minha perna com o polegar e, se foi um acidente, ele aproveita bem.

— Um pouco, talvez. — Mordo o lábio. — Como você soube que eu gosto de faxinar quando estou estressada?

Adam passa de novo a mão pela minha panturrilha.

— Nos dias que os episódios vão ao ar, a casa fica com cheiro de lavanda e limão. Toalhas novas no banheiro. Você só responde aos comentários no fim da noite, depois que os pisos foram varridos e o banheiro, esfregado. Mas as coisas da Lovie, as *minhas* coisas, ficam exatamente onde deixamos. — Ele sorri, chegando mais perto com um ar travesso. — E, além disso, você já comentou isso num post antigo do Instagram.

Solto uma risada rouca e me inclino para ele, para sua mão, que agora está no meu joelho, traçando aquela cicatriz por cima da calça.

— Você está admitindo que me stalkeou nas redes sociais?

Ele encosta o nariz na minha bochecha.

— E se eu tiver? O que você diria?

Agora sinto o cheiro dele mais do que quando sua blusa estava embaixo do meu nariz.

— Mantenha os amigos perto e os inimigos mais perto ainda?

Ele me surpreende ao pegar minha mão e descansá-la em cima de sua tatuagem. Sinto cócegas. O coração dele bate rápido sob minha mão.

— Eu não me sinto assim com meus inimigos, Elle.

— Assim como?

Meus olhos tremulam.

Um gemido suave flutua dos lábios dele, e Adam balança a cabeça, quase ofendido.

— Como se eu fosse enlouquecer sem estar perto deles. Sem beijar, sem tocar.

— Me beija — peço. — Me toca.

Em vez de beijar minha boca, os lábios dele pousam na articulação do meu maxilar com uma inspiração rápida — é o mesmo ponto onde, poucos dias antes, ainda havia uma marca vermelha de mão. É uma pressão leve, um beijo de borboleta. As borboletas migram para meu peito, meu estômago, enquanto deslizo o polegar sobre a tatuagem em relevo no peito dele.

Bem devagar, ele me explora com a boca. A curva do meu pescoço, o espaço atrás da minha orelha, a ponta do meu queixo e a base da minha garganta. Seus dentes arranham e sua língua se arrasta. As mãos fazem o mesmo em meus joelhos, minhas coxas, minha cintura. Achei que fosse preciso uma fricção substancial para fazer algo pegar fogo, mas, pelo jeito, toques ligeiros também funcionam.

— Adam.

O barulho que deixo escapar ao dizer seu nome não parece vir de mim. É mais profundo, suplicante e devasso. Não sei como espremi tanta emoção em tão poucas sílabas.

Os lábios dele vêm até os meus como uma onda quebrando numa rocha (não importa o preparo, o impacto vai ser forte e rápido). Ele segura meu rosto com as duas mãos e depois as fecha em minha nuca para conseguir um ângulo melhor para ir fundo. E vai mesmo. Sua língua encontra a minha em carícias persistentes e contínuas que me deixam feliz de morrer por falta de oxigênio. Para que respirar?

Puxo-o para o meio das pernas, e ele passa o braço pelas minhas costas para me levar até a ponta da secadora. Mesmo quando estou onde ele me quer, a proximidade não basta. Arfo quando ele fecha a mão no meu cabelo despenteado e bagunçado.

Meu quadril se mexe por vontade própria, procurando alívio para a pressão que a boca dele causou tão repentinamente. Estou *desesperada* por ele, por mais. Por tudo.

— Adam — digo de novo, rouca, em sua boca.

Inclino o quadril para aquela firmeza crescente.

Ele se afasta com um gemido e descansa a testa na minha.

— Posso te fazer gozar?

Consigo transformar meu guincho de excitação em uma risadinha seca.

— Eu com certeza espero que possa.

Ele captura minha boca em mais um beijo apaixonado; nem chega perto de durar tanto quanto deveria antes de ele se afastar com um último puxão do meu lábio inferior entre os dentes. Minha boca volta com um *pop*.

— Não vai ser problema. Conseguir, eu consigo. E *vou*, agora mesmo, se for o que quer.

A lista atual de coisas que quero mais do que Adam é bem curta. Não sei nem se a paz mundial está nela, o que me torna uma pessoa e feminista terrível, e mais uma dezena de outras coisas.

Sei que acabei de parar de chorar por causa do leite derramado. Sei que algumas pessoas talvez não quisessem ser tocadas num momento assim, ainda mais por alguém que as viu em seu momento mais vulnerável. É nisso que sou diferente. Adam me viu e reagiu exatamente como eu gostaria. Ele ouviu o que eu tinha a dizer, não fez com que me sentisse boba nem me mandou parar de chorar. Ele viu a mim, e não minhas feridas abertas.

Faço que sim.

— Eu quero.

O rosto dele se abre num sorriso, e Adam arranca minha calça pelas pernas. Depois vem a calcinha, e este armário não precisa estar bem iluminado para eu ver como os olhos de Adam se iluminam com o que vê. Faz mais de seis semanas desde a última depilação e, apesar de todo o meu desconforto, Adam não parece ligar nem um pouco.

— Elle — diz ele, engasgado, se ajoelhando na frente da secadora. — Obrigado.

— Pelo q...

O resto da pergunta se perde no prazer.

Ele se mexe com segurança e tanta confiança que não duvido do que falou. Adam pode e vai fazer isto. Enquanto trabalha com a boca, me acaricia com as mãos. Leva jeito para fazer com que cada toque, carícia e lambida sejam deliberados. Quando ele faz carinho na minha coxa, é intencional. *Eu vejo essa parte sua*, diz ele. *Eu vejo e quero isso.*

Jogo a cabeça para trás e bato num armário de parede, mas estou entregue demais para ligar. A única dor que sinto são singelas pontadas de prazer causadas por Adam, a linha tênue entre demais e não o bastante, conforme ele me provoca e me guia.

Ele passa minha perna em torno do ombro, e eu afundo o calcanhar nas costas dele. Minha bunda está pendurada na beirada. Um solavanco que fosse me faria cair em cima dele. Isso, sim, é que seria montar o Enfermeiro Adam.

O ciclo da máquina de lavar inicia-se do nada, e meus quadris escapam da tampa da secadora. Ele me segura, com um toque focado no lugar em que minhas coxas encontram a bunda. Faz com que esse gesto seja suave, natural. Como se desde o começo só quisesse segurar minha bunda. De caso pensado. Direto.

Adam.

Os movimentos de sua língua ganham velocidade, intensidade.

— Isso — falo, ofegante, segurando o cabelo dele com uma das mãos e a beira da secadora com a outra.

Ele não está com pressa de me soltar, apesar de segurar quase todo o meu peso. Só de pensar nisso, em como devemos estar numa visão aérea, faz minhas pernas tremerem.

— Vem cá — diz ele, rouco. — Estou te segurando.

E, como prometido, está mesmo. Ele agora me pega melhor, tem acesso a mais de mim. E usa e abusa desse privilégio da melhor maneira possível. Cada centímetro meu emana faíscas e energia, a ponto de eu estar quase convencida de que a secadora entrou em curto nas minhas costas. Um gemido alto escapa dos meus lábios, e meus olhos disparam para a porta do corredor, onde Lovie dorme entre camadas finas de *drywall*.

A risada de Adam vibra em mim, me causando dez vezes mais prazer.

— Shhh — murmura ele, dando uma leve mordidinha na minha coxa e recomeçando.

Ele redobra os esforços. Geme.

Mordo o lábio inferior com força para tentar abafar meus ruídos, a aceleração do meu coração, mas de nada adianta. Não tenho salvação. É difícil dizer quem ou o que faz os barulhos neste armário, se a vibração é da lavadora, da minha garganta ou de Adam. Mas sou eu quem murmura *isso* e *mais* e *mais forte*. E é Adam quem contribui com *bem assim* e *goza pra mim*. Talvez seja seu tom severo que me deixa tão disposta a obedecer. Não que tenha importância.

— Boa garota — incentiva ele, usando a boca toda para enunciar, de modo que não precise se afastar quando já começo a desabar.

E desabo mesmo. A queda é longa, mas leve. Adam me segura durante toda a descida, me guia por ela aliviando a pressão e desacelerando o ritmo.

Ele se afasta com beijos de despedida em meu centro, na parte interna das minhas coxas, e eu não sabia que era possível suspirar assim.

Adam põe meus pés no chão, mas só solta quando estou com os joelhos firmes. O que, admito, leva um minuto.

E por falar em longo e pesado…

— Quer que eu retribua o favor agora ou depois?

Adam segura minha calça, estendendo-a para mim como fez mais cedo. Foi mesmo hoje de manhã que Dakota e Liss apareceram aqui?

— Orgasmos não são favores. São presentes.

Fico olhando fixamente para ele, cada um de nós segurando uma perna da minha calça.

— De que planeta você é?

Ele arqueia uma sobrancelha em desafio.

— Com que homens você ficou?

— Com nenhum, pelo jeito.

Mesmo à luz fraca, agora não tem como esconder o sorriso dele.

— Me fala deles?

Ele não pode estar falando sério. Me ocupo em desvirar a calcinha e vesti-la.

— Você quer que eu te conte sobre meus exs?

— Já te disse. — Ele dá de ombros. — Quero suas partes bagunçadas também.

Meu cérebro está saciado demais para assimilar esta conversa direito. Eu deveria jogá-lo na secadora, junto com alguns cubos de gelo. Devo ter causado uma falha na Matrix em algum lugar. Talvez eu acorde amanhã e esteja em algum loop temporal tipo o *Feitiço do tempo*. Adam vai me sacudir para me acordar e dizer que Liss e Dakota estão aqui, mais uma vez me vendo sem calça. Vou ter que me lembrar de esconder o vibrador quando sair do banheiro depois do jantar.

Ou talvez não.

— Muito bem, enfermeiro Adam, quer dormir na minha cama?

# CAPÍTULO TRINTA E DOIS

Coisas que acontecem quando Adam Wheeler dorme comigo na minha cama de casal:

Discussões sobre meus ex-namorados. Risadas. Revelação de segredos.

Coisas que não acontecem quando Adam Wheeler dorme comigo:

Sexo.

Com as costas apoiadas na cabeceira e os braços dele ao redor de mim, falamos do Rockstar (nome real: Ryan), como ele usou suas conexões musicais para nos levar ao backstage do House of Blues e conseguiu ingressos gratuitos do Lollapalooza para mim e Liss. Como ela exagerou no brownie de maconha e dormiu durante o show inteiro da única banda que estava interessada em ver. Como encontrei o Rockstar na cama com a empresária dele, a mulher com quem ele jurou de pés juntos ter uma relação "estritamente profissional". Como, na saída, joguei meu café no corpo da guitarra favorita dele.

Adam precisa secar lágrimas de risada enquanto conto sobre meus casos da faculdade. Chamo de "Garotos J": Josh, Jeff, Jackson e Jermaine. Eram da mesma fraternidade, tinham um fraco para beber cerveja de um funil e se atrasavam mais que eu. Se eu ganhasse cem dólares a cada vez que ouvi "Não está dando certo, mas acho que você iria curtir meu amigo", talvez não tivesse precisado colocar a famigerada viagem a Aruba no cartão de crédito de Lovie. Conto para Adam a respeito disso também.

Descanso o queixo no peito dele, bem em cima da tatuagem.

— No espírito da sinceridade — digo, com um suspiro —, eu provavelmente também deveria te contar do Grady.

Adam congela a mão nas minhas costas.

— Já odeio ele.

— Você nem *conhece* ele.

Adam analisa meu rosto.

— Dá pra saber o que achar de alguém com base em como você diz o nome da pessoa.

E aí conto a ele coisas que nunca revelei para ninguém, nem mesmo Liss ou Dakota. Quando estava com Grady, só me sentia eu mesma estando fisicamente *com* ele. Eu checava o celular quatro vezes em um minuto para ver se ele tinha mandado mensagem. Se eu não atendia uma ligação, ele não ficava feliz. Às vezes, eu olhava o celular dele, como sabia que ele fazia com o meu.

Minha voz começa a arranhar na garganta, e engulo em seco algumas vezes antes de continuar. Adam me segura de modo que minhas costas se apoiem no peito dele, como se sentindo que preciso de apoio físico, além de emocional. Nunca cheguei a colocar de volta a calça, mas ele não parece se importar. Só fica me segurando, as pernas em torno das minhas, enquanto desenha formas e letras com a ponta dos dedos na pele da minha coxa.

A segurança do abraço destrava lembranças mais profundas e, antes de questionar, conto:

— Um dia — sussurro para ele sob a luz fraca do abajur —, eu precisei ligar para Lovie por algum motivo e tive que rolar a tela alguns meses para encontrá-la nas últimas chamadas. Eu me sentei no chão da nossa cozinha e contei: Grady e eu tínhamos nos ligado trinta e cinco vezes num dia. A gente *morava* junto. Eu o tinha visto naquela manhã — digo, e Adam beija meu cabelo uma, duas vezes e, de novo, deixa os lábios ali. — Foi nessa manhã que a Lovie caiu. Rachou a cabeça. Enquanto eu estava ocupada me preocupando se meu parceiro era ou não o amor da minha vida, minha avó levava pontos, fazia ressonâncias, recebia um diagnóstico que mudaria a vida dela. Eu devia ter estado junto.

Os batimentos cardíacos de Adam são um metrônomo encostado na minha bochecha, marcando o ritmo com precisão.

— Você estar aqui presente não teria impedido Lovie de ter Alzheimer. — Ele recua, buscando algo nos meus olhos. — Me diz que você sabe disso.

Dou de ombros, mordendo o lábio.

— Eu sei disso num contexto intelectual. Mas... meu cérebro uniu as duas coisas. O diagnóstico da Lovie, a briga com Grady. Foi a única vez na minha vida em que não corri quando deveria, e olha o que aconteceu. — Levanto de novo o ombro. — Eu tinha uma pessoa e perdi a outra.

— A Lovie não te abandonou, Elle.

Pisco para afastar as lágrimas, sem confiar em mim mesma para falar. Ele preenche as lacunas, e o canto de sua boca desce, numa expressão confusa.

— Então você deixou o Grady antes de ele poder fazer isso — percebe ele.

— A gente já estava terminando mesmo.

Resolvemos a logística. Ele pôde ficar com o apartamento, porque era perto do escritório em que trabalhava; eu fiz a mala e peguei o metrô para a casa da Liss, do outro lado da cidade, às quatro da manhã. Eu era a garota de todos os meus episódios, com malas de lona no piso grudento do metrô e rastros de lágrimas nas bochechas.

Nas semanas que se seguiram, mergulhei em ajudar Lovie a preparar-se para a fase seguinte de sua vida. Só para descobrir que ela tinha feito o trabalho mais difícil, escolhendo Angie e a AngelCare. Lidando com a papelada. Não tinha mais nada para eu fazer exceto sentir, exceto *sofrer*.

— Acho que foi nessa época que comecei a me empenhar mais no *Elle na L*. A vir menos para casa. — A vergonha queima como uma bandeira viva nas minhas bochechas. — E, enquanto isso, a Lovie se distanciava cada vez mais. E o Grady estava pouco se fodendo para consertar as coisas.

Bocejo, e Adam começa a nos escorregar pelo colchão e pôr minha cabeça no travesseiro. Quando foi a última vez que fiquei acordada até tão tarde com um homem, só conversando?

— Eu não conheço o Grady — diz Adam, os lábios encostados no meu cabelo. — Mas eu conheço você e estou sendo bem sincero quando digo que o problema não é você, é ele. Ele devia ter lutado por você. Lutado *com* você, do seu lado.

Dou uma risadinha, e a fadiga faz parecer que raspei a risada numa lixa.

— Você está só puxando meu saco para ver se eu chupo o seu.

Uma sobrancelha dele se levanta devagar.

— Vai dormir, Elle.

— Nem vem. — Bocejo de novo, mas me enrolo mais no colchão e ao lado de Adam. — Agora é sua vez. Me conta de todas as suas exs tóxicas e histórias constrangedoras da escola.

— Não tenho nenhuma.

— Fala sério.

— Eu *estou* falando sério. Só fui perder a virgindade com 19 ou 20 anos.

O ciúme me faz soltar um grunhido bem-humorado, que sai todo distorcido por conta das emoções da nossa conversa de momentos antes.

— Ei. A gente já falou disso.

Ele dá uma risadinha.

— Tá bom, desculpa. Só perdi a construção social da minha virgindade com 19 ou 20 anos.

— Qual era o nome dela?

— Jenny — responde ele após um segundo. Procuro no tom de voz, na expressão dele, o que sente em relação a ela, depois de tanto tempo. — A gente se conheceu na faculdade de enfermagem. Estudamos juntos. Esse tipo de coisa.

— Você amava ela?

Prendo a respiração. O tempo todo, ele mantém as mãos no meu corpo. Me nego a considerar isso como uma resposta em si.

— Como pessoa, claro. Ela era gentil e engraçada. Como parceira, não tinha como a gente dar certo. Eu estava sempre focado na faculdade, depois sustentando a Ruth. Ela queria mais do que eu era capaz de dar na época.

— Parece tão… maduro. — Enrugo o nariz.

Ele sorri, arqueando uma das sobrancelhas.

— Você fala como se fosse ruim.

— Você queria ter ficado com ela para sempre?

Estou andando numa corda bamba aqui. Não consigo parar.

Adam dá de ombros.

— Eu aceito ter ficado com ela só por aquele momento. No sentido de que às vezes, por um tempo, duas pessoas são certas uma para a outra no momento certo. O que tivemos não é menos real só porque terminou. — Seus olhos analisam meu rosto. — Também não significa que *isto*... só porque alguma coisa *não* tem um nome... *caralho*, o que eu estou falando?

Mordo a parte interna da bochecha, com o estômago se revirando, esperando, *esperando*.

— Isso não...

Deixo-o ficar em silêncio, encontrar as próprias palavras. Ele é tão bom nisso comigo; talvez seja hora de eu aprender a replicar com os outros.

Com o polegar, Adam acaricia meu quadril e a dobra da minha perna.

— Esse tipo de coisa... não é algo que eu costume fazer.

Quero perguntar o que é *esse tipo de coisa* para ele, mas aí teria que pensar no que significa para mim.

— Como você entrou na enfermagem? — pergunto em vez disso, embora meu coração esteja batendo tão alto nos meus ouvidos que tenho receio de não escutar a resposta.

— É meio sem graça.

— Ajudar pessoas não é sem graça — argumento.

Um beijinho, bem nas palavras no coração dele.

Ele se ajusta, me puxando mais para cima. Braços em torno da minha cintura. Uma das mãos aberta na minha bunda. É minha nova forma favorita de ele me tocar.

— Foi numa feira de profissões do oitavo ano. Chamaram um monte de profissionais de carreiras diferentes para dar palestras sobre como era trabalhar naquela área.

A saliência das bochechas dele fica rosada.

Eu as cutuco.

— Você está ficando vermelho. É tão vergonhoso assim?

— Hum… — Ele engole. — Eu só gostei muito da ideia de usar uma roupa que parece pijama todo dia.

Explodo em gargalhada. Embaixo de mim, Adam ri também, e evoluímos para ofegos, o ranger e o chacoalhar da estrutura da cama preenchendo o silêncio enquanto tentamos nos conter e ficar quietos. Não consigo respirar. A alegria escorrega pelas bochechas dele, esticando os tendões do pescoço. O sorriso aberto em seu rosto se estende por quilômetros.

Ele some aos poucos, nossos olhos presos enquanto o momento muda como areia movediça, descontraído num segundo e crucial no outro.

— Se é isso que eu tenho que contar para você rir assim… — Seu pomo de adão sobe e desce, e os olhos escurecem. — Eu te conto o que quiser saber.

— Me conta um segredo — cochicho.

Ele é mais rápido do que imagino que será, para alguém com uma vida tão "sem graça".

— Lembra aquele dia que voltei mais cedo do trabalho e todos os detectores de fumaça estavam disparados?

Faço que sim no peito dele, segurando um bocejo. Não quero que o dia de hoje termine. Quero gravar essa conversa e tocá-la mais vezes, como faço com a maioria dos meus episódios favoritos de *Elle na L*.

— Eu paguei cem paus para um cara cobrir as últimas duas horas do meu turno depois que tentei colocar um acesso três vezes e não consegui. Só conseguia pensar em te beijar.

As palavras dele abrem a porta de uma nova câmara do meu coração, e todo o sangue extra corre para meu rosto.

— *Adam*.

Acho que ele vai me virar, beijar meu corpo de cima a baixo. Me desfazer outra vez, me dar uma chance de causar o mesmo nele. É o próximo passo lógico. Seus olhos procuram algo em meu rosto, embora eu não saiba o que mais poderia estar escondido.

Em vez disso, ele se inclina, desliga o abajur e coloca o celular na tomada. Não olho o meu há horas. Não sei nem onde está.

— Já chega por uma noite. Temos um dia cheio amanhã.

— Não — protesto, com menos força do que antes. Meus olhos se recusam a abrir. — Quero conversar. Me conta todos os jeitos que você me olha quando não estou vendo.

— Se você já sabe — diz ele —, por que preciso te contar?

Agora é minha vez de dizer algo malicioso, continuar o flerte até Adam não ter escolha a não ser me foder até perdermos os sentidos.

Mas, quando ele puxa as cobertas, perco logo a luta. Me aconchego na lateral do corpo dele, porque o tamanho da cama exige.

Já estou sonhando quando Adam diz boa-noite. Só que, quando ele fala, soa como:

— Vai dormir, amor.

## Não me esqueça
### Transcrição, episódio 04

*Oi, pessoal. Aqui é a Elle, do* Elle na L... *duvido você falar isso rápido cinco vezes... com mais um episódio de* Não me esqueça. *Este podcast é sobre a vida com Alzheimer, da perspectiva de uma cuidadora.*

*Antes de mergulharmos no episódio de hoje, estou muito animada para anunciar que os ouvintes escolheram duas instituições para receber doações. Como acredito em transparência, os extratos financeiros e a documentação constarão no meu site, e você sempre pode deixar perguntas nas minhas redes sociais ou na plataforma pela qual está escutando.*

*A Associação de Alzheimer, baseada em Chicago, é a principal organização do país para pesquisa, diagnóstico precoce e redes de apoio. Eles têm uma linha direta vinte e quatro horas fantástica, planejamento financeiro e legal para cuidadores, e até recursos especiais dedicados à comunidade LGBTQIAPN+. Eu mesma já acessei o site deles dezenas de vezes para me ajudar a ir na direção certa.*

*Também vamos apoiar a AngelCare, organização de cuidados que assiste nossa própria Lovie. Se a Associação de Alzheimer é a rede de apoio, a AngelCare é a mão na massa. Cada pessoa que conheci de lá tem a maior compaixão e respeito, tanto pelos pacientes quanto por seus entes queridos. Eles veem a pessoa, não a doença. E, falando como alguém que está lidando com a doença todo dia, talvez essa seja a parte mais importante.*

*Muito bem. Agora, ao episódio. Tenho uma lista extensa desses passos financeiros e logísticos a serem tomados no início de um diagnóstico. O que eu fiz errado. O que fiz certo. O tempo absurdamente longo que leva pra uma mudança no convênio ser aprovada. Sabe como é. O de sempre. [risos]*

# CAPÍTULO TRINTA E TRÊS

Estou no meio do mesmo mundo estranho e congelado da noite anterior. Tudo mergulhado em gelo. Lovie no jardim. Alguém chamando meu nome.

— Elle, amor, por favor, acorda.

Ah, não. *Foi* tudo um sonho. Liss e Dakota. O beijo no corredor… e depois outros mais. *Doppelgängers*. Lavanderias. Bagagem emocional sendo descarregada até eu ficar leve e cair no melhor sono que tive em anos.

Enfio a cabeça embaixo do travesseiro.

— Não.

— Nós vamos fazer um passeio hoje.

Algo quente roça minha lombar, e, se eu achasse que era possível me mexer, arquearia com o toque.

Aí, as palavras dele passam a fazer sentido.

Tiro a cabeça do travesseiro.

— Sério?

O olhar sonolento de Adam encontra o meu. Ele está deitado de lado, apoiado no cotovelo enquanto me estuda. Com base na luz lá fora, ainda nem deve ter amanhecido.

— Sério. — Ele tira uma mecha de cabelo do meu rosto. — Você demora muito para escovar isso?

Sua voz ainda está rouca de sono, como se demorasse um pouco mais do que o resto dele para acordar.

Descanso a bochecha no travesseiro, colecionando essa parte dele como fiz com todas as outras. Guardando-a para mantê-la em segurança.

— Normalmente não. A tinta deixa um pouco mais difícil de manejar, mas eu fiz hidratação ontem à noite.

Ele brinca com algumas das pontas, passa-as pelo meu pescoço, quase fazendo cócegas.

— Qual é a cor natural do seu cabelo?

— Castanho.

Alguns tons mais claro que o dele.

Ele faz um murmúrio.

— Que nem seus olhos. Bem quentes.

Engraçado. Acho a mesma coisa dele.

Esses mesmos olhos tremulam quando ele passa a mão por toda a minha coluna. Estremeço.

— Está com frio? — pergunta Adam, e estou gostando tanto desta manhã preguiçosa que nem me dou ao trabalho de responder. Por fim, sua mão encontra meu quadril e me puxa para si. Logo em seguida vem o cobertor. Nossas pernas se emaranham antes dos pés. Minha cabeça descansa em seu peito. — Você não ficaria com tanto frio se dormisse de meia.

— Eu não sou psicopata — falo. Me afundo nele, e os braços ao meu redor se apertam automaticamente, compensando a distância. — Você é, tipo, tão confortável. — A risada suave dele vibra embaixo da minha bochecha. — Podemos só ficar deitados aqui um pouquinho?

— Claro. — Adam desliza a mão para baixo da minha blusa, abrindo a mão nas minhas costas. — Mas você não pode voltar a dormir. Acho que não vou conseguir te acordar, e temos mesmo planos para hoje.

— Continua falando, então.

Talvez eu ainda assim acabe dormindo, mas ele não pode me julgar por algo que não sabe.

Ele fica quieto por muito tempo, e a sonolência começa a me levar antes de ele falar de novo.

— Um lápis de pizza — diz ele — é algo que se compra na feira do livro do ensino fundamental, ou talvez na biblioteca pública.

Ainda estou tão sonolenta que levo um minuto para me lembrar do que ele está falando. Do Halloween. A única vez que ele terminou com uma garota.

— Numa daquelas máquinas que dão uma bola de chiclete em troca de uma moeda. Bijuteria, tatuagem temporária. Nossa biblioteca tinha uma de lápis com tema de comida. Vinham com uma borracha gigante em formato de comida também. — Adam solta uma risada baixinha. — Então, naturalmente, eu queria o de pizza.

— Naturalmente — concordo.

— Levei quase dois meses para conseguir, só usando moedas achadas na rua ou no sofá. Então, imagina minha surpresa quando, depois que o meu sumiu, minha namorada do jardim de infância apareceu no dia seguinte na aula de alfabetização com esse mesmíssimo lápis.

Solto um resmungo, embora deixe transparecer mais riso do que gostaria.

— Claro que você terminou. Eu teria terminado com a cara *dela* no chão.

— Ela teria morrido de medo de você.

— A maioria das pessoas tem. — Paro para pensar em algo e pergunto: — A pizza tinha uma carinha sorrindo?

— Óbvio. — Ele beija minha testa, aí balança a cabeça numa expiração. — O troço mais bonitinho que eu já vi.

Quando acordo de novo, Adam *está* me sacudindo com força. Já está vestido e, para a minha surpresa, não é um uniforme. Fico um pouco decepcionada. Era para ser o bordô hoje. Em vez disso, ele está de calça jeans, acho que pela primeira vez desde que nos conhecemos, e uma camiseta de manga comprida gasta. Admiro a bunda dele no jeans. Deus abençoe a América, e também os jeans da Levi's.

— Aonde a gente vai? — pergunto em meio a um bocejo. Agora já está claro lá fora. — Você disse que era um passeio?

Adam faz que sim e passa a mão pelo meu cabelo desgrenhado.

— Aonde você quiser ir. Temos o dia todo livre.

Parece incrível. Sem planos. Sem obrigações. Sem Lovie.

Meu coração dispara.

— Ah, meu Deus, e a Lovie? Ela está acordada? Já tomou os remédios? — Passo por Adam, pronta para escancarar a porta do quarto e correr até ela. — Ela precisa de ajuda com o...

— Ela está bem — tranquiliza Adam, me pegando pelo pulso antes de eu segurar a maçaneta. — A Angie está aqui.

— Mas... a *Angie*? — Meus olhos cansados ficam do tamanho de pires. — Por quê? — Ofego, baixando a voz: — Você acha que ela sabe?

O meio sorriso de Adam é muito sexy.

— Sabe que nós dormimos juntos? Eu diria que não.

Ponho a mão na frente da boca dele.

— Primeiro — sibilo —, nós não dormimos juntos. Você não deixou. — Faço questão de revirar os olhos. Ele beija a palma da minha mão. — Segundo, não a subestime. Ela é muito observadora.

Ele pega minha mão e entrelaça nossos dedos.

— Eu acho que — diz ele, devagar —, quanto mais ficarmos aqui cochichando um com o outro, mais provável é que ela faça alguma interpretação equivocada.

Isso me faz sair do transe. Adam some para me dar privacidade, mas é desnecessário. Estou paralisada, encarando a profundeza da minha cômoda abarrotada. Não tenho ideia do que vestir. Jeans, provavelmente, certo? Adam está de jeans. Mas por outro lado estamos em novembro. Preciso pensar estrategicamente, não importa o quanto queira ser ousada.

Quinze minutos depois, tendo decidido por uma camiseta de banda soltinha e jeans skinny escuro (errei na hora de colocar a perna, caí, foi toda uma cena), vou para o banheiro. Prendo o cabelo, passo rímel e escovo bem os dentes (e raspo as pernas na pia).

Só posso torcer para Adam ser tão bom quanto Liss em interpretar minhas ondas cerebrais. *Não encosta em mim*, imploro mentalmente. *Não sorria para mim daquele seu jeito nem* ouse *olhar para a lavanderia.*

Angie Brockman está na bancada da cozinha, vendo o café pingar na cafeteira. Em meio aos eletrodomésticos marrons sem graça, sua pele marrom-dourada brilha.

— Elle! — diz, alegre, contornando a ilha e me puxando num abraço forte.

O corpo dela é macio em todos os lugares certos, o que torna o abraço *muito* confortável. Ela abraça que nem *mãe*. Faz bastante tempo que não recebo um abraço de mãe. Ela me segura mais forte, como se soubesse que preciso disso no momento.

— Quanto tempo. — Ela se afasta e descansa as mãos nos meus ombros. — Como você está? Está com uma cara ótima.

— Tem sido… Estamos nos ajustando — respondo. — Você sabe como é.

Ela arqueia uma sobrancelha escura, desenhada à perfeição.

— Como *ela* é, quer dizer.

— Isso também.

Sorrio. Entendo por que Lovie a escolheu. Angie escuta todas a minhas preocupações sem interromper. Ela me ouve quando falo que algo não está funcionando nos remédios ou no tratamento. E sempre foi sincera comigo acerca do que esperar em termos de cronograma. Quanto tempo ainda tenho. Todo esse caos com o convênio.

Quebro o contato visual ao lembrar que, neste momento, estou ativamente escondendo algo dela. Alguém.

Esse alguém se apoia no arco da porta. Não me permito olhar para ele, embora seja tudo o que quero.

— O que você veio fazer aqui? — pergunto a ela.

Sento-me no meu lugar à mesa. Mentir acaba com meus joelhos.

O olhar de Angie lampeja.

— O Adam pediu alguém para cobrir o turno dele hoje. Foi muito educado ao lembrar que nenhum de vocês teve um dia inteiro de folga em quase dois meses.

Não é nem de longe verdade. Adam me dá mais dias de folga do que eu mereço e vai visitar a irmã e as meninas quando consegue, em geral depois dos turnos de domingo, ou se Lovie dorme até mais tarde. Estou abrindo a boca para refutar quando ela continua:

— E, além do mais, vai ser bom eu ver com meus próprios olhos como a Lovie tem progredido. Adam, seus relatórios são impecáveis, claro, mas é sempre bom ver em primeira mão. Quero fazer o possível para a transição ser tranquila. — Ela coloca café numa caneca e baixa o queixo. É sua cara profissional. — Odeio ter que dizer isso…

— Não odeia, não — interrompo.

Ela sorri.

— … mas sou obrigada. Você não precisa ir para casa, mas não pode ficar aqui. Só dê uma saidinha por algumas horas, metade do dia.

Eu adoraria dizer que não quero ver vocês até a hora do jantar, mas conheço os dois muito bem.

Ela pega o leite da geladeira, franzindo a testa ao chacoalhar a caixa quase vazia. Me esforço para não corar.

— Aposto que a Elle tem umas recomendações ótimas de café da manhã, Adam. Ela cresceu nesta cidade, sabia? Nesta casa.

— É mesmo? — responde Adam.

Não preciso olhar para ele para saber como está presunçoso... a voz já deixa bem claro.

Ela aponta a janela com a cabeça.

— O menino que levou a Elle para o baile de formatura a buscou naquela varanda.

Eu me arrependo de ter contado isso para ela.

Adam já nem mais tenta esconder o sorrisinho.

— Foi, é. — O fim da frase não convence como pergunta.

Ela faz que sim.

— Aonde é que vocês iam para comer, Elle? Talvez você possa levar o Adam lá, mostrar um pouco a cidade para ele.

— Angie. — Fecho os olhos. — Não tem a mínima chance de eu levar o Adam no Dogão do Eddy.

Nem é preciso dizer que naquele encontro não rolou mão *nenhuma*. Ele foi eliminado rapidinho.

— Na verdade, parece ótimo — oferece Adam, trocando um sorriso cúmplice com Angie.

Quero bater a cabeça na mesa até ter uma concussão. Começar este loop temporal todo de novo. Só que aí nem vou sair da cama. Toma essa, universo.

Mas ela não vai desistir e, mesmo que eu tenha que levar Adam ao Dogão do Eddy, ela vai dar um jeito de expulsar a gente desta casa.

Quando não tenho mais para onde ir, onde quero estar? Mais importante, que lugares da minha vida quero que Adam também conheça? Mostrei para ele tantas partes minhas na noite passada que ainda estou em carne viva de tanta exposição. Então, onde me sinto mais segura?

— Eu conheço um lugar.

# CAPÍTULO TRINTA E QUATRO

— Para onde? — pergunta Adam.

Nós dois estamos ansiosos, então, depois que o para-brisa degela até um nível administrável, ele dá ré até a rua. Para se proteger do frio, veste um casaco de inverno pesado com o colarinho levantado. Todas as aberturas de ventilação, soprando ar quente, estão apontadas para mim.

— Posso direcionar você para a interestadual, enfermeiro Adam? Afinal, você disse que isto aqui era um passeio.

Ele sorri, e a luz matinal se reflete em seus dentes.

— Quer ouvir música?

Quando faço que sim, Adam liga o rádio e conecta o celular com um cabo. "Sparks", do Coldplay, começa a sair pelos alto-falantes.

— Essa música é deprimente — resmungo, pulando para a próxima.

Que, no fim das contas, é "Wisconsin", de Bon Iver.

É uma música tão rara, tão inesperada — e ao mesmo tempo nem um pouco —, que uma risada escapa dos meus lábios antes que eu consiga segurá-la.

Ele franze as sobrancelhas e tenta mexer no botão.

— Não, não. — Seguro a mão dele. — Eu amo essa música.

Entrelaço os dedos nos dele.

O momento, como tantos outros entre nós, se estende. Ele está quente, apesar do frio intenso que faz lá fora e no restante do carro. Olho-o de perfil, tentando coletar o máximo de detalhes, anotando mentalmente os que não consigo. Como ele era quando mais jovem; se tem alguma cicatriz como a minha do joelho.

Ele lambe o lábio inferior enquanto me olha. Quando volta a observar a estrada, precisa girar o volante para corrigir a direção.

Mesmo assim, não me solta. Apenas apoia nossas mãos unidas na minha perna.

— Eu gosto das coisas pesadas.

— Dá para perceber — digo, enquanto a voz assombrosa de Justin Vernon preenche o carro. — Como você conseguiu essa música? Não dá para ouvir em streamings.

Adam fica envergonhado, um rubor subindo pela mandíbula.

— Eu copiei de um CD. É a melhor música deles. Merece ser ouvida com frequência e por qualquer um que tenha ouvidos. Minha tatuagem é uma parte dessa letra.

Nesse momento, me apaixono um pouquinho por ele. Só um tropeço, como quando se está quase dormindo e de repente sente que pisou em falso numa escada. O suficiente para sacudir o coração, mas não para nos fazer questionar tudo. Nenhum dano duradouro.

— O que está escrito?

— Isso.

Ele acena com a cabeça na direção do painel, e o silêncio se instala enquanto ouvimos a música. Ele acompanha a música cantando baixo, desafinado e rouco. Adam tem uma tatuagem do Bon Iver sobre amor no coração, e o meu dói só de pensar nisso.

Algo está me deixando ofegante. Deve ser o frio.

— Que lindo. O que significa para você?

Ao chegarmos a um semáforo, ele estuda nossas mãos. Não tive tempo de procurar luvas, então meus dedos estão frios e avermelhados. Ele se move com cuidado, encaixando meus dedos na palma da sua mão e os envolvendo com a dele.

— Significa que, por mais que o amor possa bagunçar a vida, ele em si basta. Todos os tipos de amor: platônico, familiar, romântico. O amor pode deixar muitas feridas, mas também pode curar. — Ele me olha por cima do console central. Para meus lábios. — Se a gente permitir.

Piso em falso em outro degrau.

— E você permite?

Quando retomamos o trajeto pelas ruas lentas e pacatas da minha cidade natal, Adam traça a dobra do meu pulso com o polegar, os nós dos dedos vermelhos.

— Gostaria de permitir com mais frequência. Acho que você, mais do que a maioria das pessoas, sabe o que significa se envolver em obrigações com os outros e esquecer aquelas que temos com nós mesmos.

Ele está falando da Lovie. De todos os detalhes que revelei na noite passada. Meu ressentimento crescente por uma situação que não tenho como mudar, mas da qual quero desesperadamente sair.

Mas ele disse *nós*.

— Com quem você tem obrigações? — pergunto, com delicadeza.

A música se transformou em ruído de fundo. Em vez disso, me concentro na respiração de Adam, seus dedos criando atrito com os meus enquanto ele me aquece no ar frio de novembro. A estrada treme embaixo de nós, e eu odeio isso, mas fico mais tranquila quanto mais nos aproximamos da rodovia.

— Às vezes… às vezes eu queria que minha irmã fosse mais autossuficiente. — Ele bufa um pouco, revirando os olhos avermelhados. — Meu Deus, como eu me sinto culpado por dizer isso. Eu *amo* minha irmã.

— É claro que ama, Adam, mas amor e obrigação não se excluem mutuamente. Você pode sentir os dois juntos, a qualquer momento. Eu amo a Lovie, mas mesmo assim quero esganá-la seis dias por semana.

Adam ri, flexionando a mão no volante. Meu rosto fica vermelho quando me lembro de como aquela mão mergulhou entre minhas pernas na frente do banheiro. Agarrou minhas coxas enquanto ele explorava meu lugar mais íntimo usando a boca.

— Acho que às vezes tenho medo de que a Ruth esteja ficando dependente da minha ajuda — desabafa ele. — Que, se eu continuar oferecendo, ela vai continuar aceitando e nunca mais vai ver a necessidade de fazer algo diferente.

— *Você* quer que as coisas sejam diferentes?

O sorriso que Adam abre é quase triste.

— Não acho que a situação seja sustentável a longo prazo, digamos assim.

— E a curto prazo? — pergunto. — Talvez você possa tomar medidas para estabelecer limites mais saudáveis, uma coisa de cada vez.

— É que… — O peito de Adam desaba com um suspiro profundo. — Eu podia fazer isso, acho. Não sei o que me incomoda tanto nessa situação.

Troco nossas mãos, segurando a dele com a direita e apoiando a esquerda em sua nuca.

— Posso te dar minha opinião, mesmo que você não tenha pedido?

Ele me dá uma piscadela. Se aninha na minha mão.

— Era o que eu esperava.

Considero tudo o que ele me disse e algumas coisas que ficaram não ditas.

— Acho que você é introvertido e passa tanto tempo *ligado* que nunca consegue se *desligar*. Todo o seu tempo livre é dedicado ao trabalho… e, tipo, chega a irritar… ou a cuidar da sua família. O que você tem para si? O tempo do Adam.

Ele olha na minha direção.

— Eu tenho coisas só para mim.

Uso a mão em seu pescoço para virar a cabeça dele de volta para a estrada.

— Que bom. Então, protege o tempo delas. Para começar, você poderia informar à Ruth seu horário de trabalho. De repente fazer um calendário compartilhado para ela não ter que ficar perguntando se você está livre? E bloquear os dias em que estiver esgotado.

— Parece… — ele se mexe no banco do motorista — … sensato.

Abro um sorrisão.

— Eu sou a rainha da sensatez. E ela também pode acrescentar os eventos das meninas. Assim, você vai saber com antecedência quais dias vão ser ocupados com elas. Eu sei que imprevistos acontecem, que a Claire fica doente com frequência, mas você tem que estabelecer a possibilidade de que talvez nem sempre vai conseguir aparecer. Acho que conversar com ela seria um ótimo ponto de partida.

Os cantos do rosto dele ficam mais nítidos, mas ainda um pouco nebulosos sob a barba por fazer da manhã. Imagino que, se ele estivesse assim na noite passada, eu estaria mais assada hoje de manhã.

— *Você* já conversou com a Lovie sobre como se sente?

Ele está redirecionando o assunto, mas tudo bem.

— É diferente — digo. — Não faz sentido.

— Com a Angie, então. Com certeza ela encontraria uma solução diferente se você quisesse. Um centro de atendimento temporário até surgir algo permanente. Talvez um dos hospitais de longa duração tenha uma vaga. Eu posso sondar.

Meu peito se abre, e a sinceridade derrama:

— Não sei mais o que eu quero.

Recosto a cabeça no apoio do banco.

— Eu sei. — Ele fecha a mão em punho. — Ou você vai duvidar de mim de novo depois que provei o quanto *eu* sou observador ontem à noite?

Um rubor quente sobe pelo meu pescoço. Imagens passam por trás dos meus olhos: a cabeça de Adam entre minhas coxas. Sua boca em minha pele, seu nome em meus lábios, seu corpo em meus lençóis. Se eu deixasse, ele também estaria embaixo da minha pele.

No meu coração.

Pego o celular dele no porta-copos, voltando à realidade. Preciso de cafeína e bacon antes de fazer grandes escolhas como essa. É uma ligeira alteração da Regra Durona do Amor Número Seis, comumente chamada FEISE: nunca tome nenhuma decisão importante na vida quando estiver Faminta, Excitada, Irada, Solitária ou Exausta. Acho que ela inventou a parte de estar excitada. Uma vez perguntei se excitação e solidão eram tão diferentes assim. Ela disse que eram.

É hora de levar este navio de volta para águas mais calmas.

— Posso colocar uma música de que acho que você gostaria?

Depois que ele me diz a senha, abro o Spotify. *Elle na L* está na fila. Encontro a música que estou procurando.

Ele ouve as notas do piano por alguns segundos, e um pequeno sulco surge entre suas sobrancelhas.

— De quem é?

— Taylor Swift e Bon Iver.

O sulco se transforma em um abismo.

— Não... parece a Taylor Swift.

— Deve ser porque seu gosto musical parou em 2009. — Faço um gemido de compaixão. — Aposto que você ainda acha que ela é country, né?

— Não é?

Dou um tapinha na coxa dele, logo acima do joelho.

— Ah, meu querido.

Em grande parte estou provocando. Piso em falso em mais um degrau da escada.

E, quando ele sorri, mais alguns.

Depois de um café da manhã de drive-thru sem nenhum vegetal à vista (Adam disse que batata em geral não conta, mas em especial quando é frita com manteiga *e* banha), continuamos em direção à cidade, minha empolgação aumentando a cada quilômetro.

Acabo trocando as músicas dele pelas minhas e o levo a conhecer as opções da minha playlist Queens. A viagem de duas horas parece muito bem durar vinte minutos, e nem fico irritada quando pegamos o trânsito da manhã, porque significa que nossa conversa vai durar mais tempo. Nossos dedos se emaranham e se desembaraçam em uma dúzia de padrões diferentes; nossos polegares lutam guerras preguiçosas e nossas risadas são apenas um para o outro.

Quando chegamos à cidade, eu o direciono para a padaria de Liss, do tamanho de uma caixa de sapatos.

— Você vem muito para Chicago? — pergunto enquanto Adam acerta a baliza na primeira tentativa.

Minha pergunta meio que se responde sozinha.

— Às vezes, a trabalho. A AngelCare está sediada em um hospital daqui, então venho para isso, se tiver algum problema com folha de pagamento, para avaliações de desempenho, coisas assim. As meninas amam a pizza.

Sorrio.

— De repente podemos levar para elas na volta.

— Acho que vamos ter que sobreviver à Liss primeiro, né?

— *Você* vai ter que sobreviver a ela — corrijo, soltando o cinto de segurança. — *Eu* vou estar ocupada demais comendo bolo de chocolate para pensar em fazer qualquer outra coisa.

Na calçada, o vento frio e amargo bate nos nossos casacos e faz nossa pele arder. Adam dá uma boa olhada no exterior da loja da minha amiga, a calçada dilapidada da frente e o revestimento de concreto. Chamo essa cor de Cinza Corporativo Estadunidense. Perfeitamente neutra e inofensiva e, ainda assim, alguém em algum lugar *sempre* se ofende.

Aponto para a logo da Sweetie's Cakes na vitrine.

— Eu que pendurei.

— Estou impressionado — comenta Adam, segurando a porta para mim. Os nós de seus dedos estão vermelhos. Talvez eu dê luvas de presente de Natal para ele. — Foi antes ou depois de você lixar o piso e instalar a parte elétrica?

— Depois. — Aromas de açúcar, especiarias e chantili fresco enchem o ar úmido. — E você deixou de fora redirecionar o encanamento e nivelar a fundação.

A porta que dá acesso à cozinha se abre, e Liss aparece. Seu cabelo está frisado por causa dos fornos, e ela tem uma mancha de farinha na bochecha.

— Ah, meu Deus, oi! — Ela praticamente salta pelo balcão para me abraçar. Seu sorriso está enorme e fica mais largo ainda quando ela nota Adam. — A que devo esse prazer?

— Estávamos passando pelo bairro — responde Adam ao mesmo tempo que eu falo:

— A Angie expulsou a gente da nossa casa.

*Nossa* casa? Sonhando com presentes de Natal? O açúcar já está indo direto para o cérebro.

— Deu a manhã de folga pra gente — corrige ele para me tranquilizar.

Ainda estamos de mãos dadas.

Liss começa a colocar minha guloseima favorita em uma caixa: dois pedaços de seu bolo de chocolate que deveria ser mundialmente famoso.

— Como está a Lovie?

Sempre agindo como o profissional da saúde que é, Adam atualiza Liss sobre os cuidados e o tratamento de Lovie. Amaldiçoo o sistema de saúde estadunidense por demorar tanto para aprovar dependentes.

Mas minhas palavras ficam presas na garganta, cobertas de culpa. Apesar de ser chamada de tudo quanto é nome, de ser atingida por calçadeiras e ser inferiorizada, tenho gostado do tempo que passo com minha avó. Fazer o podcast me permitiu revisitar lembranças antigas que, de outra forma, eu teria esquecido, e não sei bem a quem devo agradecer por isso.

Por alguma razão, parte de mim acha que é a Adam.

Por falar nisso, até agora não tinha percebido que me esqueci de atualizar Liss e Dakota sobre os acontecimentos da noite anterior.

Mando uma mensagem telepática, mas a única resposta dela é adicionar um recipiente de plástico com calda de framboesa fresca à caixa. Não era minha intenção, mas vou aceitar.

Liss limpa as mãos no avental, já polvilhado com uma infinidade de cores.

— Está vendo alguma coisa que você queira, Adam?

— Aquele pequeno vermelho. — Ele faz uma pausa longa demais, e só quando os olhos de Liss se arregalam e minhas bochechas ficam coradas é que ele aponta para a caixa. — *Red velvet*, certo?

Quando Liss pega o cupcake, volta os olhos para mim, ainda arregalados. Eles dizem: *Aconteceu alguma coisa?*

Eu retribuo com um olhar que diz *Você não faz ideia.*

Manchas rosadas florescem no rosto de Liss, que pigarreia.

— Já que está aqui, Adam, posso pedir sua ajuda para mudar a farinha de lugar? Não sei por que fico pedindo os sacos de vinte quilos sendo que mal consigo levantar dez.

— Claro. Só me mostra onde você quer.

Como presente de despedida, Adam roça a mão na minha lombar.

Quando Liss e Adam desaparecem na cozinha, dou a volta no balcão e pego outro pedaço de bolo para minha caixa. Não sei qual é o ingrediente secreto, mas é quase certo que é crack.

As portas se abrem, e Liss começa a falar na mesma hora, principalmente com as mãos:

— Vocês transaram? — pergunta ela, ao mesmo tempo sussurrando e sibilando. — *Dividiram a cama*? Qual é a nota?

Acostumada com as tagarelices de Liss, consigo acompanhar facilmente.

— Não, só oral. Sim, para ficar de conchinha e dormir. Nove; subtraí um ponto por causa do *não* da primeira resposta.

— Conta tudo — cochicha Liss, a empolgação fazendo seus olhos brilharem.

No tom mais baixo possível, digo a ela:

— Ontem à noite eu talvez tenha sentado na cara do Adam na lavanderia.

O final da minha frase é abafado pelas portas da cozinha se abrindo e Adam surgindo.

Uma coisa a se notar sobre Liss: ela não sabe blefar. Nem um pouco. Nunca tivemos a chance de fazer qualquer tipo de safadeza no ensino médio, porque, assim que um adulto com cérebro semifuncional a via, sabia que ela estava mentindo na cara dura.

Então, quando minha amiga abre um sorriso mecânico e açucarado, com os olhos um pouco ensandecidos demais, acho que já acabou para mim. Me ferrei.

Adam apenas diz:

— Sua cozinha é linda.

O que, para Liss, equivale a *toma aqui um milhão de dólares*, ou *você tem uma condição genética rara e precisa comer bolo para se manter viva*, ou *comprei ingressos de camarote para ver o Chicago Cubs*.

Minha melhor amiga se derrete toda. Ela se apoia no balcão, e suas íris se transformam em corações diante dos meus olhos. Até ficaria com ciúme se, no mesmo instante, o dedo mindinho de Adam não tivesse encostado no meu.

— O que, hum… — Liss pisca, atordoada. Eu pigarreio, e seus olhos clareiam. — O que mais vocês dois vão fazer hoje?

— Vamos pegar pizzas para as sobrinhas do Adam. Fora isso, não tenho certeza…

— Vamos passar no apartamento da Elle — interrompe ele em um tom gentil o suficiente para que eu não me ofenda. — Ela precisa pegar mais roupas.

Fico olhando para ele. Será que eu disse isso? E, se sim, *quando*? Claro, tenho lavado mais roupa do que o normal, mas é só porque fiz as malas para o outono. Não para o verão que faz dentro de casa e o inverno antecipado do lado de fora.

(E, *tá bom*, se eu soubesse que o enfermeiro Adam ia ver, e subsequentemente arrancar, minhas calcinhas, teria levado opções melhores do que as do pacote de cinco da Target.)

— Que divertido — diz Liss. Um estrondo vem da cozinha, onde só posso imaginar Dakota até os cotovelos em filigrana de *fondant*. Ela estremece. — Melhor eu voltar lá para trás. Foi bom ver vocês dois. — Ela me dá um beijo e acena para Adam. — Vê se ficam quentinhos.

Talvez eu tenha deixado de fora a revelação de pisar em falso e me apaixonar, mas, com base em como Liss me observa quando nos viramos para ir embora, imagino que os olhos dela não sejam os únicos que viraram corações.

# CAPÍTULO TRINTA E CINCO

— Então é aqui que você mora — comenta Adam três horas depois.

Estamos gelados até os ossos. Depois que saímos da padaria da Liss, fomos até a orla do rio, olhamos vitrines na Michigan Avenue. Vimos as barracas do Mercado de Natal que fica nas fronteiras do Millenium Park. Como tinha feito no caminho até a cidade, Adam manteve meus dedos envolvidos por sua mão, sempre mais preocupado com meu conforto que com o dele próprio.

Falamos de tudo e nada — nossos filmes favoritos, shows, outros pensamentos aleatórios que entravam na nossa cabeça e exigiam atenção.

— Fui assaltada pela primeira vez nesta esquina — comentei.

Isso o fez parar de repente.

— Pela *primeira* vez?

— Relaxa. — Dei um tapinha no peito dele. — Pelo menos, consegui uma entrevista.

— Você entrevistou o assaltante.

— Deixa de ser bobo. Eu entrevistei o policial que pegou meu depoimento. Fiz ele conversar comigo lá na estação, então ainda contou como entrevista no metrô.

Quando paramos num cruzamento, ele voltou o corpo todo para mim.

— Estou ao mesmo tempo nem um pouco e completamente surpreso com o funcionamento do seu cérebro.

— Vou encarar isso como um elogio — falei, voltando àquela primeira manhã na casa da minha avó.

Se eu era irritante naquela época, nem imagino o que ele acha de mim agora.

Adam lambeu os lábios avermelhados e queimados do vento.

— Talvez essa fosse minha intenção.

O semáforo abriu. Atravessamos.

— Qual é seu próximo passo? — perguntou ele. — Com o podcast. Depois do *Não me esqueça*, quer dizer. Quer expandir?

— Acho que sim. Chicago é incrível, mas eu amaria fazer minisséries em lugares diferentes. Londres, com certeza.

Ele abriu um sorriso.

— *Elle em Londres.*

— Exatamente. — Sorri de volta.

— Você pode passar por todas as grandes cidades que tenham metrô.

— Nova York, Washington, D.C. — Levantei o queixo. — Tem mais muitas outras?

— Não — admitiu ele, e se abaixou para beijar a ponta do meu nariz. — Você podia fazer no trem-bala do Japão.

— Seriam episódios curtos.

Dei um beijinho no queixo dele em resposta, e os olhos dele brilharam.

Entramos num café, pedimos um pingado para aquecer a barriga e os dedos, e voltamos ao carro dele. Eu perdi a noção de quantos quarteirões caminhamos. Meus pés doíam do melhor jeito.

— E você? — perguntei. Uma gota de café deslizou do lábio de Adam, que a pegou com a língua. Ai, que língua talentosa. — Quer continuar trabalhar para sempre na AngelCare? É seu emprego definitivo?

— Acho que não — respondeu ele, devagar. — Eu amo o que faço, não me entenda mal. Mas é…

— Chato? Repetitivo? Maçante?

— Sinto muito — falou ele, com uma imitação de apresentador de programa de auditório. — A expressão que estávamos procurando aqui era "emocionalmente desgastante".

Empurrei o ombro dele com o meu e dei uma risada autêntica, e Adam também. Eu gostava dessa sensação de que só nós entendíamos um ao outro.

Agora, estamos no meu apartamento, empoeirado depois de tanto tempo fechado. A planta no parapeito está amarelada e murcha.

Ainda é minha casa, mas também está diferente. Vejo coisas que nunca notei com novos olhos só porque Adam também as vê.

O papel adesivo de mosaico que grudei na janela da cozinha, criando fractais de arco-íris pelo granito. Os prints artísticos emoldurados e pendurados acima das poltronas de veludo dourado que subi aos trancos e barrancos no dia em que me mudei, herdadas no acordo de guarda da mobília com Grady. O papel de parede geométrico atrás da televisão. No banheiro do corredor, uma cortina de chuveiro com luas e estrelas desenhadas à mão. Se nos aventurássemos a entrar no meu quarto, ele veria uma cama desarrumada, lençóis amarrotados de risca de giz embaixo de um edredom roxo.

Com Grady não tive um espaço assim, algo tão *minha cara* que me vejo em todas as direções. Não comprava artes novas sem perguntar a ele onde devíamos pendurar. Agora, compro algo só porque amo e depois descubro onde colocar.

Antes de sair para ficar com Lovie, eu estava considerando mudar tudo, já cansada do ruído visual. Mas isto sou eu. Um caos perfeito. Ousada. Impetuosa.

Assinto, sorrindo.

— É aqui que eu moro.

Adam passa os dedos pela franja da minha almofada favorita.

— Combina perfeitamente com você.

— Não vamos ficar muito. — Já estou indo para o quarto. — Só deixa eu pegar uma bolsa.

— Fica tranquila.

Adam se senta no sofá azul-royal, tomando cuidado de não mexer nas almofadas. Como se fossem seres vivos.

Ele está praticamente na mesma posição quando volto com uma sacola cheia de roupas mais leves, meias mais pesadas e roupas íntimas mais sedosas.

Ele pega minha bolsa enquanto armo o sistema de segurança. Segura a porta para mim de novo. Espera até que eu termine de descer as escadas antes de ir na direção da porta que dá para a rua. Suspiro. Suspiro. Suspiro.

Nossos celulares começam a vibrar ao mesmo tempo, sem parar. Estou esperando um Alerta Âmbar, mas o que vejo é uma mensagem nada familiar.

— Que merda é uma rajada de neve? — pergunto, semicerrando os olhos para o celular.

Adam abre a porta para a rua, mas o vento uivante a arranca de sua mão. O ar congelante entra com tudo, sopra meu cabelo, puxa meu capuz e me cega. Ele grita algo, mas o vento grita mais alto.

O corredor fica quieto, criando um efeito de vácuo. O silêncio é ensurdecedor.

— *Isso* — diz Adam, com as duas mãos na maçaneta que puxou para fechar — é uma rajada de neve.

Meu coração bate forte e, por alguns segundos, ficamos paralisados vendo uma muralha branca cair lá fora. O formato geral do carro está visível no meio-fio, mas a cor, não.

— Dá para dirigir com rajadas de neve?

Está tão silencioso que o escuto engolindo em seco.

— Na teoria, dá, mas não é recomendado. Agora se eu arriscaria? Não. Você? Jamais. De jeito nenhum.

Não deveria ser nada de mais, mas a leve sensação de pânico aumentando em meus pulmões diz o contrário.

— Espera aqui — digo, a determinação me fortalecendo. — Vou ver se está muito escorregadio.

— Elle, por favor, não...

Abro a porta e, mais uma vez, o vento a escancara, roubando meu controle. Mas tudo bem. Afinal, é a Cidade dos Ventos. Eu treinei para isso.

Minhas botas têm tração para eu ficar confortável em testar a calçada. A prefeitura costuma ser bem boa em jogar bastante sal. Por algum motivo, eles realmente odeiam ser processados.

Dou um passo tímido, depois outro. Até aqui, tudo bem.

— Adam — chamo —, não está tão ruim. A gente vai...

Meus pés escorregam, um indo para o sul enquanto o outro continua para nordeste. Racho a bunda no chão e fecho a mandíbula com um estalo. Quase arranco a ponta da língua com os dentes.

Em meio à neve espessa, mal consigo discernir Adam vindo até mim. Quando ele está perto a ponto de poder estender a mão, já recuperei a maior parte da minha dignidade.

A boca dele se move, mas não escuto nada por conta do vento. Minhas bochechas queimam, em carne viva, e meus cílios estão grudados. Eu não conseguiria destravar minha mandíbula nem com reza.

Em vez de esperar por resposta, Adam vai arrastando os pés até a porta lateral, e eu o sigo, subindo quatro lances de escada e voltando para meu apartamento. Depois de desligar o alarme de novo, aponto o termostato para Adam, que aumenta alguns graus.

Aí, vêm as partes adultas de uma tempestade de neve inesperada. Checar o clima (supostamente, não vai mudar ao longo das várias horas seguintes). Ligar para Angie (ela fica preocupada conosco, mas garantimos que estamos sãos e salvos). Adam passa vários minutos lhe explicando onde encontrar instruções mais detalhadas: a lista de todos os remédios de Lovie, a rotina dela em geral, o código do alarme e outras paradas que tivemos que começar a considerar nos dois meses anteriores.

Tiro as botas e deixo ao lado do sofá, me jogando numa pilha de almofadas.

— Quando vamos falar da ironia de que, quando estávamos esperando neve, não nevou e, quando não estávamos, o mundo cai lá fora?

Adam dá uma risadinha, tirando os próprios sapatos e os alinhando ao lado dos meus. Se minha bagunça o incomoda, não demonstra.

— Talvez depois de conversarmos sobre o que vai acontecer.

O que vai acontecer?

Sempre achei que, quando se Define a Relação, deveria ter uma rota de fuga para caso as coisas não funcionem a nosso favor. Estou ao mesmo tempo animada e aterrorizada, porque, se isso aqui ficar bagunçado demais, nenhum de nós dois poderá fugir. Mas Adam não disse na noite passada que não estava pedindo nenhum comprometimento a longo prazo? Ele quer meus agoras. Só meus hojes.

— Imagino que vamos ter que passar a noite aqui — digo, torcendo para minha voz não trair meu deleite. — A situação da comida talvez seja meio desafiadora, mas devo ter um pote de Ben & Jerry's que ficou tempo demais no freezer, podemos brigar por ele.

Uma pessoa legal talvez oferecesse para a outra sem a ameaça de guerra. Mas é sabor Cinnamon Buns. Não é fácil de achar.

— Com certeza vamos achar *algo* para comer. — O tom dele está na corda bamba entre inocente e explícito.

Muitos de seus comentários são assim. Ele me espera decidir como quero interpretar e segue daí. Se eu quiser que a situação fique familiar, ele fica satisfeito. Se não, fica satisfeito também.

O frio da minha barriga migra para a garganta, e preciso descongelar minha voz para falar:

— Algo para comer, sim. Mas não tenho ideia do que a gente vai *fazer*. Graças a Deus pela Netflix, né?

O olhar travesso dele esquenta minha pele, assim como suas mãos quando ele puxa meus pés para o colo.

— Você está sugerindo um *tudumzinho*?

— Me surpreende você conhecer um termo moderno desses, sr. O Que Significa Ser Verificado.

Uma risada explode dos lábios rosados de Adam.

— Acho que as gêmeas foram concebidas sob esse pretexto de "ver um pouco de Netflix".

— Que pena a gente não ter conseguido ir visitar suas sobrinhas hoje.

Me afundo mais nas almofadas do sofá. Descanso a cabeça no braço do móvel enquanto Adam massageia o arco do meu pé com o polegar. É obscenamente delicioso.

— Eu vou ver as meninas no Dia de Ação de Graças e, depois, no Natal.

— *Está* chegando essa época, né?

Fecho os olhos com o toque terno dele.

Ele dá uma risadinha. Vibra por minha perna e sobe até lugares mais reservados.

— Não precisa parecer tão animada.

— As festas de fim de ano não são tão legais quando se é de uma família de só uma pessoa. — Antes de ele poder questionar a confissão honesta até demais, continuo: — Você ainda vê seus pais?

Forço meus olhos a se abrirem e encontrarem os dele. Estão em mim de novo. Ainda. Não sei dizer.

Ele assente.

— A Ruth, as meninas e eu passamos a véspera de Natal lá, num jantar formal. E depois que eles ficam impacientes e acham que as crianças têm que ficar quietas que nem múmias o tempo todo, Ruth e eu inventamos uma desculpa pra ir embora e levá-las para casa. A gente faz cookies e vê *Expresso Polar*. Depois que elas desmaiam de tanto açúcar, nós dois tomamos vinho e embrulhamos presentes.

Algo quente se desenrola em meu peito e envolve meu coração. Não conheço quatro das cinco pessoas dessa história, mas consigo imaginar. Adam rindo, aquela risada boa que cria rugas nos olhos. Abrindo sorrisos secretos para as sobrinhas, os quais não mostra para mais ninguém. Colocando laços e fitas e etiquetas que dizem *De: Papai Noel* em presentes que Adam mesmo deve ter comprado.

Ele me lança um olhar intrigado.

— O que foi?

Aperto os lábios para eles não se abrirem num sorriso bobo.

— Eu admiro o quanto você se importa com sua família.

— Você também é assim, mesmo que sua família seja menor, menos tradicional. — As sobrancelhas se abaixam enquanto ele olha pela sala, para meu estilo de vida exuberante. — Você abriu mão de tudo pela Lovie.

Meus olhos ardem, e fito o teto.

— Ela me deu tudo. Como eu podia *não*...

Como se sentindo meu chororô iminente, Adam se move e me puxa mais para perto. Encontro o peito dele com a bochecha e pisco para afastar as lágrimas, ouvindo as batidas do seu coração.

— A gente deveria montar uma árvore — digo. — Para o Natal. Se nós dois ainda estivermos...

*Lá.* A realidade da situação, a agourenta data de término do nosso arranjo, me rouba as palavras.

Adam leva as mãos para minhas costas, decorando o formato da minha coluna pela milésima vez.

— Eu amo essa ideia, mas não sei se daria certo. A Lovie ainda acorda achando que todo dia é uma segunda-feira de maio. Se, de repente, dissermos que é dezembro, ela não vai aceitar muito bem.

Lembro quando tentei contar para ela que já havia passado a época de plantar, a confusão e a raiva lutando para dominar seu olhar.

— Acho que você tem razão.

— Mas... quem sabe você não pode ir ajudar a gente a montar a da casa da Ruth? A gente faz na noite de Ação de Graças. E podemos deixar marcado para outra enfermeira vir cuidar da Lovie de novo. Alguns dos mais novos não perdem a oportunidade de trabalhar nas festividades, porque paga mais.

O convite parece muito sério junto da revelação das últimas semanas. Caramba, das últimas vinte e quatro horas.

— Eu... não quero deixar a Lovie com uma desconhecida durante as festas.

— Ela também não vai saber que é Ação de Graças — murmura ele. Não é para ser grosseiro, é apenas a verdade.

Mordo o lábio.

— Acho que você tem razão.

Até a risada suave dele consegue abalar minhas estruturas.

— Duas vezes em um minuto? Pode falar de novo, só que mais alto e no microfone, por favor?

Ele faz mímica de segurar um microfone na minha boca.

Afasto a mão de Adam e pego o controle remoto.

— Adam, você está pronto para um *tudum* comigo?

# CAPÍTULO TRINTA E SEIS

Em torno das cinco da tarde, meu estômago ronca alto a ponto de Adam ouvir mesmo com a TV passando *Friends*. Quando descobri que ele nunca tinha visto, dei play primeiro e fiquei babando em cima dele depois.

— Assiste à série, Elle — disse ele, mas estava sorrindo.

Aquele sorrisinho torto ficou na cara dele durante *vários episódios*. Eu vi de canto de olho.

Faço uma careta e vou até a cozinha.

— Chegou a hora de você ver como eu vivo de verdade.

— E como seria isso?

Ele me segue, as meias deixando os passos dele silenciosos sobre o piso de azulejo.

— Que nem um calouro universitário do espécime masculino. — Abro os armários e a geladeira para ele ver. — Tenho três tipos diferentes de Pop-Tart, frango congelado, flocos de bacon vegano e queijo Velveeta. Fim.

— E eu aqui achando que você só tomava suco verde e comia doce. É agora que você diz "é tudo uma questão de equilíbrio?". Ou vai dizer que só come o que te dá prazer?

De repente, a respiração de Adam está no meu pescoço, espalhando uma onda de calor pelo meu corpo enquanto suas mãos encontram meus quadris.

*O que te dá prazer.* Sério, ele me dá um orgasminho de nada e minha mente decide morar permanentemente na sarjeta. Vou mandar um aviso de mudança de endereço com o cartão de Natal. Dois coelhos com uma cajadada e coisa e tal. Assim economizo no envio.

Mas, sim, com certeza espero que tenha bastante prazer mais tarde. Vamos precisar ficar agarradinhos para nos esquentar. Questão de sobrevivência.

— Com certeza conseguimos encontrar algo para cozinhar aqui.

Adam enfia a cabeça dentro da minha geladeira tão cheio de propósito, tão investido *numa missão*, que dou um passo para trás e deixo por conta dele.

Ele puxa uma lata de massa de biscoito salgado, queijo ralado e os flocos de bacon vegano. Na despensa, acha uma lata de molho de tomate temperado que esqueci que tinha (está meio empoeirado). Ele fica de pé, mas, quando meu estômago ronca, enfia de volta a mão na despensa e tira um rolo de papel-alumínio.

— A gente pode fazer pizza.

— Com cobertura de migalhas de Pop-Tart? Gostei do raciocínio.

Adam coloca os ingredientes na bancada e liga o forno para pré-aquecer.

— Os Pop-Tarts são uma entradinha.

Ele agarra meu quadril e me senta na bancada. Pego o pacote que me oferece. E depois roubo um beijo.

Adam não resiste, mas, quando é o estômago dele que começa a roncar, se afasta com um selinho.

— Por mais que eu fosse amar ficar aqui te beijando o dia todo, precisamos guardar forças para mais tarde.

Seus olhos passam por todo o meu corpo, demorando-se no meu decote, na curva da minha cintura, no ponto em que minhas coxas se encontram. Talvez eu não seja a única mente suja. Ele faz questão de olhar para a TV.

— Temos que chegar à temporada dois ainda hoje.

Mordisco o aperitivo enquanto Adam abre a massa de biscoito numa assadeira. Não fica perfeitamente redonda, mas vai servir. Fico me perguntando se ele inventou isso na hora ou se é algo que já fez com as sobrinhas.

Quero conhecê-las, não só porque são importantes para Adam, mas porque elas o *conhecem*. Ele ainda é meio que um enigma, e as meninas têm pistas de que eu preciso.

Quando a massa está pré-assando no forno ("Senão fica empapada"), Adam se vira para mim e rouba uma mordida do Pop-Tart que estava a caminho da minha boca. O carma age rápido, porque metade se esmigalha no queixo dele e cai na blusa. Ajudo-o a limpar, mas meus dedos se prendem no colarinho, girando o tecido.

Quando ele olha para minha boca, com uma pergunta nos olhos, vejo suas intenções de longe. Mas quero seja lá o que ele esteja planejando, então dou um puxão.

Este beijo de Adam é meu favorito até agora: derretido, necessitado, com só uma pitada de desespero crescendo no meu próprio corpo.

— Você está com gosto de cereja — comenta ele, voltando para provar de novo.

A língua dele é macia, quente, *talentosa*. Como é que pode estar em cem lugares diferentes ao mesmo tempo?

Meu sangue vira champanhe, e Adam faz minha cabeça girar como se eu tivesse entornado uma garrafa rápido demais. Tudo ao nosso redor se move em flashes. Não sei se estamos em câmera lenta ou acelerados. Ele sobe as mãos pela minha cintura, contorna as costas, desce pelas pernas, lentas como mel. Mas seus beijos ganham velocidade e intensidade, e meu coração bate ritmado nos ouvidos.

A blusa de Adam está no chão antes de qualquer um de nós perceber que a pulsação no ar é o apito do temporizador. Com um gemido rouco, ele se afasta do espaço entre minhas pernas para puxar a assadeira do forno.

— Quase parece massa de pizza — falo, a voz áspera.

Será que eu sempre tive voz de operadora de telessexo?

Ele dá uma risada que me acalma, mas que também é seca e afiada. Quando se move e põe a mão na frente da calça, vejo que está com um probleminha. Talvez um problemão. Ele tensiona o rosto e cerra o maxilar com força. A pressão em sua calça jeans fica cada vez maior quanto mais me olha.

Estamos sozinhos. *Sozinhos* mesmo, de verdade. Deixamos as obrigações lá fora, e não precisamos estar em lugar nenhum nem precisamos ajudar ou cuidar de ninguém exceto nós mesmos.

Cada palavra e frase que já aprendi para momentos como este fogem de mim, até só sobrar um:

— Ah.

Ele engole em seco. Parece fisicamente doloroso. Ele faz uma careta ao se virar de volta para a bancada coberta de ingredientes improvisados para pizza.

Não falamos nem nos tocamos. Não enquanto ele cobre a massa com molho, queijo e flocos de bacon. Nem depois de devolver a assadeira ao forno. Oito minutos mais tarde, quando Adam a desliza para a bancada, aponto em silêncio para a gaveta em que está o cortador de pizza. E ele observa numa contemplação silenciosa enquanto tiro pratos do armário acima do meu ombro. Como sentada ali mesmo, com Adam inclinado ao meu lado. Até nossa mastigação é menos ruidosa que o normal. Ninguém mastiga em silêncio, a não ser que esteja tentando não interromper um momento com ruídos desnecessários.

Nosso olhar fica cravado um no outro o tempo todo.

O único problema é que o contato visual dele acaba comigo mais que a boca. Não consigo pensar em um único motivo para não estarmos na horizontal agora. O momento é tão frágil que, se o vento balançasse as venezianas, talvez o rompesse por completo. Penso em cinco coisas maliciosas diferentes para dizer, mas me convenço a não falar nada antes de minha boca chegar a se abrir. Estamos apavorados de interpretar o outro errado, mas isso vai acabar nos fazendo perder o momento.

Ele pega meu prato e passa embaixo da água. Escorrego da bancada e pego um pano, como fizemos inúmeras vezes na casa da Lovie. As coisas com Adam são naturais como nunca foram com Grady. Risadas vêm fácil; sorrisos são mais espontâneos.

Adam fecha a mão no meu pulso, acariciando a parte de dentro com o polegar. Seus olhos estão escuros de desejo, e sei que chegou a hora.

Levo-o para o quarto.

Talvez mais tarde Adam absorva essas peças de quem sou expostas diante dele. Obras de arte destoantes que mal combinam com minha roupa de cama. A tapeçaria de gatos que Liss me deu como presente de casa nova pendurada como cortina, horrenda, mas que me lembra dos meses que passei morando com minha melhor amiga. Um tapete marroquino felpudo. Uma placa neon azul, que acendo agora, dizendo *Só boas energias*. Eu tenho há um tempo, mas Grady achava brega pendurar no quarto, já que combina com meu vibrador.

Adam sorri ao ver.

E é a última vez que comparo Adam Wheeler com Grady James.

A gente se procura ao mesmo tempo. Nosso corpo começa a ficar difuso na superfície, implorando para se misturar. Caímos na cama, e já não importa mais que ela esteja bagunçada. Adam me beija com firmeza enquanto acomodo meu corpo sobre o dele, suas mãos se enroscam no meu cabelo como se nunca mais quisessem se soltar. Sua língua encontra a minha em ondas suaves, mas cheias de comando.

Coloco uma perna de cada lado do quadril dele. Sua blusa continua no chão da cozinha, e aproveito a oportunidade para conhecer a tatuagem dele com a boca. Os pelos de seu peito têm uma leveza que causa cócegas. O som que flutua dele é um misto de surpresa e satisfação e paira entre nós dois enquanto passo os lábios pelo peito e torso de Adam, antes de desabotoar e descer a calça dele para revelar a cueca boxer cinza-escuro. Quando seguro o cós, ele me gira rápido, e minha visão fica anuviada. Mas a mão dele envolve minha cabeça e a deita com ternura no travesseiro, e mais uma vez me surpreende a dualidade que existe nele. Duro e macio. Rápido e devagar. Safado e certinho.

Ele agarra minha bunda e… deixo escapar um gemido.

Ele recua.

— Eu caí mais cedo — lembro. — Ainda está sensível.

O olhar dele escurece.

— Fica tranquila — murmura. — Vou beijar para sarar.

Não tem aquilo de tatear sem jeito, nem esperar tanto tempo para que tire minha roupa a ponto de eu ficar frustrada e a tirar eu mesma. Não estou questionando onde deveria pôr as mãos nem tentando lembrar a última vez que passei desodorante. Nos movemos como se já tivéssemos feito isso… com experiência e confiança. E vou dizer, Adam é mesmo muito *experiente*, porque estou *confiante* de que nunca fui despida com tamanha graciosidade.

— Posso te tocar?

Ele prende um dedo no cós da minha calcinha e o deixa estalar na minha pele.

Após um gemido de "Por favor", seus dedos entram por baixo do tecido. Gememos juntos com o contato, que é abrasivo a ponto de quebrar nossa bolha de silêncio.

— É assim que você se toca?

O corpo dele é cheio de linhas duras e está grudado ao meu.

Quero dizer algo igualmente provocante, mas o objetivo da provocação é transar, e já estamos transando. Então opto pela sinceridade:

— Você é melhor. Tira.

O sorriso dele fica sombrio e corta seu rosto no meio enquanto ele puxa minha calcinha.

— Naquela primeira noite — diz ele. Seu tom é casual, embora as palavras não sejam. — Quando você caiu em cima de mim na cama. Lembra o que eu falei?

*Só sonhei com isso umas vinte vezes.*

— Você me mandou parar de gritar.

— Pois é — murmura ele, passando os dedos pela minha abertura. — Esquece que eu algum dia… — meu ofegar alto o interrompe quando ele desliza para dentro — … falei isso. Caralho, que delícia.

Eu sei que já usei a palavra *obsceno* algumas vezes para descrever Adam, mas é o adjetivo que me fica vindo à cabeça. Eu tenho esse homem (esse homem incrivelmente robusto, sombrio, engraçado, atencioso, um-lorde-na-rua-e-devasso-no-quarto) na minha cama, a boca dele em meus seios, me explorando com os dedos, e é tudo bom demais para ser verdade. Ele é minha fantasia encarnada. Se eu acordasse e descobrisse que foi tudo uma criação da minha imaginação que inventa demais e transa de menos, ficaria sem chão.

— Acamisinhatánagaveta — falo, ofegante, puxando a cueca dele. Quando Adam está livre dela, fico boquiaberta. — Esquece. Deita. Ou sobe aqui. Não importa, só… me deixa…

Ele sorri e se levanta da cama para se livrar da cueca.

— O gato comeu sua língua?

Ele prende as mãos embaixo dos meus braços e me puxa para a ponta do colchão, bem alinhada com ele.

Fico olhando-o de cabeça para baixo e, deste ângulo, o maxilar dele é ainda mais desenhado.

— Não — digo. — Mas ela está ocupada.

E aí caio de boca... de língua... nele. Adam está quente e duro; e eu, ansiosa, o que só o estimula mais. Podia ser complicado nesta posição, mas ele não perde o controle.

— Elle — geme ele, com urgência, apertando os dedos no meu cabelo. A outra mão Adam descansa no meu pescoço. — *Por favor.* Você vai me matar.

Me afasto, estendendo a mão para a mesa de cabeceira enquanto ele sobe na cama.

— Engraçado. Naquela primeira noite, pensei a mesma coisa de você.

— Achou que acabaríamos aqui? — Ele agarra minha cintura e me puxa para cavalgá-lo. Ao passar as mãos pelos meus seios, apertando e beliscando meus mamilos, abre um sorriso malicioso. — Aqui *de novo*.

Enquanto ele põe a camisinha, tiro um segundo para pensar na pergunta dele. Os ângulos fortes de seu rosto, que se suavizam perto de mim. As mãos que ele corre sobre minha pele. As sombras que escurecem seu rosto e que hoje sei que vêm de trabalho duro, obrigações e empatia, tanta empatia.

Eu estava me enganando mais cedo, ao pensar sobre me apaixonar. Não pisei em falso em apenas alguns degraus. Foi na porcaria da escada inteira. Estou caindo, caindo sem poder fazer nada. *Já* caí, passado, e *estou* caindo, presente, e vou *continuar* caindo, futuro.

Todas as minhas partes o amam.

— Eu esperava que sim — digo.

Quando coloco a mão entre nós dois, ele segura minha bochecha.

Apesar da grandeza da situação, da enxurrada de sensações e hormônios devastando meu corpo, continuo com os olhos presos em Adam enquanto o recebo por completo, devagar. Uma das mãos dele não se afasta do meu rosto — o polegar roça a bochecha enquanto os dedos acariciam a minha orelha. Quando me apoio no peito dele, enredando os dedos na leve camada de pelos, Adam segura minha cintura, meu quadril, minha coxa, como se não conseguisse decidir onde me tocar primeiro.

Como se, talvez, ele também tivesse desejado por isso.

É um ritmo lento, quase torturante, que eu mesma imponho — um que absorve cada gemido, cada toque de dedos ou lábios e transforma tudo em mais. De todas as expressões dele, essa talvez seja minha favorita. A cor subindo pelo maxilar dele, os olhos semicerrados, as pupilas dilatadas. O cabelo bagunçado pelos meus dedos. Seus lábios tentam beijar meu peito, e me abaixo para facilitar o acesso.

Sem aviso, ele finca os pés e, com uma estocada, tira meu equilíbrio. Meu peito pressiona seu rosto.

Adam geme do fundo da garganta e põe a boca em meu mamilo.

— Chega dessa coisa lenta — diz, rouco, abraçando minhas costas e nos girando. — Já passei tempo demais te desejando.

Ele se apoia no travesseiro embaixo da minha cabeça, levanta um pouco minha perna e começa a se mover.

Suave é gostoso, mas forte também é, e começo a me perguntar se com Adam *tudo* é gostoso, só por ser ele. Coloco a mão entre nós, porque a cada movimento fico mais desesperada, e Adam está indo mais rápido, respirando mais forte. Minhas pernas estão pesadas, o que é delicioso; todos os centros de prazer do meu corpo estão gritando por alívio, por algo mais, *mais mais mais por favor mais*. Digo essas mesmas palavras com lágrimas nos cantos dos olhos.

Adam crava os dentes no meu ombro e leva a mão para junto da minha, entre minhas pernas, *e é isso*, o começo do meu fim.

Não tenho certeza de quem, tecnicamente, chega lá antes. Se são os barulhos engasgados e batimentos acelerados dele que me puxam junto, ou se me sentir tão entregue a ele é o que o leva até o fim. Mas explodimos, e acontece juntos, e nós *estamos* juntos.

Um tempo depois, enquanto tentamos acalmar o coração acelerado e o toque de Adam passa de possessivo a delicado, percorrendo os dedos por minhas costas, me pergunto quantos degraus há nesta escada e se vou continuar em queda para sempre.

# CAPÍTULO TRINTA E SETE

No fim das contas, é muito divertido ter um relacionamento sexual secreto com o cara que sua avó senil acha ser sua alma gêmea. Não precisamos mais fingir. Os beijos que escondíamos em corredores e lavanderias estão à vista de todos. O braço de Adam ao meu redor durante a hora da televisão não é mais fingimento. Não há mais questões sobre quem fica com a cama (agora a compartilhamos).

Adam e eu ficamos acordados até tarde da noite no meu apartamento em Chicago. Na cama, comemos o resto da pizza improvisada e continuamos a maratona de *Friends*, e ele tinha razão, chegamos à segunda temporada. Não sei ao certo do quanto se lembra, considerando que, perto do final, eu comecei a distraí-lo com a mão. Mas tudo bem, porque a boca dele nunca ficou longe de alguma parte de mim (mão, cabelo, bochecha, lábios, pescoço) por mais de alguns segundos.

Nossa segunda vez foi muito parecida com a primeira, explorando com mãos e bocas antes de ficarmos desesperados demais para esperar. Recomeçamos do zero com uma velocidade agonizante, mas aí percebemos que não estávamos recomeçando, só tínhamos apertado o botão de pausa. Ele conseguiu me levar ao êxtase duas vezes naquela ocasião e mais outra, de joelhos, no chuveiro na manhã seguinte. Foi um dos motivos pelos quais voltamos para Elkhart na hora do almoço, em vez de logo cedo.

Além disso, as estradas ainda estavam péssimas e fomos obrigados a ir com calma pela rodovia. Adam pousou a mão na minha coxa, mais uma vez tomando-a para si enquanto passávamos por diversos campos cobertos por uma neve branca e perfeita. Era um contraste direto com o caos no meu coração. Lá, as coisas tinham cores fortes e brilhantes e música alta.

E assim continuam.

Se Angie notou algo diferente em nós quando voltamos, não abriu o bico. O que *comentou*, porém, logo antes de sair, foi que ainda não tinha atualizações a respeito do convênio. Tentei me mostrar compreensiva. Mas acordar ao lado de Adam me distrai *bastante*.

Uma semana depois, sigo atordoada e preciso sair logo dessa se tiver alguma esperança de sobreviver à noite. Estou preparando uma bandeja de legumes, embora Adam tenha me avisado algumas vezes que ela terminará intocada.

— Estou te falando, a Ruth pede frango frito. A gente come em pratos de papel. E acho que a Chloe nunca tocou num legume na *vida*.

Ele rouba uma fatia de pepino, me dando um beijo na testa ao passar.

Minha risada é leve, sedutora, de um jeito com que não estou acostumada. Tem sido assim desde que voltei da cidade. No dia anterior conversei com Liss por uma hora no FaceTime e, quando desliguei, minhas bochechas doíam de tanto sorrir.

Eu me aconchego nele, enterro o rosto na gola de sua blusa. Hoje o uniforme é azul-marinho. Cerro os dentes em torno da gola e dou um pequeno puxão.

O sorriso dele segue a curva da minha têmpora, mas, antes que as coisas se animem, ouvimos Lovie gemer ao se levantar, e Adam vai ajudá-la.

Não sei como eu teria sobrevivido sem ele nesses últimos meses. E se outra pessoa tivesse sido designada para o trabalho, se tivesse estado na minha cama na noite em que cheguei aqui? Sei que a proximidade forçada conta muito, mas parte de mim se pergunta se ele não teria me encontrado de qualquer maneira. Se não teríamos nos esbarrado no metrô ou em um café em uma das idas dele à cidade. Adam é o tipo de pessoa que faz com que a coincidência pareça coisa do destino.

São revelações bem grandes para o Dia de Ação de Graças… ainda mais sóbria.

Algo muda na minha visão periférica: Adam, se apoiando na porta de pernas cruzadas, como sempre. Ele olha para mim assim como eu estava olhando para as cenouras e o aipo.

Ficamos nos encarando, um de cada lado do cômodo, meu coração nadando em sentimentos grandes demais para conter e pequenos demais para englobar tudo.

— Estou feliz por você ir hoje — fala ele. — Você está... Você é linda. Eu nunca disse isso antes, mas devia.

Baixo a cabeça para olhar minha roupa. Estou usando um suéter vermelho-alaranjado felpudo e uma legging preta que imita couro. Meu casaco de inverno favorito (na altura do joelho, xadrez) está pendurado na cadeira da cozinha. Vou pôr uma bota antes de sairmos.

— Não é nada de especial.

Os olhos dele se estreitam, mas, antes que Adam possa me refutar, uma batida à porta o interrompe.

— Deve ser a Vivi.

Enquanto Adam passa todas as informações para a enfermeira, vou para a sala de estar.

Lovie está no sofá, os olhos fixos na televisão.

— Ei — digo, me empoleirando na beira da Terra de Ninguém ao lado dela. — Vê se não sente muita saudade minha enquanto eu estiver fora.

Ela pisca para mim.

— Para onde você está indo? — Ela repara na minha maquiagem, o cabelo com mousse e babyliss, penteado para longe do rosto. Pelo jeito, estou aprovada hoje, porque Lovie abre um sorriso lento e malicioso. — O Bobby finalmente vai te levar para sair?

Talvez, num outro dia, isso fosse doer mais. Mas ouço o timbre profundo de Adam e me lembro de como soava aquele tom na minha cama, percorrendo a parte baixa das minhas costas, *mais baixa*, beijando o hematoma causado pela queda na calçada. O frio na barriga já virou gelo. Não tem espaço para tristeza esta noite.

— Vai, sim. — Dou uma batidinha com meu ombro no dela. — E eu diria que já estava mais do que na hora.

— Boa, garota.

No vão da porta, Adam pigarreia.

— Pronta? — pergunta.

A enfermeira ao lado dele sorri de orelha a orelha.

Antes de sairmos pela porta, lanço um olhar de despedida para Lovie.

Seus olhos estão lacrimejantes, mas oniscientes. De novo tenho aquela sensação, a mesma do supermercado. Embora suas palavras não correspondam às minhas suspeitas, algo no fundo das minhas entranhas sabe. Ela está me vendo como *Elle* quando diz:

— Peguem o caminho mais longo na volta.

# CAPÍTULO TRINTA E OITO

A irmã e as sobrinhas de Adam moram numa casa alugada nos arredores de Goshen, duas cidades a sudeste. Levamos exatamente seis curvas e vinte e três minutos para chegar. Ele estaciona ao lado de um Corolla verde sujo com um para-choque detonado e uma rachadura se abrindo como uma teia de aranha no para-brisa. A entrada de carros está lascada e encardida, com ervas daninhas murchas saindo pelas fendas. O salto da minha bota fica preso em uma delas e começo a dizer "Merda" quando a porta da frente se escancara de repente e duas garotinhas saem correndo lá de dentro.

— Tio Adam!

Devem ser as gêmeas, com olhos e bochechas de anjinhos combinando, mas uma é *alta*, como eu era na idade dela e como Adam provavelmente também foi. É mais rápida que a outra, suas pernas a carregam até Adam primeiro. Ela se joga nele como uma catapulta, o cabelo escuro esvoaçando na brisa de fim de novembro. Já está no colo dele quando a outra chega à entrada de carros.

Sempre que as duas estão falando, ele lhes dá toda a sua atenção, embora estejam falando mais que a boca, as palavras tropeçando umas nas outras. Nenhuma das duas está de sapato, então ele as carrega. Elas têm 9 anos, Adam me disse uma vez, então é um peso significativo.

A mais baixa finalmente me nota, parada ao lado da porta ainda aberta do carro.

— Quem é essa daí?

— Chloe — diz ele para ela, e então se dirige à outra sobrinha: — Cora. Essa é minha amiga Elle.

Chloe dá uma risadinha e pressiona a bochecha avermelhada no ombro dele.

— Ela é tão linda.

— Nem *me* fale — diz Adam, enfático, e agora é meu rosto que pega fogo quando ele me olha. Ele conversa com a sobrinha, mas sorri para mim. — Vamos entrar antes de os dedos de vocês congelarem.

E, tudo bem, eu também estou tremendo, mas não é de frio.

O interior da casa está muito melhor do que o lado de fora. Para começar, é quente e, além disso, tem aquele jeitinho de casa bem vivida — do melhor jeito possível. Tem brinquedos, calçados e meias esparramados no chão, como se fossem minas. O cheiro do ambiente lembra um pouco cookies e giz de cera. Adam desce as meninas e fecha a porta.

— Ei, você chegou — diz alguém mais de dentro da casa.

Outra criança aparece dobrando o corredor. É a mais nova, mas não é só por isso que difere das irmãs. Seu cabelo é mais claro e mais espetado, os olhos têm uma cor diferente.

Me abaixo à altura dela, com a bandeja de vegetais se enfiando na minha barriga.

— Oi, Claire.

Ela me analisa com curiosidade, então a imito. Uma mancha de suco, ou alguma outra coisa roxa, se espalha pelo queixo e a blusa. Está de fralda.

Ela corre até Adam e se esconde atrás das pernas dele, que finge se desequilibrar e busca apoio na parede, o que a faz rir.

Adam a pega no colo e estende a mão para mim.

— Vem — diz, baixinho. — A Ruth está aqui dentro.

*Aqui dentro* é a sala de estar, onde há mais brinquedos e roupas espalhados. Fico horrorizada ao perceber que ainda estou de sapato, então estaco. Com uma risadinha grave só para mim, Adam me puxa, de bota e tudo. Roça o polegar pelos espaços entre meus dedos, me trazendo de volta ao centro.

Mesmo que eu não soubesse que Ruth Wheeler é irmã de Adam, não haveria como negar. Eles têm o mesmo cabelo castanho-escuro e, apesar de os ângulos agudos do rosto de Adam serem mais suaves e femininos nela, cujas bochechas são arredondadas e polvilhadas de sardas, eles são dois lados da mesma moeda. Falando com todas as letras: ela é linda.

E está me encarando como se eu tivesse duas cabeças.

— Você trouxe uma *garota*?

Ela volta o olhar ensandecido para Adam.

Puxo o braço dele.

— Você não *pediu* para ela?

— O nome dela é Elle — informa Cora, se jogando num sofá azul quase tão puído quanto o de Lovie.

Mas este provavelmente não é tão confortável quanto uma pilha de tijolos. É gasto no melhor dos sentidos. Eu poderia tirar uma *bela* soneca nesse sofá.

O rosto de Ruth se ilumina de reconhecimento ao ouvir meu nome. Seus olhos vão do meu cabelo (sim, eu sei que preciso retocar a raiz) até meus sapatos. Não me lembro de me sentir tão estudada sob o olhar de Adam quando o conheci, mas devo ter sido. Ela sobe de novo e para em algum lugar perto da minha cintura.

Adam ainda segura minha mão.

Leva um milênio antes de ela voltar a me encarar nos olhos, e meu corpo gravita para Adam cheio de expectativa. Nossos ombros se encostam.

— Você é vegana? — É o que ela diz, olhando para os vegetais. — Porque a gente come frango frito no Dia de Ação de Graças, e eu abro mão de muita coisa, mas não disso.

— Ah — respondo, coberta de alívio. — Não. Não sou vegana, graças a Deus.

O canto da boca de Ruth sobe na direção de um sorriso igualzinho ao de Adam, e essa familiaridade me atinge como uma onda.

— Pode ficar, então.

Só levo dez minutos até decidir que amo esta família.

Cora é inteligentíssima e, toda vez que a mão de Adam faz qualquer contração na minha direção durante a hora que passamos esperando o delivery, ela começa a cantar: "Elle e Adam estão namorando". O que leva Chloe a surtar, falando de germes. O que, como qualquer adulto que se preze sabe, é só uma desculpinha para encher a criança com o máximo de beijos e fungadas possível antes de ela sair se contorcendo do seu colo. Adam é muito bom nesse jogo. Claire só está feliz de estar com ele.

Sei como é.

No meio do jantar, que comemos ao estilo piquenique em torno da mesa de centro da sala, Ruth se vira para mim.

— Sua família não comemora o Dia de Ação de Graças?

— Ruth — repreende Adam, com um tom de advertência cristalino.

Eles têm sua própria linguagem, como eu e Liss.

— Meus pais faleceram — respondo, encontrando o joelho de Adam embaixo da mesa. Já peguei os germes dele, então não preciso me preocupar com isso. — E minha avó tem Alzheimer. Ela está em casa hoje.

— Ah, meu Deus! — exclama Ruth, ficando de pé tão rápido que quase derruba o pote de plástico com molho. Tenho a sensação de que uma louça não duraria muito por aqui. — Você precisa de álcool. Você bebe?

— Aceito o que tiver.

Decido me arriscar e me apoiar no corpo de Adam, cujas orelhas estão um pouco vermelhas nas pontas.

— Gostei dela.

— Ela gostou de você também — murmura ele. — Ela nunca divide a bebida.

— Nem com você?

Ele ri e se inclina para beijar minha têmpora, pressionando as palavras "especialmente comigo" na pele.

Ruth volta com uma pilha de copos de plástico e uma garrafa de vinho tinto embaixo do braço.

— Não tenho nenhuma taça mais chique — diz, entregando os copos ao irmão —, mas sempre tive a sensação de que vinho é bom em qualquer recipiente.

— Vamos brindar a isso — digo, aceitando um copo.

Ruth coloca uma quantidade decente para mim, depois coloca um copo igual para si.

Apesar da alegação de Adam, a irmã também trouxe um copo para ele, que aceita uma dose pequena. Todos brindamos. Cora e Chloe adicionam seus copos de refrigerante, e Claire joga o copo com bico no meio, com uma força surpreendente.

À minha direita, ela sorri. Quando levo o copo aos lábios para beber, ela solta uma risadinha e faz tilintar seu copo com o meu novamente.

— Legal — fala.

O vinho tinto cai pela borda, escorrendo pelo meu pescoço e caindo na blusa.

— Opa! — exclama Claire, os olhos ainda arregalados e animada.

— Claire — resmunga Ruth, prendendo um dedo nas costas da fralda para puxá-la para longe de mesa. Então franze a testa para minha blusa. — Desculpa. Se quiser pegar uma camiseta emprestada, posso colocar um removedor de manchas nessa aí.

A Wheeler mais nova está prestes a chorar, o lábio tremelicando e as sobrancelhas se unindo em um V que me lembra tanto Adam que *dói*. Como se eu já a amasse também.

Faço um aceno para Ruth.

— Esta blusa já está furada na axila. Não tem problema. — Sinto o olhar de Adam sobre mim. Enrugo o nariz para Claire, que funga, aí desenho uma forma contornando a mancha. — É uma flor. Amei. Obrigada.

Do meu outro lado, uma respiração baixinha de surpresa faz meu coração acelerar, mas escondo o sorriso por trás de outro gole de vinho e pego a colher do macarrão com queijo. Dedos quentes encontram minha perna embaixo da mesa e se acomodam ali.

Durante todo o restante do jantar, Cora e Chloe falam das decorações de Natal que vão colocar hoje. Brigam para decidir a qual filme assistir primeiro.

— Qual é seu filme de Natal favorito, Elle? — pergunta Chloe, sobre os joelhos, de um jeito que minhas coxas não permitem há mais ou menos quinze anos.

— Eu gosto de *Um duende em Nova York*. E o seu?

Meu estômago está cheio de uma variedade de carboidratos simples, que só fazem bem mesmo para a alma. Que também está quase explodindo.

Chloe dá uma risadinha.

— Esse também é meu favorito.

— Bom, então está decidido, né? — Adam puxa as pernas, grossas como troncos, de baixo da mesa e fica de pé. — É isso que vamos ver enquanto decoramos.

Ajudo Adam a arrumar tudo, o que consiste em levar o que sobrou do jantar para a geladeira, enquanto Ruth guia as meninas para o banheiro para lavar as mãos e o rosto. Todos os utensílios e pratos eram descartáveis (meu tipo favorito de limpeza, embora signifique que os sacos de lixo ficam cheios rapidinho).

— Eu levo lá para fora — digo para Adam, que está passando pano para tirar migalhas e gordura da bancada. — Só me mostra onde é.

Ele me vê tirar o saco da lata e fechar.

— Não precisa. Só deixa lá na porta lateral que eu levo antes de a gente ir. Está frio lá fora.

Ele não tem que se preocupar com isso. Perto dele eu nunca sinto frio.

— O que eu acabei de ouvir foi você dizer que a lata fica perto da porta lateral. — Dou um sorriso brincalhão. — Volto num pulo.

Na volta, pego a maçaneta quando percebo um movimento pela vidraça. De onde estou, tenho uma visão clara da sala.

Adam ajuda Ruth a mover o sofá para o lado e abrir espaço para a árvore de Natal artificial. Seu sorriso está largo e escancarado, uma risada que vejo mas não ouço. Cora vai até ele e entrega um pedaço de papel, talvez um desenho ou lição de casa. A boca dele forma uma palavra que talvez seja *Amei*. Adam dobra, pega a carteira e o coloca lá dentro.

Aí, Ruth fala alguma coisa que leva Adam a baixar a cabeça e levar a mão à nuca. Ele assente, sorrindo para os pés. Me olha de relance na porta lateral.

De olhos fixos nos meus do outro lado da casa, Adam assente uma segunda vez enquanto sua boca forma palavras que não consigo decifrar. Queria ser melhor em leitura labial, porque imagino meu nome por ali.

Um vento frio chicoteia meu cabelo, a blusa manchada de vinho, e pego a maçaneta de novo. Está *mesmo* bem friozinho aqui.

*Eu quero ter isso*, penso enquanto decoramos a árvore e tiramos guirlandas e fitas das caixas. Quero rir sem timidez, ter um lugar e pessoas para chamar de lar.

Adam prende uma guirlanda de festão no arco da sala, e eu o ajudo a segurar no lugar, quando começam as risadinhas.

Ele aperta os olhos para Cora e Chloe. Estou começando a desconfiar que essa risadinha de conspiração delas ou as coloca em encrencas enormes, ou as tira delas, não tem meio-termo.

— O que foi?

— Vocês estão embaixo do azevinho — diz Cora. Suas bochechas redondas se enchem de cor. — Têm que se beijar.

Em sincronia, eu e Adam olhamos para cima. Bem no meio da guirlanda, tem um galho de azevinho tão microscópico que só quem o colocou saberia que estava lá.

— Você não me disse que elas eram do mal — falo, alto o bastante para todo mundo ouvir.

— Eu não sabia que eram.

Ele baixa os braços, e partes do festão verde caem em torno dos nossos ombros.

Meus pulmões congelam no peito, embora o olhar dele seja suficiente para queimar. Como ele vai me beijar sendo que tem gente vendo? A gente *dele*, que no dia seguinte não terá esquecido. Já fizemos muitas coisas íntimas, mas esta talvez seja a mais importante.

Adam engancha o dedinho no meu e baixa a cabeça.

— Posso? — murmura, e faço que sim, fechando os olhos de leve.

A boca de Adam toca o canto da minha, a outra mão subindo pelo meu braço e segurando meu rosto. É suave, uma promessa de beijo em vez de um beijo de verdade, mas faz sentido para a companhia que temos.

Talvez seja meu favorito.

E o olhar que ele me dá depois mexe comigo lá no fundo, do mesmo jeito. Não quero soltá-lo.

— Sempre que forem beijar alguém, meninas — a voz de Adam está grave, séria, e ele pigarreia, mas de nada ajuda —, garantam que a pessoa sempre tenha a permissão de vocês.

Uma das Regras Duronas do Amor do Adam.

— Daqui a dezessete a vinte anos úteis, por favor — completa Ruth.

Ela joga uma almofada vermelha no irmão como se fosse uma bola de futebol americano.

No caminho de volta, ainda não estou pronta para ir para casa. Só estávamos a vinte e quatro minutos de distância, mas parece que hoje eu tirei *férias*. Adam fez isso por mim, me inseriu em seus planos. Sou tão grata por ele. Todo dia, mas hoje em especial.

Direciono Adam a um local que lembro do ensino médio, no parque do fim da rua de Lovie. Pelo portão lateral, que fico feliz ao ver que continua enferrujado nas dobradiças e destrancado. Até o canto do estacionamento, onde a lâmpada do poste continua queimada.

Cidadezinhas são muito boas para se esconder em público.

Passo por cima do console central, me sento no colo dele e deixo que me distraia não com sobrinhas e árvores de Natal, mas com boca e mãos e quadril e sussurros.

E, toda vez que me cruza um pensamento assustador demais, que parece intenso ou precoce demais, me obrigo a me calar até a única coisa que sai ser o nome dele. *Eu te amo*, penso. *Eu amo minha vida, mas a amo mais com você aqui. Não sei como é que eu vou embora quando tudo acabar.*

— Adam — digo, em vez disso.

"Adam", quando os dedos dele se afundam na minha cintura.

"Adam", à medida que ele me ajuda, com a mão entre minhas coxas, a passar por essa borda ardente.

"Adam", ofegante, quando ele está lá. *Lá*.

— Adam — digo.

Sem parar, repito o nome dele hoje.

— De novo — pede ele, repetidas vezes, até eu estar tremendo e suando e deliciosamente entorpecida.

E me pergunto se as palavras dele também significam mais do que deveriam.

# CAPÍTULO TRINTA E NOVE

Entramos de fininho pela porta da frente. Está silencioso, as luzes baixas.

Vivi dá um sorriso triste e suave quando aparece, vindo da sala de estar.

— Tentei levá-la para a cama, mas ela se recusou a ir. Bateu o pé falando que estava esperando a Lovie voltar.

Adam e eu trocamos um olhar alarmado. Chego à sala antes dele.

Lovie adormeceu sentada onde a deixei, a cabeça inclinada em um ângulo não natural enquanto procurava um lugar macio para descansar. De manhã vai doer.

— Você fez a coisa certa, Vivi. Agora pode deixar com a gente.

Adam acena com a cabeça para ela e, enquanto a jovem enfermeira junta as coisas e o atualiza, vou até minha avó.

Eu me agacho na frente dela e coloco a mão em seu joelho nodoso.

— Lovie. Voltamos.

Ela acorda com um sobressalto, levantando as mãos na defensiva. A Elle de dois meses antes teria se esquivado, especialmente sabendo o dano que ela poderia causar. Em vez disso, sorrio para Lovie.

Ela baixa a mão quando me vê.

— Ah.

— Você leva ela? — pergunta Adam da porta.

Seu olhar é pesado nas minhas costas. Escorre pela minha pele como cera de vela, derretido e lânguido.

— Estamos bem — sussurro, mais para mim mesma, dando tapinhas nas mãos frias e enrugadas dela. — Não estamos, Lovie? Vamos para a cama.

Ela se mostra surpreendentemente receptiva quando a ajudo a vestir o pijama e a coloco na cama. Mesmo debaixo dos cobertores, Lovie se arrepia, e suas mãos têm uma coloração azul que não me agrada muito.

— Vou pegar outro cobertor no armário — ofereço. — Ou uma meia?

Ela cantarola sem responder, decidida a continuar sentada ali, ficando roxa. Suas costelas estão praticamente se chocando.

Ranjo os dentes. De todas as coisas que ela me deu, de todas as lições que me transmitiu, dos pedaços de sabedoria e do DNA que compartilhamos, será que foi a teimosia dela que permaneceu neste capítulo atual de sua vida?

— Um cobertor, então.

Vou até o armário. Ela guarda cobertores de tricô grossos na parte de cima, ao lado de caixas de chapéu recheadas de álbuns de fotos e lembranças. Dentes de leite, mechas de cabelo etc.

Tiro um cobertor da prateleira. Algo pesado cai junto, em cima do meu pé. Me abaixo para pegar, mas um papel solto pendurado na lateral chama minha atenção.

***Heroína da cidade natal se lança com sucesso no mundo dos podcasts em Chicago***

Sob a luz fraca, corro os olhos pela página o mais rápido e minuciosamente possível, mas tudo ali me é familiar. Meu nome, minhas palavras. Minha história.

É uma reportagem sobre mim.

Ao abrir o álbum, mordo a parte interna da bochecha. Há artigos e entrevistas impressos e preservados. Prints de matérias no *Buzzfeed* e no *PopSugar*. Todos são sobre mim.

***Pegue o trem com Elle Monroe***
***Nativa de Elkhart fica mais um ano no topo das paradas***
***15 podcasts emocionantes para maratonar depois de terminar seu favorito***

Há uma foto minha na página seguinte. Meu cabelo está normal, castanho-escuro, afastado do rosto para não chamar atenção. Tudo em mim era assim naquela época: projetado para se encaixar perfeitamente em caixas que nunca foram feitas para mim. Foi Lovie que me incentivou a deixar o emprego corporativo quando o podcast começou a decolar.

Escrevi o e-mail de demissão sentada ao lado da minha avó e lhe enviei esta foto exatamente duas semanas depois, fingindo jogar o crachá no lixo. *Pronto*, escrevi na mensagem. *Oficialmente autônoma!*

*Você dá conta*, respondeu ela. *Já está conseguindo.*

Eu *consegui*. E ela acompanhou tudo.

— O que você está olhando aí, garota? — pergunta Lovie.

Será que minha voz ainda sairá se eu tentar usá-la?

— Minhas… suas reportagens — corrijo, segurando o livro para ela ver.

Ela se esforça para se levantar e faz um progresso surpreendente para alguém com tão pouca massa muscular.

— Traz aqui, para a luz. Faz tempo que não vasculho lá em cima.

Atravesso o quarto, coloco o cobertor sobre o colo dela e me certifico de que seus pés estejam cobertos. Aponto para a cama.

— Posso?

Lovie inclina a cabeça.

— Vai. Senta.

Com uma timidez incomum, eu me arrasto para o lado da minha avó. Quando abro o livro entre nós, ela suspira.

— Eu adorava olhar esse livro.

— O que te fez parar?

Não sei o que mudou esta noite, por que ela não quer me esganar, mas me recuso a questionar coisas que estão fora do meu controle. Aprendi muito desde que me mudei para cá e, mais uma vez, tenho que agradecer a ela.

Lovie brinca com as mãos no colo, sempre girando a aliança e mordendo os lábios enrugados com os dentes amarelados.

— Acho que… bom, me deixa frustrada. Porque sei que são importantes, mas não lembro por quê.

Fecho os olhos para conter as lágrimas. Ela enfiou as mãos dentro do meu peito e segura meu coração.

— Acho que ela é sua neta. A garota das reportagens.

— Isso faria… faria sentido. Eu amo essas reportagens quase tanto quanto amo minha neta.

O cansaço faz com que a voz dela caia como sua papada, o espaço entre as palavras ficando maior.

— Por que não exibir em algum lugar da casa?

Uma lágrima escorre pela minha bochecha, mas deixo que respingue na blusa já arruinada.

Outro suspiro cansado.

— Não são pra todo mundo. São só pra mim.

— Mas aposto que ela gostaria de ver quando vier te visitar.

Pressiono o punho na boca, tentando conter a dor.

Lovie ri, e abro os olhos cheios de lágrimas a tempo de vê-la balançar a cabeça, sorrindo toda carinhosa para os papéis em seu colo.

— Ela nunca precisou que mais ninguém visse o quanto era bem-sucedida. Também nunca viveu para ninguém. — Minha emoção é invisível para ela, que sorri com um ar conspiratório. — Temos isso em comum. Mas às vezes eu precisava ver com meus próprios olhos. Para me lembrar de que fiz um bom trabalho com ela.

Apesar da mão na frente da boca, o gemido que deixo escapar é mais forte que eu. Pego a mão enrugada dela na minha, curvando seus dedos frios, do jeito que Adam me mostrou.

— Ah, você fez, sim, Lovie. Você fez um ótimo trabalho. E ela te ama muito.

— Eu criei ela, sabe. — Sua voz está distante, presa em algum lugar numa lembrança quase inexistente. — Os pais dela… morreram quando ela tinha 3 anos. Acidente de carro. Motorista bêbado.

Os momentos decisivos permanecem conosco por mais tempo do que o resto, não é mesmo?

Algo se move do lado de fora da porta aberta, uma forma que agora conheço tão bem quanto a minha própria.

— Ela estava no carro — digo, não para Lovie, mas para Adam. Não vejo seu rosto, apenas a sombra apoiada na parede em frente à porta, mas sei que ele me ouve. Da mesma forma que sei que o que começou como uma viagem para a casa da minha avó mudou minha vida para sempre. — Dormindo no banco de trás. Os pais morreram, e ela ficou só com uma cicatriz no joelho.

Traço-a agora, como Adam fez tantas vezes.

— Ela não se lembra de nada. — Solto um suspiro trêmulo. — Tinha *3* anos, afinal de contas. — Ele estava certíssimo quanto a isso... a isso e muitas outras coisas. — Mas até hoje não gosta de dirigir por esse mesmo motivo. Viveu quase toda a vida adulta em cidades onde não precisa andar de carro.

No corredor, Adam não se mexe.

— Mas ela está bem — diz Lovie.

Não é uma pergunta. Talvez, em algum lugar da mente, já saiba a resposta.

— Ela está bem — confirmo, secando a bochecha no ombro. Olho novamente para a sombra no corredor. — A cada dia, ela fica melhor.

Eu me dou mais alguns minutos para aproveitar isto, o conforto que tenho aqui, nesta casa. Na mesma cama para a qual me arrastava depois de ter pesadelos, nos mesmos braços que me mantinham inteira todas as vezes que eu desmoronava.

Quando Lovie adormece, tiro o álbum de recortes do colo dela e rearrumo as páginas. Guardo-o de volta no armário, para outro momento.

Talvez.

Talvez nunca haja *outro* momento.

Fecho a porta do quarto dela e quase desabo nos braços à minha espera, com a dor e as lembranças agridoces rasgando meu peito. Adam me leva para o outro quarto. E, como fiz com Lovie, me abraça enquanto pego no sono.

# CAPÍTULO QUARENTA

Dezembro chega com pouco alarde, da mesma forma que todos os meses de inverno se misturam um no outro. O dia de hoje é tão cinza quanto o anterior, e tão cinza quanto o seguinte.

— Preciso que você desapareça por algumas horas hoje — pede Adam. Estou aconchegada nos braços dele de manhã cedo, traçando as linhas da tatuagem sobre seu coração enquanto o dia passa a fazer sentido. — Pode fazer isso por mim?

— Estou encrencada?

Levo os lábios aos dedos.

A risada dele faz cócegas na minha bochecha, e ele deposita um beijo no topo da minha cabeça.

— Você anda se comportando mal?

Começo a mover a mão.

— Me diz você.

— Elle, amor. — Ele geme, interrompendo a descida da minha mão. — Temos que levantar.

Como posso me mover agora? As palavras dele se gravam no meu cérebro, repetindo aquelas duas sílabas.

*Amor, amor, amor.*

Ele me chamou assim no dia em que Liss e Dakota apareceram para me emboscar. Na minha névoa de sono, pensei que fosse alguém falando com Lovie no meu sonho.

Quando Adam volta a falar, sua voz está mais forte, mais áspera, como se talvez a palavra também o surpreendesse. Como eu descrevo *isso* na minha mensagem para Liss e Dakota?

— Quero te fazer uma surpresa, tá? Se você não se importar em dirigir, claro. Pode pegar meu carro. Fiz umas pesquisas, e ele tem uma avaliação de quatro estrelas. Além disso, comprei pneus de inverno novos no ano passado, então deve...

Eu o calo com um beijo, deixando meus lábios vagarem para tentar me distrair com ele. Quando Adam estende a mão para a gaveta de cima da mesa de cabeceira e vejo um flash de plástico azul brilhante, não preciso mais tentar.

Nós nos vestimos em silêncio, eu com uma calça de moletom forrada de lã e um moletom da faculdade. Liss ainda não sabe, mas eu roubei dela há quatro meses. Isso não é nada, considerando que ela o roubou de mim há *seis* anos. Adam veste um uniforme. Amado por todos.

Sem nenhum lugar específico para ir, dou uma passada no Starbucks e acabo em Michigan City. Dirigi sozinha até aqui. E nem bati em nada.

No piloto automático, dirijo até o Pullman Park. É um dos meus lugares favoritos no mundo. Ainda não está árido, mas perto disso. As folhas das árvores já se foram há muito tempo, preferindo decorar o chão, os bancos e as passarelas como tiras de confete. Nos brinquedos à minha esquerda, uma mulher empurra uma criança no balanço, enquanto outra corre em disparada para cima e para baixo no escorregador. As bochechas deles estão vermelhas e o nariz, cheio de ranho. Estão gritando de alegria, o som agudo e abrasivo em meus tímpanos. Eu já fui assim.

Talvez seja isso o que acontece quando se coloca uma criança indomável para ser criada por figuras que achavam que já não iam precisar domar mais ninguém. Certa vez, peguei Lovie fumando, e ela me ofereceu um trago. Eu tinha 11 anos. Mas pode ter sido uma estratégia da parte dela, porque desde então nunca mais toquei em um cigarro.

Eu tinha os pais de Liss, que eram maravilhosos e ótimos, mas que simplesmente não eram meus. Eles me mandavam para casa quando eu começava a ficar muito bagunceira. E eu tinha a mim mesma para todo o resto, para todas as coisas que nunca encontrava em outra pessoa. Aprendi a ser autossuficiente. Sempre podia contar comigo mesma, e nunca me decepcionaria.

Nunca me abandonaria.

Se tivesse crescido em um lar como o das sobrinhas de Adam (Cora, Chloe e Claire, com seus nomes que combinam perfeitamente) e tido uma mãe maravilhosa, que talvez não seja perfeita, mas que as ama e está *presente*, onde eu estaria agora? Teria mais espaço no meu coração para algo assim? Há dias em que até minha amizade com *Liss* é demais, e isso não é nem de longe a mesma coisa.

Depois de um pouco mais de tempo no parque, decido que prefiro sentir os dedos dos pés e ouvir podcasts no calor do carro de Lovie.

*Não me esqueça* está a caminho de superar *Elle na L* em quase todas as plataformas. O crescimento é astronômico, para ser sincera, e não sei bem o que fazer com essa informação. A receita de publicidade está nas alturas; quando liguei para a assistente de uma das instituições de caridade que meus ouvintes escolheram, ela quase hiperventilou ao ouvir o valor da primeira doação. Depois, pediu que eu contasse à chefe dela, porque achava que não conseguiria repetir o número sem desmaiar. Estou fazendo um bom trabalho para pessoas boas que merecem coisas boas. Estou doando para uma comunidade que sofre de uma doença que só *tira*.

Mudando para o Instagram, percorro as legendas de "gratidão" de um fim de semana de Ação de Graças. Lá estão Dakota e o namorado, Sam, com seus dois cachorros. Liss, seu irmão, Alex, a esposa dele e a mãe dos dois.

A notificação de um e-mail aparece, e a visualização da mensagem me leva a mexer no celular. Fico tentando fazer a sensação dos meus dedos voltar, para eles trabalharem mais rápido.

*Seu status de dependente foi atualizado*, diz o assunto.

O e-mail é rudimentar, como é tudo que se trata de convênio: diz o máximo sem dizer nada. É preciso ler nas entrelinhas para descobrir o que exatamente está sendo informado.

Lovie é oficialmente minha dependente.

O alívio é esmagador. Às vezes, não sabemos o quanto nossos problemas se tornaram pesados até não precisarmos mais segurá-los.

Com isso, Lovie terá acesso a instalações de última geração, programas de enriquecimento projetados especificamente para pessoas com demência e Alzheimer. Ela vai estar perto de pessoas que entendem seus sentimentos mais profundamente do que eu jamais entendi. E, acima de tudo, vai estar segura.

E, por causa disso, vou poder voltar a respirar, plenamente, pela primeira vez em meses.

Não vou ter que me preocupar se deixei o ibuprofeno perto demais do remédio para depressão, se uma porção a mais de laticínios no dia é a gota d'água para alguém intolerante à lactose. Não preciso mais programar alarme, trancar janelas, fazer xixi de porta aberta.

E Adam.

Adam vai poder mudar de função e passar mais tempo com as sobrinhas.

Se ele não estiver interessado na ceia de Natal dos pais, quem sabe possamos convidar as meninas para irem lá em casa. Pedimos pizza ao estilo de Chicago e vemos filmes de Natal aconchegados no meu sofá. Eu posso ajudar a embrulhar os presentes. Fornecer o vinho. Digito uma mensagem para Adam:

Posso ir pra casa agora, por favor? Vai valer a pena. 😈🍆

Meu coração cria asas no peito, e acrescento:

Também tenho uma surpresa para você.

**Enfermeiro Adam:** Sim, vem pra casa. Isso é uma dica pro jantar? Acho que não tem berinjela, mas, se comprar no caminho daqui, posso preparar hoje à noite.

**Eu:** É sério?

**Enfermeiro Adam:** Eu levo vegetais muito a sério.

**Eu:** Não é isso que significa.

**Enfermeiro Adam:** Não?

**Eu:** Eu devia saber. 🤦‍♀️ É uma berinjela metafórica.

**Enfermeiro Adam:** Então você vai ter que voltar pra casa e me mostrar o que ela significa. ❤

Ah, já entendi. Sorrateiro. Também já entendi, percorrendo nossas conversas recentes, em geral encerradas com Adam enviando um único coração vermelho, que ele chamou a casa da Lovie de "casa" mais de uma vez ultimamente.

É engraçado, porque, quando penso nessa palavra agora — *casa* —, não penso no meu apartamento em Chicago. Não penso nesta casa, nem mesmo em Liss e Dakota.

Penso em Adam.

Estou de olhos atentos quando entro pela porta, à procura de qualquer sinal da surpresa. Eu costumo decifrá-las com pistas contextuais mínimas (Liss nem dá mais *dicas* depois do Grande Incidente do Aniversário de 2019), mas as coisas parecem normais quando tiro os sapatos.

Depois da breve pausa no Dia de Ação de Graças, Lovie voltou ao estado normal de rabugice, e Adam continua igualmente presunçoso enquanto prepara o almoço na cozinha. Todo o resto parece... igual.

Que porcaria de surpresa.

Enrosco meus braços na cintura de Adam, deslizando os dedos em um peito que sei, por experiência própria, que é tão duro quanto ele fica quando eu o toco.

— Olá — murmura ele.

Cutuco a barriga dele de brincadeira.

— Minha surpresa é que você ganhou mais gominhos no abdome? Sempre sou a favor de mais, sabe.

Sem falar nada, ele me agarra pela cintura e me leva pela lavanderia, em direção ao quarto. Pouco antes de abrir a porta, cobre meus olhos com a mão enorme.

O cheiro está diferente de quando eu era pequena, ou mesmo da minha primeira noite de volta. Ainda é minha casa, mas há uma camada de novidade que só Adam traz. É o calor de seu sorriso, a reverberação de sua risada em meu peito sempre que estamos juntos. Eu o quero assim. Simplesmente o quero.

— Então *é* uma surpresa sexy — comento. Mal consigo ouvir minha própria voz em meio às batidas do meu coração. — Não precisava. Mentira, precisava sim.

— Calma, senão você vai se decepcionar. — Ele me posiciona como quer, meus olhos ainda cobertos. — Pronta?

— Sim — respondo, tentando não me contorcer como uma criança.

— Tem certeza?

— Tenho.

Aposto que estou com cara de quem precisa fazer xixi.

Seus lábios tocam minha têmpora.

— Tem certeza mesmo?

— Adam Nicholas Wheeler — rosno. — Anda logo com isso, cacete.

A boca dele encontra meu pescoço, bem no ponto abaixo da minha orelha que me acende. Fico tão distraída que não percebo a mão dele se afastando dos meus olhos.

Inspiro com força. Lágrimas surgem na minha visão. Meu nariz arde.

— *Ah.*

— Gostou? — Ele sussurra as palavras no meu pescoço, mas deixa o beijo para quando começo a fazer que sim furiosamente.

Adam me deu uma árvore de Natal, no fim das contas. Meu tom favorito de azul neon, não mais do que sessenta centímetros de altura. Parece que foi feita para a mesa de cabeceira.

— Sei que você ficou chateada por não podermos ter uma grandona na sala de estar — diz ele. Estendo a mão e passo a ponta dos dedos pelas cerdas e luzes. — Então improvisei. Vamos comemorar aqui dentro. Achei que ficaria legal no seu quarto em Chicago no ano que vem. Combina com o letreiro neon. E eu, bom… — Ele se interrompe. — Surpresa.

Ele parece um pouco ofegante e rouco, como se tivesse mastigado areia. Coloca a mão na nuca. Espera.

— Adam, é… — Engulo em seco, e acho que um pouco da areia deve ter entrado na minha boca também. Minha garganta coça, assim como os olhos. — Ninguém nunca…

Mas é exatamente isso. Ninguém *nunca.* Nem eu mesma me ouço com tanta atenção, e aí vem esse homem que me sacou de cima a baixo e de dentro para fora, simplesmente por prestar atenção.

Eu quero contar para ele. Da escada e meus passos em falso, de como ele é meu porto seguro. De como ainda não acredito em destino, mas talvez *tenha* uma razão para sermos parecidos com Lovie e Bobby. Talvez tenha uma razão para que esta casa nos tenha perseguido o tempo todo, com detectores de fumaça e maçanetas que caem e janelas misteriosamente deixadas abertas.

Adam abriu caminho em meu coração e se instalou em partes da minha alma que não compartilhei com mais ninguém. Não sei exatamente como nos chamar, como definir essa *coisa* frágil e nova que começamos a construir aqui nesta casinha rosa mágica, mas é bom. Bom e assustador.

— Você pode pensar em voz alta pra mim? — pede ele.

A árvore de Natal fica embaçada.

Adam se abaixa no meu campo de visão, pousando as mãos nos meus ombros.

— Elle? — As sobrancelhas dele se franzem em confusão. — Por que você está chorando? Eu achei que... Você não gostou.

— Eu amei, Adam. Eu te... — Um lampejo de emoção em seus olhos interrompe minha confissão. — É que estou muito feliz. E acho que essa árvore vai ficar boa no meu apartamento *este* ano.

A força com que ele me segura vacila um pouquinho.

— Como assim?

Meu sorriso aumenta.

— Essa era minha surpresa. O convênio autorizou. A Lovie está no meu plano agora, o que significa que pode ir para um hospital de cuidados prolongados. Eu posso ir pra casa.

Acho que ele ainda deve estar nervoso por conta da surpresa, porque sua mão parece tremer quando ele a passa na mandíbula.

— Que... notícia ótima para a Lovie.

Ele sempre quer que eu pense em voz alta. Devo a Adam minha sinceridade e, afinal, foi o que pediu.

Este é o pensamento mais alto em meu cérebro:

— Você consideraria... — Eu me interrompo e recomeço quando as palavras saem do lugar dolorido bem no meio do meu coração. Aquele que se abre sempre que penso nesse *depois* ambíguo. — E se você trabalhasse em um hospital em Chicago, ou algo assim? Talvez naquele da sede da AngelCare?

Este trabalho é tão difícil para Adam, e sei que ele adora, mas também sei como é desgastante e nunca lhe dá a chance de relaxar ou se desligar. Ele está sempre *ligado* e tenta esconder isso, mas agora eu já o conheço.

Adam engole em seco, olhando do teto para o chão, para todos os lugares, menos para meu rosto. Finalmente, seus olhos pousam em mim, sérios. Talvez um pouco assustados.

— O que você está me perguntando?

O *eu te amo* quase escapa. Em vez disso, falo:

— Eu quero que você volte para casa e me encontre. Que você volte para casa *comigo*. Quero ver seus sapatos na porta de casa e seus sucos verdes na minha bancada. Quero suas roupas na minha máquina de lavar e seu corpo na minha cama.

A cor se esvai do rosto dele e brota no meu. Quanto mais tempo ele fica me olhando sem expressão, talvez até com culpa, mais me arrependo de ter confidenciado meus pensamentos. Pensar em voz alta parecia tão fácil quando era o Ed Sheeran fazendo isso. Que coisa difícil.

Meu último fio de esperança morre quando ele começa a falar.

— Mas minha família está *aqui*, Elle. — Sua voz foi arrastada em vidro, e alguns dos cacos saltam e me atingem. — Em Elkhart.

Na verdade, a duas cidades de distância. Vinte minutos. Seis curvas. Contei cada uma delas na nossa viagem, algo em meu coração me puxando cada vez mais para perto de onde Adam morava.

— Não é como se você nunca mais fosse vê-las. Até porque você tem um carro — falo, numa tentativa de melhorar o clima. Não funciona, e dá para ver na expressão dele. — Você precisa encontrar o que é melhor para você. Porque espero não estar sozinha quando digo que eu encontrei.

Ainda não são *as* palavras, mas estão quase lá, e talvez sejam as de que ele precisa.

Quando mesmo assim Adam não cede, não me beija, não faz *nada*, dou um passo na direção dele.

— Você disse que queria se afastar um pouco delas, não foi? Nós falamos disso. Que você achava que elas eram dependentes demais. Pode ser um bom começo. Só para ter um pouco de espaço.

As bochechas dele estão listradas de rosa, assim como o pescoço.

— Um calendário compartilhado é uma coisa. Mas ir embora? Eu não posso só... Não poderia fazer isso com elas. Me afastar completamente, isolar a Ruth desse jeito? Foi isso que meus pais fizeram.

Eu é que deveria ter perguntado os pensamentos dele. Um de nós saiu dos trilhos em algum momento. Será que esse tempo todo fui eu? Assinto, o que desloca as lágrimas quase sempre presentes nos meus olhos. Enxugo com a palma da mão. Estou envergonhada por ter interpretado tão mal a coisa toda.

— Elle — diz ele, diminuindo a distância entre a gente, mas ainda há um abismo. — Não é que eu não goste de você. Mas é tão cedo, e eu...

Levanto a mão para fazê-lo parar de falar, e ela entra em contato com o peito dele. Sob meus dedos, o coração de Adam bate com força. Seu pedido de desculpas está estampado em suas feições: olhos que parecem afundar na cabeça, vidrados. Pele esticada sobre a mandíbula. Garganta engolindo em seco, respiração que se torna cada vez mais irregular sob meu toque.

— Não sei quem eu devo fazer feliz — sussurra ele, encostando a testa na minha.

— Deixa de ser bobo. — Uma lágrima desce pela minha bochecha. — Nem chega... a ser uma escolha. Você vai ficar com elas. Claro. É sua família.

Porque ele tem uma família. Uma família que é *boa* e que é *importante* para ele. Nós somos tanto das pessoas que nos formam.

— Talvez se eu tivesse mais tempo — oferece ele, sem força. — Para resolver as coisas.

Faço que não com a cabeça, os olhos ardendo.

— Não sei se mais tempo resolveria alguma coisa. Sua família vai continuar aqui. E, assim que uma vaga for aberta, Lovie vai ter que aceitar imediatamente, senão perde.

A ideia de voltar para Chicago já era assoberbante; fazer isso sozinha é abissal. Adam se envolveu tanto no meu dia a dia que tentar voltar a ser como era antes dele me causa dor física. Estou perdendo parte de mim. E não apenas um apêndice, um siso ou qualquer outra coisa irrelevante, mas uma parte vital. O coração? Seja como for, eu já o dei para ele.

Ou talvez meus pulmões. Isso explicaria por que é difícil respirar, por que estou afogada em tristeza por algo que ainda não morreu.

Como deixei isso acontecer? Acontecer *de novo*. Depois de Grady, falei para mim que não me perderia em outra pessoa, e estou quase soluçando na blusa de Adam com a ideia de me despedir. Com a inevitabilidade de ir para casa e encontrar uma cama vazia. Não vou mais poder assistir a *Jeopardy!* porque vou sentir saudade dos comentários dele. E como é que vou olhar para essa árvore de Natal e não *cair em prantos*? Eu deveria ter previsto isso. Desde o início havia uma data de validade neste acordo: o tempo necessário para o convênio ser atualizado. Eu tinha começado a me sentir grata pela demora.

Eu já havia pensado nisso em relação a Lovie, não? Escolher entre dizer adeus agora e dizer mais tarde? Não há uma resposta certa. Toda despedida é difícil.

Nós sempre acabaríamos terminando, e só percebi isso quando chegamos aqui.

— É melhor eu ir — digo.

Tem uma manchinha úmida perto do colarinho dele, e espero que Adam não troque de roupa agora. Talvez, depois que eu sair por aquela porta, ele fique com a mão pressionada ali e chegue à mesma conclusão que eu.

— Espera, amor — chama Adam, mas sai sem convicção, sem força. Errado.

Todo o calor que ele me deu nos últimos meses se esvai do meu corpo, e estou quase tremendo. Me afasto do abraço.

— *O* que você *quer* de mim, Adam?

Ele coloca as mãos ao lado do corpo, mas cerra a mandíbula, se esforçando para manter o controle. Mesmo agora, é um lutador mais ético do que eu jamais serei.

— Quero conversar a respeito disso com você. Sem que fuja só porque está com *medo*.

Olho fixamente para o local onde deixei cair a mala naquela primeira noite. As fotos em cima da cômoda, cheia de roupas dele. Todos os lugares onde Adam existe agora e não existia antes.

— Se você estivesse no meu podcast, o que eu diria a seu respeito? Quem você seria?

— Você me conhece — diz ele, o rosto todo contraído, angustiado. — Você sabe o tipo de pessoa que sou.

Adam cobre o coração com a mão, como eu queria, no local em que bate contra sua pele tatuada.

Isso faz o meu pulsar.

Limpo o rastro de umidade nas minhas bochechas. Meus dedos ficam manchados de preto.

— Sei que você é bom no seu trabalho. Que ama as pessoas na sua vida com tudo o que tem, do jeito que está escrito aí. Eu só odeio que não guarde nada para si mesmo. Que prefira que todos os outros no mundo realizem os próprios sonhos antes que você tenha que decidir quais são os seus. Acho que você prefere que seja assim.

Estou forçando a barra, eu sei, mas quero que ele brigue. Que me afaste. Vai ser mais fácil se isso acontecer.

— Você disse que queria o que eu pudesse te dar. Mas isso… isso sou eu. É tudo o que posso te dar. — Pigarreio, olhando para o teto e tentando conter as lágrimas. — Se eu tiver que voltar para a cidade, resolver as coisas com o convênio, você pode cuidar da Lovie em tempo integral? Sei que tem o outro emprego nos fins de semana, então eu mando alguém para cobrir. Pelo jeito, você conseguiu o que queria.

— Elle.

— E não se preocupa com o contrato. Eu sei que ele estava em aberto, mas vou pedir para te pagarem até o final do mês, mesmo depois que a Lovie for transferida. Afinal, o Natal está chegando. E você tem suas meninas para sustentar.

Eu me forço a não olhar para a árvore na mesa de cabeceira.

A mandíbula dele treme.

— Elle — repete ele.

— E, além disso, não era como se a gente fosse algo tão sér…

— *Elle.*

A voz dele está afiada e seus olhos, ainda mais. Adam não diz mais nada, não termina a frase, mas sei o que ele está pensando. *Éramos, sim. Éramos bem sérios.*

— Se você puder… — Pigarreio. — Se puder ficar com a Lovie… Vou pedir para a Angie entrar em contato com você. A Lovie gosta bastante dela, então talvez possa cobrir os turnos de fim de semana. No mais, eu… eu preciso mesmo de um pouco de espaço.

Minha pele está me sufocando demais, e o olhar dele é direto demais. Estou mentindo na cara dura, e Adam sabe.

— Fica — pede ele de novo. *Implora.*

— Eu… não posso.

Afinal, nunca consegui ficar, né? Não quando o amor estava em jogo.

# CAPÍTULO QUARENTA E UM

Uma hora depois, no trem de volta para Chicago, não ouço música durante a viagem. Talvez isso diga mais que muitas palavras.

Levei vinte minutos para fazer as malas com dois meses e meio de pertences. Os outros quarenta foram gastos me forçando a agendar um carro. Eu poderia ter pegado o de Lovie, mas, se alguém pudesse tomar multa por dirigir de coração partido, seria eu.

*Eu só choro quando estou com raiva e quando não consigo evitar... e quando estou perdidamente apaixonada pelo homem que abandonei.*

Chicago na época do Natal era minha cidade favorita, com músicas natalinas saindo dos restaurantes e lojas de departamento; baldes vermelhos com sinos tilintantes pedindo doações em cada esquina. A multidão de turistas no Millennium Park, patinando na pista congelada artificialmente. Amigos comprando presentes de última hora juntos, amantes roubando beijos com gosto de chocolate quente sob ramos de azevinho. No ano anterior, fiquei tão empolgada com as festas de fim de ano que fiz a decoração de Natal no dia seguinte ao Halloween.

Este ano não vou decorar. Talvez porque aqui não seja minha casa há algum tempo.

Devo estar pior do que imaginava se sou incapaz de suportar a ideia de entrar no meu apartamento sozinha só porque o compartilhei com Adam por mais ou menos doze horas.

Quando chego, um rosto familiar me recebe para que eu não precise fazer isso.

Caio nos braços de Dakota, que me aconchega sob o queixo.

— Eu trouxe muito vinho — conta ele. — E tequila. Mas eu não recomendaria misturar tudo, a menos que você esteja bebendo para apagar.

Ele tira a maior parte da bagagem dos meus ombros antes de me levar para dentro.

— A Liss está comprando pizza.

Meu lábio treme. Adam fez pizza aqui.

— E mais vinho, aparentemente — murmura Dakota.

Dentro de casa, me sento no chão do hall de entrada e tiro as botas, uma, duas. Elas batem na madeira, um barulho que salta e ecoa no meu cérebro enquanto Dakota deposita minhas malas na mesa da cozinha.

— Toma — diz ele.

Ele estende uma taça de vinho tinto gelado. Deve ter vindo preparado.

Vinho antes das três da tarde é um exagero, mesmo para mim. Mas enfim. Estou com o coração partido e tudo o mais.

Tomo um gole.

— Que delícia — comento, antes de virar a taça inteira e me servir de outra.

Ele bufa de seu posto na geladeira, onde está descarregando não apenas *junk food*, mas também verduras e ovos frescos.

— Acho bom ser mesmo, já que cada garrafa custa quinhentos dólares.

Quase derrubo o vinho ao me levantar.

— *Quinhentos dólares?*

Ele fecha a geladeira com o quadril.

— É do Brody Boswell. Um presente de agradecimento por todas as coisas do casamento que a Liss está fazendo.

Leio o rótulo com mais atenção.

— Estou no ramo errado. Acha que é tarde demais para eu jogar beisebol profissional?

— Só um pouquinho — diz Dakota, sarcástico. — Mas talvez você possa tentar fazer um podcast? Tenho a sensação de que você levaria jeito para a coisa.

— Uau! — digo, devagar, me recostando numa cadeira de jantar. Puxo o joelho até o peito e apoio o queixo ali. São cadeiras de jantar boas, grandes, nas quais pessoas com coxas grandes podem fazer um movimento assim. — Não era para você me dar algum conselho de vida todo sábio que me faça rastejar de volta para ele com o rabo entre as pernas?

Ele ri.

— Se dependesse de mim, só acabaríamos olhando fotos dos tríceps dele. Acho que se quiser um conselho de verdade, vai precisar esperar a Liss.

— Posso ligar pra sua *nonna*, então? Ela parece ser uma senhora simpática que quer ouvir todos os meus problemas. E tem os três namorados.

Dakota parece aflito.

— A Liss estava vindo bem atrás de nós, eu juro.

A primeira comunhão que fiz aos 13 anos ainda deve estar em vigor (provavelmente reforçada pelo vinho), porque, como se tivesse sido convocada por Deus e todos os Seus anjos, a porta chacoalha quando alguém mexe na maçaneta do outro lado.

— Cheguei! Estou aqui! Desculpa!

Liss joga as caixas de pizza na mesa antes de colocar a bolsa e outras sacolas na bancada que Dakota acabou de limpar. Ela pega uma caixa de delivery da padaria, uma baguete do tamanho de uma criança e outra garrafa de vinho. Está atordoada como sempre, com o cabelo loiro formando uma auréola selvagem ao redor da cabeça, e só de vê-la já inicio uma nova rodada de lágrimas. Pensei que todas tivessem secado no trem.

Mais uma coisa que entendi errado.

Eu fungo.

— Você trouxe o pão gostoso.

As bochechas rosadas de Liss se contraem em um sorriso triste. Ou talvez seja uma careta. Esse vinho que o sr. Boswell enviou é *bom*.

— O Dakota disse que era uma situação que exigia todos os carboidratos do mundo. Ele está errado?

— *Nunca* — diz Dakota, afrontado. — Mas, de todo modo, não.

Liss contorna a mesa em minha direção e segura meus ombros.

— Quer conversar?

Faço que não com a cabeça, e é tão violento que uma lágrima voa e cai no braço dela.

— Eu só quero beber.

Então, bebemos.

Como prometido, eles não me forçam a falar. Brincamos com um jogo de cartas que nos leva às lágrimas... lágrimas de felicidade dessa vez. Dakota é surpreendente e agradavelmente ruim no jogo. Ele perde. Secamos as duas garrafas de vinho e abrimos uma terceira. Não sobram pizza nem pão para contar história. Nem bolo, nem sorvete.

Com todos nós bêbados e com açúcar demais para nos preocuparmos em ser adultos de verdade, Dakota sugere deixarmos a louça para a manhã seguinte e desmaia no sofá.

Quando Liss e eu enfim vamos para o corredor em direção ao quarto, me seguro no batente da porta. Adam pode ter feito a cama na manhã em que saímos, mas sei que não trocamos os lençóis. A pele ao redor dos meus olhos está enrugada de sal, e as lágrimas novas ardem.

— Vai estar com o cheiro dele, Liss. O lençol.

Seus olhos se enchem de uma vida inteira de empatia. Liss sente minha dor tanto quanto a dela própria. Seu coração é o maior do mundo.

— Vamos trocar?

— Vamos — respondo, antes de pensar muito. — Preciso me livrar dele.

Então trocamos os lençóis. Os novos acabam com algumas gotas de lágrimas pontilhando o tecido. Estão frios quando deslizo para dentro deles.

— Você vai ficar bem?

Liss está com a bochecha no meu ombro, o calor de seu rosto corado pelo vinho faz pouco para me aquecer.

— Vou — digo, antes de saber se é verdade. — Eu sempre fico bem.

— Também não teria problema se você não ficasse.

— Ei — falo. — Você acha que quando estiver casada e feliz com o homem dos seus sonhos, ainda vamos poder dormir juntas assim?

— Nossa — diz ela, sentando-se. Leva a mão à cabeça. — *Nossa* — repete. — Tá, estou bem. É óbvio que sim. Ele não é o homem dos meus sonhos se não tiver espaço para você.

Agora eu me sento, e minha cabeça gira daquela maneira ruim de bêbada.

— Nossa.

Ela aponta para mim.

— Né?

Rimos juntas, alguns segundos fáceis entre todos os momentos difíceis de hoje, da vida em geral.

— Presumi que iríamos dormir juntas até estarmos, tipo, numa casa de repouso, ou algo assim. Que escolheríamos jazigos um ao lado do outro no cemitério. Aliás, acho bom a gente ir atrás de reservar essas coisas. Ouvi dizer que em breve talvez falte espaço.

— É, bom. Tenho presumido muita coisa ultimamente, e você sabe o que dizem de quem faz isso.

Esfrego o rosto e levanto as mãos. Enfio os punhos no cobertor para não cobrir o rosto e chorar.

Liss se enfia na bagunça do edredom e pega minhas mãos e, mesmo assim, meus olhos traidores lacrimejam.

— Que você provavelmente não estava presumindo nada, e que os sentimentos existiam, e você só ficou com medo e fugiu. Porque eu te conheço, e eu vi o Adam, e vi como ele te olhava.

Muitos sentimentos. Muito vinho. Muito pouco Adam.

Pego um travesseiro que está atrás de nós e atiro na cabeça dela.

— Vai dormir. Eu bebi demais para falar disso.

Ela pega o travesseiro de mim e se deita, cantarolando.

— Ele olhava para você que nem eu olho para um bolo de chocolate.

Fecho os olhos, sentindo o gosto do meu coração no fundo da língua.

— Boa noite, Liss.

Ela me faz companhia por dois dias.

Pedimos delivery e assistimos a um reality show ruim enquanto ela retoca minhas raízes com uma tintura de caixinha duvidosa. Cheia de ousadia, ela faz uma única mecha na parte de baixo de seu cabelo em sinal de solidariedade. Liss dorme na minha cama e acorda do meu lado, mas eu me sinto sozinha. Este apartamento está vazio sem ele. Oco.

Agora sei o que Lovie quis dizer com solidão e tesão serem emoções diferentes. Não sinto saudade do Adam pelas coisas que ele faz com meu corpo; sinto saudade por como ele faz com que eu me sinta. Firme. Confiante. Calorosa.

Angie está substituindo meu papel nos cuidados de Lovie. De acordo com ela, minha avó não mencionou Bobby nenhuma vez desde que fui embora. Será que até ela está percebendo algo diferente?

Continuo atenta ao *Não me esqueça*, postando com consistência a reserva de episódios que criei enquanto estava em Elkhart. As pessoas continuam adorando. Eu sigo procurando o nome dele nos comentários.

E, alguns dias, penso que o que tínhamos até poderia ter sido *suficiente*, se não houvesse outros fatores em nossa vida. Ficamos confinados por nossas circunstâncias e, quando encontramos alguém por quem valia a pena quebrar as correntes, elas já haviam crescido e se enraizado na pele.

Em algum ponto do caminho, adquiri uma mentalidade de tudo ou nada com relação ao amor, que também é como lido com o podcast, as amizades, a teimosia. Não tenho um espaço *intermediário*, e é nele que Adam se encaixa. Entre o agora e o sempre. Que, na verdade, é o nada e o lugar nenhum.

# CAPÍTULO QUARENTA E DOIS

Quando o celular toca, estou lavando a louça na semana anterior ao Natal.

Não esperava ter notícias de Angie até depois das festas de fim de ano, quando saberíamos mais acerca das opções de Lovie para unidades de tratamento e quando uma vaga poderia surgir para ela.

Angie não falou nada de específico pelo telefone, apenas solicitou minha presença na casa de Lovie, o que me deu vontade de vomitar. Não dava para perguntar se ele continuava lá... mal tinha me acostumado a dizer o nome dele para Liss e Dakota, e eles tinham testemunhado toda a minha descida embaraçosa pela Escadaria para o Inferno (quer dizer, Amor).

Ao sair do carro de aplicativo, já sei que Adam não está aqui. O carro dele não está na entrada da garagem. As cores da fachada não são tão brilhantes. O interior é opressivo em vez de reconfortante.

Quando entro, faz-se mais barulho do que o normal, com uma novela passando na sala de estar. Tiro os sapatos na porta. Um hábito que nunca vou abandonar.

Angie está à mesa, com uma pasta grossa de papelada à sua frente. Meu estômago afunda como uma pedra na água, e as ondulações causadas pelo movimento devem ser a causa do meu tremor. Tento me concentrar em Angie, mas só consigo olhar para os lugares que Adam costumava ocupar e agora estão vazios. Ao lado do fogão, nas portas, onde ele fazia sua rotina de se apoiar e cruzar as pernas até minhas entranhas se liquefazerem. Quanto tempo faz desde que esteve aqui?

Uma semana? Duas? Ele não teria saído pela porta e fugido… não como eu fiz.

— Cadê a Lovie? — pergunto.

Angie junta as mãos à frente do corpo.

— Surgiram algumas novidades — diz ela, mantendo um contato visual significativo.

Ela está tentando dizer mais com o olhar do que com as palavras.

O medo toma conta do meu peito, meus membros se transformam em chumbo. Por que *fui embora*? Mal respiro.

— Ela… ela está…

Os olhos de Angie se suavizam.

— Não, querida. A Lovie está bem.

Com as pernas parecidas com as de um filhote de cervo, tropeço e caio numa cadeira. Agarro a beirada com dedos trêmulos.

Se Angie está esperando que eu diga algo, vai esperar por um tempo. Ainda não consigo respirar direito. Dou um aceno fraco de cabeça.

Ela me entrega um panfleto, e as bordas ficam presas numa das ranhuras da mesa.

— Tem um lugar em Osceola que pode receber a Lovie na próxima semana.

Dou uma olhada nas informações, sem ver direito.

— Parece muito bom — respondo. Cores. Texto. Gráficos. Tudo se mistura em um pulsar giratório na frente dos meus olhos. — Aposto que ela vai adorar.

Diante da risada seca e irônica de Angie, o aperto na minha caixa torácica diminui um pouco, e solto uma risada lenta.

— Está bem, ela vai odiar. Mas se é o melhor para ela, então é disso que precisa.

Ela meneia a cabeça.

— Elle.

— Sim — falo, fechando os olhos.

Consigo lidar com isso, com estar de volta aqui. Era minha casa antes de ser a dele.

Outra pausa, e então ela diz:

— A Lovie está bem hoje. Lúcida.

Minha respiração fica presa.

— O quê? Cadê ela?

Saio da cadeira tão rápido que ela se inclina para trás, caindo no chão com um estrondo. Meu coração é um tambor baixo nos ouvidos.

Abro a porta do pátio, e lá está ela.

O aquecedor está desligado, mas há um cobertor xadrez grosso estendido sobre seu colo e outro nos ombros. Fazia anos que eu não via os olhos dela tão brilhantes.

— Ah, Ellie, aí está você. Estava mesmo querendo saber quando iria aparecer. A srta. Angie lá dentro só quer falar de coisas de saúde. Quem precisa ouvir essa porcaria? — Ela sorri para mim, com o dedo marcando seu lugar no livro de cruzadinhas. — Que calça bonita. É nova? Acho que nunca vi antes.

Lovie.

*Minha* Lovie.

Meus olhos ardem, e a pele sob eles está enrugada do sal das lágrimas.

— Que saudade — digo, e ela estica o braço, acariciando meu rosto como fazia quando eu era mais jovem. Quando *ela* era mais jovem.

Eu me sento com cuidado no banco ao lado dela. Lovie desliza metade do cobertor sobre mim e me aconchega a seu lado. O momento se estende para sempre e acaba em um instante.

— Eu não fui a lugar nenhum — responde ela, e aperta a boca. — Mas acho que isso não é verdade, né?

Deixo a cabeça cair no ombro dela, deixo meus fardos caírem a seus pés.

— A senhora não estava muito igual, não. — Cada uma de minhas palavras sai embebida em descrença e hesitação. — Era *maldosa* — completo, e uma bolha de cuspe quebra a seriedade da conversa.

Caímos na gargalhada, agarrando-nos uma à outra com toda a nossa força, com tudo o que temos. Pode ser a primeira vez que isso acontece, mas também nada garante que não será a última. Eu não poderia me importar menos com o podcast neste momento, com guardar estas lembranças em qualquer outro lugar que não no meu coração.

É lá que elas são mais importantes.

— Eu te amo. — Eu me aconchego ao lado dela, absorvendo os doces aromas de conforto e lar. — Eu te amo e senti sua falta, e não sei como fazer isso sem você, Lovie.

Minha voz falha ao dizer o nome dela.

Lovie aperta os braços ao redor dos meus ombros, protegendo-me do vento e da dor. Ela sempre foi melhor do que eu em manter minha armadura no lugar. Pensativa, ela faz um *humm*.

— Você não sabe *como* fazer isso sem mim, ou não quer?

O medo mexe com minhas entranhas, solta todos os meus membros.

— Eu não quero precisar fazer isso. Não sou... não sou tão boa quanto você era.

— Boa no quê? — Ela ri, beija meu cabelo recém-arruivado. — *Em viver*? Ah, Ellie. A vida não foi feita para ser fácil. Ninguém consegue sair dela vivo.

— Se alguém fosse capaz — falo, engasgada —, você seria a primeira. Temos tantas coisas para colocar em dia.

Mas é de Lovie que estou falando. E, assim como aquela lasca na porcelana e todas as vezes que burlei o horário de voltar para casa, de alguma forma, ela já sabe.

Ela se afasta.

— Então, me conta desse homem. Adam, se me lembro bem?

Eu gemo. Dói ouvir o nome dele, mas não tanto quando é ela quem o diz.

— Me conta — insiste ela, com mais delicadeza e, ao mesmo tempo, mais firmeza.

— O Adam é... intuitivo, perspicaz. E sarcástico. E *bravo*. — Sorrio, a emoção presa entre a tristeza e o carinho. — Ele se parece com o Bobby.

Ela sorri, o queixo apoiado no ombro.

— E você se parece comigo. Cabelo ruivo e tudo. Não é de se estranhar que eu tenha sido tão desagradável com você.

Olho para o cabelo bagunçado loiro-embranquecido dela.

— Como assim?

— Quando conheci o Bobby — continua ela, aos poucos —, quando a gente se casou, eu... Eu ainda não era apaixonada por mim mesma.

Odiava meu corpo, achava que eu era demais, escandalosa além da conta, o centro das atenções. Acho que ver você tomar tantas dessas características agora, quando estou *assim*... deve ter me afetado de um modo que eu não esperava. Algo inconsciente. Não se esqueça de que, no fim, a gente envelhece ao contrário.

O filtro da minha memória assume uma cor diferente. Todas as vezes que Lovie me odiou, comentou sobre meu corpo e que eu não calava a boca... ela nunca estava falando de mim. Esse tempo todo falava de si mesma. Eu realmente *era* Lovie, pelos próprios olhos dela.

— Isso nunca esteve nas histórias que você me contou.

Ela aperta meu joelho novamente. Até sua mão está mais firme hoje.

— É que eu só deixei de achar isso há mais ou menos... vinte e sete anos, quando uma sardentazinha perdeu os pais e veio morar comigo.

— *Ah.* — Ofego.

— Eu *nunca* quis ouvir você falar de si mesma como eu falava com meu próprio reflexo. Queria que você acordasse todos os dias pensando ser forte. Que tivesse permissão para ocupar espaço, exigir mais quando fosse preciso, mesmo que já estivesse transbordando. E você *tem*, Elle.

Ela se afasta. Olha bem no fundo dos meus olhos. A aliança de casamento dela é fria na minha mão, e esfrego o polegar sobre a joia, como Lovie faz quando está nervosa ou precisa de um conforto que este mundo não pode dar. A água se acumula no fundo de seus olhos.

— Sabe quem me ensinou a fazer tudo isso? — digo.

O vento açoita nossos cabelos, o cobertor, mas não sinto o ardor.

Ela me abre um sorriso trêmulo e de lábios fechados.

— Quem?

— Você.

Algumas lágrimas escapam enquanto eu retribuo a expressão dela. Sai mais parecido com uma careta, mas a intenção está lá.

— Puxa.

Ela franze os lábios, segurando as lágrimas.

— Quanto a senhora lembra? — pergunto. — Dos últimos meses.

— Meio que parece um sonho. Me lembro mais de sentimentos do que de dias ou coisas específicas, mas acho que te devo um pedido de desculpas. Isso eu não conseguiria esquecer, nunca.

Um vigoroso sacudir de cabeça faz com que as lágrimas soltas deslizem ao acaso pelo meu queixo e pescoço.

— Você não me deve *nada*.

O silêncio se acomoda entre nós e, como disse Lovie, tento me concentrar nos sentimentos deste momento em vez de nas lembranças em si. Os poucos pássaros que resistiram ao frio do inverno chilreiam no sicômoro perto da cerca dos fundos. Os canteiros de flores, cheios de terra nova e recém-regados, exalam fragrância, porque ela ainda não desistiu deles, mesmo que o mundo tenha desistido dela. As mãos de Lovie deveriam ser frágeis, mas são fortes porque mantiveram esta casa em pé. Por muito tempo, ela também me manteve em pé. Está fazendo isso agora, pela forma como seus braços estão ao meu redor.

E a melhor parte de qualquer lembrança não é como ela nos faz sentir quando a recordamos?

— Você ama ele — constata Lovie, interrompendo o silêncio. — O Adam.

— Como você sabe? — Torço os dedos no cobertor. — Se não se lembra dos detalhes.

O assento range embaixo de nós quando ela pega meu rosto entre as mãos enrugadas e trêmulas.

— O amor faz parte do ser humano, Elle. É a *melhor* parte. Está enraizado em nossa pele e em nossos ossos... gravado na nossa alma. Não é fácil nos esquecermos disso, por mais que tentemos.

Aperto os antebraços dela, dando-lhe um pouco da minha força. Tomando um pouco da dela para mim.

— É uma das Regras Duronas do Amor da Lovie?

— A primeiríssima — diz ela. — A mais importante.

Lovie começa a se preparar para o cochilo na hora do almoço, mas não antes de eu a abraçar com força suficiente para quebrar sua coluna.

— Calma lá, menina — fala ela. — Você é mais forte do que pensa.

Acho que ela fala isso com mais de um sentido.

Paro na foto do casamento dela no corredor. Há uma marca de dedo no vidro, acima das alianças, e passo a manga da camisa para limpá-la.

Com a mudança de Lovie para um novo local, o que será desta casa? Vendê-la não é uma opção, não quando a maioria das minhas melhores lembranças aconteceu dentro destas paredes. Seria bom ver mais crianças crescerem aqui, assim como eu cresci. Criar as próprias lembranças no banheiro cor-de-rosa, abrir mais ranhuras no laminado, deixar as paredes ainda mais arranhadas. Por outro lado, talvez não dure mais uma geração. Tanta vida já se transcorreu nesta casa. Talvez eu a alugue na primavera, quando haverá tempo e ar fresco para fazer as reformas necessárias.

Com a coluna ereta, abro a porta do meu quarto.

A cama está feita. Eu disse a Adam durante uma conversa de manhã cedo (ou seria tarde da noite?) que uma das minhas coisas favoritas na vida é uma cama recém-arrumada, mas que não consigo me dar a esse trabalho. Ele deve ter adotado o hábito por minha causa.

As cortinas estão amarradas, a luz do sol aquece o chão e ilumina as partículas de poeira. Ainda há algumas pistas óbvias de que compartilhamos este espaço. Roupas e sapatos que esqueci de pegar antes de sair estão empilhados todos organizadinhos sobre a cômoda, ao lado de pacotes que imagino conterem os presentes de Natal que comecei a encomendar. Um deles, eu sei, é para Adam.

Travesseiros extras estão alinhados na cabeceira da cama. Dois carregadores estão conectados à tomada ao lado da cama (Adam também deve ter esquecido o dele). E, ah, meu Deus do céu, tem uma caixa de camisinhas aberta na mesa de cabeceira, enfiada atrás da árvore de Natal em miniatura.

Alguém tosse educadamente à porta. Angie. Espero que ela tenha bebido café descafeinado hoje cedo. Que, de alguma forma, não perceba todos esses sinais evidentes, embora eles estejam gritando para mim.

Minha esperança não demora a morrer. Bastam dois segundos para eu saber que ela viu tudo. Suas sobrancelhas estão erguidas no alto da testa; a boca, fechada numa linha firme e decepcionada.

— Tenho que dizer — começa ela, voltando o olhar curioso para mim. — Agora algumas coisas estão fazendo sentido.

— Angie, eu...

Ela ergue a mão.

— Não preciso dos detalhes, mas quero saber se você acha que isso afetou sua capacidade de cuidar da sua avó.

Ela nunca usou esse tom comigo. É tão chocante que não consigo responder com nada além da verdade:

— Sim.

Angie assente uma vez, e seu olhar é pesado como as palavras que diz. Como meu estômago.

— E o Adam? Isso afetou a capacidade dele?

Nem hesito.

— Não. O Adam nunca... — *me deixaria atrapalhar o trabalho dele* — ... cometeria esse erro.

A televisão ainda está ligada na sala de estar e, a cada poucos segundos, um dos roncos de Lovie rompe a estagnação. Mas, aqui dentro, o ar está suspenso. Neste limbo, os segundos se transformam em eternidades.

— Desde esta manhã, o Adam não faz mais parte do quadro da AngelCare — diz ela.

Algo quente se agita nas minhas entranhas.

— Você não pode demiti-lo — falo, me engasgando, o pânico entrando na minha corrente sanguínea. — Ele precisa desse emprego. Ele cuida da irmã, das sobrinhas. Elas são tão queridas. Cora, Chloe e Claire. Eu costumo odiar nomes iguais, mas elas são simplesmente... incríveis, sério, e não estou nem aí se vou estragar tudo com o seguro, ou ética, ou sei lá o quê, mas, Angie, ele *precisa* desse emprego.

Minha respiração é superficial, irregular e não está muito boa. Minha cabeça gira. Talvez eu ainda esteja de ressaca por causa daquela garrafa de vinho de quinhentos dólares. Por outro lado, por esse valor, ela provavelmente vem com uma cura mágica para ressacas. Sem contar que eu a bebi faz semanas.

Então, Angie faz algo inesperado. Ela ri. Uma gargalhada do tipo que sacode a barriga, que encolhe os ombros e faz lágrimas escorrerem.

Não é hora disso.

— Você tem que ligar para ele — falo. — Eu disse que você ia continuar pagando durante as festividades, enquanto fazemos a transição de tudo. Você falou que levaria mais uma semana, certo, para transferir a Lovie? Eu vou embora se precisar. Mas ele tem que ficar.

— Não estou rindo porque é ridículo. — Ela coloca a mão no meu ombro, e seu olhar é afiado a ponto de poder matar alguém. Mesmo quando ela sorri. — Estou rindo porque não demiti o Adam. — Seus olhos brilham com algo que não reconheço. Se ela fosse Adam, eu seria capaz de saber o que sentia com base na posição de seus ombros, na inclinação do sorriso. — Ele pediu demissão.

# CAPÍTULO QUARENTA E TRÊS

— Ele fez *o quê*?

Angie cruza os braços. O uniforme roxo se estica em seu peito farto.

— Entregou a carta de demissão faz uma semana. Falou que estava se tornando um conflito de interesse.

Uma risada incrédula escapa dos meus lábios, e me afundo de novo na cama arrumada.

— *O que* exatamente *isso* quer dizer? — Dou risada, agora com mais ar do que qualquer outra coisa. — Que situações tornariam algo um conflito de interesse?

Ela franze os lábios. Mas seu sorriso ainda transparece.

— Qualquer situação em que ele tenha algo pessoal a ganhar de uma questão que aconteça na vida profissional. Um interesse oculto além da descrição normal do cargo.

Assinto, distraída, vendo a poeira dançar na frente dos meus olhos.

— Sendo bem sincera, não consigo ver o problema.

— Quando o coração da pessoa está em jogo — diz Angie —, ela tende a ficar descuidada.

— O coração dele não está em jogo.

Essa era toda a questão.

Ela faz *humm*.

— Tá bom. Se você diz.

Angie sai do quarto, mas continuo na cama, olhando o nada. Não faz sentido.

Adam é a pessoa mais altruísta que conheço. Foi ele que me ensinou que, se alguém precisar abrir mão de partes de si pelo amor, não se trata de amor. *O amor é para te tornar* mais *você, não menos.*

Só que é exatamente o que eu pedi para ele fazer, não? Implorei para que deixasse para trás sua vida cuidadosamente elaborada só para tentar encaixá-lo na minha. Achei que fosse nossa única opção, porque é como sempre agi. Sozinha, sem levar em consideração nenhum sentimento além dos meus. Tudo ou nada. Do meu jeito ou de jeito nenhum.

Olho para a árvore de Natal, mais um gesto altruísta que ele fez sem esperar nada em troca. De onde me sento, noto algo novo encaixado entre os galhos mais baixos. Tem uma caixinha embrulhada com papel listrado de vermelho e verde. Puxo-a. Meu nome está na etiqueta, na letra de forma desleixada de Adam. O verso diz:

**ELLE,**

**ESTAVA GUARDANDO ISTO PARA O NATAL, MAS ACONTECE QUE NÃO TEMOS TANTO TEMPO. TOMARA QUE ESTA NÃO TE DÊ INTOXICAÇÃO POR BPA. O CREME ESTÁ NA GELADEIRA.**

**DESCULPA.**

**COM AMOR,**
**ADAM**

Rasgo o papel, e a caixa cai nas minhas mãos trêmulas.

É uma caneca de borboleta exatamente igual à que uso desde os 7 anos. Só que esta é de cerâmica queimada em forno. A cor é similar: roxo e rosa de desenho animado. A alça tem formato de asa. Foi feita à mão, com amor, cuidado e atenção. Viro-a, procurando uma marca ou nome de artista.

Em vez disso, tem três *C* entalhados na base.

Segurando a caneca junto ao coração ao lado do bilhete de Adam, tento não desmoronar.

Mas é tarde demais. Sei que isso aconteceu há um tempo.

Fico de pé num salto, vasculhando os pacotes da cômoda em busca do certo. Quebro duas unhas e corto o polegar no papelão. Quando encontro o que estou procurando, arranco a árvore de Natal da mesa de cabeceira, e o fio fica dançando entre meus tornozelos quando me lanço até a porta.

Lovie está parada do lado, com as chaves do carro na mão.

# CAPÍTULO QUARENTA E QUATRO

Adam Wheeler é um homem difícil de achar.

Tenho vontade de dirigir até Goshen, começar a bater em apartamentos aleatórios até encontrar o dele. Tem uma busca por "hospitais de cuidados agudos prolongados perto de mim" no meu histórico.

Paro num farol vermelho e tiro alguns segundos para recuperar o fôlego. A árvore de Natal está presa no banco do passageiro do carro de Lovie.

Ou do meu carro, acho. Enquanto eu saía pela porta, ela me disse para ficar com ele, porque não iria precisar no lugar para onde estava indo. O que, por meio segundo, pareceu mórbido, antes de ela e Angie começarem a rir. Elas explicaram que residentes de asilos de Alzheimer com certeza *não podem* ficar com carros no campus. Que coisa de calouro universitário.

— Pensa, Elle.

Aperto os dedos no volante, mas não de medo.

Ou talvez seja. Medo de ter estragado uma coisa boa (a *melhor*) e que eu simplesmente esteja atrasada demais.

Giro os ombros, subo o volume da playlist Queens e faço meu esforço final.

Ruth demora a atender a porta, e assim que me vê a fecha na mesma hora.

— *Espera* — peço, enfiando o pé e a árvore de Natal pela abertura. O presente fica preso bem debaixo do meu outro braço, por segurança.

Preciso admitir, Ruth Wheeler é *forte*. Até o jantar, meu pé já vai estar roxo.

— Ruth, por favor — falo pela porta. — Você sabe onde o Adam está? Preciso dar isso para ele.

Ruth abre a porta, e recebo a força total de um olhar raivoso que no mesmo instante categorizo como vai-tomar-na-porra-do-seu-cu. Seus olhos estão semicerrados; o maxilar, obstinado, e (olho de relance para baixo) o punho, fechado como se ela estivesse pronta para dar um ou dois socos.

Quanto mais ela fica lá parada sem falar nada, mais meu coração martela. Mais meu corpo se prepara para guerrear.

E eu guerrearia. Eu lutaria por ele tudo de novo.

— Por favor — peço de novo, com mais suavidade.

Ela bufa.

— Por que eu deveria te ajudar?

— Sendo bem sincera? É bem provável que *não* deveria. Mas estou te pedindo, de uma pessoa que ama o Adam para outra.

Talvez seja a verdade nua e crua da minha afirmação ou o desespero nos meus olhos. A forma como estou agarrando uma caixa e um pinheiro falso fluorescente junto ao peito, como se fossem o último fiapo da minha dignidade.

Mas algo faz Ruth abrir a porta um pouco mais. Ela não me convida para entrar. Lá dentro, um programa berra na TV. Aposto que Adam saberia o nome só pelo som.

— Ele não está aqui.

Seguro a árvore mais para cima no quadril, enterro a caixa mais fundo no braço.

— Você sabe onde ele está?

Ela se apoia no batente. Deve ter aprendido com Adam.

— Pegando caixas, acho.

Ruth cruza os braços com mais força diante do peito, as mãos ainda fechadas. Um desafio.

— Ele vai se mudar para cá?

Emoções conflitantes se reviram no meu estômago. Desse jeito, ele seria capaz de ajudar mais, em especial sem o emprego na AngelCare tomando seu tempo livre. Ruth teria acesso total à ajuda dele, e suas visitas semanais virariam conversas diárias durante o café da manhã e a lição de casa. Não seria preciso fornecer tantos recursos monetários se ele mesmo virasse um recurso.

— Bom... — começa Ruth.

Vindo da rua, ouço um bater de porta de carro. Lá dentro, um brinquedo infantil começa a tocar uma música chata e chamativa.

Ruth arregala os olhos.

— Elle?

Quando dou meia-volta, meu coração deve estar compensando todas as vezes que deixou de bater antes, pelo jeito como acelera.

Ele está aqui.

— Eu vou só... — diz Ruth, mas não termina.

A porta da frente range alto nas dobradiças antes de se fechar com um guincho.

— Elle — repete Adam.

Ele está enterrado embaixo do casaco, com um cachecol no pescoço. Ainda assim, o rosto está corado. Tem caixas de papelão desmontadas embaixo do braço, e elas se arranham quando ele as ajusta.

— Oi — digo. É só uma brisa de palavra, que é a única coisa que consigo.

— O que você está... — Ele tosse e passa a mão pelo maxilar. Mais uma vez não usa luvas. — O que está fazendo aqui?

— Eu encontrei o presente que você me deixou. — Estendo a caixa para ele e subo mais a árvore de Natal. — Eu também comprei uma coisa para você.

Seus olhos azul-marinho brilham mais no cinza embotado da tarde antes de voltarem a se acomodar em algo neutro e reservado.

— Mais uma vez — murmura ele —, se é um presente, você não precisa retribuir.

Essa recordação e as que fizemos depois ricocheteiam entre nós, e quero dizer que é o frio do inverno que me faz lacrimejar, mas não há brisa agora.

Coloco a árvore de Natal no chão e ofereço o presente de novo para ele.

— Você pode abrir? Por favor.

Com um pequeno assentir de cabeça, ele baixa as caixas de papelão e as descansa contra a perna.

Não é o tipo de pessoa que tenta não rasgar o embrulho, o que, no meu estado atual, me deixa grata. Adam o amassa no punho e, antes de abrir a tampa, o enfia no bolso do casaco.

Adam me observa, confuso, depois encara o uniforme bem dobrado dentro do papel de seda.

— Você repete essa cor mais que todas — digo. — Imaginei que fosse sua favorita, então comprei um novo. — Dou de ombros, adicionando sem vontade: — Não importa onde você vai lavar.

— Elle, eu...

Algo acima do meu ombro chama a atenção dele, e Adam perde o fio da meada.

Me viro e tenho um vislumbre de três rostos grudados na janela. Ruth, Cora e Chloe. A cortina tremula quando elas se afastam.

Estremeço.

— Caramba, você nem está de casaco — constata Adam, já tirando o dele.

Acho que talvez Adam Wheeler também esteja apaixonado por mim. Dá para ver em como ele agarra o presente e em como fecha o casaco em torno do meu corpo e, ao mesmo tempo, evita me tocar. Em como diz meu nome. Em como tira o cachecol e o passa pelo meu pescoço.

— Eu sou muito boa em decorar horários de trem — falo. — Mas a Lovie meio que acabou de me dar o carro dela. Provavelmente é hora de eu superar o medo de dirigir, de todo modo. Marquei uma sessão de terapia para falar disso.

Seus lábios rachados se abrem.

Fungo, lutando contra o frio.

— Eu... eu fujo. Quando as coisas ficam difíceis. Vou embora assim que surge a menor das dificuldades, o que é um problema quando se encontra alguém com quem vale a pena ficar.

Embaixo das sobrancelhas tensas, os olhos dele são indecifráveis. A ponta do nariz está vermelha. Das orelhas também. Como é que eu achei que não iria me apaixonar por Adam?

Por causa do vento ou da emoção, uma lágrima escorre pela minha bochecha. Não me apresso em secar. A brisa gelada faz isso.

— Não quero mais fugir. — Dou de ombros. O movimento faz o cheiro dele se agitar ao meu redor. E consigo respirar um pouco melhor. — Não é justo comigo. Com ninguém de quem fujo. Com *você*. Eu nunca devia ter te pedido para ir embora daquele jeito. Me desculpa, Adam.

Uma das Regras Duronas do Amor da Lovie é sempre fazer contato visual ao pedir desculpas, então é o que faço enquanto levanto um ombro em direção da casa atrás de nós.

— Você disse que aquelas meninas são suas. Então elas fazem parte do pacote. Se você for meu, elas também serão. E, se me der tempo, e uma paciência de Jó, vou amá-las que nem você. Acho que posso ser uma tia Elle muito divertida.

Estou tremendo. Umedeço os lábios e mordo a língua para não continuar falando.

Desta vez, não consigo interpretá-lo. Queria que ele fizesse algo familiar. Se inclinasse, arqueasse a sobrancelha, me beijasse, *qualquer coisa*.

Mas, como fica quieto, a dúvida se embrenha no meu cérebro. Cada segundo de silêncio abre um buraco no meu coração. Mais lágrimas se soltam. E tudo bem. Não preciso fugir das emoções só porque são desconfortáveis.

— A Lovie deve estar errada, de todo jeito. — Pisco para liberar mais algumas lágrimas, surpreendentemente calma. — Ela disse que achava que você... bom, deixa pra lá.

— *A Lovie* — murmura Adam, unindo as sobrancelhas. — A Lovie está *lúcida*?

— Sim? Quer dizer, talvez não esteja mais, mas aconteceu quando...

Ele me abraça. Com tanta força que me faz perder o equilíbrio. Chuto a árvore de Natal, e as caixas se espalham pela entrada enquanto desfruto de estar novamente nos braços dele. Adam recua, as mãos no alto dos meus braços.

— Eu só... torci muito para que você tivesse mais uma chance de conversar com ela. A mulher que eu conheci não é a que te criou. Sei disso. — Ele mordisca o lábio inferior. — Ela estava bem?

— Mais do que bem. — Suprimo um sorriso, porque ainda tem espaço para este tiro sair pela culatra. — Ela tinha umas coisas interessantes para falar de nós dois, inclusive. Estava com a impressão de que estou apaixonada por você.

Alguém bate no vidro.

— Fala mais alto!

— *Quieta*, Ruth! — exaspera-se Adam.

Ele fita o chão, como as pontas das minhas botas quase tocam as dele. Suas bochechas estão cor de cereja, combinando com as orelhas.

— Diz pra sua namorada falar mais alto, então! — grita Ruth de volta. — Vocês dois estão dando uma bela lição de como se humilhar para as meninas.

Um guincho de risada escapa dos meus lábios ao ver a expressão sofrida de Adam, e esqueço por um segundo que devia, realmente, me humilhar.

— Ela tinha razão, sabe — digo.

Adam estremece, e solto uma parte do cachecol para enrolar no pescoço dele. O tecido se estica muito bem. O movimento nos aproxima, o que não foi estratégico, mas é um bônus.

A boca dele se contrai.

— Minha irmã?

— A Lovie — respondo, aí elevo a voz para todo mundo conseguir ouvir em alto e bom som: — Eu estou muito apaixonada por você, Adam Wheeler, e acho que o motivo para ter pedido demissão é que também está apaixonado por mim. Talvez eu tenha sido certa para você no momento certo. Mas você é certo para minha vida inteira.

Nossa respiração se condensa e se mistura no espaço entre nós antes de desaparecer.

Se ele não me amar (ou mesmo se me amar, mas não estiver pronto para mudanças), vou continuar feliz por ter vindo aqui hoje.

Ele pigarreia, uma expressão ilegível no rosto.

— Me pergunta das caixas, Elle.

Meus dedos estão dormentes. Meu corpo todo. Que clima é esse, hein?

— O que tem as caixas, Adam?

Ele puxa o celular do bolso. O polegar voa pela tela antes de me entregar. Quase o derrubo de tanto frio e de tanto que tremo.

— Aluguei uma casa nova — conta ele. — Não na cidade, mas perto. Ainda não consigo me sustentar em Chicago. Caso você não tenha ficado sabendo, eu pedi demissão de um dos meus empregos recentemente, sabia?

Adam tensiona o maxilar, mas há uma intensidade no gesto que me faz pensar que está tentando não sorrir.

O ar frio inunda meus pulmões e puxa nosso cachecol compartilhado.

— Achei que você estivesse se mudando para cá.

Ele levanta a caixa de presente, as partes de cima e de baixo unidas em sua mão enorme. E aí balança a cabeça em negativa, deixa a caixa cair no chão congelado e me puxa para si. Quando ofego desta vez, ele está lá para encher meus pulmões. Depois da ausência, seu cheiro quente de verão está ainda mais forte.

— Por que eu faria uma coisa dessas? — pergunta ele. — Você não está aqui.

*Adam*, vibra minha pulsação. *Adam. Adam. Adam.* Há quanto tempo meu coração bate o nome dele?

Ele umedece os lábios, os olhos desfocados enquanto busca as palavras certas. Não tenho dúvidas de que vá encontrar as perfeitas.

— Passei as últimas semanas tentando achar um jeito de fazer funcionar, isso de nós dois em lugares diferentes. — Seus olhos escurecem. — Faz uma semana que percebi que não ia ter como. Porque você foi embora, Elle, você fugiu. Mas eu não fui atrás. E meu coração vai estar onde você estiver. Em Chicago, ou Londres ou Tombuctu. Eu consigo acompanhar seu passo. — Ele pisca. — Eu também corro.

Fico boquiaberta.

— Sabe — continua Adam, agora sorrindo por inteiro —, antes de te conhecer, vi sua foto na casa da Lovie... pendurada no corredor. Você estava com os joelhos ralados, e tinha dentes separados e uns olhos castanhos grandes. Uma vontade de viver que não cabia na foto. Eu te senti bem ali, como uma flecha. — Ele segura minha mão perto do coração. — Achei que, se tivesse a chance de te conhecer, iria me apaixonar de cara e isso acabaria me destruindo.

Fungo. Desta vez, não porque estou chorando, mas porque o vento frio está quinze graus negativos e estou começando a senti-lo, mesmo com o casaco cheiroso de Adam.

— E aconteceu? Você se apaixonou por mim?

Embaixo da minha mão, o coração dele bate. Estável, mas com força. Da forma como eu o amo.

— Sim.

Uma risada voa dos meus lábios, e minhas entranhas viram ouro líquido.

— E eu te destruí?

— Meu Deus, e como — diz ele, tão passional que parece angustiado.

E então suas mãos rachadas de frio estão no meu rosto, esfregando os polegares para aquecer minhas bochechas, e Adam escorrega um deles e o entrelaça no meu cabelo já bagunçado, e me beija. O som que faz quando nossos lábios se encontram basta para me incendiar, neste clima frígido e sem fogo. Esse efeito ribomba no peito dele, através dos meus dedos, o agarra. Meus lábios vibram. Minha alma canta.

Ele tinha razão. Vamos ter que entender o que fazer. Provavelmente vou tentar fugir outra vez. Mas o amor é assim mesmo. Não é geográfico; é intrínseco. Como disse Lovie, ele se entrelaça no nosso corpo, às vezes tão rápido que só sabemos quando é tarde demais. Tão intrincadamente que podemos nunca nos desfazer.

Assinto e fico na ponta dos pés para beijá-lo de novo.

— Me convida para entrar?

— Com minha família aqui? — Ele faz um som de *tsc*, depois se abaixa para mordiscar a curva do meu maxilar. — Você não tem dó mesmo.

— Para me esquentar — corrijo-o, sem conseguir segurar o sorriso. São todos dele, de qualquer modo. — Temos algumas coisas para conversar.

**@EllenaL:** O último episódio de *Não me esqueça* está no ar! Esta semana, recebo como convidado o enfermeiro Adam Wheeler (@EnfermeiroAdamIndy) para falar da nossa experiência compartilhada cuidando da Lovie. Foi a jornada mais pessoal e iluminadora da minha vida, e divido tudo o que aprendemos. Além disso, compartilho a lista completa das Regras Duronas do Amor da Lovie compiladas, e nosso montante final de doações, até segunda de manhã. Spoiler: 😳

**@DFWMama6:** Eu SOLUCEI na ida pra escola ouvindo. Que fim lindo.

**@Graciepowww36:** gritando chorando vomitando. Mas principalmente chorando.

**@allthatgl!ttersxoxo:** um final sincero e arrasador. Recomeçando a série agora pra eles conseguirem mais $$

**@thatguy3k00:** Não foi o fim que eu esperava, e fiquei surpreso por não ter odiado completamente.

**@EllenaL:** Eu sabia que ia te fazer ouvir um dia desses 😉 que bom que curtiu.

**@thatguy3k000:** Como assim? Eu não perco um.

*Mostrar mais respostas*

**@SweetiesCakesChicago:** @KatijaEsposaCubs este é o tal podcast da minha amiga que eu estava falando na degustação! Pega uns lenços.

**@DMillsBakes:** Amo que você e a Lovie conseguiram terminar bem a história

*Mostrar mais 1.540 comentários*

# EPÍLOGO

**Cinco meses depois**

— Para de gritar — grunhe Adam, com o rosto vermelho.

Sua respiração está pesada, áspera, tensionando seu peito bem definido. Tem suor pontilhando sua testa, como se eu o tivesse exaurido demais.

— Não! — berro, sibilando um pouco mais: — Eu ganhei!

— Só porque achei que você tivesse tropeçado.

Ele está com raiva de um jeito brincalhão, com as sobrancelhas franzidas e a boca voltada para baixo. Não está nem um pouco feliz comigo. E é completamente obcecado por mim.

O sentimento é mútuo.

Adam e eu temos um novo tipo de rotina agora que Lovie está sã e salva em sua casa de repouso em tempo integral. Algumas partes são as mesmas de antes: Adam trola meus trolls nas mídias sociais, coloca curativo em qualquer ferimento que eu sofra ao tentar preparar o jantar ou realizar projetos de reforma da casa muito acima do meu nível de habilidade.

Mas também mudamos: estou de volta a Chicago e faço terapia duas vezes por mês. O *Não me esqueça* chegou à sua conclusão natural quando Lovie foi colocada na clínica, embora eu ainda apareça e dê notícias quando necessário, para o bem ou para o mal.

Adam tem uma casa nova, a mais ou menos uma hora de distância do hospital onde trabalha. A exatamente uma hora entre sua família, em Elkhart, e eu, em Chicago. Ele tem mais sete meses de aluguel e já decidiu que não vai renovar. Ainda não tenho certeza se vai se mudar para meu apartamento ou se vamos achar outro lugar juntos. Ele quer um quarto de hóspedes para quando as sobrinhas forem nos visitar.

Como o início do relacionamento foi muito isolado, estamos levando nosso tempo para nos conhecermos no mundo real. Passamos algumas noites por semana um com o outro, na casa dele ou na minha. Saímos para jantar, tomar drinques, dançar. Não quero me gabar, mas Adam me *beijou* no nosso primeiro encontro. (E pediu permissão.)

E, quando podemos, corremos juntos pelas ruas de Chicago. Não importa onde começamos, acabamos na frente da padaria da Liss, prontos para consumir todas as calorias que acabamos de queimar.

Ele revira os olhos de brincadeira para mim neste momento, mesmo enquanto segura a porta.

Meia hora depois, estou me abanando com a tampa de uma caixa de bolo vazia, o bucho cheio das sobras de Liss.

— Não quero ver chocolate por um mês.

— Vou precisar de um pouco mais que um mês. — Liss bufa e lambe os lábios para tirar a cobertura e o farelo. — Tipo, pelo menos o verão todo.

Suspirando, ela baixa a cabeça para a mesinha do tamanho de um bistrô no canto da loja. Acho que está aqui só para nossas visitas.

Adam arrasta a mão da parte inferior das minhas costas até minha bunda.

— Vocês já têm bastante encomenda para este verão?

Dakota arregala os olhos de forma alarmante.

— Ah, meu Deus. A gente tem encomendas quádruplas em quase todos os fins de semana. O que não seria tão ruim se tivéssemos uma cozinha semifuncional.

— Não fala assim da cozinha — resmunga Liss, balançando a cabeça. — Os eletrodomésticos vão começar uma rebelião.

— Anarquia total — concorda Adam, beliscando minha bunda.

* * *

Minha avó não se lembra de mim no dia seguinte.

Mesmo com cuidados integrais, Lovie está distante na maioria dos dias, incapaz de lembrar o nome das enfermeiras que sempre lhe trazem o café da manhã. Eu dirijo duas vezes por semana para visitá-la. Adam vem comigo quando pode, mas hoje sou só eu.

Enquanto Lovie olha pela janela, perdida em pensamentos, e gira a aliança de casamento, eu arrumo as fotos dela, tiro a sujeira e as impressões digitais. A foto dela e do vovô Bobby (a que deu início a tudo) fica na mesa de cabeceira, onde ela pode vê-la todas as noites. O álbum de recortes dos meus sucessos fica ao lado. Precisa ser cada vez menos elaborado. Verifico o estoque de cruzadinhas, fazendo uma anotação mental para trazer uma nova na semana seguinte. Sento-me com ela e conto sobre minha vida, os podcasts.

Sobre Adam, e como tenho que agradecer a ela por isso.

E, quando dou um beijo de despedida na testa de Lovie, ela faz um pequeno zumbido de reconhecimento. Não chega a seus olhos. Ainda dói, mas não tanto. Este é o *melhor* lugar em que ela poderia estar. Minha culpa por isso vai e vem. Hoje, é um fluxo que passa pela minha consciência quando a deixo novamente.

Depois, vou me encontrar com a irmã e as sobrinhas de Adam na casa da Lovie. Ou melhor, na casa delas.

No fim, decidi alugar a casa rosa mágica da minha avó. Foi ideia do Adam, claro, ver se Ruth estaria interessada num bairro mais seguro, com um quintal maior e manutenção gratuita.

Elas se mudaram há alguns meses e já acrescentaram mais personalidade ao lugar. As meninas dividem o segundo quarto, que era meu.

Elas me cumprimentam na porta, como sempre. Em geral, Cora fica implorando para fazer uma live no meu Instagram, enquanto Chloe pede para usar meus sapatos, mas nunca deixo fazerem nada sem supervisão. Parece que ser a tia legal não significa dar rédea solta às crianças. Quem poderia imaginar?

Hoje, no entanto, elas estão vasculhando cada centímetro de mim com olhos observadores. No lugar dos cumprimentos de sempre, perguntam:

— Cadê?

— Podemos ver?

— Doeu?

Tiro as botas perto da porta. É difícil mudar velhos hábitos.

— Tá bom, tá bom — digo. — Vamos pra sala.

A primeira coisa que foi embora quando Ruth e as meninas se mudaram para cá foi aquele sofá horrível com estampa de rosas. No lugar dele, há um novo sofá seccional à prova de crianças, um presente de boas-vindas meu e de Adam. É *muito* mais confortável para dormir do que aqueles bancos da Union Station. Sei disso porque, às vezes quando acabo ficando aqui depois de muito vinho, vira minha cama.

— Ei. — Ruth chama da lavanderia. Mostrei o circuito para as meninas há um mês, e é a nova brincadeira favorita delas. Ruth já o usou três vezes para deixá-las exaustas antes de dormir. — Encontrei mais meias suas atrás da secadora. Ainda nenhum par.

— Tia Elle — diz Chloe, puxando minha calça jeans. — *Mostra.*

— Como é? — grita Ruth.

— Mostra, *por favor* — emenda Chloe.

Sorrindo para as gêmeas, arregaço a manga da camisa para deixar o antebraço esquerdo à mostra. Já faz uma semana, então não está mais sensível, mas a tinta ainda está recente e fresca. Adam foi junto, e fiquei orgulhosa de só ter falado palavrão duas vezes. Está ali um raminho de não-me-esqueças, de dez centímetros de ponta a ponta. Decidi tatuar no dia em que levei Lovie para as novas acomodações, e me pareceu tão certo que marquei a sessão antes de sair do estacionamento.

— Que lindo — elogia Cora, passando a ponta do dedo ao longo das bordas. Ela hesita, os olhos cheios de preocupação, muito parecidos com os de Adam. — Será que te machuca?

— Não machuca, não. Se você esfregar aqui — digo, demonstrando —, dá para sentir a tinta.

Ela e Chloe tocam ao mesmo tempo.

— *Uau* — fala Chloe. — Eu quero uma tatuagem.

— Calma lá, garota — diz Ruth. — Vamos chegar ao ensino médio antes de começar a fazer tatuagens.

— É que nem as flores do jardim da Lovie — comenta Cora, distraída, passando o dedo indicador em torno de um dos botões azuis.

Sinto um calafrio. Ruth é tão razoável com o termostato que sei que não pode ter sido uma corrente de ar.

— O que você disse?

— Parece as flores do jardim. — Cora continua passando o dedo sobre a tatuagem, alheia ao batimento acelerado em meu pulso a alguns centímetros de distância. — A Claire gosta de brincar nelas, mas a mamãe não deixa porque ela faz muita bagunça.

Olho para Ruth.

— Tem flores no jardim?

— Ué, tem. — Sua testa se enruga entre as sobrancelhas. — Não foi você que plantou?

Vou em direção à porta do pátio. Porque não. *Não* fui eu que as plantei.

Isso não deveria ser possível. Lovie plantou essas sementes em meados de outubro, no norte de Indiana, no meio de uma geada.

Mas mesmo assim…

Fico ofegante quando surgem à vista. Pequenos não-me-esqueças, exatamente como os que tenho na pele para sempre. Aqueles que minha avó passava todos os dias cuidando e regando. Cuidando das flores da mesma forma que sempre cuidou de mim.

— Ei — diz Ruth, apoiada no batente da porta ainda aberta. — Está tudo bem?

Faço que sim com a cabeça, o olhar fixo nas flores.

— Eu achava que nada nunca crescesse neste jardim.

Ela me observa com curiosidade, mas acaba decidindo não tocar no assunto.

— Quer um drinque? Sei que viu a Lovie hoje.

Dou uma última e demorada olhada nas flores. Mas algo me diz que ainda estarão aqui quando eu voltar a precisar delas.

— Eu não negaria um vinho — respondo. — Vou ajudar com o jantar.

Entramos, e ela arranca o controle remoto de Claire antes de escondê-lo novamente. Adam vai nos encontrar assim que sair do trabalho e, juntos, voltaremos para a casa dele para passar a noite. Por enquanto, as meninas correm pelo circuito cozinha-corredor-lavanderia e me mostram as lições de casa mais recentes penduradas na geladeira. Ruth e eu conversamos sobre uma viagem em família para uma praia de Michigan nas férias de verão das meninas. Quando Adam chega com flores frescas para a mesa dela e para a minha, já fizemos uma lista de três cidades para escolher.

Eu achava que sabia a que lugar pertencia, as pessoas e os lugares que faziam com que me sentisse bem. Em Elkhart, eu me encaixo. Em Chicago, eu me encaixo. Com Liss e Dakota, eu me encaixo. Agora, com Adam, com esta família, eu também me encaixo.

Não tenho mais só lugares felizes. Agora tenho *pessoas* felizes também.

# AGRADECIMENTOS

Eu escrevi um livro. E ele foi publicado.

Essas são palavras que a Megan de 6, 10 e 14 anos de idade não acreditaria serem reais. Um daqueles desejos que a gente nem sabe se deve desejar, porque o sonho é tão remoto que não pode se tornar realidade.

Passei a vida adulta cuidando do meu círculo, cercando-me de pessoas que me amam e se importam comigo incondicionalmente e, embora isso comece com Deus, vai muito além Dele. Esta lista não é, de forma alguma, exaustiva, mas é tão cheia de adoração e coração que chorei antes mesmo de começar a escrevê-la (o que, se você me conhece, é minha cara).

Obrigada a meu marido, Ethan, por seu apoio incessante e incondicional. Por me afastar da tela para assistir a vídeos de cachorrinhos e pessoas se apaixonando, de preferência no mesmo clipe. Por me fornecer uma infinidade de Dr. Pepper e palavras de afirmação. Não há outra pessoa com quem eu preferiria fazer essa coisa de vida.

À minha melhor amiga, Michelle. Há muita coisa que posso dizer e já disse, mas, em resumo, este livro não existiria sem você. Sou imensamente grata por sua amizade, incentivo e luz. Obrigada por manter Ethan ocupado enquanto eu escrevia (mas de uma forma amigável e não sexual). Quero fazer de novo mais cinquenta vezes.

A meus pais, Joey, Hannah e ao restante da minha família. Embora para a maioria eu não tenha contado que escrevi um livro até ter uma agente, vocês entraram de cabeça, esperando para me pegar em caso de queda. Em vez disso, eu voei, e tenho que agradecer a vocês. P.S.: Sei que é uma piada recorrente, mas, por favor, não leiam a cena da lavanderia. Sério. Não leiam.

Às garotas de segunda à noite. Eu nunca faltei a um encontro para escrever (sem ser completamente sincera quanto a isso). E a Grace, Katrina e Ashley, que leram a primeira versão deste livro e me disseram que era bom quando provavelmente ainda era uma grande porcaria. Que reclamaram comigo de envios e publicação quando esse era um mundo estranho para todas nós.

A Isabelle, por brotar nas minhas DMs e exigir que, antes de mais nada, fôssemos amigas e, depois, parceiras de crítica. Por ter se adaptado às adversidades quando me convidei para ir à sua casa do outro lado do país. Por vibrar por mim. Por ter me levantado. Agora é sua vez.

Às minhas amigas de escrita Christine, Callie e Georgia, pelos comentários sobre meu trabalho, por serem uma caixa de ressonância quando o mercado editorial me faz querer vomitar ou jogar a toalha, a depender do dia. E, acima de tudo, pelos conselhos, pela amizade e pelo amor.

A Jonlyn, minha livreira favorita, que não riu quando me apresentei, numa pilha de nervos, como "uma autora, na verdade" e que se recusou a me deixar ir embora desde então. E a toda a equipe da A Novel Romance, que é a maior incentivadora e apoiadora do meu livro. Aos livreiros e bibliotecários, por estimularem minha alegria de ler desde cedo e por lutarem pela causa agora.

À minha maravilhosa agente, Rebeka Finch, por ser minha parceira no Oeste Selvagem que é a publicação. Por aumentar exponencialmente minha lista de livros para ler toda vez que nos reunimos no Transatlantic Book Club. Por ter me convencido a sair de muitas situações difíceis. A partir daqui, é só para cima. E ao restante da equipe Darley Anderson: Georgia, Jade, Francesca, Rosanna e todos nos bastidores, pelo trabalho incansável.

À minha editora poderosa, Holly Ingraham, por amar minha história a ponto de querer que o mundo a ame também. É um sonho trabalhar com você. E, à equipe da Alcove Press, obrigada por lidar com meu primogênito com cuidado e consideração. Adam e Elle estão em ótimas mãos.

À inspiração para esta história: meu avô (Norbert, se é que dá para acreditar — mas como não daria? É um nome tão de avô). À minha avó, cuja casa era tão mágica que escrevi um livro inteiro a respeito dela. À minha tia-avó, que me ensinou que as pessoas podem ser mais de uma coisa em determinado momento.

Aos profissionais da área da saúde, médicos, enfermeiros, assistentes sociais e cuidadores que todos os dias têm vidas, corações e amor em suas mãos.

A você, que está lendo. Adam e Elle são meus há muito, muito tempo, e estou muito feliz por eles enfim serem seus também. Por favor, proteja-os por mim.

E à Megan de 6, 10 e 14 anos. Nós conseguimos. Estou muito orgulhosa de você.

Este livro foi impresso pela Vozes, em 2025, para a Harlequin.
O papel do miolo é o Ivory 65g/m$^2$ e o da capa é o cartão 250g/m$^2$.